Lothar Schöne

Das Labyrinth des Schattens

Lothar Schöne

Das Labyrinth des Schattens

Roman

KLÖPFER&MEYER

All denen, die finden wollen,
aber wankelmütig im Suchen sind.
All denen, die vor verschlossenen Türen stehen,
aber sich scheuen anzuklopfen.
All denen, die widersprechen wollen,
aber doch lieber hinnehmen.

»Der Umgang mit Luzifer ist mitunter recht unangenehm
und birgt gewisse Risiken … wollen Sie vielleicht
einen Passierschein für die Hölle von mir?«

Rabbi Zvi Jazukowicz

1
Die Hände eines Liebhabers

Die Wolken lagen wie Kissen im Himmel herum. Knautschig sahen sie aus und strahlend weiß, und ich verspürte Lust, mich in sie hineinzuwerfen, wie ich es als Kind im Bett meiner Mutter getan habe.

Ach, ich liebe solche Illusionen. Dabei ist es nichts als romantischer Blödsinn. Was wird schon geschehen, wenn man mit einer Wahnsinnsgeschwindigkeit durch die Atmosphäre fliegt, herausspringt und sich in ein Wolkenkissen wirft? Diese Gebilde sind furchtbar durchlässig, und wenn die Illusion verrauscht ist, beginnt erst der wahre Fall. Wie ein schwerer Stein fällst du, der aus seinem Traum erwacht. Du fällst und fällst und fällst – wie oft stirbt man dabei eigentlich? Entleert sich der Darm vor Todesangst, bleibt das Herz vor Grauen stehen, oder gibt das Gehirn das Signal, in Ohnmacht zu fallen, damit man wenigstens den Aufprall nicht spürt? Auf jeden Fall kein angenehmer Tod, falls es überhaupt solche Tode gibt.

Der Mann neben mir blickte ebenfalls durchs Bullauge. Er hatte sich etwas vorgebeugt, sah an meinem Gesicht vorbei, und ein leichter Duft von Sandelholz erreichte meine Nase, nicht unangenehm, gar nicht unangenehm. Sein Mund begann zu sprechen: »Wunderbar dieser Blick, immer wieder grandios. Und das Schönste ist, dass wir ihm glauben«. Ich drehte mich leicht zu ihm: »Ihm glauben?« – »Na, dem Blick, man hält die Wolken da draußen doch für eine stabile Angelegenheit. Sie wirken so, als könne man sich in sie hineinwerfen und auf ihnen ausruhen. Das Auge lässt sich zu gern täuschen.«

Für einen kurzen Moment schaute ich ihn an, ein kühles Lächeln kam mir entgegen. Mein Kopf sank nach hinten. Nichts hatte man für sich allein, nicht einmal einen Gedanken. Jetzt flogen wir in die Wolken hinein, das Weiß wurde von schlierigem Grau verschlungen und plötzlich war gar nichts mehr zu sehen. Ich blätterte die Zeitung auf, mein Nachbar lehnte sich zurück.

»Krakau«, sagte er plötzlich, ohne sich zu mir zu drehen, »ich war schon lange nicht mehr in Krakau«.

»Kennen Sie die Stadt?« fragte ich, als würde ich mit der Zeitung sprechen.

»Oh ja, ich habe hier einmal gelebt. Aber das ist schon lange her.«

Auch er sprach scheinbar ins Leere. Wir hatten Deutsch gesprochen, doch jetzt wechselte ich ins Polnische: »Sie sind Krakauer?« fragte ich, ohne mich ihm zuzuwenden.

»Nicht direkt, aber ich habe hier gelebt«, antwortete er unverzüglich auf Polnisch.

Mein Nachbar weckte langsam mein Interesse, ich schaute ihn aus den Augenwinkeln an. Er mochte Ende vierzig, Anfang fünfzig sein, sein Gesicht war gut geschnitten, kantig und mit energischem Kinn, das Haar dunkelgelockt und nach hinten gekämmt, er besaß tiefe Geheimratsecken und graue Schläfen und wirkte wie ein Geschäftsmann auf Reisen, nur eine blaue Krawatte vermisste ich an seinem offenen weißen Hemdkragen.

»Stammen Sie auch aus Krakau?«, fragte er, und sein Blick streifte mich von der Seite. Ich verneinte.

»Urlaub?«

Ich lächelte geheimnisvoll und dachte, soll er doch herumrätseln. Ich war von Frankfurt am Main abgeflogen, hatte dort meinen Cousin Joachim besucht, einen liebenswerten Mann, der ein beschauliches Leben als Lehrer führt. Aber Frankfurt war nur eine Zwischenstation für mich, ich musste nach Krakau.

»Sie sind geschäftlich unterwegs?«, gab er nicht auf.

»Könnte man sagen.«

»Hmm«, überlegte er, »und jetzt soll ich mich an das Geschäft herantasten?«

»Eine kleine Denksportaufgabe. Tut jedem gut. Welchen Beruf trauen Sie mir zu?«

Nun drehte er seinen Kopf vollends zu mir, heftete seine braunen Augen auf mein Gesicht, dann schaute er auf meine Hände. Ich begann meine Vorwitzigkeit zu bereuen. Sein Blick war eindeutig eine Spur zu intensiv.

Plötzlich sagte er: »Ich hab's, Sie arbeiten in einer Metzgerei«.

Ich lachte auf und sagte nichts.

»Schade«, fuhr er fort, »ich hätte Ihnen gern einen Protest entlockt. Dann gibt es nur noch eine andere Möglichkeit. Sie sind Psychotherapeutin.«

Seine Stimme war angenehm, ein schwebender Bariton, der sich näherte und entfernte. Nur seine Augen, die ich streifte, missfielen mir irgendwie, sie waren zwar dackelbraun, wirkten aber kalt.

»Auch falsch«, erwiderte ich, »ganz falsch«.

Er kräuselte den Mund: »Jetzt wird es schwierig. Sehr viel bleibt nicht mehr für Sie ... oder vielleicht doch. Sind Sie Pastorin?«

»Wie kommen Sie denn darauf?«, protestierte ich.

»Also nicht«, konstatierte er trocken, »ich dachte, Sie besuchen vielleicht eine interkonfessionelle Konferenz, eines jener Treffen, wo man sich feierlich die religiösen Standpunkte klarmacht.«

»Und wenn es so wäre?«, fragte ich.

»Dann sollten Sie folgende Geschichte erzählen: Eine Frau kommt mit einer toten Katze zum Priester. Sie will, dass er sie beerdigt. Der Priester lehnt ab, Tiere beerdige er nicht. Die Frau drückt ihm vierhundert Zloty in die Hand, für wohltätige Zwecke. Der Priester entgegnet: ›Warum haben Sie nicht gleich gesagt, dass Ihre Katze katholisch war‹.«

Ich lächelte nachsichtig: »Und deshalb bin ich zur Pastorin berufen?«

»Na ja, ein gewisser Idealismus ist Ihnen anzusehen, vielleicht sogar Leidenschaft, ich meine Leidenschaft für eine höhere Idee.«

Der Mann musste im Fach Ironie promoviert haben, dachte ich, sagte aber laut: »Sie müssen Psychologe sein, aber ich fürchte kein guter«.

Er lachte leise, um in ein gespieltes Grübeln zu verfallen.

»Na gut, dann sind Sie eben … also ehrlich gesagt, ich glaube, Sie haben einen sehr komplizierten Beruf, auf den ich nicht komme.«

Ich nickte zufrieden: »Was halten Sie von … Journalistin?«

»Dann lag ich mit meinem ersten Tipp doch gar nicht so falsch.«

Jetzt musste ich lachen. Der Bursche hatte Witz und begann mir allmählich zu gefallen.

»Darf ich mich vorstellen«, sagte er, »Dreichwerd ist mein Name«.

Ich entgegnete ebenso kurz: »Morane«.

»Journalistin sind Sie«, fuhr er fort, »und Sie wollen über Krakau schreiben? Dann müssen Sie im *Royal* logieren«.

»Vielleicht. Aber wir sprechen schon viel zu lange über mich. Was machen Sie in Krakau?«

»Ich bin lediglich zu Besuch, ich besuche eine alte Freundin, die mich aus Kindertagen kennt. Und ansonsten freue ich mich auf ein Wiedersehen mit der Stadt.«

Ich wunderte mich einen Moment. Aus Kindertagen … Er sah nicht so aus, als würde er Sandkastenbeziehungen aktivieren, aber ich fragte nicht nach, wollte nicht ungebührlich neugierig erscheinen, er könnte es missverstehen.

»Sie kennen also die Stadt?«, fragte ich.

»Ich glaube schon, ich hoffe jedenfalls, mich noch zurecht zu finden.«

Die Maschine setzte zum Landeflug an, und die Flugbegleiterin forderte uns auf, die Gurte anzulegen. Ich schaute auf seine Hände und mir fiel auf, wie gepflegt sie waren, lange schmale

Finger mit fein manikürten Nägeln und ohne jeden Ring. Fast zu zart für einen Mann. Die Hände eines Liebhabers, dachte ich unwillkürlich. Das Flugzeug setzte unmerklich auf und rollte noch eine Weile vor sich hin. Dann stand es still, und wir konnten die Gurte lösen.

Als wir schon auf dem Gang standen, verabschiedete er sich mit einem sorgfältig betonten »Auf Wiedersehen«, während ich noch immer an seine Hände dachte.

2
Spann deinen Schirm auf!

Ich hatte tatsächlich ein Zimmer im Hotel *Royal* gebucht, und als ich die Lobby betrat, fühlte ich mich wie in eine andere Zeit versetzt. Der livrierte Portier, die antiquierten Möbel, der vergitterte Fahrstuhl – sie alle hatten nicht bemerkt, dass sie im 19. Jahrhundert schon pensioniert worden waren. Hier schnurrte die Habsburger Monarchie noch gemächlich vor sich hin, und der schnauzbärtige Portier begrüßte mich wie eine alte Freundin des Hauses. Oben in meinem Zimmer ließ ich mich in den verschnörkelten Sessel fallen, legte die Beine auf die Couch und pries den Ventilator an der Decke, der surrend und Runde um Runde sein Pensum abarbeitete. Ich genoss den schmalen Balkon und ließ meinen Blick über die Stadt schweifen – hier war meine Mutter aufgewachsen, hier hatte sie ihre Kindheit verlebt. In der Ferne sah ich eine Kathedrale auf einem Hügel ... und erschrak. Dieses Bild kannte ich aus meinen Alpträumen. Es musste der Wawel sein.

Ich habe den Auftrag, über Krakau zu schreiben, das jüdische Krakau, das, was noch davon übrig geblieben ist. So lautete jedenfalls der Wunsch meines Chefredakteurs. Und ich habe ihm zugestimmt, ich bin daran selbst interessiert. Aber das wahre Motiv für meine Reise ist ein anderes. Seit Monaten schon schlafe ich schlecht, üble Träume lassen mich mitten in der Nacht aufwachen, dann sitze ich schweißgebadet im Bett, und Kobi will schläfrig wissen, was los ist. Was ... war da? Ein schwarzer Himmel, durch den weiße Wolken fliegen, eine Kathedrale auf einem Hügel, ich schaue in gähnende Tiefe, auf deren Grund Nebel wabert, ein Schatten von hinten – und ich falle in den Abgrund und kann nicht schreien. Ich kann einfach nicht. Erst am nächsten Morgen gelingt es mir, meinem Mann zu sagen: »Jakob, ich hatte wieder diesen Traum«.

Ich habe einen Psychologen konsultiert, dann eine Psychologin – sie testeten meine Gehirnströme und legten mir allerlei Tintenkleckse vor, die ich auf meine Art interpretierte. An ihren Gesichtern erkannte ich, dass sie sehr unzufrieden mit mir waren – aber mir ging es umgekehrt genauso mit ihnen. Schließlich lernte ich eine alte Dame kennen, die in Tübingen wohnt, in der Nähe des Hölderlinturms. Sie kam mir erst versponnen und wunderlich vor, bis ich merkte, dass das eine Tarnung für ihre Lebensklugheit war. Sie fragte mich nach meiner Herkunft aus, nach meiner Mutter, meinem Vater, nach meiner ganzen Familie. Und ich konnte viele ihrer Fragen nicht beantworten. »Mein Kind«, sagte sie eines Tages zu mir, »do müsset Sie a hypnotische Rückführung mache«. Davon hatte ich schon gehört, und ich wollte sie spöttisch fragen, welche Formulare ich dafür ausfüllen musste, und ob ich als Hildegard von Bingen oder Mutter Teresa bessere Chancen hätte, meine Alpträume zu besiegen. Natürlich schwieg ich aus Respekt vor ihr, sie aber durchbohrte mich mit ihrem Blick und erklärte: »No bleibt ebe alles wie's isch. Koiner zwingt Sie«.

Die Träume ließen mich nicht los, ich fragte mich, ob man vielleicht an Alpträumen sterben kann, und irgendwann war ich soweit – ich wollte mich dieser Prozedur unterziehen. Die alte Dame aber teilte mir mit, dass ich nach Krakau müsse, dort gebe es eine Frau, die genau die richtige für mich sei, sie müsse ich aufsuchen. Zum Abschied erzählte sie mir einen Witz: »Shlomo und Kohn gehen spazieren. Als es zu regnen anfängt, sagt Kohn ›Spann deinen Schirm auf‹. – ›Das nutzt nichts‹, erwidert Shlomo, ›er hat Löcher‹. – ›Weshalb hast du ihn dann mitgenommen?‹ Shlomo antwortet: ›Konnte ich wissen, dass es regnet‹«. Ich glaubte zu verstehen und fragte sie, was mein Schirm sein könne. Das würde ich schon noch herausfinden, erwiderte sie mysteriös. In einer Sütterlinschrift, die ich kaum lesen konnte, schrieb sie Namen und Adresse der Krakauerin auf einen Zettel und überreichte ihn mir wie ein Geschenk. Ob es wirklich eines ist wird sich bald zeigen.

Zuerst habe ich mir eingeredet, dass ich nichts mit dieser Stadt zu tun habe. Was soll ich in Krakau, ich bin erst nach dem Krieg geboren, bin jetzt dreiundvierzig, nur weil frühere Generationen meiner Familie hier gelebt hatten, muss mir doch diese Stadt nichts bedeuten. Ich bin meine eigene Welt und lebe in der Gegenwart. Die Vergangenheit soll dort bleiben, wo sie hingehört. Ich will nichts mehr von ihr wissen, ich habe diese ewigen Vergangenheits-Litaneien satt. Wenn Biographien oder Erlebnisberichte von Zeitzeugen des Weltkriegs und der Verfolgung die Redaktion erreichen, mache ich mich aus dem Staub. Ich kann sie nicht mehr lesen, es langt mir. Ich lebe heute, ich lebe in Stuttgart, fühle mich wohl hier, führe eine gute Ehe, habe einen Mann und zwei Söhne, die beide Schulkinder sind. Mein Vater lebt in Israel, ich besuche ihn wenigstens einmal im Jahr. Er stammt aus Deutschland, und seinen Vornamen hat er nie hebräisiert wie so viele andere. Manchmal finde ich es komisch, wenn ich höre, dass seine Schachfreunde ihn mit Benno ansprechen.

Doch seit die alte Dame in Tübingen mir ihren Plan offenbart hatte, spürte ich eine Art Durst nach Krakau, ein Durst, der immer quälender wurde. Aber eine Rückführung – das war ungefähr so jüdisch wie nach dem koschersten Schweinefleisch zu fragen. Es setzte voraus, dass ich an vormalige Leben glaube. Und weshalb sollte ich eigentlich in einem abgelebten Leben herumstromern? Da könnten einem Leute begegnen, bei deren Anblick man sich eine Tarnkappe wünscht. Soll ich vielleicht noch einmal erleben, wie ich als Köchin eines galizischen Schtetl die Suppen versalzt habe, soll ich noch einmal bestaunen, wie ich als Frau eines Wunderrabbis seine Wunder herbeiführte? Aber vielleicht war ich im letzten Leben ja gar keine Jüdin, vielleicht habe ich vom Sinn des Lebens in einer Obdachlosenküche in New York geschleckt. Vielleicht war Gott auch gnädig und hat gesagt: Du bist zwar jüdisch, aber du sollst als Sängerin einer Jazzband Triumphe feiern. So etwas könnte ich noch einmal ertragen, Jazzsängerin zu sein gehört zu meinen Lieblingsvorstellungen. Ich telefonierte mit meinem Vater in Tel Aviv, fragte, was er von einer Rückführung hielte. Er antwortete: »In eine Zeitmaschine willst du einsteigen? Wir haben alle eine, die uns zurückbringt, und sie heißt Erinnerung. Die uns vorwärts bringt, nennt man Träume. Meine Sympathie gehört der letzteren«. Ich besprach die Angelegenheit mit Kobi, er dachte ähnlich, seine Arbeit als Historiker an der Universität verbietet es ihm, an Spintisierereien aller Art zu glauben. Er lachte mich aus, wie ich solchen Humbug ernst nehmen könne, wir stritten uns, und schon aus Trotz machte ich ihm zornig klar, dass ich fliegen würde: nach Krakau allein wegen der Rückführung!

Und jetzt war ich hier, packte meinen Koffer aus und sortierte meine dürren Unterlagen. Ein löchriger Schirm begleitete mich nicht, aber einen Stadtplan von Krakau hatte ich dabei und natürlich den Zettel der Tübingerin. Darauf standen der Name Rosa Urbainczyk und der Straßenname Piekarska 7. Ich streckte mich aufs Sofa, mir fehlte jede Lust, mich sofort dorthin aufzumachen. Einen Zahnarzttermin schiebt man auch lieber auf. Mir fiel meine Mutter ein. Sie ist schon lange tot, aber jetzt erinnerte ich mich, dass sie früher eine Wrzozenskistraße oder so ähnlich erwähnt hatte. Mama, warum hast du mir so wenig zurückgelassen? Wenigstens ein paar alte Fotos könnte ich doch bei mir haben. Ich stand auf, vielleicht sollte ich dort zuerst hingehen, wie eine Touristin herumschlendern, und vielleicht würde ich sogar das Haus finden, in dem sie gewohnt hatte. Ich fand die Straße in der Karte schnell, sie hieß Wrzeszynska.

Ich duschte, zog mein blau gepunktetes Sommerkleid an, steckte den Stadtplan und meine Kamera in die Handtasche und machte mich auf den Weg. Die Wrzeszynska lag etwas außerhalb des Stadtkerns, eine Straße wie eine kleine Allee, die Bäume rankten sich bis zum vierten Stock der Häuser empor, und den Gebäuden sah man ihren früheren Glanz noch an. Jetzt standen sie trüb und vernachlässigt herum, das Trottoir vor ihnen war uneben, und manche Pflastersteine ragten so weit heraus, als wollten sie zum Stolpern einladen. Das Haus Nr. 9 fiel mir ins Auge, seine einstige Schönheit war fast noch erhalten. Eine Eichentür verschloss den Eingang, rechts an der Seite sah ich eine Reihe Klingelknöpfe. Ich überlegte, ob ich einen davon drücken sollte und wenn die Haustür sich öffnete, und die Fremden mich an der Wohnungstür erwarteten, würde ich sagen: ›Hier hat meine Mutter gewohnt, früher, vor dem Krieg … ich komme aus Stuttgart in Deutschland und wollte einen Zipfel der Vergangenheit kennen lernen‹. Die Leute würden sich wahrscheinlich an die Stirn tippen, die Tür zuschlagen und sich dahinter bekreuzigen.

Die Haustür ging mit einem Schlag plötzlich auf, und eine korpulente Frau um die sechzig trat heraus. Sie schaute mich mit einem feindseligen Blick an: »Ich beobachte Sie schon eine Weile. Sie interessieren sich für dieses Haus?« Ich nickte, was sie offenbar für ein Schuldeingeständnis hielt, denn noch in mein Nicken hinein erklärte sie: »Gehen Sie! Für dieses Haus haben sich schon manche Leute interessiert. Diese Fälle haben alle ein schlimmes Ende genommen.« Ich wollte zuerst etwas erwidern, aber dann sah ich ihrem Gesicht an, dass jedes Wort umsonst sein würde. Ich bedankte mich für die freundliche Auskunft und schlenderte den Bürgersteig hinauf, wo es in eine kleinere Straße hineinging. Als ich mich umdrehte, bemerkte ich, dass die Walküre immer noch vor dem Eingang ausharrte und mir einen Blick wie eine Pistolenkugel hinterherschoss. Die Seitenstraße war eine Sackgasse, ich musste umkehren, aber vorher wollte ich die Ecke und das Haus Nr. 9 noch fotografieren. Ich zog meine Kamera heraus, und als ich aufblickte, stand ein kleines Mädchen vor mir. Sie mochte zehn Jahre alt sein, wirkte sehr adrett, trug ein weißes Rüschenkleidchen und weiße Schuhe, eine Kleidung, die mir etwas altmodisch vorkam.

Sofort fragte sie: »Willst du mich fotografieren?« »Warum nicht«, erwiderte ich. Sie nahm eine gezierte Haltung ein, und ich machte zwei Fotos von ihr, dann fragte sie: »Was willst du noch fotografieren, ich kann dir mein Haus zeigen«. Bevor ich antworten konnte, zog sie mich an der Hand aus der Sackgasse in die Wrzeszynska zurück, wo ich erleichtert feststellte, dass der weibliche Drachen nicht mehr die Haustür bewachte. Die Kleine führte mich auf der anderen Seite das Trottoir hinunter, ließ mich dann stehen und sagte: »Von hier aus geht es am besten«. Dann hüpfte sie über die Straße und stellte sich direkt vor das Haus Nr. 9. Kaum hatte ich einige Aufnahmen gemacht, kam das Mädchen zurückgesprungen und wollte wissen, ob die Fotos etwas geworden seien. Ich zeigte sie ihr auf dem Display, und sie nickte fachmännisch, als sei sie sehr zufrieden damit. Dann erklärte sie feierlich, sie müsse jetzt gehen, sie werde schon erwartet. Aber, meinte sie fröhlich, wir würden uns sicher wieder sehen. Mit diesen Worten verschwand sie in dem Haus, vor dem sie gerade posiert hatte. Die Tür musste nur angelehnt gewesen sein.

Es ist wie überall, dachte ich beim Weitergehen, es gibt sonnige Menschen, deren Anblick wärmt, und es gibt frostige, denen der Raureif von den Lippen springt. Ich bummelte eine breite Straße entlang, auf der die Autos wie auf einer Rennbahn entlangbrausten, bog ab in eine Seitenstraße, die sich nach hundert Metern teilte, entschied mich für die rechte Spur; hier waren die Häuser viel kleiner als eben noch in der Wrzeszynska, der Putz fiel von den Hauswänden, die Telefonleitungen waren außen verlegt, alles wirkte grau in grau und atmete Ärmlichkeit. So was nennt man in Reiseprospekten gern pittoresk, und ich kam mir sehr touristisch vor, als ich auf einen Platz stieß mit repräsentativem weißen Gebäude, aus dem ein grüner Turm wie ein Wächter hervorlugte. Von einer Passantin wollte ich wissen, was das für ein Bauwerk sei. Ich stünde vor dem Völkerkundemuseum, aber vorher sei es lange das Rathaus von Kazimierz gewesen. Kazimierz, fiel mir ein, war einst das jüdische Viertel, intuitiv war ich hierhin gewandert, wo meine Recherchen beginnen sollten. Ich versuchte ein Foto vom ehemaligen Rathaus zu machen und musste dazu rückwärtsgehen. Als ich es schließlich auf dem Display hatte, stellte ich fest, dass ich zwischen den Außentischen eines Cafés stand.

Ich ließ mich auf einen Stuhl sinken und nahm den Rathausplatz in mich auf. Leer, viel zu leer. Ein Brunnen fehlte. Ein wilder Springbrunnen in der Mitte, der unerwartet auf Touristen losspritzt und Einheimischen ein Gaudi ist, mit einem steinernen Widerstandskämpfer davor – so würde der große Platz etwas hermachen. Ich trank einen Espresso und bummelte weiter. Es war inzwischen früher Abend und immer noch sehr warm, sogar für einen Tag Mitte August. Die Sonne schaute als orangener Feuerball über die Häuser hinweg, und die oben liegenden Fenster glühten rotgolden, als wären sie ihre kleinen Geschwister. Ich konnte die Strahlen fühlen, weich und warm schmeichelten sie der Haut, und für einen Moment fielen mir die Hände meines Nachbarn im Flugzeug ein. Die Menschen hatten es eilig, kaum einer flanierte so wie ich durch die Gegend. Aus einem offenen Fenster im Erdgeschoss hörte ich eine Weile die Radionachrichten mit. Ich kann Polnisch ziemlich gut, meine Mutter hat es mir beigebracht. Dann ertönte das Gezeter einer Frauenstimme, worauf eine Tür laut ins Schloss fiel. Ich schlenderte weiter, erreichte ein Sträßchen, in dem die Häuser schwach und krumm dastanden und sich gegenseitig festhielten. Kein Mensch war zu sehen, kein offenes Fenster, kein Lebenszeichen. Vielleicht ist das eine Museumsstraße, dachte ich, und die Häuser sind pure Attrappen, als die Gasse eine scharfe Biegung machte und ihr Name mir auf dem Straßenschild entgegen sprang: Piekarska.

3
Ein Skandal

Piekarska? Ich griff in meine Handtasche, kramte herum und tastete alles Mögliche, bis ich den Zettel fühlte und hervorzog. Ja, Piekarska, hier wohnte Rosa Urbainczyk; ich war da, wo ich hinsollte, obwohl ich gar nicht hinwollte. Einen Moment überlegte ich – aber jetzt, da ich schon mal hier war, sollte ich sie auch aufsuchen. Die Nummer Sieben war das Haus direkt hinter der Biegung. Es gab nur eine Klingel und kein Namensschild. Ich drückte auf den Knopf, und ein beleidigtes Dingdong antwortete. Kaum war der Ton verhallt, öffnete sich lautlos die Tür, und eine rundliche Frau in gelber Strickjacke und blauem Rock stand mir gegenüber. Sie war einen Kopf kleiner als ich, mochte Anfang siebzig sein und wirkte ausgesprochen gepflegt. Ihr graues Haar war sorgfältig frisiert, ihr Gesicht dezent geschminkt, die Falten auf ihrer Stirn wirkten wie einmodelliert und die Krähenfüße unter den Augen sahen aus wie frisch hingetupft. Sie trug mehrere Fingerringe an beiden Händen, eine kleine silberne Kette und eine größere aus Bernstein um den Hals, und an den Ohrläppchen baumelten runde Ohrringe, die mir viel zu groß für sie vorkamen. Ihre Augen ruhten neugierig auf mir, aber kaum hatte sie meinen Namen vernommen, unterbrach sie mich mit einem hellen Ausruf: »Sabina-Esther Morane, ich habe Sie erwartet! Treten Sie ein«.

Sie führte mich durch einen winzigen Flur in einen Raum, der halb wie eine Bibliothek, halb wie ein Behandlungszimmer wirkte. Vor dem Fenster stand ein zierlicher Schreibtisch, etwas weggerückt von der Bücherwand befanden sich eine Couch, davor ein runder Tisch und zwei schmale ausgeblichene Sessel, die früher vielleicht einmal in kräftigem Blau oder Grün gestrahlt hatten. Rosa Urbainczyk streckte ihre Hand aus: »Bitte, nehmen Sie Platz«. Ich setzte mich und sah auf dem Tisch ein

Päckchen Karten liegen – Tarotkarten. Würde mich hier irgendein esoterischer Spuk erwarten? Zuoberst lag eine Karte, auf der ein Mann an einem Kreuz mit dem Kopf nach unten hing. Mein Blick blieb einen Moment zu lang darauf haften, denn sie erklärte: »Der Gehängte. Gar keine schlechte Karte, sie steht für Scharfblick, Opfer, Eingebung. Ich habe übrigens gerade Tee gemacht. Sie trinken doch ein Tässchen mit mir?«

Sie wartete meine Antwort nicht ab und verschwand. Amüsiert hob ich die erste Karte ab, darunter sah ich einen Mann in Rüstung, der auf einem Schimmel daherkam. Sein offenes Visier zeigte einen Totenschädel, am unteren Rand stand *Der Tod*. Kopfschüttelnd schob ich das Päckchen von mir. In dem Moment erschien Frau Urbainczyk mit einem Tablett in der Tür. Sie nahm die Karten vom Tisch und servierte den Tee.

»Nehmen Sie Zitrone und Zucker?«

»Nur Zitrone«, antwortete ich, sie aber schaute mich verwundert an, als hätte ich gerade eine sehr unpolnische Entscheidung getroffen.

»Süß muss er sein, sehr süß«, murmelte sie. Dann setzte sie sich schräg von mir auf das andere Sesselchen und fragte unvermittelt: »Sie haben ungute Träume. Es geht um eine Rückführung, ja?«

Ich nickte und wollte zu einer Erklärung ansetzen, doch sie unterbrach mich: »Ich weiß schon alles von unserer gemeinsamen Tübinger Freundin, ich habe sie einige Male besucht«. Sie beugte sich zu mir, als wollte sie mir ein Geheimnis anvertrauen: »Ich liebe die Glasfenster der Stiftskirche, und der Turm des verrückten Dichters hat es mir auch angetan«. Sie nahm einen Schluck von ihrem Tee: »Ich muss Ihnen zunächst etwas Aufklärung geben über das, was wir vorhaben«.

»Es ist doch nicht …«, wandte ich ein.

»Nein, nein«, unterbrach sie abermals, »es ist ganz ungefährlich, aber ich sehe Ihre Skepsis. Sie müssen völlig entspannt und mit gutem Willen an die Sache herangehen. Sind Sie dazu bereit?«

»Ja, ich bin ja extra deshalb hierher gekommen.«

»Das hat Ihnen Ihre Emotio gesagt, aber Ihre Ratio ist nicht auf Ihrer Seite.«

Diese Ausdrücke! dachte ich, das fängt ja genauso an wie befürchtet, aber laut erwiderte ich: »Sie werden meine Ratio schon überzeugen«.

»Wunderbar, das wollte ich hören«, klatschte sie in die Hände.

Sie machte eine Pause und kniff ihre Augen zusammen: »Das, was wir Wirklichkeit nennen, sind tatsächlich nur Schwingungen. Die materielle Welt ist eine Vortäuschung, eine Illusion. Weil wir aber in diesen Illusionen mitschwingen, halten wir sie für real. Wir haben keine Vorstellung und keinen Begriff von der wahren Wirklichkeit. Alles ist in Wirklichkeit geistiger Natur. Bei einer hypnotischen Rückführung geht es darum, die Kraft des eigenen Geistes zu nutzen und in frühere Leben zurückzuschwingen …«

»Aber warum?«, unterbrach ich, und sie öffnete erstaunt die Augen, »warum soll ich in ein früheres Leben schwingen, wer weiß, was mich da erwartet«.

»Ganz einfach deshalb, weil sie Probleme in diesem Leben haben.«

»Probleme? So weit würde ich nicht gehen.«

»Und Ihre Alpträume, sind das keine Probleme?«

»Sie machen mich nur ein bisschen verrückt. Vielleicht ende ich auch in einem Turm.«

Sie ging auf meinen Scherz nicht ein: »Ein individuelles Problem ist das Schlimmste überhaupt«.

»Und Sie glauben, wenn ich zurückschwinge, verstehe ich meine Alpträume besser?«

Sie nickte, doch ich murrte unzufrieden: »Selbst wenn ich sie verstehe, was hilft mir das? Ich will, dass sie verschwinden«.

Frau Urbainczyk griff zu ihrem Teetässchen, nahm einen Schluck und antwortete gelassen: »Das eine hängt mit dem andern zusammen«. Sie stellte die Tasse wieder zurück: »Habe ich Ihre Ratio ein wenig besänftigt?«

Ich nickte unentschlossen und trank ebenfalls vom Tee.

»Am besten ist es«, sprach sie weiter, »wir machen eine kleine Übung, es ist wichtig, den Alpha-Zustand zu erreichen. Legen Sie sich bitte auf die Couch«.

»Was ist der Alpha-Zustand?«, fragte ich misstrauisch.

»Völlige Entspannung, das ist das, was Sie brauchen.«

Ich legte mich auf die Couch, sie rückte ihr ausgeblichenes Sesselchen zum Kopfende, machte sich hinter mir zu schaffen und im nächsten Moment hörte ich eine eintönige Musik.

»Schließen Sie die Augen«, hörte ich ihre Stimme neben mir, »Sie werden sich jetzt völlig entspannen. Ich zähle von Zehn bis Eins, und wenn ich bei Eins anlange, sind Sie ganz entkrampft«.

Ich will sie nicht enttäuschen, dachte ich und warf einen letzten Blick auf die Gardine, die sich leicht bauschte, bevor ich meine Augendeckel zuklappte. Sie sprach die Ziffern sehr langsam, ja suggestiv, und tatsächlich fühlte ich mich bei Fünf schon viel ruhiger als bei Acht. Wenn das so weitergeht, bin ich bei Eins eingeschlafen, ging es mir durch den Kopf. »Alle meine Glieder lockern sich«, hörte ich ihre besänftigende Stimme, »ich entspanne mich immer mehr«. Als sie bei Eins angekommen war, kam es mir so vor, als könnte ich mich nicht mehr erheben, vor allem, nachdem sie die Zahl dreimal ausgesprochen hatte. Was treibst du hier? sprach etwas in mir, du liegst auf der Couch einer wildfremden Person und bist wie festgezurrt, was soll das für eine Therapie sein? – Nein, widersprach ich, wenn ich wollte, könnte ich aufspringen. Aber das stimmte nicht, im Gegenteil, ich fühlte mich fast mit der Couch verwachsen, und die Klänge, die durchs Zimmer waberten, kamen mir auf einmal wie Begräbnismusik vor. »Ich stelle mir jetzt eine brennende Kerze vor, ich schaue in die Flamme und starre sie an«, hörte ich Frau Urbainczyk sagen. Sogleich tauchte vor meinen geschlossenen Augen eine weiße Kerze auf, deren Flamme unruhig flackerte. Ich starrte sie unverwandt an, bis Frau Urbainczyks Stimme mich aufforderte, eine zweite Kerze hinzuzunehmen, beide in weiß, die allmählich die Farbe wechseln sollten, zuerst rot, dann blau, dann grün. Bei mir wechselten sie schlagartig die Farbe, ja, sie wurden orange, gelb, schwarz – bis ich mich ermahnte, bei blau zu bleiben. Als ihre Stimme verlangte, eine dritte Kerze ins Blickfeld zu nehmen, war auch die sofort da, und die drei Kerzen fingen an zu tanzen, miteinander, umeinander, hin und her ging das, die Kerzen waren außer Rand und Band, sie tanzten Polka, obwohl man zu dieser lahmen Musik eigentlich gar nichts tanzen konnte. Aber plötzlich tauchte hinter den tanzenden Kerzen eine Gestalt auf. Hatte Frau Urbainczyk davon etwas gesagt? Die Gestalt kam näher, und nun bemerkte ich, dass es ein kleines Mädchen war. Jenes Mädchen im weißen Rüschenkleid, das ich vor kurzem noch gesehen hatte! In der Wrzeszynska. Das Mädchen, das fotografiert werden wollte. Sie war es. Ich schaute sie an, und sie nickte mir zu, als würde auch sie mich wieder erkennen. Hinter ihr erschien das Haus, vor dem ich sie fotografiert hatte, und die Kleine drehte sich um und zeigte mit der Hand zum dritten Stockwerk hinauf …

Es war nach Mitternacht, als Leibisch Friedman kopfschüttelnd vom Schreibtisch aufstand. Vorsichtig und in der Hoffnung, jedes Knarren zu vermeiden, öffnete er die Tür zum Gang. Doch die entließ ihn mit einem gräßlichen Quietschton aus seinem Studierzimmer. Während Leibisch zur Toilette schlich, murmelte er das Wort »Skandal« vor sich hin. Seine Tochter Tovosch wälzte sich träumend im Bett herum und schreckte hoch. Wer sprach da? Sie strengte sich an, mehr zu hören, doch es war wieder still. Vielleicht hat Großvater Salomon mich in eine seiner Sitzungen mitgenommen, dachte sie, das Wort hört sich ganz danach an … als ihr klar wurde, dass sie im Bett lag. Vom Gang her fiel Licht durch den Spalt der ein Stückchen offen stehenden Tür, und sie hörte draußen gedämpfte Schritte. Papusch, natürlich, er war noch wach, und wahrscheinlich hatte er gesprochen. Skandal? Bestimmt war das etwas, das man vor Kindern verheimlichen musste.

Sie schlüpfte aus dem Bett, huschte zur Tür, drückte sie weiter auf und sah Licht aus der Toilette fallen. Jetzt war ihr alles klar. Papusch musste mal, hatte ein Selbstgespräch geführt und dabei ganz vergessen, wie spät es war. Vielleicht beschäftigte er sich mitten in der Nacht mit etwas sehr Geheimnisvollem. Skandal, wiederholte sie das Wort langsam für sich und stieß bei der ersten Silbe mit der Zunge an die obere Zahnreihe. Es zischelte in ihrem Mund, und sie dachte, dass dieses Wort etwas Schlangenhaftes hatte. Wälzte ihr Vater etwa Probleme? Er sollte doch wissen, dass er mit Problemen zu ihr kommen konnte. Sie wusste Lösungen für alles und hatte ihm schon den Vorschlag gemacht, dass man den Herzschlag aller Menschen auf die gleiche Abfolge einstellen sollte – so könnten sie sich besser verstehen. Sie hatte ihm von ihrer Idee erzählt, dass man das Alter der Menschen nicht nur nach vorne zählen sollte, sondern auch rückwärts. Mein Leben begann mit minus zehn Jahren, und im Alter von plus Acht verliebte ich mich das erste Mal … Oder das Küssen. Wie wäre es, wenn sympathische Menschen eine Art Magnet in ihren Lippen trügen? So würden sie sich schon auf der Straße gegenseitig anziehen! Die Klospülung rauschte, und ihr Vater kam sinnend zurück. Jetzt durfte ihn Tovosch nicht einfach vorbeigehen lassen, so ganz ohne Erklärung. Sie drückte die Tür auf und rieb sich theatralisch die Augen.

»Hab ich dich geweckt, Tovosch?«, fragte er, »schlaf wieder ein, ich war in Gedanken.«

»Ich kann nicht schlafen, Papusch. Und ich hab geträumt, einen Skandal geträumt, und da bin ich aufgewacht und hab dich gehört.«

Er legte den Kopf auf die Seite und sah sie zweifelnd an.

»Von einem Skandal hast du geträumt. Ich wusste gar nicht, dass Kinder in deinem Alter so etwas träumen«, lächelte er. »Mir scheint, du bist ein medizinisches Phänomen«.

»Fenomän«, wiederholte sie, »ist das auch so ein Dilemma wie Skandal?«

Leibisch schmunzelte: »Ich merk schon, was du willst. Du willst nicht ins Bett. Aber Schlaf ist ein Lebenselixier und ganz wichtig.«

Er schob sie in ihr Zimmer und bugsierte sie ins Bett.

»Wieso ein Lebenselixier?«, fragte Tovosch.

»Na ja, ohne zu schlafen könnten wir gar nicht leben.«

Kaum lag sie unter dem Federbett, das er sorgsam glatt strich, murrte Tovosch: »Aber das mit dem Skandal musst du mir noch erklären, sonst kann ich nicht einschlafen und hab kein Lebenselixier für morgen.«

»Weißt du«, antwortete ihr Vater, »ich habe gerade in der Bibel gelesen, im Buch Hiob. Hiob ist ein redlicher Mann, der sich nichts zuschulden kommen lässt. Aber Gott schickt ihm schweres Leid …«

»Aber warum?«, fragte sie.

»Darüber hab ich nachgedacht. Die Freunde Hiobs kommen und sagen ihm, sein Leid sei eine Strafe für eine verborgene Schuld, also eine Schuld, von der er nichts weiß.«

»Das glaub ich nicht«, sagte Tovosch laut, »man weiß doch immer, wenn man etwas Böses getan hat«.

»Auf den Standpunkt stellt sich auch Hiob. Er antwortet nämlich den Freunden, wie lange sie ihn noch quälen und mit Worten niedertreten wollen.«

»Toll«, jubelte sie, »der Hiob gefällt mir«.

»Nur hilft ihm das gar nicht. Einer der Freunde erklärt ihm, dass Gott ihn durch Leiden erziehen will. Er wolle ihn dadurch vom Bösen fernhalten.«

»Ist Hiob krank?«, fragte sie, »hat er Schmerzen?«

»Er ist sehr krank, er hat große Schmerzen, und er hat seine Familie und all seinen Reichtum verloren.«

»Das ist ja furchtbar. Der arme Hiob. Und wie geht es weiter?«

»Nachdem ihm einer seiner Freunde gesagt hat, dass man Gott nicht ergründen kann, dass er aber gerecht ist und einem Guten nichts Schlimmes antut, will Hiob das von Gott selbst wissen. Er ruft laut nach ihm.«

»Hat er denn keine Angst?«

»Vielleicht, aber er glaubt nach wie vor an Gottes Güte.«

»Und erscheint Gott?«

»Gott antwortet Hiob aus einem Sturm heraus. Das ist eine gewaltige Szene. Gott weist Hiob streng zurecht, er nennt seine Klage ein Gerede ohne Einsicht und fragt ihn, ob er wirklich mit dem Allmächtigen rechten will.«

»Was ist das, rechten will?«

»Na ja, Gott will wissen, ob Hiob ihn anklagen will.«

»Das tut er doch, oder?«

»Du hast Recht, eigentlich tut er das, aber nachdem ihm Gott seine Macht und Weisheit klargemacht hat, lenkt Hiob ein und erklärt Gott, dass er zu gering sei. Ich lege meine Hand auf meinen Mund, sagt er.«

»Oh«, entfuhr es Tovosch, und sie schaute ihren Vater enttäuscht an, »ist das der Skandal?«

»Nein«, antwortete Leibisch, »das ist nicht der Skandal«.

»Aber ein Skandal ist etwas, das einen empören kann.«

»Richtig. Stell dir vor, du hast Gott angerufen und stellst ihn zur Rede. Das ist doch schon mehr als mutig«, erklärte Leibisch.

Tovosch nickte unzufrieden. Ihr Vater schaute sie mit einem Gesichtsausdruck an, als wäre ihm gerade klar geworden, dass er seiner Tochter nicht halbe Sachen servieren könne: »Jetzt kommt eine Stelle, die geheimnisvoll ist. Denn Gott sagt zu Hiob, dass er in Zorn gegen seine Freunde entbrannt ist. Die

Freunde Hiobs haben aber gerade Gott verteidigt. Sie haben im Grunde etwas Ähnliches gesagt wie Gott selbst.«

»Das ist ja ein Skandal!« rief Tovosch aus und schaute ihren Vater mit großen Augen an. Der aber erwiderte ernst: »Ich bin mir nicht mehr so sicher«.

Dann strich er übers Federbett, gab seiner Tochter einen Kuss und stand auf. An der Tür drehte er sich herum: »Es ist ein Rätsel … doch in dieser Nacht werden wir es nicht lösen. Jetzt musst du schlafen, es ist schon spät. Träum was Schönes, meine Kleine«. Mit diesen Worten schaltete er das Licht aus.

Tovosch jedoch lag auf dem Rücken wach und konnte nicht einschlafen. Schließlich fing sie zu beten an und fragte Gott, warum er Hiob so schreckliche Sachen angetan habe, bekam aber keine Antwort. Sie fragte ihn, warum er zornig auf Hiobs Freunde geworden sei, doch auch hier hörte sie nichts aus der Dunkelheit. Schließlich wünschte sie sich einen Sturm herbei, aber auch der blieb aus, obwohl sie die Bettdecke über den Kopf gezogen hatte. Zuletzt bat sie Gott, ihr wenigstens im Traum zu erscheinen und Antworten auf ihre Fragen zu geben. Sie müsse Papusch schließlich auf die richtige Spur bringen, damit sie endlich den Skandal beenden könnten.

4
Männer sind Jäger

Eine Hand berührte mich an der Schulter, zuerst leicht, dann fester. Ich schlug die Augen auf, sah einen altmodischen Kronleuchter, und an der Seite erkannte ich die Bücherwand. Eine Stimme fragte: »Frau Morane?« Mir wurde bewusst, wo ich war. Bei Rosa Urbainczyk, der Rückführerin, die mich zur Ruhe bringen wollte. Ich richtete mich langsam auf und schaute sie an.

»Wie fühlen Sie sich?«, fragte sie.

»Ich war weg … ich war ganz woanders«, stammelte ich.

Sie schüttelte ungläubig den Kopf: »Es war nur eine Entspannungsübung«.

»Als die Kerzen zu tanzen anfingen, erschien ein Mädchen … ich kannte es schon, ich bin ihm heute begegnet, auf der Straße, und dann schlich ihr Vater mitten in der Nacht über den Flur und erzählte ihr etwas über Hiob.«

»Hmm«, sagte Frau Urbainczyk, wiederholte es und sah mich dabei nachdenklich an. Ihr »Hmm« klang gar nicht verheißungsvoll, ich fragte ängstlich: »Was bedeutet das? Bin ich eingeschlafen und habe geträumt?«

»Ich glaube nicht«, erwiderte sie, »aber Sie sind sehr suggestibel«. Sie lehnte sich zurück: »Über Hiob haben Sie gesprochen?«

Ich nickte.

Rosa Urbainczyk stand auf, machte ein paar Schritte im Zimmer, um vor dem Fenster stehen zu bleiben: »Hiob, das ist derjenige, der als erster an seinem Glauben irregeworden ist. Eine beunruhigende Geschichte«. Sie drehte sich zu mir: »Es ist gut, dass Sie gekommen sind. Wir müssen einen weiteren Termin machen«.

»Aber was bedeutet das alles?«, fragte ich und erhob mich von der Couch.

»Das weiß ich noch nicht.«

Am nächsten Morgen genoss ich mein Frühstück und nahm mir vor, den ganzen Tag lang keine sonderbaren Erlebnisse zu haben. Ein junger Kellner mit roten Haaren bediente mich und versuchte, mir jeden Wunsch von den Lippen abzulesen. Vielleicht waren es die Spaghetti-Träger meines hellblauen Oberteils, die ihn anzogen, es schmeichelte mir jedenfalls, ihn um mich herumschwänzeln zu sehen. Kaum zurück in meinem Zimmer, klingelte das Telefon. Ich erkannte die Stimme sofort an dem auf- und abschwingenden Timbre, es war mein Nachbar aus dem Flugzeug. Unternehmungslustig fragte Dreichwerd, was ich wohl glaube, weshalb er anrufe und fügte ironisch hinzu: »Eine kleine Denksportaufgabe. Tut jedem gut. Welche Untat trauen Sie mir zu?« Ich lachte in mich hinein, seine Art gefiel mir. Ob ich Lust hätte zu einen Bummel über den Rynek krakowski? Er wolle mir die Tuchhallen zeigen und die Cafés. Das kam mir gerade recht. Keine Recherche, keine Rosa, kein kleines Mädchen, ich konnte Touristin sein und nichts anderes. Ohne lang zu überlegen, sagte ich zu und fragte, wo er sei? Unten in der Lobby! Ich käme bald, er solle dort auf mich warten.

Im Bad musterte ich mich im Spiegel. Meine Schwäche für Süßigkeiten sah man mir jedenfalls nicht an, meine Figur war schlank, die Taille gut sichtbar, der Busen straff. Ich näherte mich dem Spiegelgesicht. Die Lachfalten an den Augen könnten ein wenig dezenter ausfallen, ich versuchte, sie mit den Fingern glatt zu klopfen, leider erfolglos, aber dafür war ich mit meinem Hals sehr zufrieden, er war einigermaßen faltenfrei, eigentlich wie poliert, als sei ich gerade erst auf die Welt gekommen. Meine römische Nase ragte vielleicht etwas zu weit hervor, doch man sollte nicht überkritisch sein, sagte ich mir, wenn man einen so wunderbar sinnlichen Mund hat und das dunkelbraune Haar üppig bis auf die Schulter fällt. Wer anders entscheidet über die Schönheit einer Frau, wenn nicht sie selbst. Und ich gefiel mir ausgesprochen gut. Während ich mir die Lippen schminkte, zweifelte ich, ob ich nicht ein wenig vorschnell zugesagt hatte, vielleicht würde er das falsch auffassen. Männer sind Jäger, sie lieben es überhaupt nicht, wenn das Reh aus freier Wildbahn zutraulich zu ihnen ins Wohnzimmer spaziert und ihnen zuzwinkert. Was denke ich denn da, schalt ich mich im nächsten Moment, du bist verheiratet, Sabina-Esther, du hast einen wunderbaren Mann, wie können dir überhaupt Rehe und freie Wildbahn in den Sinn kommen?

Während ich in meine offenen Riemchenschuhe mit halbhohem Absatz schlüpfte, fiel mir der Traum aus der Rückführung ein. Ich zweifelte einen Moment, ob es wirklich ein Traum ... er war so lebendig gewesen, dass ich die Einzelheiten noch immer parat hatte, und dieses kleine Mädchen ... Ich sollte ihn aufschreiben, mir wenigstens ein paar Notizen machen, sonst verfliegt und verweht er, und morgen weiß ich gar nichts mehr davon. Ich holte mein Diktaphon aus der Handtasche und sprach alles rasch aufs Band, woran ich mich erinnerte.

Dreichwerd trug Jeans und ein helles Sakko über blauem Hemd und strahlte elegante Lässigkeit aus. Wir sollten zu Fuß gehen, teilte er mit, man sähe so mehr von der Stadt, und der Rynek sei auch ganz in der Nähe. Als wir auf der Straße standen, wies er in die Richtung, in die wir gehen müssten: »Krakau ist eine kleine Stadt, jedenfalls der Stadtkern, man findet sich schnell zurecht, Sie werden sehen«. Die Hitze war schon jetzt am Vormittag fast unerträglich, doch von ihm hörte ich kein Wort über die Temperatur. Ich sagte, dass das ein ungewöhnlich heißer Tag sei, aber bei ihm sähe ich keine einzige Schweißperle. Er lächelte mich an, er liebe Hitze, je wärmer es sei, desto wohler fühle er sich. Und schließlich müsse man sich auf den Klimawandel einstellen, Spanien könne bald zu einer europäischen Sahara werden, Polen und Deutschland sich zu Savannen und Steppen entwickeln … er sandte mir einen belustigten Blick, darauf müsse man sich innerlich einstellen. Seltsamen Humor hat der Mann, dachte ich und fragte: »Sie sind Deutscher?« Er nickte, aber dann schien ihm doch eine Korrektur nötig: »Eigentlich fühle ich mich als Kosmopolit«. – »Das hängt mit Ihren Geschäften zusammen?«, stocherte ich weiter. »Ja, gewissermaßen schon«, bemerkte er, »man wird international durch die Geschäfte«. Gut, dachte ich, wenn du nicht reden willst, dann soll es so sein, ich will dich jedenfalls nicht ausquetschen, du könntest auf falsche Gedanken kommen. Ich deutete auf ein Gebäude vor uns: »Was ist das?« Er blieb stehen und warf einen Blick darauf: »Das Dominikanerkloster. Ja, es existiert noch, und es ist sehr alt. Wissen Sie, wer hier gelebt hat?« Er wartete meine Antwort nicht ab. »Karol Wojtyla.«

Wir gingen in eine schmale Gasse hinein, und er zeigte auf die Häuser: »Das ist das alte Krakau, hier hat sich kaum etwas verändert. Wissen Sie, dass die Stadt im Krieg verschont wurde?« Natürlich wusste ich es, der größenwahnsinnige deutsche Gouverneur Frank hatte in der königlichen Residenz mit einer Krone auf dem Kopf geherrscht, Ungezählte ließ er umbringen, aber *seine* Stadt wollte er beschützen, ihr sollte nichts geschehen. Ich erwiderte kurz: »Ja, ich weiß, Frank«. Das genügte ihm offenbar, er schwieg und ließ keine weiteren Erläuterungen folgen. Am Ende der Gasse fragte er plötzlich: »Ich bin furchtbar neugierig, ein unangenehmer Zug von mir, ich wüsste zu gern, worüber Sie schreiben wollen«.

Ich überlegte, was ich ihm antworten könnte, es musste etwas sein, was nicht allzu viel verriet, etwas Unverfängliches, etwas, das alles offen ließ.

»Na ja«, sagte ich, »das Krakau von heute ist mein Thema, eine Reportage über … die Gegenwart«.

»Die Gegenwart existiert nie isoliert«, entgegnete er, »was heute Gegenwart ist, ist morgen Vergangenheit«.

»Sie wollen mir sagen, dass die Vergangenheit immer eine Rolle spielt?«

»Immer«, bestätigte er, »ohne sie gäbe es uns vielleicht gar nicht«.

Er zuckte mit den Schultern und lächelte geheimnisvoll.

»Oder wir wären ganz andere«, ergänzte ich, »und lebten vielleicht in Alaska oder Feuerland und sorgten uns um unsere Schlittenhunde«.

»Oder in Israel«, sagte er mit sanfter Stimme, »und müssten uns vor Anschlägen fürchten«.

Wie kommt er auf Israel, durchzuckte es mich, er weiß doch gar nicht, dass ich Verwandte dort habe und dieses Land liebe.

»Wussten Sie, dass Krakau eine sehr jüdische Stadt war?« fuhr er fort, »hier lebten über dreißig Prozent Juden«.

Seine letzte Formulierung entspannte mich. Er hatte *Juden* gesagt, nicht *jüdische Mitbürger* oder *jüdischer Bevölkerungsanteil.* Die Kollegen in der Redaktion wie überhaupt die meisten Deutschen treten mit Filzpantoffeln bei diesem Thema auf. Achtung! – bloß kein falsches Wort in den Mund nehmen. Ich finde es immer erstaunlich, wie ängstlich man bei uns die Vokabel Jude vermeidet, als sei sie nur schwer auszusprechen – und wie häufig Nichtjuden darauf hinweisen, dass sie jüdische Freunde haben. Sie sagen nicht ›Mein Freund ist Jude‹, nein, sie haben jüdische Freunde. Sie benutzen die Mehrzahl und das Eigenschaftswort. Das Hauptwort ist verpönt, als sei es ein schmutziger Ausdruck, den man besser nicht ausspricht. Aber mein deutscher Begleiter hier redete unbekümmert von *Juden.* Ich fasste Zutrauen zu ihm.

»Sind Sie sicher?«, fragte ich, »über dreißig Prozent Juden?«

Er nickte: »Die Stadt war geprägt von Juden, vor allem die Wirtschaft und die Kultur, denken Sie nur an die Kunstakademie Jan Matejko. Sie war berühmt wegen ihrer Professoren, fast alle Juden.«

Jetzt wirkte Dreichwerd auf mich selbst wie ein Professor,

der gerade eine Privatvorlesung hielt, ich schaute ihn amüsiert von der Seite an.

»Ja, ja, schmunzeln Sie nur – aber irgendjemand muss Ihnen das sagen, und die Polen werden es nicht tun.«

»Na, vielleicht übertreiben Sie gerade ein bisschen.«

»Was die Polen angeht?«

»Nein, was die Juden betrifft. Solche Übermenschen waren es nicht.«

»Davon spreche ich doch gar nicht. Sie sind so gebrechlich wie alle andern. Aber soll man deshalb ihre Leistungen unter den Scheffel stellen?«

Komisch, wie er redete. Er kam mir aber nicht wie ein Philosemit vor, der vor einer Fremden seine Judenverliebtheit herausstellte, eher wirkte er wie ein nüchterner Buchhalter. In dieser Rolle war er mir gar nicht unsympathisch, und am liebsten hätte ich ihm vorgeschlagen, dass er weiter reden und mir einen Vortrag halten solle über das Krakau der Vergangenheit.

»Schauen Sie«, sagte er und wies mit dem Kopf auf einen Hauseingang, »sehen Sie, was über der Tür steht?«

»PGM«, las ich laut vor, »was bedeutet das?«

»Unter staatlicher Verwaltung. Eine freundliche Umschreibung dafür, dass sich darum niemand kümmert, am wenigsten die Bewohner selbst. Es sind Häuser, die einmal Juden gehörten.«

»Aber dieses Haus ist doch gar nicht verwahrlost, es sieht prima aus«, erwiderte ich.

»Ja, hier sind die Besitzverhältnisse schon geregelt. Die neuen Besitzer haben das Haus instand gesetzt. Aber die meisten PGM-Gebäude verrotten.«

Ich war mir jetzt fast sicher, dass mein Bekannter im Immobiliengeschäft tätig sein musste. Vielleicht war er sogar ein Ossi, der Hochdeutsch gelernt, seine sozialistische Vergangenheit abgestreift hatte und nun munter Geschäfte mit den Polen machte. Ich überlegte, ob ich ihm sagen sollte, dass der verblichene ostdeutsche Staat immer ein Frösteln bei mir ausgelöst hatte, wie überhaupt die Verbindung von Kommunismus und Deutschtum eine beunruhigende Mischung ist.

»Sehen Sie, da vorne, dort beginnt der Rynek«, wechselte er das Thema. Ein großer Platz erwartete uns, schon am Eingang musizierten Straßenmusiker, geradeso, als wollten sie uns ein Ständchen bringen, etwas weiter weg verrenkte sich ein Pantomime, in der Mitte befand sich ein großes Gebäude, die Tuchhallen, und an den Seiten reihte sich ein Café neben das andere. Der ganze Platz atmete Amüsement, Vergnügen, Fröhlichkeit, präsentierte sich als Lebenslust-Meile, als Unterhaltungs-Terrain und platzte vor Menschen, lauter Müßiggängern und Touristen. Über diesen Rynek, ging es mir durch den Kopf, muss Großvater geeilt sein, wenn er in Geschäften unterwegs war, wenn er in die Jeschiwa ging, wenn er seiner Frau schnell noch ein paar Blumen mitbringen wollte …

»So lieb ich mein Krakau«, hörte ich meinen Begleiter, »so voller Leben! Sehen Sie, da steht Adam«. Er wies mit dem Kopf auf ein Denkmal, an dessen Fuß sich junge Leute tummelten. Von meiner Vorbereitung wusste ich, dass es die Statue des Nationaldichters Adam Mickiewicz sein musste, aber ich wusste nicht, dass Dreichwerd mit ihm per Du war. Er schaute mich an, als erwartete er einen begeisterten Kommentar von mir, ich aber schwieg, den Blick auf die Pferdekutschen gerichtet, die an der Längsseite warteten. Sie wirkten auf mich, als wären sie aus dem vorletzten Jahrhundert geradewegs hierher galoppiert, dabei waren sie nur auf alt gemacht, rosa und weiß gestrichen und kräftig aufpoliert. Aber die Illusion wirkte, für mich fügten sie sich ins Krakau der Gegenwart, als gehörten sie wie das Standbild von Adam und die Tuchhallen zum Rynek. Langsam näherte ich mich ihnen, als befürchtete ich, dass sie sich als Sinnestäuschung herausstellten, wenn ich zu schnell herantrat. Ich muss Dreichwerd für einen Moment vergessen haben, denn ich konnte nicht anders als in eine der offenen Kutschen einzusteigen. Kaum aber saß ich auf der Sitzbank, sprang von der anderen Seite ein Kind zu mir hinein. Ich starrte es an. Es war jenes Mädchen aus der Rückführung, aus meinem Traum, sie trug dasselbe weiße Kleidchen wie beim ersten Mal, nickte mir vertraulich zu und rief nur ein Wort: »Wio!«. Schon begannen die Pferde loszutraben. Ich war völlig verwirrt und sagte mit schwacher Stimme: »Halt, es geht nicht, wir können nicht …«

Die Kleine schaute mich belustigt an: »Ich weiß, dass du eine Rundfahrt machen willst, du bist eine Rundfahrerin, deshalb bist du doch hier«.

»Ja, schon«, wunderte ich mich über ihre Worte, »aber ich bin in Begleitung … wer bist du überhaupt?«

»Dieser Herr, mit dem du unterwegs bist, ist nicht gut für dich«, ignorierte sie meine Frage.

Ich musste lachen. Sie hatte mit einer so kindlichen Ernsthaftigkeit gesprochen, als ginge es um Tod und Leben.

»Aber warum denn, was hast du gegen ihn?«, versuchte ich mein Lachen mit einer seriösen Frage wieder gutzumachen.

Die Kleine hob die Nase: »Er ist nicht gut für dich«.

Kinder sind mitunter eigensinnig, und dieses Exemplar hatte offenbar eine besonders starke Dosis abbekommen. Vielleicht auch sah sie ihn als Nebenbuhler, aus irgendeinem Grund hatte sie mich als Spielgefährtin auserkoren – oder sollte ich besser sagen als Gesellschafterin? Auf jeden Fall war dieses Mädchen keine Traumgestalt aus meiner Rückführung, sie existierte wirklich.

»Wie heißt du noch mal?«, fragte ich.

»Tova, aber meine Mutter und mein Vater nennen mich Tovosch. Du kannst auch so zu mir sagen.«

»Und ich heiße Sabina-Esther. Was machst du eigentlich hier auf dem Rynek?«

»Ich dachte mir, dass du hierher kommst. Da wollte ich dich treffen.«

»Du bist meinetwegen gekommen?«

Sie gab keine Antwort, stattdessen rief sie dem Kutscher zu, er solle langsamer fahren.

»Siehst du, das ist das Café Pod Papugami.« Sie deutete mit der Hand auf ein Straßencafé, an dem wir eben vorbeifuhren, und als ich zu den Tischen und Korbstühlen und Sonnenschirmen sah, kam es mir vor, als würde es plötzlich kälter werden und die Farben ausbleichen wie in einem alten Film …

Als Leibisch Friedman die Wohnung der schönen Frau am Mikolajska verließ, wusste er noch nicht, dass sein schwärender Konflikt sich bald auf unerwartete Weise auflösen sollte. Es war ein Tag Anfang März, der Wind zwickte an den Ohren, die Passanten hatten die Mantelkrägen hochgeschlagen, und sogar die Bäume ächzten leise, als würden sie den Himmel um das baldige Nahen des Frühlings anflehen. Leibisch aber schlenderte gedankenverloren dem Café Pod Papugami entgegen. Eine dunkelgrün gestrichene Trambahn ratterte vorbei, in der die Fahrgäste eng zusammenstanden, und manche sogar auf dem hinteren Trittbrett mitfuhren. Einige der ballonförmigen Straßenlaternen leuchteten bereits wie Aushilfsmonde, als wollten sie den Liebenden schon zu dieser frühen Stunde des Nachmittags eine ordentliche Portion Romantik bieten. Krakau war eine wunderschöne Stadt, und es war gleichgültig, ob Tag oder Nacht herrschte, sie leuchtete immer.

Es war Leibischs Angewohnheit, sich *Dr. Blochs Österreichische Wochenschrift* zu kaufen, obwohl das eigentlich überflüssig war, denn im Pod Papugami konnte man alle möglichen Druckwerke lesen, polnische, österreichische, jiddische und sogar deutsche. Aber die Zeitung unter dem Arm verlieh ihm etwas Geschäftliches, sie drängte das Zweifelhafte des Nachmittags fort, gab ihm einen unternehmerischen Auftritt, und ihm selbst erschien sie wie ein Anker der realen Welt. *Dr. Blochs Wochenschrift* nannte sich im Untertitel »Zentralorgan für die gesamten Interessen des Judentums«, eine politische Zeitschrift, die Themen abhandelte, die in seinem Studium keinerlei Bedeutung besaßen.

Er bestellte wie üblich eine Portion Kaffee mit Schlag, blätterte seine Zeitung auf und überflog die Inhaltsangabe. Judenpogrome in Russland, Palästina litt unter anhaltender Dürre, ein Aufsatz handelte von »gekniffenen Ostdeutschen«, ein anderer trug die Überschrift »Was würde Voltaire dazu sagen?«. Leibisch legte *Dr. Blochs Wochenschrift* beiseite und holte sich eine polnische Zeitung vom Ständer. Hier gab es ganz andere Themen. Auf dem Balkan wurde schon wieder gezündelt, Russland dagegen schien ein einziges Paradies zu sein, dem man den Namen Sozialismus gegeben hatte, in Ungarn hatte eine Frau Fünflinge zur Welt gebracht, und in Deutschland schickte sich eine Partei mit dem Namen Nationalsozialisten an, dem Land seine verlorene Reputation zurückzugeben, eine Entwicklung, die man mit Argusaugen beobachten müsse, so hieß es jedenfalls im Kommentar. Leibischs Augen glitten über die Schlagzeilen. Wenn man wollte, konnte man sich jeden Tag Sorgen um die Welt machen, doch war das vom Schöpfer beabsichtigt? Eine Sorge zuviel kann den stärksten Helden töten, so hieß es beim Propheten Hesekiel, und stimmte das etwa nicht?

Er blätterte weiter, doch seine Gedanken schweiften zurück zu der Wohnung in der Mikolajska. Renia war wunderbar, bei ihr fühlte er sich unbesiegbar, und doch plagte ihn Unsicherheit, wenn er sie besuchte. War er nicht Student des Rabbiner-Seminars, war es nicht seine Aufgabe, die Thora zu studieren und sich dem Talmud hinzugeben? Und niemandem sonst. Renia durchschaute ihn, sah ihm in die Augen und erklärte »Vertrauen ist Potenz, Zweifel ist Impotenz«. Sie sprach, wie er eigentlich sprechen sollte. Und doch hatte sie sein wirkliches Problem nicht durchschaut. In der Welt leben, und dabei das Gesetz einhalten, das religiöse, darum ging es doch. Mit den Beinen fest in diesem Krakau hier und heute verankert sein und doch den Assimilationsöfen der Fremde zu widerstehen. Sein

Interesse an seiner Religion war stark, doch mit Schläfenlocken herumzulaufen kam ihm nicht in den Sinn, weder trug er einen Bart noch einen Kaftan oder gar eine Kippa unter dem Hut. So etwas lehnte er ab. Er kleidete sich wie ein moderner Mann, trug ein graukariertes Sakko über einem weißen Hemd mit dunkelroter Krawatte. Was ihn wirklich interessierte war, ob sein Gott tatsächlich ein düsterer orientalischer Despot war, der Lämmer als Opfergaben verlangte und seinen Priestern gestattete, die seltsamsten Zeremonien für ihn zu erfinden, um seinen Zorn zu besänftigen. War Zorn überhaupt eine göttliche Eigenschaft oder ist sie nicht lediglich die Projektion menschlicher Angst?

Seine Stirn hatte sich in Falten gelegt. Sollte er nicht besser in der Gegenwart leben, nur in ihr. Wenn das, was er bei Renia erlebte, Glück war, dann hatte er an diesem Nachmittag von dieser Speise reichlich genascht. Und war das nicht das Wichtigste? Im Glück baden, alles vergessen, den Moment zur Ewigkeit dehnen. Und das Schönste war, dass er sich nicht als taumelnder Dürstling der Liebe vorkam, denn Renia empfing ihn mit offenen Armen. Und doch, ob er verliebt war, konnte er nicht sagen. Auch so ein merkwürdiges Gefühl, dem man nicht durch Nachdenken auf die Spur kam. Er fühlte sich zu ihr hingezogen, fühlte sich stark und unverwundbar bei ihr, und doch zweifelte er. Weil sie Schauspielerin war? Blödsinn! Weil sie keine Jüdin war? Eine leise innere Stimme flüsterte ihm etwas zu, das er nicht hören wollte. Unwirsch blätterte er in der Zeitung weiter und griff zu der zierlichen Kanne, um sich Kaffee nachzuschenken.

Einen Tisch weiter hatten zwei junge Damen Platz genommen, beide gut gekleidet und ausgesprochen attraktiv aussehend. Sie begannen sofort eine Unterhaltung und man konnte hören, dass sie jiddische Ausdrücke verwendeten. Er schaute zu ihnen, bemerkte das üppig fallende kastanienbraune Haar der einen und ihre mit grünen Bändern geschnürte Bluse und ermahnte sich, mit seinen Gedanken zum Wesentlichen zurückzukehren.

Im Jahr 5693, nach christlicher Rechnung 1933, hatte er sein Rabbinerstudium begonnen, nicht weil es seine Eltern wollten, sondern weil er selbst von den Büchern Mose magisch angezogen wurde. Er las sie nicht nur als Botschaft Gottes, sondern als dessen Lebensbericht, in dem er sich selbst durch seine Taten charakterisierte. Das war aufregende und dramatische Literatur für Leibisch, und er dachte keinen Moment an seinen späteren Beruf dabei. Aber seine Mutter stellte ihn sich zu gern als würdigen Rabbiner vor mit langem Bart und weisen Sprüchen, sie war eine gebürtige Rappaport, und ihre Ahnen waren alle Rabbis gewesen, fromme und tugendhafte Männer, die niemals überlegen mussten, ob sie in eine Schauspielerin verliebt waren, die noch dazu als Christin durchs Leben schritt. Es gruselte ihn, wenn er sich mit den Augen seiner Mutter sah: Ein dunkles Zimmer, in dem er an einem Tisch sitzt, die Wände vollgestopft mit alten Folianten, und sein grau gewordener Bart fällt lang über ein Buch, während durch die geschlossene Tür eine keifende Stimme tönt, die zu Reb Arie will. Das ist sein hebräischer Name, doch in der Familie spricht ihn niemand so an, hier ist er nur Leibisch. Eine Frau um die vierzig kommt mit verweinten Augen zu ihm herein und fordert schluchzend: »Rebbe, Rebbe, Ihr müsst mir geben einen Rat. Mein Mann betrügt mich. Es muss doch irgendetwas stehen in die Bücher«. – »Du hast Recht«, wird er entgegnen, »in den Büchern steht alles. Gib mir vom Regal Foliant Nummer zwei«. Die Frau tut wie geheißen, und er blättert Seite für Seite auf und findet nichts. »Ich muss dich enttäuschen«, sagt er nach einer Weile, »hier ist nichts. Aber gib mir herunter Foliant Nummer sechs«. Die Frau reicht ihm das alte Buch, wieder sieht er es durch, wieder findet er nichts. »Es muss stehen im Foliant Nummer neun«, sagt er, »gib mir den herunter«. Die Frau, schon ungeduldig, aber ergeben seine Bücherhörigkeit ertragend, reicht ihm ächzend auch dieses dicke Buch. Er blättert es ebenfalls durch, und was entdeckt er auf Seite 183? Seine zusammengedrückte Brille, die er schon seit einem Monat sucht. Er faltet sie zurecht, setzt sie auf, mustert die Frau von oben bis unten, sie sieht ihn erwartungsvoll an, er schaut ihr nachdenklich ins Gesicht, dann antwortet er bedächtig: »Dein Mann betrügt dich? – Recht hat er«.

Der Kellner im Café Pod Papugami kam eben vorbei und fragte, weil er meinte, etwas gehört zu haben: »Bitte?« Der künftige Rabbiner Leibisch entfernte sein Lächeln aus dem Gesicht und verlangte nach der Rechnung. Der Kellner zückte sein Blöckchen, und während der Student des Rabbiner-Seminars zahlte, warf er einen Blick zu dem Tisch mit den beiden jungen Frauen. Das kastanienbraune Haar der einen hatte es ihm angetan und ihm fiel ein, dass Rabbiner-Frauen Perücken tragen mussten. Ja, er wusste schon warum, erklärt hatte er es sich – nur verstehen konnte er es bis heute nicht. Leibisch tat so, als müsse er *Dr. Blochs Wochenschrift* besonders sorgfältig zusammenfalten und warf dabei einen strengen Blick in die Runde. Seltsamerweise hielten auch die beiden jungen Frauen in ihrem Gespräch inne, doch während die Schwarzhaarige nach dem Kellner schaute, warf die Kastanienbraune einen Blick zu ihm, nur kurz, nur scheinbar zufällig, um sich sogleich wieder ihrer Freundin zuzuwenden. Und jetzt, wo er bezahlt hatte und im Begriff war zu gehen, bildete das Damenduo an dem kleinen runden Tisch wieder ein perfektes Gesprächsensemble im Café Pod Papugami, sonst war da nichts. Außer einer unsichtbaren Verbindung zwischen zwei Menschen, die bald eine viel engere Beziehung eingehen sollten.

5
Sie sind Atheist!

»Frau Morane!«, hörte ich eine Stimme, »kaum aus den Augen, machen Sie sich auch schon selbstständig«.

Ich schaute zu Dreichwerd, dann auf den Sitzplatz neben mir. Kein Mädchen saß da, niemand, mit dem ich hätte sprechen können.

»Haben Sie Lust auf eine Kutschfahrt?«

Die Pferde scheuten, als er näher trat. Ich murmelte: »Nein … ich wollte nur mal einsteigen.«

Er reichte mir die Hand, um mir herunter zu helfen: »Krakau ist verführerisch, nicht wahr, man sieht eine Kutsche und schon glaubt man sich in die alte Zeit versetzt.«

Um uns herum brodelte die Gegenwart, Fußgänger spazierten in allen Richtungen über den Rynek, Skateboardfahrer sausten zwischen ihnen hindurch, ein Miniaturbus lud zu einer Krakau-Tour ein. Nicht weit von uns erklomm eine weißgeschminkte und in weiße Laken gehüllte Person einen Stuhl, um von ihm aus bizarre Fratzen zu schneiden. Näherte sich ihr jemand, deutete sie auf einen Hut unter ihr, und wenn eine Münze darin klingelte, ließ sie sich mit dem Passanten auf ein Foto bannen. »Die weiße Dame«, erklärte Dreichwerd neben mir. Plötzlich hörte ich eine Trompete spielen, die Klänge kamen von oben, vom Turm der Kirche an der Ecke.

»Hören Sie den Trompeter?«, fragte mein Begleiter, »er spielt die traditionelle Melodie«. Er verharrte mit schrägem Haupt, als würde er sich dem Trompetenspiel ganz hingeben.

»Die Marienkirche«, sagte ich und lauschte ebenfalls.

»Ich möchte in die Kirche hineingehen. Kommen Sie!«, forderte ich ihn auf«. Doch er schüttelte den Kopf: »Gehen Sie nur, das ist nichts für mich, ich warte hier auf Sie«.

Seltsamer Patron, wenn er schon so lange nicht in Krakau

war, sollte er doch wenigstens die Marienkirche wieder einmal besuchen, schließlich ist sie ein Wahrzeichen der Stadt. Als ich in der gotischen Basilika verschwand, fiel mir mein Vater ein, der nicht gottesgläubig ist, aber doch ziemlich regelmäßig in die Synagoge geht. Ich fragte ihn einmal, warum er das mache, und er erklärte, dass es verschiedene Gründe gäbe, die Synagoge zu besuchen, »mein Freund Pesach geht hin, um mit Gott zu reden, und ich gehe hin, um mit Pesach zu reden«.

Während ich mich dem Altar und Kruzifix von Veit Stoß näherte, kam mir die Kleine von vorhin in den Sinn. Was passierte mit mir, hatte ich Halluzinationen? Löste die Stadt emotionale Störungen bei mir aus? Ich fühlte mich gar nicht krank, habe noch nie irgendwelche Stimmungsaufheller oder Antidepressiva nehmen müssen. Ich bin gesund, geistig wie körperlich, Gott sei Dank. Aber vielleicht war ich jetzt auf dem Weg, ein Fall für die Klapsmühle zu werden. In Krakau veränderte sie sich, hörte ich schon die Stimme meines Chefredakteurs, jetzt befindet sie sich in einer geschlossenen Anstalt. Unsinn, blanker Unsinn. Mama, du bist daran schuld, dass ich hier kleine Mädchen kennen lerne und in Kutschen vergangene Begebenheiten als Filmfragmente sehe. Wärst du doch zu Lebzeiten mit mir nach Krakau gefahren! Nichts habe ich erfahren, ein schwarzes Loch hast du mir hinterlassen. Dabei hättest du mir alles zeigen und meine Neugier stillen können. Aus Liebe zu dir bin ich doch hier.

Ich war vor dem steinernen Kruzifix angelangt und schaute hinauf zu dem Juden Jesus. Seine Mission hatte er bitter bezahlen müssen wie so viele Propheten. In die Wüste hatte man sie gejagt oder den wilden Tieren vorgeworfen. Er endete am Kreuz, was ungewöhnlich war für seine Zeit, wie mir Kobi einmal erklärte, Gotteslästerer wurden eigentlich gesteinigt. Mein Mann hält das Christentum für einen interessanten jüdischen Irrglauben. Doch dieser Jesus starb und lebte doch weiter, er war unantastbar, ihn konnte der Tod nicht töten … Ich blickte irritiert zu seinem Gesicht hinauf. Hatte es nicht einen Moment lang zu mir geschaut, auf mir geruht? Nein, nein, was fällt mir ein, ich bin ja schon völlig verdreht, ich muss raus hier, schnell weg, ich bin auf dem besten Weg, ein paar Tassen in meinem Schrank zu verlieren.

Draußen sah ich in einiger Entfernung Dreichwerd. Er schaute zu einem Kleinbus, an dem Plakate angebracht waren, die auf ein Festival hinwiesen. Als er mich bemerkte, hellte sich sein Gesicht auf: »Es gibt jiddisches Theater hier, Jazz, Klezmer-Musik, alles Mögliche. Ein jüdisches Festival. Haben Sie Lust darauf?«

Ich nickte, während ich die Plakate studierte. Hier versprach man, nicht nur die alte Schtetl-Musik hervorzukramen, sondern neue Formen auszuprobieren. So etwas interessierte mich.

»Gehen wir ein Stück?«, fragte ich.

»Oh ja, natürlich, inhalieren wir die Stadt.«

Er musterte mich, als wolle er überprüfen, ob ich die Marienkirche gut überstanden habe.

»Warum sind Sie nicht mit hineingegangen?«

»Ach, Kirchen, ich kann den Geruch nicht ausstehen.«

»Es roch lediglich nach Touristen.«

»Dann fehlt Ihnen die Nase dafür. Entschuldigung, dass ich so direkt bin.«

Ich wollte es ihm nicht sagen, aber seine Direktheit gefiel mir. Er war offenbar nicht der Typ Mann, der aus seinem Herzen eine Mördergrube machte.

»Was missfällt Ihnen denn so an Weihrauch – falls Sie das meinen?«

»Weihrauch, Myrre, dieser ganze Zinnober. Dahinter stehen doch nur Vorschriften und Regeln. Die Religionen platzen vor Verboten, eine einzige Ansammlung von Befehlen. Ob Kleiderordnung, Speisen oder sexuelles Verhalten – alles Dressur, keine Spur von freier Wahl, freiem Geist. Hört sich das nach einem Gott an, der Zutrauen zu seinen Geschöpfen hat?«

»Sie sind Atheist!«, stellte ich fest.

»Oh nein«, widersprach er, »ich glaube nur, dass Gott weit überschätzt wird«. Ich erkannte sein kühles Lächeln wieder. Seine rechte Hand kreiselte einen Moment in der Luft. »Und jeder macht sich seinen eigenen Reim auf ihn«, fuhr er fort, »die Juden essen keine Krustentiere, weil Gott angeblich Tiere ohne Flossen und Schuppen nicht mag, die Christen schütteln darüber den Kopf und meiden am Freitag das Fleisch, denn Gott hat es nicht gern, wenn man am Tag der Kreuzigung fleischlich isst, und die Muslime verachten die Christen, weil sie Schweinefleisch essen, denn Gott hat ihnen eingegeben, dass das Schwein ein unreines Tier ist.«

»Er wird überschätzt, sagen Sie, das heißt doch, er hat seine Arbeit nicht gut gemacht.«

Dreichwerd lächelte: »So könnte man sagen. Sehen Sie sich in der Welt um, und schon kommen Sie zum gleichen Schluss wie ich.«

Ich sah ihn von der Seite an, er wirkte nicht hämisch oder besserwisserisch, sondern wie ein Kind, dass herausgefunden hat, dass die Gurken im Schrank nicht süß, sondern sauer schmecken.

»Ach«, fuhr er mit einem Stoßseufzer fort, »vielleicht war er einfach noch nicht so weit. Eine Schöpfung auf die Beine zu stellen ist kein Kinderspiel.«

Ich versuchte, ernst zu bleiben. Was dieser Bursche von sich gab, war nicht ohne Charme. Wenn ich Gott wäre, ich wäre in Versuchung, ihn sympathisch zu finden und würde ihn auf keinen Fall mit einem himmlischen Blitz zur Strecke bringen. Da fiel mir etwas ein.

»Sie kennen doch bestimmt die Geschichte von Hiob. Warum lässt Gott einen guten Mann leiden? Ich bin mir fast sicher, dass Sie das wissen.«

Dreichwerd sah mich prüfend an. »Es ist eine Wette«, sagte er dann.

»Eine Wette?«

»Ja, er wettet mit dem Teufel. Es geht darum, ob Hiob auch dann noch Gott anbetet, wenn er arm und krank ist.«

»Natürlich«, erwiderte ich, als wüsste ich Bescheid und begann meine Vorwitzigkeit ein wenig zu bereuen, »aber der Teufel verliert sie«.

»Das kann man nicht so sagen. Hiob ist ein hartgesottener Gläubiger, er will es genau wissen, er lässt sich nicht abspeisen. In meinen Augen verliert Gott.«

»Da vertreten Sie aber eine Minderheitenmeinung«, erwiderte ich spitz, doch insgeheim zollte ich ihm Anerkennung, er besaß nicht nur Charme, sondern auch Courage.

»Verstehen Sie mich nicht falsch«, fuhr er fort, »ich will damit sagen, dass ich ein Bewunderer von Hiob bin, wie ich überhaupt die alten Bibelgestalten bewundere. Zum Beispiel Moses. Sie kennen die Geschichte vom brennenden Dornbusch?«

Ich nickte.

»Gott gibt ihm den Auftrag, die Israeliten aus Ägypten herauszuführen. Aber Moses benötigt eine Art Vollmacht, der arme Kerl braucht einen Namen, damit er nicht als Spinner dasteht, er muss seinen Leuten ja sagen, von wem er den Auftrag bekommen hat. Aber Gott sagt lediglich, dass er ›Ich bin, der ich bin‹ heiße. Und wissen Sie, wie Moses reagiert?«

Ich hätte besser im Religionsunterricht aufpassen sollen, dachte ich, ich bin ja ahnungslos, und dieser Kerl stellt mir noch dazu Prüfungsfragen.

»Klären Sie mich auf«, bat ich.

»Als Gott ihn fortschickt, entgegnet Moses störrisch ›Mein Herr, sende, wen du senden willst, aber nicht mich‹.«

Dreichwerd lachte laut: »Ist das nicht köstlich. Sende, wen du senden willst! Herrlicher Widerspruchsgeist. Natürlich wurde Gott sehr zornig.«

Ich war mir jetzt sicher, dass mein neuer Bekannter doch kein Immobilienmakler war, eher arbeitete er als professioneller

Atheist, er reiste mit Vorträgen herum, um die Menschheit über die Blödigkeit ihres Glaubens aufzuklären. Sein Lachen kam aus tiefer Kehle, aber kaum hatte er ausgelacht, erklärte ich trocken: »Wissen Sie, dass der Name Moses in Israel nicht sehr beliebt ist?«

Jetzt schaute er mich fragend an.

»Er führte die Juden vierzig Jahre lang durch die Wüste und brachte sie schließlich an den einzigen Ort im Nahen Osten, wo es kein Öl gibt.«

Er kicherte vor Vergnügen, hielt plötzlich inne und sagte: »Sie müssen eine Jüdin sein. Nur die trauen sich, solche Witze zu erzählen«.

Ich ging nicht darauf ein, sondern erwiderte: »Warum hat Gott Mose nicht seinen Namen gesagt?«

»Glauben Sie, ich bin allwissend? Fragen Sie ihn.« Er deutete aus der Hüfte mit spitzem Zeigefinger nach oben.

»Ausgezeichneter Tipp, ich werde ihn beherzigen.«

Er lächelte: »Aber erwarten Sie nicht zuviel. Manche Fragen finden keine Gnade«.

Dann wies er auf eines der Cafés: »Haben Sie Lust auf ein Tässchen Kaffee und eine der berühmten Kremoschka-Schnitten. Dort drüben ist das Europejska.« Er sah mich auffordernd an, und sein Blick war die pure Verführung. Wir schlenderten über den Rynek, und während wir gingen, nahm er meine Hand, und eine wunderbare Wärme floss zu mir hinüber.

Zurück in meinem Hotelzimmer klappte ich meinen Laptop auf. Eine E-mail meines Chefredakteurs, wie ich vorankäme? In Stuttgart rede man sich die Köpfe heiß wegen des Bahnhofs. Außerdem hatte mir mein Vater den *Israel Newsletter* zugesandt. Sicherheitsmaßnahmen am Jerusalemer Tempelberg, 3000 Polizeibeamte stünden bereit, um mögliche Krawalle von moslemischen Extremisten zu verhindern. Scheich Salah habe die Lüge verbreitet, dass die Bauarbeiten am Tempelberg die Al-Aksa-Moschee zum Einsturz bringen sollen.

Das Telefon klingelte. Kobi war am anderen Ende und erkundigte sich, ob meine Zunge wieder im Mund sei. Ich hatte sie ihm beim Abschied auf dem Weg zum Flugzeug rausgestreckt. Ob ich gut angekommen sei und wie mir Krakau gefiele? Ich erzählte ihm von dem herrlich altmodischen Hotel, in dem ich logierte, und dass ich schon von der berühmten Kremoschka-Schnitte genascht hatte. Natürlich verschwieg ich ihm meine neue Bekanntschaft. Schleckermaul, beschimpfte er mich, aber er sagte es so zärtlich, dass ich ihn sofort vermisste. Wie es Ron, unserem Kleinen, gehe, fragte ich. Aber der hatte auf dem zweiten Apparat mitgehört und wollte hören, was ich ihm aus Polen mitbringen würde. Ob ich schon den Fahrstuhl in die Vergangenheit bestiegen hätte, fragte mein Mann mit leiser Ironie. Ich teilte ihm mit, dass ich eine ausgesprochene Begabung für hypnotische Rückführungen habe, ein Ausbund von Suggestibilität sei, schon bei der ersten Sitzung hätte ich tanzende Kerzen erlebt und ein kleines Mädchen kennen gelernt. Ob es mir gut gehe, fragte er, und ob ich schon das alte Wohnhaus von Mama gefunden hätte. »Nein«, log ich, aber ich würde mich bald aufmachen in die Wrzeszynskastraße.

Ich ging auf den Balkon und schaute hinaus auf die Stadt. Links von mir erhob sich der Wawel, halbrechts konnte ich die Spitze der Marienkirche erkennen, die Sonne stand noch nicht sehr tief, und die Luft glühte nach wie vor. Dreichwerd hatte sich nach unserem gemeinsamen Kaffee verabschiedet, er müsse zu einem Geschäftstermin. Mit ihm zusammen zu sein war angenehm, ich fühlte mich wohl, seine direkte und unverblümte Art gefiel mir, und die völlige Abwesenheit von Süßholzraspeln tat mir gut. Das kleine Mädchen kam mir in den Sinn, warum bloß hatte sie mich vor ihm gewarnt? Tovosch … ist sie vielleicht ein Geist? Aber Geister erscheinen nicht zufällig. Es muss einen Grund dafür geben. Hatte ich nicht mal gelesen, dass innere Konflikte sich materialisieren können. Sie nehmen gewissermaßen Gestalt an. Was war mein Konflikt? Warum zog es mich nach Krakau? Vermisse ich etwas, leide ich im Geheimen? Nein, überhaupt nicht! Ich besaß alles, was ich mir vom Leben versprach. Und ich bin hier, um für meine Reportage zu recherchieren. Und weil ich meine üblen Träume in den Orkus schicken will. Ich wanderte ins Zimmer zurück, um mir andere Schuhe anzuziehen. Der Termin mit Frau Urbainczyk wartete auf mich.

»Ich habe über unser letztes Treffen nachgedacht«, begrüßte sie mich, »Sie brauchen keine weiteren Vorübungen, wir können gleich mit einem wichtigen Besuch fortfahren«.

»Ich muss Ihnen etwas mitteilen«, platzte ich heraus, »auf dem Rynek heute Mittag habe ich die Kleine aus der Entspannungsübung wieder gesehen«.

»Tatsächlich?«

»Sind das Visionen?«

Sie führte mich in das Zimmer vom letzten Mal: »Ich habe schon manches erlebt, aber das ist erstaunlich. Sie haben einen starken Bezug zur Vergangenheit. Sie schwappt in die Gegenwart hinein. Erinnern Sie sich an etwas Ungewöhnliches in Ihrer Kindheit?«

Ich schüttelte den Kopf.

»Was haben Sie noch gesehen?«

»Eine Szene im Café, ein junger Mann namens Leibisch denkt über seine Zukunft nach und sieht zwei junge Frauen am Nachbartisch.«

Rosa Urbainczyk machte ihr rätselhaftes »Hmm«, um schließlich zu erklären: »Etwas wird Ihnen erzählt, etwas, das Sie wissen sollen. Kennen Sie jemanden mit Namen Leibisch?«

»Nein«, antwortete ich, und im selben Moment wehte ein Erinnerungsfetzen an mir vorbei: als ich noch klein war, besuchte uns ein alter Mann, fiel damals nicht der Name Leibisch?

Frau Urbainczyk hatte schon Tee vorbereitet, zwei Tässchen standen auf dem runden Tisch, daneben lagen ein Blatt Papier und ein Bleistift. Sie goss ein und wies mit der Hand auf die Couch. Ich setzte mich und nahm einen Schluck des heißen Getränks. Es schmeckte bitter.

Auch sie griff zu ihrer Tasse und bemerkte: »Sie haben den Alpha-Zustand ohne Schwierigkeiten sofort erreicht. Das ist selten, aber nicht außergewöhnlich«.

Ich atmete auf, als hätte sie mir mitgeteilt, dass ich zwar ein ernster Fall, aber doch kein hoffnungsloser sei.

»Sind sie bereit? Sie werden sich gleich entspannen und einen spirituellen Besuch machen. Aber vorher möchte ich Sie um etwas bitten.«

»Ja?«

»Schreiben Sie zwei Fragen auf das Blatt Papier. Eine Frage sollte sich auf Ihr jetziges Leben beziehen, die andere auf ein früheres Leben.«

»Auf mein jetziges – in Ordnung. Aber ein früheres Leben? Ich hab keine Ahnung von früheren Leben.«

»Die Frage kann sich auf eine Person, auf Probleme, auf persönliche Beziehungen richten, was auch immer. Zeigen Sie mir nicht, was Sie aufschreiben, aber prägen Sie sich die Fragen gut ein.«

Sie erhob sich und ging nach draußen. Keine Antwort ist auch eine Antwort, dachte ich und überlegte einen Moment, dann schrieb ich auf das weiße Blatt: »Warum bin ich noch nicht Chefredakteurin?« Aber die zweite Frage machte mir Schwierigkeiten. Eine innere Stimme sprach: ›Da siehst du, was passiert, wenn man sich einer Scharlatanin ausliefert‹. – Das Wort Scharlatan gibt es gar nicht in weiblicher Form, widersprach ich und formulierte kurz entschlossen: »Wer ist das kleine Mädchen?« Ich faltete das Blatt Papier zusammen.

Frau Urbainczyk kam zurück und bat mich auf die Couch. Ich solle die Augen schließen und mich auf ihre Stimme konzentrieren. Und schon erklang die Begräbnismusik vom letzten Mal.

»Sie werden heute einen Besuch bei einem alten Weisen machen«, sagte sie, »ich zähle jetzt langsam von Zwanzig bis Eins, und mit jeder Zahl entspannen Sie sich mehr. Sie stellen sich vor, wie Sie die jeweilige Zahl auf eine Tafel schreiben und genau anschauen. Alle auftauchenden Gedanken begrüßen Sie wie Gäste, um sie gleich wieder zu verabschieden«.

Wie im richtigen Leben, dachte ich und hörte, wie sie gemächlich und mit eigenartiger Melodie die Zahl Zwanzig aussprach und mich aufforderte, entspannt und locker zu werden. Ihre Stimme war wunderbar, fast wie Musik, denn es gelang mir von Ziffer zu Ziffer besser. Bei der Dreizehn fiel mir ein, dass das eine Teufelszahl ist, in Hotels sucht man ein Zimmer 13 oft vergeblich, doch ich komplimentierte den Einfall schnell wieder aus meinen Gedanken. Als ich die Sieben mit Kreide auf die imaginäre Tafel malte, dachte ich daran, dass es eine heilige Zahl ist, die Kabbala fiel mir ein, der siebenarmige Leuchter – aber schon waren wir bei der Sechs, und ich musste meinen Einfällen ade sagen. Und jetzt, wo ihre Stimme die Eins dreimal hintereinander tremolierte, kam es mir vor, als hätte ich die Zeit verloren. Diese Frau besitzt eine magische Stimme, konnte ich gerade noch denken, dann fühlte ich mich leicht wie ein Luftballon, es war so, als sei mein Körper nicht mehr vorhanden. Aus der Ferne hörte ich Frau Urbainczyk in meinem Ohr, die mir mitteilte, dass ich durch einen Tunnel schwebe, einem Licht entgegen, und tatsächlich, ich schwebte, erkannte ein Licht in der Ferne, und als ich dort ankam, sah ich eine blühende Wiese und Schmetterlinge, und die Sonne schien. Ich ging über die Wiese zu einer Kate, klopfte an die Tür, und eine Stimme rief mich herein. Ein alter weißbärtiger Mann saß über einem Tisch gebeugt über Büchern, er begrüßte mich herzlich, er habe mich schon erwartet, ich hätte doch zwei Fragen, die ich ihm stellen wollte. Ich war nicht besonders erstaunt, nickte bloß, und er führte mich vor eine weiße Wand, und, seltsam, mir fiel meine zweite Frage zuerst ein, und kaum hatte ich sie ausgesprochen, wurde die weiße Wand lebendig, als würde ein Film anlaufen, und ich blickte in eine Wohnung hinein, sah einen langen Flur, in dem eine Reihe von Deckenlampen aufleuchteten …

6
Wer pickt die Flöhe aus des Teppichs Fell?

Ania, das Hausmädchen, hatte die Anweisung bekommen, die weitläufige Wohnung in der Wrzeszynska hell zu erleuchten. Madame Bester wollte es so, immer wollte sie, dass alle Zimmer erstrahlten, wenn ihr Mann von einer Stadtverordnetensitzung zurückkam. Und Ania sträubte sich jedes Mal innerlich, hielt es für Verschwendung, drückte ihren üppigen Busen zurecht und murmelte in sich hinein: ›Schon wieder bengalische Beleuchtung‹, während sie die Weisung der Hausherrin natürlich befolgte.

Sabina Bester war eine groß gewachsene Frau von achtundvierzig Jahren mit dunkelbraunem Haar, durchwirkt von ein paar grauen Strähnchen, das sie in Art einer Dauerwelle trug. Ein langer schwarzer Rock und eine weiße Bluse verliehen ihr ein strenges Aussehen, aber ihre Augen verrieten das Gegenteil, sie leuchteten grün mit leichten Einsprengseln von Blau, und ein Muttermal über der Oberlippe gab ihrem Gesicht einen aparten Zug. Das wahrhaft hervorstechende Merkmal jedoch war ihre römische Nase, die ihrer Erscheinung etwas Imperatorenhaftes gab. Sie rauchte gerade ein Zigarillo, schritt wie ein General die Zimmer ab und war mit der Lichtausbeute zufrieden. Tochter Hinda übte im Salon ein wenig Chopin, sie spielte vom Blatt und was man hörte, klang sehr gekonnt, für ungeübte Ohren geradezu meisterlich. Hetwa, die andere Tochter, saß in ihrem Zimmer über den Büchern. Die Kunstakademie Jan Mattejko verlangte viel, doch Hetwa war nicht nur eine talentierte, sondern auch eine ausgesprochen fleißige Studentin.

An der Haustür klingelte es, freilich ertönte kein ordinäres Geschell, sondern ein feines Bimbam, das Ania sofort veranlasste, zum Eingang zu eilen und die Tür zu öffnen. Davor stand ein großer massiger Mann mit bartlosem fleischigem Gesicht, das im Moment etwas rötlich schimmerte. Salomon

Bester grüßte Ania, legte den wallenden Mantel ab, gab ihr den Hut und brummte: »Spät geworden, immer dasselbe«. Er fuhr sich mit der Hand durchs angegraute Haar, als wolle er ihm Luft verschaffen und verströmte dabei Tabaksgeruch und einen Hauch von Kaffee. Sabina, seine Frau, kam ihm entgegen.

»Du Armer«, sagte sie mit gespielter Empörung, »immer willst du die Welt ins Lot bringen und jedes Mal betäuben dich deine Gegner. Zum Glück nur mit Kaffee.«

»Wir hatten eine lange Sitzung, und mit Dr. Silbermann und Heschel Vernat habe ich die Strategie fürs nächste Mal besprochen.«

Sabina hängte sich bei ihm ein und führte ihn ins Speisezimmer: »Komm zu Tisch und iss erst mal was. Du musst ja ganz ausgehungert sein«.

»Was gibt es denn?«, wollte er wissen.

»Hier wirst du weder betäubt noch vergiftet, hier bist du bei anständigen Leuten, nicht bei deinen Kollegen.«

Sie gingen durch den langen Flur, in dem Porträts der Vorfahren hingen, etliche schöne Frauen und eine Reihe melancholisch dreinblickender Männer, die im Gegensatz zu ihm alle einen Bart trugen. Auch sein Vater Michal Bester hatte in der Ahnengalerie seinen Platz gefunden. Vor bald zwanzig Jahren war er gestorben, und bei der Lebendigkeit des Bildes konnte man den Eindruck gewinnen, als wolle er seinem Sohn eine Mitteilung machen. Tatsächlich blieb Salomon vor der gerahmten Fotografie stehen und sah seinem Vater einen langen Moment in die Augen, bis ihn seine Frau weiter zog. An der Schwelle zum Speisezimmer sagte Salomon: »Die Porträts machen mich trübsinnig. Ich kann mich nur schwer mit dem Gedanken anfreunden, auch einmal da zu enden«. Seine Frau entgegnete: »Mein Lieber, genau deswegen hängen sie ja dort«.

»Was machen die Kinder?«, fragte er, ohne auf ihre Bemerkung einzugehen, und Sabina legte die Hand ans Ohr. Ja, Hinda, dachte Salomon, ebenfalls lauschend, seine Hinda übte

Chopin, aber was heißt schon üben, sie war längst reif für einen Auftritt. Während er sich mit gutem Appetit über den kalten Braten hermachte, den Ania für ihn vorbereitet hatte, erklärte er seiner Frau im Brustton der Überzeugung, dass Hinda nun endlich ein Konzert geben müsse.

Sabina lachte laut auf: »Du weißt anscheinend nicht, was heute in Krakau geboten wird. Deine Tochter muss noch sehr viel üben, bevor sie überhaupt in die Nähe eines Konzertsaals darf.«

Das Klavierspiel verstummte, als seien Instrument und Pianistin beleidigt über die letzte Äußerung in den Streik getreten. Gleich darauf erschien Hinda im Speisezimmer und gab ihrem Vater einen Kuss auf die Stirn: »Leider hat Mama Recht. Ich bin vielleicht gut, aber längst nicht gut genug«. Sie sah sehr attraktiv aus mit ihrem hochgesteckten schwarzen Haar, der weißen Bluse und dem engen langen Rock.

»Das mag sein«, erwiderte Salomon, »aber wer weiß das schon außer euch beiden? Die Leute werden ihren Blick nicht von dir wenden können und vom Spiel begeistert sein«.

Hinda lächelte. Es war ein beruhigendes Gefühl, dass ihr Vater an sie glaubte, auch wenn sie es besser wusste. Eine Solo-Pianistin würde sie nicht werden, dafür kannte sie ihre Grenzen zu gut. Aber es war schön zu hören, dass er es für möglich hielt. Sie dagegen hatte eine realistische Einschätzung von sich selbst, deshalb besuchte sie ja die Handelshochschule. Ein handfester Beruf, das erschien ihr so notwendig wie ein ordentlicher Ehemann – das Klavierspiel war für sie eine Art abenteuerlicher Liebschaft.

»Nun erzähl mal, wie war die Sitzung?«, fragte Sabina.

Salomon nahm einen Schluck Wein: »Es ist immer wieder erstaunlich, dass es Juden gibt, die mit Kanonen gegen ihre Religion und den Zionismus schießen und nur in einer Beziehung Gnade walten lassen – wenn es um den Kommunismus geht«.

»Die Leute vom Bund?«, fragte Sabina.

Er nickte: »Sie fühlen sich assimiliert hoch zwei. Und sehen das Heil dieser Welt im Proletariat«.

»Fabrikarbeiter sollen in Krakau herrschen?«, fragte Hinda ungläubig, »soll das die Zukunft sein?«

»Manchmal denke ich, es sind Leute, die sich für die Tradition und die Thora schämen«, sprach ihr Vater weiter, »sie halten ein anderes Wort wie eine flatternde Fahne hoch.«

Am Türrahmen war die andere Tochter der Besters erschienen. Hetwa strich mit einer fahrigen Bewegung eine Strähne ihres kastanienfarbenen Haars aus der Stirn und fragte: »Und welches wäre das?«

»Humanität«, brummte der Hausherr.

Hetwa fragte spitz: »Hältst du denn nichts von Humanität?«

»Humanität … aber ja doch, ein schönes Wort, ein edles Wort. Mir wird nur schwindelig, wenn ich es zu oft höre.«

»Und schwindelig wird dir auch, wenn du vom Sozialismus hörst«, fuhr Hetwa unverdrossen fort, »dabei ist der Sozialismus eine großartige Sache. In Russland ist man viel weiter als bei uns, da hat man erkannt, dass die werktätige Klasse die Zukunft der Menschheit ist«.

Salomon sah sie stirnrunzelnd an: »Jetzt wird mir schon daheim dieselbe Predigt gehalten wie im Stadtrat. Das scheint ein Virus zu sein«.

»Aber warum verweigerst du dich denn neuen revolutionären Ideen?«, fragte Hetwa angriffslustig, »der menschliche Fortschritt ist von niemandem …«

Ihre Mutter unterbrach sie: »Mein Kind, Fortschritt ist meist ein Apfel, der wurmstichig ist. Das wussten schon unsere Vorfahren«.

»Aber das hieße ja, dass man nie in einen Apfel beißen darf!«, stellte Hetwa zornig fest.

»Hätten wir das nur mal getan«, brummte Salomon, »dann lebten wir jetzt noch im Paradies wie Adam und Eva. Und müssten uns überhaupt keine Sorgen machen«.

»Nicht in den Apfel zu beißen heißt, nie seinen Geschmack kennen zu lernen«, erklärte Hetwa mit schmalen Lippen.

»Müssen wir uns denn Sorgen machen?«, fragte Hinda.

»Nein, nein«, beruhigte sie ihr Vater, »nur sind die einen Kollegen heftige Vertreter der Assimilation, die anderen preisen den Sozialismus, und die dritten wollen als Zionisten ins heilige Land ziehen, als würde man da schon Spalier stehen. Wir tanzen auf allen Hochzeiten, nur nicht auf unserer eigenen, das ist das Problem!«

»Auswandern?«, fragte Hinda ungläubig, »in ein Wüstenland ziehen, wollen das manche wirklich?«

»Spricht man auf deiner Schule davon nie?«, schaltete sich Sabina ein, »ich glaube, dieser ganze Zionismus ist eine Idee von Leuten, die vor dem Antisemitismus Angst haben …«

»Im Sozialismus ist der Antisemitismus überwunden!«, ließ sich Hetwa hören.

Ihre Mutter ignorierte ihre Bemerkung: »Oder die Zionisten sind Leute, die glauben, sie müssten hier in Polen Gebetsschal und Gebetsriemen wegwerfen und sich bis zur Selbstverleugnung anpassen. Für mich bedeutet Assimilation ein vernünftiges Zusammenleben, das jeden so lässt, wie er ist. Hab ich Recht, Salo?«

Ihr Mann hielt im Essen inne und schaute sie liebevoll an: »Du bist meine Frau, also hast du Recht. Es ist nur die Frage, ob jeder so vernünftig ist wie du«.

»Aber Silbermann von der Aguda ist doch auch auf deiner Seite.«

Sabinas Feststellung sollte klarmachen, wo die stärkeren Heere standen, doch Salomon schaute zu Hetwa, die in einer gekünstelten Bewegung ihren Kopf zurückwarf und bedeutungsvoll sprach: »Ich bin jedenfalls sehr für die Assimilation, den Zionismus sollte man auch nicht verschmähen, und Humanität ist für mich nicht nur ein schönes Wort«.

»Deine Tochter probt offenbar für eine Rolle«, erklärte Salomon ironisch seiner Frau und wandte sich zu Hetwa: »Studiert ihr auf der Akademie auch Theaterstücke ein?«

Die Angesprochene zog die Augenbrauen nach oben: »Typisch«, erwiderte sie, »du nimmst mich nicht ernst. Aber ich muss gehen, ich habe noch etwas vor. Ich will heute Abend zu ›Imperio y Dolores‹«.

»Und wie ich dich ernst nehme«, erwiderte Salomon, »der Abend bei ›Imperio y Dolores‹ kostet etwas, nicht wahr? Ich übernehme das Eintrittsgeld, wenn du mir eine Frage beantwortest«.

Hetwa blieb stehen.

»Wer hat das Geld erfunden?«, fragte ihr Vater und lächelte sie an. Hetwa antwortete ohne zu Zögern: »Die Juden, als sie in Ägypten waren«.

Salomon lachte: »Gar nicht schlecht – aber leider verkehrt«. Er räusperte sich und setzte eine bedeutungsschwere Miene auf: »Die Phönizier haben das Geld erfunden«, um eine Pause zu machen, theatralisch in die Runde zu schauen und fortzufahren: »Aber warum so wenig?«

Seine Frau und Hinda lachten, Hetwa aber kräuselte den Mund und schickte sich an, das Zimmer zu verlassen.

»Halt!«, rief Salomon Bester, »das war noch nicht die Frage! Die Phönizier haben das Geld erfunden, aber warum so wenig – das ist ein Zitat. Aber die Preisfrage ist: Von wem stammt es? Weißt du das?«

Hetwa sah ihrem Vater ungeduldig an: »Du weißt es doch bestimmt und willst mich nur prüfen«.

»Möglich ist alles. Aber mein Angebot steht. Sagst du mir den Urheber, zahl ich den Abend mit deinen Freundinnen, was auch immer er kostet.«

Kaum hatte Hetwa das Speisezimmer verlassen, richtete Salomon das Wort an seine Frau: »Wer ist eigentlich ›Imperio y Dolores‹?«

»Tänzer«, erklärte Sabina, »sie heißen Maria und Sylvin

Rubinstein, Juden aus Lemberg, ein Geschwisterpaar, sie sind berühmte Flamenco-Tänzer und geben ein Gastspiel«.

»Aha«, brummte Salomon Bester, als sei er auf dem neuesten Stand des kulturellen Lebens angelangt, konnte sich aber nicht die Bemerkung verkneifen: »Tänzer also, und so was nennt sich Imperium«. Dann wandte er sich zu seiner anderen Tochter: »Und was denkt Hinda über die großen Worte unserer Zeit, Humanität und Assimilation?«

»Du trägst doch auch keinen langen Bart, und die Schaufäden kennst du nur von deinen Vorfahren«, antwortete sie.

»Das bedeutet nicht, dass ich Tradition und Gesetz vergessen habe.«

»Auch Gebetsriemen habe ich noch nie bei dir gesehen«, ließ Hinda nicht locker.

Salomon stöhnte auf, und seine Frau sah ihn an: »Mein Lieber, du musst dich daran gewöhnen, dass du heiratsfähige Töchter hast, die ihren eigenen Kopf mit sich herumtragen und ihn sogar benutzen«.

Hetwa beugte sich in ihrem Zimmer wieder über die Bücher, doch sie fand nicht mehr hinein. Nicht wegen der Vorfreude auf ›Imperio y Dolores‹, auch beschäftigte sie weder der kleine Streit mit ihrem Vater noch rumorten Sozialismus oder Humanität in ihrem Kopf. Etwas anderes breitete sich in ihren Gedanken aus, etwas, das gar nichts Begriffliches war, sondern eher ein … Gefühl. Das Bild des jungen Mannes im Café Pod Papugami stieg in ihr auf. Er saß zwar einige Tische entfernt, aber natürlich hatte sie ihn bemerkt. Und er? Bestimmt war sie ihm nicht entgangen, sein Blick war doch zweimal zu ihr herübergeschweift. Oder war Hinda damit gemeint? Als sie ihn aus dem Augenwinkel betrachtete, war sie sich ziemlich sicher, dass er nach ihr schaute, aber jetzt schwankte sie schon wieder. War es ein Student, vielleicht sogar ein jüdischer Student? Aber er sah gar nicht so aus, er wirkte eher wie ein Jungunternehmer mit seiner Zeitung unter dem Arm. Andererseits, er las *Dr. Blochs Wochenschrift*. Ihr Vater hätte bestimmt weitergewusst, er besaß einen untrüglichen Blick für andere Menschen. Brummelnd hätte er wahrscheinlich festgestellt: ›Es gibt wahrhaftig echte Juden, die weder Kaftan noch Kippa benötigen und sich stattdessen ganz unverblümt für die wahren Themen der Zeit interessieren‹.

Jetzt, wo sie darüber nachdachte, fragte sie sich, ob es etwas Jüdisches an dem jungen Mann gab. Die Nase war es mit Sicherheit nicht. Auch trug er weder einen Bart noch besaß er Schläfenlocken. Er war wie ein kultivierter Krakauer gekleidet, sein weißes Hemd und die Krawatte passten perfekt zu dem gutgeschnittenen Sakko, das wie eine Maßanfertigung aussah. Nur die Zeitschrift war ein Indiz für seine Herkunft. Und sein melancholischer Gesichtsausdruck, das rebellische Um-sich-schauen, bevor er ging? Das konnten auch polnische Eigenschaften sein. Vielleicht war er einfach einer jener modernen jungen Männer, die sich mit der Verbesserung der Welt beschäftigten. Unsympathisch wäre ihr das nicht … Plötzlich kam so etwas wie Schamgefühl in ihr auf. Worüber sinnierte sie denn? Sie gehörte schließlich nicht zu jenen Frauen, die von früh bis spät über Männer nachdachten, im Grunde waren sie ihr egal, sie hatte Wichtigeres mit sich vor, sie war Studentin der berühmten Kunstakademie Jan Matejko, sie wollte etwas erreichen. Sie schüttelte den Kopf … und doch, sagte sie sich im nächsten Moment, darf man nicht grausam sein, vor allem nicht grausam gegen sich selbst, man muss herausfinden, woran einem liegt. Und sie nahm sich vor, das Café Pod Papugami möglichst bald wieder zu besuchen, zur gleichen Stunde wie heute, aber ohne Hinda.

Salomon Bester war in den Salon gewandert und hatte sich in seinen Sessel fallen lassen. Er liebte es, den Tag mit einem Glas Rotwein ausklingen zu lassen, während er den Wirtschaftsteil der Abendzeitung aufblätterte. Natürlich war ihm keine wesentliche Nachricht aus der Finanzwelt im Laufe des Tages entgangen, aber das Zurücklehnen im Sessel, das Entzünden einer Zigarre und das Schweifen über die Zeitungsspalten, während er am Glas nippte und Rauchkringel in die Welt sandte, bescherte ihm ein unvergleichliches Wohlgefühl.

Seit er vor über dreißig Jahren begonnen hatte, Geschäfte zu machen, war er vom Erfolg verwöhnt. Er ließ sich auf Unternehmungen ein, die keiner sonst angefasst hätte, aber bei ihm entpuppten sie sich als Goldesel. Mit einer Im- und Exportfirma startete er und kaufte und verkaufte Holz und Wein nach Galizien, Ungarn und Russland. Alle hatten ihm prophezeit, dass das nicht gut gehen würde, und er selbst musste zu Beginn seine Fuhren persönlich begleiten und wäre von einer Tour beinahe nicht zurückgekehrt. Aber er führte das Geschäft auf eine Weise, die ihn innerhalb weniger Jahre zum wohlhabenden Mann machte. Er kaufte Grundstücke, die keiner haben wollte und nach zwei Jahren stellte sich heraus, dass just dort alle Leute hinziehen wollten, und er verkaufte sie wieder mit dem zehnfachen Gewinn. In Wieliczka bei Krakau erwarb er eine marode Ziegelei und Baufirma und machte aus beiden innerhalb kurzer Zeit florierende Unternehmen, dass es sogar hieß: ›Wer sein Dach schützen will, kauft Ziegel bei Bester in Wieliczka‹. Er erwarb für ein paar Zlotys Aktien von Gesellschaften, die als pleite galten, doch kaum besaß er sie, gaben die Gesellschaften Erfolgszahlen bekannt, der Kurs stieg, und Salomon war binnen kurzem der Hauptaktionär und konnte die Geschäftspolitik bestimmen. Das tat er auch, und mitunter setzte er durch, dass der unfähige alte Vorstand entlassen wurde und engagierte neue Leute. Zimperlich war er dabei nicht. Dem inkompetenten Geschäftsführer der Ziegelei teilte er bei dessen Abschied mit: »Ich vergesse normalerweise kein Gesicht. Aber bei Ihnen mache ich eine Ausnahme«.

Während er Außenstehenden unheimlich vorkam und die

üblichen Neider sogar munkelten, ein böser Dibbuk sei sein Berater und begleite ihn bei all seinen Geschäften, kümmerte sich Salomon nicht um das Geschwätz. Er war im Grunde ein bescheidener Mann geblieben, dessen persönliche Bedürfnisse gering waren. Sein wirkliches Kapital war allerdings ein unschätzbares und zudem unsichtbares Gut: er hatte einen scharfen Blick für seine Mitmenschen, erkannte sehr schnell, was sie zu leisten imstande waren und wie er sie am besten einsetzen konnte. Schnorrer behandelte er auf eigene Weise. Seinem lebenslustigen Bruder Abram, als der ihn wieder einmal um eine gewisse Summe anging, beschied er: »Schau Abram, wozu sollen wir uns später zerstreiten, wenn du nicht zurückzahlen kannst. Seien wir lieber gleich bös. Ich geb nix«. Dabei konnte er sehr spendabel sein, nur merkte er eben sofort, wenn man lediglich an seinen Geldbeutel wollte. Salomons Gedächtnis war so gut, dass er jeden, auch den kleinsten Fuhrmann, mit Namen ansprach und selten vergaß, nach der Familie und den Kindern zu fragen, deren Namen er ebenfalls wusste. Außerdem konnte er sich in mehreren Sprachen fließend verständigen: ob Russisch oder Deutsch, Ungarisch oder Jiddisch, er wusste beinah jeden in seiner Muttersprache zu nehmen. Auch Hebräisch konnte er lesen, doch mit dem Sprechen haperte es, worüber er sich selbst lustig machte, denn, wie er zu sagen pflegte, »Geschäfte mit Frommen kommen bei mir nur selten zustande«. Sein Polnisch dagegen war so ausgezeichnet, dass ihn die liberale Misrachi-Partei in Krakau zu ihrem Vorsitzenden gewählt und ins Stadtparlament entsandt hatte, wo er hin und wieder vielbeachtete Reden hielt.

Als Salomons Tochter Hetwa ein Mädchen zur Welt brachte, und die Kleine, die sie Tovosch nannten, zu lesen anfing, gab er ihr eine Einführung in die Politik. Er spürte, dass seine Enkelin wissbegierig und begabt war und alles Unbekannte begierig aufsog. Er nannte ihr die Namen Misrachi, Aguda und Bund und erklärte, das seien politische Parteien. Eine Partei wiederum sei eine Art Verein für Leute, die Minister werden wollen, obwohl sie als Hausmeister viel besser geeignet wären. Als Tovosch fragte, was Politik sei, antwortete er: Die Politik, mein Kind, halten die meisten Menschen für eine sehr wichtige Sache. Doch in Wirklichkeit ist Politik eine Art Theater, wo schlechte Schauspieler die Texte von Souffleusen aufsagen. Und weißt du, wer die Souffleusen sind? – Ihre Ehefrauen! Im Übrigen, erläuterte er weiter, solle sich Tovosch vor Politikern in Acht nehmen, denn das wären Leute, die Fratzen schneiden, mit verstellter Stimme reden und kleinen Kindern Bonbons schenken. Und das tun sie, um Eindruck bei ihren Eltern zu schinden. Denn sie wollen wieder gewählt werden. Deshalb seien sie voller Versprechungen für Klein und Groß – vor der Wahl. Nach der Wahl aber litten sie unter völligem Gedächtnisverlust. »Aber du bist doch auch ein Politiker?«, fragte Tovosch, und er antwortete: »Stimmt, aber nur im Nebenberuf. Und außerdem bin ich einer von denen, die kleinen Kindern Bonbons klauen«. Er brummte sie an, griff hinter ihren Rücken und zauberte eine Tüte Himbeerbonbons hervor. Tovosch lachte vor Vergnügen, er aber tat, als hätte sie ihn bei einem Diebstahl ertappt und schenkte ihr mit einem Seufzer die Tüte.

Tovoschs Großvater väterlicherseits war ein hüstelnder dünner Mann mit einem grauen mittellangen Bart. Er hieß Wolf Friedman, war von Beruf Brillenmacher und besaß einen kleinen Optikerladen in der Bochenska in Kazimierz, über dem ein weißes Schild hing, *W. Friedman, Optik – Brillen*, und wenn Tovosch ihn im Laden besuchte, wollte er ihr immer die Augen vermessen. »Es ist nie zu früh, den eigenen Scharfblick zu überprüfen«, sagte er dann und musterte sie über seine Brillengläser hinweg. Sie fragte ihn: »Wenn es ganz dunkel wäre, würden wir doch gar nichts sehen und müssten wie die Maulwürfe leben«. – »Wir wären alle blind«, murmelte er, »wenn Gott uns nicht das Licht geschenkt hätte. Durch uns Juden hat er allen das Licht gesandt.« Tovosch verstand die Antwort nicht ganz, dachte sie doch, dass das Licht ein Teil der Schöpfung gewesen sei und folglich allen zugute gekommen ist, ob Jude oder nicht. Sie schwieg aber, um ihn nicht zu weiteren düsteren Vermutungen anzuregen. Doch er kümmerte sich nicht um ihr Schweigen, sondern fuhr fort: »Aber wir Juden waren dem Licht nicht gewachsen, wir konnten es nicht ertragen, und deshalb hat Gott uns zu Irrlichtern gemacht und zerstreut über die ganze Welt.« – »Uns zerstreut über die ganze Welt? Leben wir deshalb in Krakau und könnten vielleicht genauso gut in Wien leben?«, fragte sie. Er lächelte, was selten bei ihm vorkam, und deutete ein Nicken an.

Wenn Großvater Wolf nicht an Brillengestellen oder mit Gläsern hantierte, las er. Er las immerfort in Büchern, und Tovosch wollte wissen, was er da lese. »Die Schrift«, antwortete er mit einem Hüsteln und wiederholte: »Die Schrift. Sie ist das einzige, womit es sich zu beschäftigen lohnt«. Dann senkte er den Kopf: »Aber das ist heute in Vergessenheit geraten«. Ohne zu zögern, stellte sie ihn auf die Probe: »Dann kennst du doch die Geschichte von Hiob«. Er breitete die Arme aus, als hätte sie etwas völlig Überflüssiges gefragt.

»Kannst du mir sagen, warum Gott Hiob soviel Leid schickt?«

»Eine gute Frage«, nickte Wolf Friedman, räusperte sich ausführlich, um schließlich zu erwidern: »Ich will dir eine kleine Geschichte erzählen. Du spielst doch hin und wieder mit anderen Kindern Verstecken. Einmal spielte auch Jehudi mit seinem Freund Mosche Verstecken. Jehudi verbarg sich gut und wartete, dass ihn sein Freund fand. Er wartete und wartete, aber Mosche fand ihn nicht. Schließlich kam Jehudi aus seinem Versteck – und was stellte er fest? Mosche war nirgends zu sehen. Da merkte Jehudi, dass sein Freund ihn überhaupt nicht gesucht hatte. Er weinte bitterlich, ging zu seinem Großvater und beklagte sich über den bösen Mosche. Der Großvater hörte ihm zu und sagte dann: ›So geht es auch Gott, er verbirgt sich, aber keiner will ihn suchen‹.«

Tovosch antwortete prompt: »Aber Hiob sucht doch Gott.«

Wolf sah sie an und nickte: »Ja, er sucht, aber nur mit einer bestimmten Absicht.«

»Wo wohnt eigentlich Gott?«, fragte Tovosch.

Wolf Friedman grübelte, dann antwortete er: »Überall – und doch nur dort, wo man ihn einlässt«.

Großvater Wolf war kein redseliger Mann, nur selten führte er mit anderen Menschen längere Gespräche. Die kleine Tovosch aber hatte es ihm angetan, von ihr ließ er sich gern zu Dialogen verführen. Seiner Frau Esther, die der berühmten Familie Rappaport entstammte, erging es anders. Sie empfand das Zusammensein mit dem jungen Mädchen eher anstrengend als anregend. Tovosch wollte von ihr wissen, was der seltsame Familienname bedeute, und sie berichtete knapp, dass der erste Rappaport ein Rabbi am Hafen gewesen sei, überhaupt seien alle männlichen Vorfahren Rabbis gewesen. Damit ließ es Tovosch aber nicht bewenden. Sie fragte: »Warum nur die männlichen Vorfahren?«, und Esther antwortete: »So ist nun mal die Tradition«. Tovosch fragte: »Gibt es auch Rabbiner-Märchen?«, und Esther murmelte: »Die Welt besteht nicht aus Märchen, alles ist leider Wahrheit«. Tovosch fragte: »Wollen wir Polka tanzen oder Rumba?«, und Esther schaute ihre Enkelin an, als hätte sie gerade festgestellt, dass deren Verstand davongaloppierte. Als Tovosch erkannte, dass Großmama Esther leicht reizbar war, machte es ihr besonderen Spaß, ihren Verstand davongaloppieren zu lassen. »Wenn du nicht mit mir tanzt, tanze ich mit dem Stuhl«, erklärte sie feierlich. Esther atmete tief durch, als wäre die Luft in der Küche dünn geworden. Doch die Kleine nahm ihren Kinderstuhl, fing laut zu singen an und drehte sich mit dem Stuhl im Arm um sich selbst. Esther rief: »Stell ihn sofort ab! Der Stuhl ist zum Sitzen gemacht und soll noch eine Weile halten«, während Tovosch dachte: Sie könnte wenigstens so tun, als wolle sie mit mir tanzen, sich zweimal im Kreis drehen und dann so tun, als sei sie erschöpft. Doch ihre Großmutter dachte nicht an dergleichen, schüttelte stattdessen mürrisch den Kopf über soviel kindlichen Unverstand. Tovosch forderte sie heraus: »Ich stelle dir jetzt eine Frage, Großmama, und wenn du sie beantwortest, werde ich alle Küchenarbeiten erledigen, die du mir aufträgst«. Esther brummelte: »Du bist nicht anstrengend, das ist ein zu harmloses Wort für dich, du bist schweißtreibend.« Tovosch hielt das nicht davon ab, ihren Antrag zu wiederholen. »Frag schon«, antwortete Esther gequält.

Und Tovosch krähte: »Wer pickt die Flöhe aus des Teppichs Fell?« Großmutter Esther schaute die Kleine an, als sei die nun endgültig ins Reich der Verrückten übergesiedelt. »Wenn das zu schwer für dich ist«, rief Tovosch, »ich habe noch eine leichtere Frage«. Sie machte eine Pause, um die sie jede Staatsschauspielerin beneidet hätte.

»Wer bürstet dem Gras das grüne Haar?«, fragte sie mit spitzem Mund und hocherhobenem Haupt, als sei sie eine Professorin, die eine einfältige Studentin prüfen müsse. Esther ließ den Kochlöffel sinken, man konnte ihr ansehen, wie sie nachdachte, ihr Mund wurde klein und die Augen bekamen etwas Schlitzartiges. »Wer bürstet ihm das Haar!«, wiederholte Tovosch unbarmherzig. Nun wandte sich Esther ihr ganz zu und lächelte. Das hätte sie viel früher schon machen können, dachte Tovosch, sie hätte mir einen Kuss geben, sich zu mir an den Tisch setzen und ein richtiges Gespräch mit mir beginnen können. Dann würde ich ihr vielleicht noch ganz andere Fragen stellen.

7
Der seltsame Rabbi

Es war schon dunkel, als ich Frau Urbainczyk verließ. Ich ging fort von ihr wie eine Verwirrte, brachte es nicht einmal fertig, ihr auch nur eine kleine Begebenheit dessen zu erzählen, was mir der weise Alte gezeigt hatte. »Hat er Ihre Fragen beantwortet?«, wollte sie wissen, und ich nickte nur, als ich davoneilte.

Die gelben Laternen von Kazimierz spendeten ein unruhiges Licht, in dem die Nachtfalter umherflatterten als seien sie Verfolgte und Verfolger zugleich, und als ich an einer Laterne hochschaute, kamen sie mir wie unheimliche Wesen der Nacht vor. Maskiert hatten sie sich, sich ein unschuldiges Aussehen gegeben, um dem Ahnungslosen nicht zu zeigen, wie grausam sie ihn mit ihren Flügeln ersticken konnten, wenn sie nur wollten. Vorn am Eck sah ich eine Gestalt, die mir bekannt vorkam, der leichtfüßige Gang, der charakteristische Kopf, das nach hinten gekämmte Haar – das musste Dreichwerd sein. Wohin wollte er zu dieser späten Stunde? Schon war die Gestalt verschwunden, aber mein journalistischer Spürsinn war erwacht, ich folgte ihr nach, meine Schritte wurden schneller, ich bog ums Eck und blickte in eine spärlich erhellte Gasse hinein. Niemand war zu sehen. Aber etwa zehn Meter weiter zweigte eine weitere Gasse ab, dort müsste ich eine Spur von ihm entdecken. Meine Absatzschuhe begleiteten meine schnellen Schritte wie ein Trommelwirbel, ich streifte sie ab, nahm sie an den Riemchen in die Hand und spürte das warme Kopfsteinpflaster an meinen nackten Füßen. Lautlos wie mein eigener Schatten huschte ich zu der Abzweigung und lugte um die Ecke. Was ich sah, war ein langes Gässchen, das am Eingang von einer Laterne und weit hinten von einer weiteren schummrig beleuchtet wurde. In der Mitte herrschte völlige Dunkelheit. Ich musste mich überwinden, um hineinzugehen, und als ich den gelben Lichtkegel verließ, flatterte ein kleines Insekt um mein Haupt, als wolle es mir Abschiedsworte in einer Sprache zuwispern, die ich nicht verstand. Kaum in der Finsternis angelangt, überkam mich Furcht, jene irrationale Furcht, die mich im Dunkeln immer anschleicht. Ich versuchte sie zu ignorieren, wollte ein Liedchen pfeifen, brachte aber keinen Ton heraus und hastete durch die Schwärze der Nacht. Dort vorn würde ich im Licht, würde ich in Sicherheit sein. Schon von weitem sah ich, dass um die Laterne ein riesiger Nachtfalter flatterte. Es musste eine Gattung sein, die man bei uns nicht kannte. Der Falter führte einen lautlosen und grotesken Tanz um die Lampe auf, dem ich einen Augenblick gebannt zuschaute. Da hörte ich leise Schritte hinter mir. Ich drehte mich um und starrte in die Dunkelheit – doch kein Laut drang an mein Ohr. Als ich mich zur Laterne zurückdrehte, war der Nachtfalter verschwunden, und eine dunkle Gestalt stand am Rand des Lichtkegels. Meine Füße fühlten sich auf einmal so kalt an, als würde ich auf Eis stehen. Ich konnte das Gesicht des Fremden nicht erkennen, aber es musste ein Mann sein, breitbeinig, groß, bedrohlich. Er stand nur da, völlig bewegungslos, aber genau das versetzte mich in Panik. Ich wollte zurückweichen, aber meine Beine versagten. Wie festgewurzelt blieb ich stehen, und für einen winzigen Moment sah ich seine Augen kalt leuchten, wie die von Dreichwerd. Ich erschauderte, das Grauen packte mich. Die Gestalt machte einen Schritt nach vorn. Aber war es ein Schritt? Es sah eher nach einer verdrehten tänzerischen Figur aus. Da hörte ich ein knarrendes Geräusch, und ein heller Lichtschein fiel auf mich. Die Tür eines Hauses hatte sich geöffnet, und auf der obersten Stufe sah ich eine andere Person. Ich konnte ihr Gesicht ebenfalls nicht erkennen, aber die Stimme war mir vertraut und besänftigte mich auf seltsame Weise.

»Frau Morane?«

Ich schaute zurück zum Lichtkegel. Die bedrohliche Gestalt war verschwunden, wie weggewischt. Das Licht der Laterne floss warm und beruhigend zu mir, und die Schweißperlen auf meiner Stirn fühlten sich weniger kalt an. Ich versuchte, meiner Stimme einen festen Klang zu geben: »Ich habe mich verlaufen.«

»Dann bin ich wohl zur rechten Zeit gekommen,« erwiderte Dreichwerd.

Er bot an, mich zum Hotel zu begleiten, und ich war froh darüber. Ich schlüpfte in die Schuhe und hörte ihn sprechen: »Sie wollen Krakau mit allen Sinnen erleben. Aber manchmal wird es doch kälter als man glaubt.« Unterwegs redeten wir nicht, erst als wir vor dem *Royal* ankamen, hatte ich mich von dem beklemmenden Erlebnis erholt. Ich dankte ihm und verabschiedete mich schnell. Er schwieg, nur sein Blick ruhte merkwürdig intensiv auf mir.

Ein schwarzer Himmel, durch den weiße Wolken fliegen, eine Kathedrale auf einem Hügel, es ist merkwürdig hell, ich stehe an einem Abgrund und schaue angstvoll in die gähnende Tiefe. Jemand lauert hinter mir, ich wage nicht, mich umzudrehen, erkenne einen Schatten … und jetzt falle ich, stürze in die Tiefe und bleibe stumm dabei, ich schreie nicht. Seltsamerweise muss ich nicht lange warten, bis ich aufschlage. Und es ist auch nicht besonders schmerzhaft, es fühlt sich sogar weich an.

Ich öffnete die Augen und sah über mir ein Sofa. Ich lag auf dem Teppich. Wie tief einem der Fall von einem Sofa vorkommen kann. Ich sah mich um. Mein Zimmer im *Royal.* Es war finster, der Vorhang zugezogen, die Gegenstände bestanden nur aus Umrissen, der Ventilator an der Decke drehte sich lautlos, meine Schuhe lagen verstreut auf dem Boden. Ich rappelte mich auf, öffnete die Balkontür, draußen war es dunkel, nur die Straßenlaternen verbreiteten ein diffuses Licht. Kaum in meinem Zimmer angelangt, muss ich aufs Sofa gestürzt und eingeschlafen sein. Jetzt fiel mir die dunkle Gasse und Dreichwerds Rettung ein. Und mein Besuch bei Rosa Urbainczyk. Hatte ich das wirklich alles erlebt oder lediglich geträumt? Aber der alte Weise muss echt gewesen sein, so etwas kann man nicht träumen, das ist unmöglich, so genau zu träumen. Alles flimmerte mir noch vor Augen, Hinda übte Chopin, Hetwa pries den Sozialismus, Salomon gab Tovosch eine Einführung in die Politik, und der hüstelnde Wolf Friedman wollte ihr die Augen vermessen.

Vielleicht deutete sich bei mir eine Krankheit an, die kein Arzt kannte. Etwas völlig neues in der Medizingeschichte. Ich träume … Vergangenheit, Herr Doktor. Nein, die Vergangenheit wird lebendig, ich lebe in der Vergangenheit, zeitweise lebe ich in der Vergangenheit, so müsste ich es dem Arzt erklären. Und ausgelöst wurde dieser Zustand durch eine hypnotische Rückführung, verstehen Sie, es ist ganz einfach, im Grunde nichts Ungewöhnliches, wahrscheinlich kennen mehr Leute diesen Zustand als man ahnt … Bleib ruhig, Sabina-Esther, ganz ruhig, trink ein Glas Wasser und werde Herr deiner Sinne. Ich musste unbedingt mit jemandem reden. Dreichwerd, vielleicht könnte ich ihn anrufen. Aber ich besaß gar nicht seine Telefonnummer. Kobi daheim aus dem Bett klingeln? Er würde sich schlaftrunken alles anhören und schließlich feststellen, dass ich seine Meinung ja kenne und nun dem Humbug selbst auf die Spur gekommen sei. Warum war mir eigentlich Dreichwerd zuerst eingefallen? Nein, ich musste ganz umsichtig handeln, am besten mich wieder hinlegen und einschlafen, vielleicht finde ich zurück in die Küche zu dieser Esther. Wer bürstet dem Gras das grüne Haar – galt diese Frage mir?

Ich zog mich aus und ging unter die Dusche, der Wasserstrahl prasselte mir auf die Kopfhaut, und plötzlich … plötzlich wurde mir alles klar. Wrzeszynskastraße 9, das war die Wohnung meiner Urgroßeltern! Salomon und Sabina, sie hießen mit Nachnamen Bester, ihre Töchter waren Hetwa und Hinda! Und Wolf Friedman, das musste mein anderer Urgroßvater sein. Mama hatte doch einmal von einem Brillenmacher erzählt. Das war er! Und die Kleine? Ich trocknete mich hastig ab, schaute in den Spiegel und plötzlich verschwamm der Hintergrund, und ich hatte das Gefühl, als sei nur mein Spiegelbild da, das mich zu sich hineinziehen wollte ... ein fremdes Bildnis, das mir auflauerte, es auf mich abgesehen hatte! Mir wurde schwindelig, ich hielt mich am Waschbecken fest, schloss aus Furcht die Augen, und als ich sie öffnete ... war alles wie zuvor. Die Duschkabine hinter mir, die Handtücher an der Wand, die halboffene Tür. Ich beugte mich zum Hahn und trank vom fließenden Wasser. Mit nassen Füßen ging ich nach nebenan, zog die Kamera aus der Handtasche und schaute mir die Fotos auf dem Display an. Ich klickte zu dem Bild, wo das Mädchen vor der Tür des Hauses Nr. 9 stand. Los, beweg dich, werd lebendig, du bist mir doch vor kurzem auf dem Rynek erschienen, du musst mir mehr zeigen, ich will alles wissen! Mein Bitten ging in ein Flehen über, doch das Mädchen verließ das Foto nicht, blieb reglos vor der Haustür stehen. So wie Personen auf Fotos das im Allgemeinen zu tun pflegen.

Am nächsten Morgen weckte mich Vogelgezwitscher. Ich hatte die Tür nach draußen nicht geschlossen, und jetzt, da ich auf den Balkon trat, sah ich auf der Brüstung einen schwarzen Vogel sitzen, es musste eine Krähe sein. Ich blieb stehen, erschrocken darüber, wie mächtig sie war. Die Krähe saß unbeweglich da und beobachtete mich. Erst als ich den nächsten Schritt machte, flog sie auf und davon, ohne einen Laut von sich zu geben.

Beim Frühstück erschien mir der vergangene Abend wie ein seltsamer Spuk. Man muss nur eine Nacht darüber schlafen, dachte ich, und bei einer dampfenden Tasse Kaffee, ein paar Hörnchen und Marmelade renkt sich die Welt wieder ein. Alles ist völlig normal, der rothaarige junge Kellner fragt beflissen, ob ich noch Kaffee will, draußen hupen Autos, und ich trage ein paar schicke Schuhe von Gucci. Ich fühle mich gut, spüre keine Anzeichen von Verwirrung oder schleichender Geisteskrankheit, greife nicht neben die Tasse, höre keine Stimmen und habe keine grundlosen Schweißausbrüche. Und jetzt, wo ich aufstehe und nach oben will, verwechsle ich nicht die Fahrstuhltür mit der Toilettentür.

Nach Kazimierz zog es mich, in das alte jüdische Viertel, zum Optikerladen W. Friedman. Ich wollte zu Fuß gehen, zog mir etwas Bequemes an, meine beige Leinenhose, ein gelbes T-Shirt, die flachen hellbraunen Schuhe und steckte die Kamera in die Handtasche. Das Wetter war herrlich, die Sonne wärmte ohne zu brennen, ein Zirpen und Zwitschern lag in der Luft, als ich das Hotel verließ, es kam von dem großen Baum gegenüber, in dem sich Hunderte von Vögeln niedergelassen hatten und mir ein Morgenständchen brachten. Ohne auf die Karte zu schauen, ging ich die Stradomska hinunter, intuitiv wusste ich, dass das der richtige Weg war. Ich hatte mich daheim vorbereitet auf diesen Besuch, ich wusste, dass Kazimierz einst das größte jüdische Wohnviertel Europas war. Zu Beginn des 19. Jahrhunderts lebten dort fast fünftausend Menschen, verteilt auf lediglich 190 Häuser. Erst zu Ende jenes Jahrhunderts zogen die wohlhabenden jüdischen Familien aus dem Viertel weg und siedelten sich in komfortableren Stadtteilen an. Darunter mussten auch die Besters gewesen sein. Ich wusste auch, dass heute nur noch knapp zweihundert Juden in Kazimierz lebten, die anderen waren durch deutsche Schornsteine in den Himmel geflogen. Ich kam zur Meiselsastraße, ich hatte diesen Namen schon einmal gehört … wusste ich ihn von Mama? Während ich die Straße entlang ging, heftete sich mein Blick auf jedes Haus, als könnte ich es durchdringen und sein Innenleben erforschen. Die meisten waren heruntergekommen und wirkten verwahrlost. Ich suchte nach den drei Buchstaben an den Hauseingängen, die mir Dreichwerd gezeigt hatte, aber seltsamerweise fand ich sie nirgendwo. Dann stieß ich auf die Josefstraße und da, an der Ecke, sah ich über dem Eingang eines Gebäudes den Davidstern.

Eine eifrige Gotteshausbesucherin bin ich nicht, doch jetzt trieb es mich in die Synagoge hinein, ich setzte mich in eine Stuhlreihe in der Mitte und senkte den Kopf. Wolf Friedman hat Recht, dachte ich, man muss Gott suchen. Lieber Gott, lass mich das Geheimnis von Mama entdecken, und bitte erlöse mich von meinen Alpträumen. Und wenn du mich nicht erlösen willst, erkläre mir wenigstens die seltsamen Halluzinationen … Im Halbdunkel weiter vorn erkannte ich eine Gestalt in schwarzem Kaftan. Ich stand auf und näherte mich ihr, vielleicht war es der Rabbi, vielleicht konnte er mir etwas sagen. Zuerst sah ich ihn nur von der Seite, ein alter Herr mit eisgrauem Haar und weißem Bart, der sich im Gebet befand und im Stehen langsam vor- und zurückwippte. Ich wollte ihn nicht stören und nahm hinter ihm Platz. Als ich bemerkte, dass er sich anschickte zu gehen, stand ich ebenfalls auf und folgte ihm: »Entschuldigung, darf ich Sie etwas fragen?«. Er drehte sich zögernd herum. Ich erstarrte und brachte kein Wort heraus. Dieser Mann hier war der Gleiche wie aus meiner Rückführung, der alte Weise! Das konnte doch nicht sein, das war unmöglich! Aber im Gegensatz zu ihm begrüßte er mich nicht herzlich, sondern seine Augen sahen mich mit einem öligen Schimmer ruhelos an. Selbst im Halbdunkel erkannte ich, dass er weit über achtzig sein musste, seine Gesichtshaut wirkte pergamenten, und die Nase stach knöchern hervor. Schließlich fand ich meine Sprache wieder und erklärte: »Ich komme aus Deutschland, meine Familie hat einmal hier gelebt«. Er nickte, als sei ihm der Fall bekannt, sprach aber kein Wort.

»Vielleicht kennen Sie die Namen Bester oder Friedman?«

In seiner Hand befand sich eine Lupe, die er an sein Auge hielt, als müsse er die Besucherin wie ein seltsames Insekt studieren. »Diese Synagoge«, sagte er dann mit einer merkwürdig hellen Stimme, »ist während des Krieges von den Deutschen als Pferdestall benutzt worden«. Er hob den Kopf und spähte in eine Ecke, dann setzte er sich in Bewegung. Ich wusste nicht, wie ich reagieren sollte und murmelte etwas Zustimmendes, während ich ihm folgte.

»Warten Sie doch einen Moment«, bat ich.

»Damals versteckten sich in Kazimierz noch ungefähr tausend Juden«, erwiderte er ohne sich umzudrehen.

Vielleicht ist das ein Test, dachte ich, er will mich prüfen, ob ich ihn verstehe und die richtigen Fragen stelle.

»Und wie viele leben heute hier?«, fragte ich deshalb.

Er blieb stehen, ließ seinen Blick über mein Gesicht gleiten und schaute nervös in eine andere Ecke der Synagoge, gab aber keine Antwort. Auch ich sah in dieselbe Richtung wie er. Vielleicht wollte er mich auf etwas hinweisen, das mir im Halbdunkel entging. Aber ich konnte nichts entdecken. Der alte Herr setzte sich wieder in Bewegung.

»Entschuldigung«, sagte ich, »kennen Sie vielleicht eine Familie Bester oder Friedman?«

Wir waren an einer Pforte angelangt, seine Hand ruhte auf der Klinke. Doch plötzlich drehte er sich zu mir um und sah über meine Schulter hinweg in das dunkle Gotteshaus hinein, als würde er etwas erkennen, das ihn beunruhigte.

»Schnell, kommen Sie!«

Er öffnete die schmale Tür einen Spaltbreit, zwängte sich hindurch und machte Anstalten, sie zu schließen. Ich folgte ihm, und kaum war ich auf seiner Seite, verriegelte er sie sorgfältig. Ein langer Gang lag vor uns, den er sofort und mit raschen Schritten hinunterging. Ich war mir nicht sicher, ob ich ihm folgen sollte, aber zurück konnte ich ja nicht, die Tür war verschlossen. Bevor ich ihn verlor, eilte ich ihm hinterher. An Wänden entlang, deren Putz abblätterte, über eine ausgetretene Steintreppe, an deren wackeligem Handlauf er sich emporzog und schließlich auf der obersten Stufe Halt machte. Dort drehte er zögernd seinen Kopf zu mir herum, sein eisgraues Haar zitterte, seine Augen kamen mir nun nicht ölig schimmernd vor, sondern tränenverschliert, und sein Blick hatte etwas Furchtsames. Ich näherte mich ihm bis auf zwei Stufen, und sofort setzte er sich wieder in Bewegung. Jetzt ging er noch schneller, für sein Alter sauste er geradezu den Gang entlang, ich fürchtete, er könnte außer Atem kommen und zuletzt zusammenbrechen. Aber da machte er an einer weiteren Pforte halt, öffnete sie, und ich erkannte, dass sie ins Freie führte. Er wies mit der Hand hinaus, als ob er mir den Weg in die Freiheit weisen müsse, und als ich schon draußen stand, sprach er mit seiner hellen Stimme: »Die Welt ist nicht berechenbar, und es kommt, was kommen muss«. Die Tür knarrte zu, ich hörte, wie der Schlüssel sich im Schloss drehte, dann die Schritte des Alten, die sich entfernten.

Ich befand mich in einer schmalen Gasse mitten in Kazimierz, die Sonne strahlte auf mich nieder, und es kam mir vor, als sei ich in eine andere Welt hinauskatapultiert. Eben noch war ich durch einen dunklen Gang einem alten Mann hinterher geeilt – jetzt wunderte ich mich über mich selbst. Wie konnte ich nur glauben, dass er mir irgendeinen Hinweis geben konnte? Hier draußen ist die Realität, in der ich mich festbeißen muss. Und natürlich hatte er auch nichts zu tun mit dem alten Weisen aus meiner Hypnose. Alte Männer haben nun mal knochige Nasen und eine Pergamenthaut. Ich schlenderte die Gasse hinab und stieß auf eine Straße mit kleinen Lebensmittelgeschäften, Schuhläden, Stehimbissen und Zeitungskiosken. Geschäftiges Treiben herrschte hier, die Passanten wirbelten betriebsam durch die Gegend und ihre Gesichter sahen hungrig aus – offenbar war ich im wahren Kazimierz angekommen. Eine Straßenbahn näherte sich mit energischem Klingeln, hielt an, spuckte Passagiere aus und nahm neue auf, um hinter einer Biegung zu verschwinden. Ich bog in eine Seitengasse ab, ging an einer verwitterten Mauer entlang, um schließlich auf ein schmiedeeisernes Tor mit einem Davidstern zu stoßen. Ich schaute in einen Friedhof hinein und wusste sofort, wo ich mich befand. Das Gebäude dahinter musste die Remuh-Synagoge sein. Remuh, das waren die hebräischen Initialen von Rabbi Moses Isserles, einem jüdischen Philosophen des 16. Jahrhunderts. Sein Grab befand sich hier, ich erkannte es sofort. Es war mit Steinen und Steinchen übersät, unter denen zusammengefaltete Zettelchen lagen. Die Gläubigen aus aller Welt hatten ihm ihre Wünsche anvertraut in der Hoffnung, dass er sie erfüllen werde. Seltsamer Glaube. Ein Toter sollte richten, was die Lebenden nicht zuwege brachten. Seltsam auch die Vorstellung, dass eine Verbindung zwischen Hier und Jenseits existiert, eine Tür, die man aufstoßen kann, wenn nur die Kraft des Glaubens befeuert. Und am allerseltsamsten war, dass ich mich jetzt bückte, ein Steinchen vom Fußweg aufhob und es zu den andern auf den Grabstein legte. War auch ich infiziert? Aber vielleicht konnte mir der große Rabbi helfen, mein Geheimnis zu enträtseln. Doch auf diesem Friedhof befand sich noch etwas anderes, das mir wichtig war. Ich wusste, dass die Grabsteine von deutschen Soldaten im Krieg zerschlagen worden waren, man hatte die Teile später wieder zusammengesetzt und an die Mauer geklebt. Zu dieser Grabmauer zog es mich, und als ich davor stand, suchte ich die Namen Bester und Friedman, so lange, bis die Steinfragmente und Inschriften vor meinen Augen verschwammen … und plötzlich erkannte ich meine Mutter, so, wie ich sie in Erinnerung hatte.

Draußen wanderte ich die Gasse weiter entlang, bis ich einen kleinen Marktplatz erreichte, auf dem Obst- und Gemüsehändler ihre Waren feilboten. Einer der Stände erregte mein Interesse, hier wurde kein Obst verkauft, sondern ein Maler stellte Ölbilder und Zeichnungen mit immer dem gleichen Motiv aus. Juden mit verschlagenem Blick waren zu sehen, die Goldstücke in der Hand hielten und listig dazu grinsten. Sie schienen zu sagen: Schaut nur, wir haben trotzdem überlebt und halten die Welt nach wie vor mit unserem Geld fest im Griff. Ich sah den Verkäufer an, es war kein unverbesserlicher alter Pole, sondern ein junger Mann, der mich einladend anlächelte. Sollte ich ihn fragen, weshalb er solche Sachen verkaufte, warum er die alte Gesinnung, den furchtbaren Wahn auch heute noch verbreitete? Wahrscheinlich würde er mich gar nicht verstehen. Er war sicher überzeugt davon, mit Folklore zu handeln, harmlosen Pinseleien, und hielt sich am Ende für einen Bewahrer der Tradition. Welcher Tradition? Der polnischen, der antisemitischen?

Ich wandte mich ab und ging weiter, und mir kam der Gedanke in den Sinn, wie es damals war, als Mama als Kind hier lebte. Ob sie auch solche Bilder gesehen hat? Sie wollte ja nie darüber reden, wie ein Leichentuch lag ihr Schweigen über der Vergangenheit. Ich weiß keine Einzelheiten, ich weiß eigentlich kaum etwas – ich weiß nur, dass die ganze Familie entkommen ist und in der restlichen Welt heimisch werden musste … aber ich selbst habe mich auch lange Zeit nicht dafür interessiert. Ich war ja noch ein kleines Mädchen, als sie starb, und doch hätte ich sie fragen und fragen müssen, wie diese Tovosch hätte ich fragen müssen, dann wüsste ich jetzt mehr und müsste nicht durch dieses grauenhafte Kazimierz wandeln wie eine Blinde am Stock.

An den Seiten des Markplatzes reihte sich eine Kneipe an die andere, draußen saßen junge Leute, genossen die Sonne und tranken Cola oder Longdrinks aus Strohhalmen. Unübersehbar war das ein Szeneviertel, und jetzt fiel mir ein Plakat in die Augen, das für das *Festival der jüdischen Kultur* Werbung machte. Komisch, dort wo keine Juden mehr leben, veranstaltete man Festivals über ihre Kultur. Hätte man ihnen zu Lebzeiten einfach das Leben gelassen, hätte man ihnen einen größeren Gefallen getan.

Raus hier, bloß weg! Mit schnellen Schritten entfernte ich mich vom ehemaligen jüdischen Viertel. Ich musste schon in der Nähe der Weichsel sein, als mir einfiel, dass ich eigentlich in die Bochenska wollte, den Laden des Brillenmachers aufsuchen, meines Urgroßvaters Geschäft. Aber ich hatte keine Lust, jetzt dorthin zu wandern, stattdessen ließ ich mich auf einer Bank in einem Grünstreifen nieder. Mein Blick schweifte über die spielenden Kinder, und ich traute meinen Augen nicht … da, da war doch jenes kleine Mädchen, das auf dem Rynek zu mir in die Kutsche gesprungen war. Sie stand bei den anderen mit ihrem weißen Kleidchen und den Lackschuhen. Ich kniff die Augen zu, öffnete sie wieder – keine Fata Morgana. Ich dachte fieberhaft nach, ob ich im Moment gerade bei Frau Urbainczyk auf der Couch lag, doch bei ihr war ich entspannt und ruhig, und jetzt fühlte ich mich aufgeregt und nervös. Schließlich erhob ich mich und ging zu der Kleinen. Sie schaute mir entgegen und sagte: »Sabina-Esther, da bist du ja wieder.«

»Du weißt meinen Namen noch?«

»Natürlich, glaubst du, ich bin verkalkt. Und wie heiße ich?«

»Tovosch«, antwortete ich. »Was machst du hier?«

»Na, das siehst du doch. Ich spiele.«

»Bist du allein, und wo sind deine Eltern?«

»Mamusch ist daheim, und Papusch studiert.«

»Soll ich dich vielleicht nach Hause bringen?«

»Warum nicht.«

»Wo wohnst du eigentlich?«

»In der Wrzeszynka 9, da, wo wir uns das erste Mal getroffen haben.«

Wir setzten uns in Bewegung.

»Was studiert dein Vater eigentlich?«

»Die Thora«, antwortete sie, »er ist sehr klug musst du wissen … aber mit Hiob ist er bis heute nicht weitergekommen.«

Ich erinnerte mich sofort … vielleicht könnte ich ihr helfen, ich müsste ihr etwas sagen … etwas Intelligentes, aber mir fiel nichts ein … da sprach sie schon weiter: »Ich habe mit meinem Freund Tomasz den Fall diskutiert, er ist ein sehr guter Schüler und meint, die ganze Geschichte sei nichts als Literatur«.

»Soll das heißen, dass sie erfunden ist? – Die wahrsten Sachen sind erfunden.«

»Er sagte, sie soll den Menschen Angst machen, sie soll ihnen mitteilen, dass Gott unberechenbar ist.«

Sie machte eine Pause, um dann stolz zu erklären: »Aber ich glaube kein Wort davon. So einer ist Gott nicht«.

Sie hat Recht, dachte ich, so einer kann er nicht sein, denn dann würde er ja nur aus dem Augenblick heraus handeln und wäre so wie wir. Tovosch musterte mich von der Seite, und einen Moment lang kam es mir so vor, als sei ich in ihrem Alter und sie in meinem. Da fiel mir mein Gespräch mit Dreichwerd auf dem Rynek ein.

»Kennst du die Geschichte vom brennenden Dornbusch?«

Sie nickte.

»Moses will von Gott wissen, wie sein Name ist, und der sagt ihm, dass er ›Ich bin, der ich bin‹ heißt. Findest du, dass das ein Name ist? Vielleicht kannst du deinen Vater mal danach fragen.«

Sie lächelte verschmitzt: »Weißt du denn nicht, dass es damals eine Menge Götter gab, die Welt war voll davon ...«

»Ja, schon, aber Gott hätte doch einen anderen Namen nennen können, einen, den jeder versteht, einen richtigen Namen eben.«

»Glaubst du, dass Gott doof ist? Er musste Moses einen seltsamen Namen sagen, einen, der anders klingt als die normalen. Hätte er gesagt, ich heiße Josef Maierowicz, sag das deinem Volk, dann hätte man Moses ausgelacht und davon gejagt.«

Ich konnte nicht widersprechen, ihre Logik war bestechend, Kinder haben manchmal die besten Einfälle und sind die kreativsten Menschen, das weiß ich von meinen eigenen, aber das konkrete Beispiel ist immer wieder verblüffend. Mir wurde auf einmal die Situation bewusst. Ich wanderte mit einem Kind durch Krakau und führte theologische Gespräche. Dabei interessierte mich etwas anderes eigentlich mehr. Ich wollte wissen, wie die Liebesgeschichte zwischen Hetwa und jenem Leibisch weiterging. Aber ich musste mich noch ein bisschen bremsen, sonst würde ich die Situation kaputt machen.

»Stimmt«, sagte ich, »sonst hätte ihm niemand geglaubt. Das ist gar nicht dumm«.

»Es ist sogar sehr klug, denn bisher ist niemand darauf gekommen.«

Im Innern ging ich mein Wissen über die Bücher Mose durch und überlegte, ob sie Recht haben könnte.

Da fuhr sie schon fort: »Aber mein Vater hat diese wahnsinnig intelligente Erklärung abgelehnt«.

»Und warum?«

»Das ist schwer zu verstehen«, antwortete sie altklug, »weißt du, man muss ein starkes Interesse für diese Geschichten haben und wirklich etwas herausfinden wollen«.

Seltsam, schon wieder kam es mir vor, als sei ich in ihrem Alter und müsse gut zuhören, um endlich etwas zu kapieren. Ein leiser Unwille regte sich in mir.

»Und wenn ich nun kein so starkes Interesse daran habe?«, fragte ich.

»Dann wirst du es niemals begreifen«, antwortete sie prompt und mit düsterer Miene. Ich überlegte, ob das gespielt oder echt war, doch schon hellte sich ihr Gesicht auf, und sie blieb stehen: »Dort drüben wohnt übrigens Dr. Kozlowski«.

»Augenblick mal«, ging ich nicht darauf ein, »ich will erst wissen, was dein Vater gesagt hat und außerdem interessiert mich, wer dem Gras das grüne Haar …«

Sie aber wies mit der Hand auf ein schmales Haus schräg vor uns, die Farben wurden plötzlich blasser, und ich hörte ihre Stimme: »Du musst ihn unbedingt kennen lernen …«

8
Oh Tovunju, wie schön sind deine Augen

Dr. Marek Kozlowski war nicht mehr der Jüngste und immer noch ein eingefleischter Junggeselle, obwohl sich etliche Frauen im Laufe der Zeit heftig für ihn interessiert hatten. Und eigentlich ist es verkehrt, in der vollendeten Vergangenheit zu reden, denn nach wie vor schwirrten die Damen um ihn herum, seine grauen Schläfen machten ihn noch attraktiver, und außerdem war er ein hoch gewachsener, gut aussehender Mann, er wirkte sportlich und durchtrainiert, und sein schmaler Oberlippenbart verlieh ihm das Flair einer Genießers. Seine Anziehungskraft auf Frauen hatte ebenso wenig nachgelassen wie seine Abneigung gegen die Ehe. Er besaß eine gut gehende Zahnarztpraxis in der Krakusa und las mit Vorliebe Henryk Sienkiewicz, von dem er fast alles kannte, so dass Leibisch Friedman ihn in einer Mischung aus Hochachtung und Ironie als Sienkiewicz-Forscher titulierte. Mit der Zeit hatten sie sich angefreundet, und wenn Leibisch ihn wegen eines Zahnwehs in der Praxis aufsuchte, redeten sie erst einmal über Politik und Neuigkeiten aus dem Theater, um sodann auf Kozlowskis Lieblings-Poeten zu kommen. Da Leibisch häufig anderer Meinung war und gern widersprach, ließ Dr. Kozlowski, wenn es ihm zu viel wurde, den Bohrer aufbrummen und befahl: »Ruhe da unten und Mund auf«. So errang er das Schweigen des Patienten und konnte ungestört während der Behandlung seine Vorlesung über den Dichter fortsetzen.

Heute schweifte er von seinem Vorzugsthema ab, und erzählte vom Tennisspiel. Ein wunderbarer Ausgleichssport sei das, der für Leibisch sehr bekömmlich sein würde, ja eigentlich notwendig für jeden Geistesmenschen, und dass er sowieso einen Partner brauche, den er hin und wieder schlagen könne. Sein Patient konnte nicht antworten, eine feuchte Füllung im

Zahn verhinderte es – aber auf jeden Fall war jeder in der Familie überrascht, dass Leibisch Friedman das Angebot annahm und eine Woche später im Club Grün-Weiß erschien. Dr. Kozlowski führte ihn ein und hatte schon einige Trainingsstunden für ihn gebucht. Der Tennisschüler machte sich gut, schon nach kurzem Unterricht war sein Stellungsspiel sicher und die Vorhand recht passabel, so dass Kozlowski ihn zu einem Trainingsspielchen aufforderte. »Ich werde es schwer haben«, murmelte er diabolisch, »dein sportliches Talent ist größer als ich vermutete«. In Wirklichkeit hatte er leichtes Spiel mit dem Eleven, jedenfalls im Moment.

Was Marek Kozlowski nicht wusste war, dass er seinen Freund unbeabsichtigt auf einen Pfad geführt hatte, der ihn bald nicht mehr den Weg zu Renia, seiner Geliebten, finden ließ. Vielleicht war der Zahnarzt ein Werkzeug des Himmels, aber der Himmel sagt einem ja nie, wann man sein Werkzeug wird. Nicht einmal einen Fingerzeig gibt er, und schon gar nicht teilt er den Grund dafür mit. Jedenfalls machten die beiden nach dem ersten Satz ihres Spiels eine Pause und wanderten zur Bank am Spielfeldrand. Zur gleichen Zeit war das Match auf dem Nachbarplatz zu Ende, und die beiden jungen Damen, die sich duelliert hatten, gingen ebenfalls zur Bank auf ihrer Seite. Kaum erblickte sie Dr. Kozlowski, rief er: »Das Fräulein Bester! Und ihre Schwester! Seit wann spielen die Damen Tennis? Und noch dazu ganz ohne mich«. Er machte seinen Partner Leibisch mit ihnen bekannt. Beide hatten vor Spiellust gerötete Gesichter, beiden standen Schweißperlen auf der Stirn, und während Hinda sich mit einem Handtuch übers Gesicht tupfte, bevor sie Leibisch die Hand gab, nickte ihm Hetwa lediglich freundlich zu, verriet aber mit keinem Wort, dass sie ihn aus dem Café Pod Papugami kannte. Sie überlegte stattdessen, ob sich auch ihre Schwester an ihn erinnerte. Dr. Kozlowski schlug vor, ein Doppel zu spielen und wählte kurzerhand Hinda zu seiner Partnerin. Die fühlte sich geschmeichelt und sandte Leibisch einen bedauernden Blick. Auf der anderen Seite des Platzes standen nun Hetwa und Leibisch. Die beiden hielten sich überraschend gut, und je länger das Spiel dauerte, desto besser harmonierten sie. Zu Ende des Satzes hatten sie zwar verloren und gingen erschöpft, doch nicht unzufrieden vom Platz. Sie reichten sich die Hände, als hätten sie gerade das Endspiel in Wimbledon gewonnen, und ihre erhitzten Gesichter kamen sich dabei nahe, gerade so, als wollten sie wortlos einen Moment beieinander sein. Genau hier begann das, was Hetwa viel später, als sie alle in großer Gefahr waren, als »romantischen Roman« bezeichnete.

Es gab eine Zeit, da wollte Tovosch ihre Tante Hinda fragen, warum sie damals nicht auf einen zweiten Satz gedrängt habe mit vertauschten Partnern – aber sie getraute sich nicht. Sie ist nämlich eine ausgezeichnete Beobachterin und kann die verstohlenen Blicke Hindas auf Leibisch deuten; sie weiß schon, dass Augen eine eigene Art zu reden haben. In dieser Hinsicht ist Leibisch blind. Wie die meisten Männer ist er für gewisse Dinge vollkommen immun und bemerkt Hindas Blicke nicht. Immerhin war das Ergebnis des zufälligen Doppels die Verabredung für eine weitere Partie zwischen Hetwa und Leibisch. Er hatte Feuer gefangen, was kein Wunder war, denn Hetwa besaß eine unerklärliche Anziehungskraft, und ihre Schönheit und feminine Ausstrahlung ließen jeden innehalten. Tovosch bat manchmal Gott, sie auch so schön zu machen, wenn sie groß war. Gewiß, Hinda war auch schön, aber von anderer Art, sie war gewissermaßen eine ernsthafte Schönheit, groß gewachsen, sachlich und etwas gravitätisch, ein bisschen angestaubt von Seriosität und immer auf die Minute pünktlich, was man von Hetwa nicht behaupten konnte. Dafür war sie verspielt und besaß einen besonderen Gang, der Männerherzen höher schlagen ließ. Hetwa konnte nicht sagen, was sie später einmal machen wollte, während Hinda genau wusste, welche Berufe für sie in Frage kamen und welche nicht. Und Romane las Hinda sehr selten, weshalb sie bei Tovosch als Diskussionspartnerin nicht besonders geschätzt war. Dafür spielte Hinda Chopin, keineswegs schlecht, und doch – sie spielte wie ein preußischer Beamter, ordentlich und korrekt, aber ohne Herzblut.

Wenn Hetwa von der Kunstakademie heimkam, schloss sie nicht einfach die Tür auf. Sie klingelte auch nicht, sondern pfiff ein Liedchen durchs Schlüsselloch, damit ihr Tovosch öffnete. »Tovunju, Tovunju«, rief sie dann, was wollen wir heute essen?« und küsste sie. Tovunju war ihr spezieller Kosename für Tovosch. Nach dem Essen spielten die beiden Damka, und wenn es Hetwa zu fad wurde, fasst sie Tovosch an den Händen, zog sie hoch, drehte sich mit ihr im Kreis und rief: »Oh, Tovunju, wie schön sind deine Augen! Wenn nur alle Welt solche Augen hätte«. Salomon Bester bezeichnete einmal seine Tochter Hetwa als »widerspenstige Romantikerin«, und schaute sie dabei stirnrunzelnd an, als hege er ein grundsätzliches Misstrauen gegenüber Menschen, die die Welt nicht akzeptieren, wie sie steht und geht, und als traue er ihr nicht zu, auch nur einen Bruchteil seiner Geschäfte zu führen. Wahrscheinlich hatte er damit Recht, denn Hetwa verabscheute Finanznachrichten und überhaupt Zeitungslektüre – stattdessen las sie Romane, und Romane sind, wie ihr Vater feststellte, Sand im Getriebe der Welt. Er meinte das nicht gerade als Lob, seine Tochter Hetwa aber klatschte bei dieser Charakterisierung begeistert in die Hände, während Tovosch sich bei seinen Worten die Welt wie eine Maschine vorstellte: oben auf ihr sitzt ein Romanschreiber und zermahlt einen Stein nach dem andern, der teils wie Pulver, teils wie Schrot in die Maschine fällt, so dass man glauben sollte, irgendwann gerät der Apparat ins Stocken und bald gibt er ganz seinen Geist auf. Aber nichts passiert, stattdessen kommt routinemäßig ein Mann mit einer kleinen Kanne, gießt etwas Öl in die Apparatur und geht wieder, ohne den Romanschreiber oben überhaupt bemerkt zu haben.

Als Justyna Dreizyczk überraschend starb, die Ehefrau Abrams, der ein Bruder Salomon Besters war, wollte Tovosch unbedingt zur Beerdigung mitgenommen werden, und Hetwa fügte sich ihrem Wunsch. Wolf Friedman meinte sogar, es sei nie zu früh, ein Kind zu einem »solchen Ereignis« mitzunehmen, mit dem Tod solle man so früh wie möglich in Kontakt kommen. Hetwa weinte, als das Grab, wie es Sitte ist, vor der Trauergesellschaft zugeschaufelt wurde, sie hatte mit ihrer Tante noch einen Tag zuvor gesprochen. Tovosch drückte ihr die Hand und tröstete sie. Später fragte sie Großvater Wolf, was denn nun mit der Toten geschehe. Er antwortete: »Ist doch der Mensch gleichwie nichts, seine Zeit fährt dahin wie ein Schatten.« – »Was meinst du damit?« – »Der Mensch wird zu Staub.« – »Aber warum denn bloß, warum kann er nicht weiterleben?« – »Weil Er es so will.« Und Wolf Friedman verbeugte sich vor einem imaginären Höheren. – »Aber warum will Gott es so?«, fragte Tovosch weiter. – »Seine Wege sind unergründlich. Nur Er weiß warum.« Hetwa schaltete sich ein: »Aber Er könnte uns wenigstens einen Hinweis geben, sind wir ihm das nicht wert?« – »Versündige dich nicht vor Ihm«, antwortete Großvater Wolf. Jetzt wurde Hetwa trotzig: »Tovunju hat völlig recht, ich bin ganz ihrer Meinung. Er sollte uns ein wenig aufklären über unsere Zukunft nach dem Tod. Es ist einfach unbefriedigend, als Staub zu enden«. Wolf Friedmans Gesicht änderte sich schlagartig, nun sah er aus wie ein zorniger Prophet, der sich wieder einmal mit den Dummen und Unwissenden herumschlagen muss. Er strich sich über den Bart und sprach bebend: »Er sagt nichts, weil … weil Er schon alles gesagt hat«. Hetwa sah ihn skeptisch an, und Großvater Wolf fühlte sich genötigt hinzuzufügen: »Da bildete der Ewige den Menschen aus Staub vom Erdboden und blies in seine Nase den Hauch des Lebens. – Wir warten auf die Auferstehung«. – »Verwirre das Kind nicht«, entgegnete Hetwa und zog Tovosch von ihm weg.

Aber Großvater Wolf hatte Tovosch nicht verwirrt. Vielmehr begriff sie, dass Erwachsene den Tod unterschiedlich sehen, und schon am anderen Tag fragte sie ihren Vater: »Wenn man alt stirbt und irgendwann aufersteht, sehen wir dann so aus, wie wir gestorben sind? Ich meine, haben wir weißes Haar und gehen am Stock, oder stehen wir auf, wie wir als Kinder aussahen und springen herum und spielen?«

*

Ein Auto hupte, und es war, als würde mich dieses Geräusch wie durch einen Zeittunnel schleudern. Ich war hier, im Krakau von heute, vor mir der Grünstreifen, und hinter einem Baum erkannte ich das Haus von Dr. Kozlowski. Ich schaute mich vorsichtig um – da stand sie, die Kleine, die eben noch den Großvater mit ihren Fragen genervt hatte. Ich sah sie entgeistert an und stakste mit weichen Knien zur nächsten Parkbank. Als ich saß, kam sie zu mir. Ich starrte sie an: »Du … du bist nicht wirklich«, sagte ich mit schwacher Stimme.

»Aber warum denn nicht?« Sie machte eine graziöse Bewegung mit der Hand: »Guck mal, was ich kann!« Sie wedelte kunstvoll mit ihren Armen durch die Luft, um sich schließlich mit den Worten »Die drei Foscari« vor mir zu verbeugen.

»Kennst du das?«

»Nein«, wehrte ich ab.

»Das hat mir Mamusch beigebracht, und die hat es bei ›Imperio y Dolores‹ gesehen.«

»Warum rede ich überhaupt mit dir? Ich rede wahrscheinlich mit der Luft. Ich bilde mir das alles ein. Mein Zustand ist pathologisch.«

»Feierlich meinst du?«

»Nein, das ist pathetisch, ich meine pathologisch.«

Die Kleine sah mich fragend an.

»Pathologisch ist krankhaft.«

»Ach so«, sagte sie, als sei das halb so schlimm.

»Lass mich in Ruhe, geh weg, du bist nicht gut für mich. Bevor ich nach Krakau kam, hatte ich nie solche Zustände.«

»Und warum bist du nach Krakau gekommen?«

»Weil … weil … das geht dich gar nichts an.«

»Weil du mich kennen lernen wolltest. Ich weiß es.«

»Dich gibt es nicht! Dich kann es nicht geben …«

»Ich habe dir doch gerade die drei Foscari vorgemacht. Glaubst du, das war eine Luftspiegelung?«

Ich stierte sie wie einen bösen Kobold an: »Du bist ein Geist, ein Geist, den ich mir einbilde«.

Tovosch lachte übermütig: »Mit dir kann man gut Rätselraten, glaube ich. Ich bin da, und ich bin doch nicht da. Aber wirklich bin ich. Und du weißt längst, was ich dir zeige, nicht wahr?«

Ich schwieg, horchte auf den Verkehrslärm, das Autohupen und die vorbeigehenden Passanten. Vielleicht bekam ich sie so aus dem Sinn.

»Bitte sei nicht beleidigt«, sprach sie weiter, »ich wollte dir eigentlich ein … wie heißt das Wort … ein Kompliment machen. Also: was zeige ich dir?«

Es hatte nicht geklappt, ich hörte ihre Stimme noch immer, und jetzt wiederholte sie ihre Frage auch noch. Ich schaute ihr ins Gesicht: »Du zeigst mir die Vergangenheit, die Geschichte meiner Familie«.

»Stimmt«, rief sie aus, »ich wusste, dass du das längst erkannt hast«.

Sie machte eine Pause, dann fragte sie leise: »Und weshalb bist du hier?«

Ach, dieses Gör, sie quälte mich mit ihren Fragen. Ich stand auf und ging mit unsicherem Schritt den Gehweg davon. Aber schon war sie an meiner Seite.

»Sag schon, weshalb bist du hier?«

Ich konnte sie nicht abschütteln, das ist allgemein so bei emotionalen Störungen, ich hatte darüber gelesen, es ist wie nach einem Hörsturz, da bleibt auch ein Summen oder Fiepen im Ohr. Vielleicht war es am besten, wenn ich ihr antwortete, sonst würde sie nie mehr weggehen.

»Weil … weil ich mehr über die Vergangenheit wissen will.«

»Siehst du«, entgegnete sie.

Wir gingen eine Weile nebeneinander her ohne ein Wort zu sagen. Ich hoffte inständig, dass sie sich in Luft auflöste, aber das geschah leider nicht.

Stattdessen fragte sie plötzlich: »Und wer bin ich?«

»Du? Ein kleiner Kobold, der mich quält.«

Sie kicherte, als hätte ich einen wunderbaren Witz gemacht: »Du erinnerst mich an Großmama Esther. Die hat mich auch manchmal einen Kobold genannt.«

»Eine kluge Frau, deine Großmama.«

Sie kicherte wieder: »Weißt du, dass du nach ihr benannt bist?«

»Ja, natürlich. Nach ihr und nach meiner anderen Großmutter.«

»Aber sonst weißt du nicht viel, alles war dir neu, was ich dir gezeigt habe, nicht wahr?«

Ich nickte, ja, sie hatte Recht, alles war mir neu. Und noch während sie sprach, wurde mir ganz und gar klar, weshalb ich diese Reise gemacht hatte. Ich musste hierher. Schuldgefühle waren es, Schuldgefühle gegenüber meiner Mutter, obwohl ich doch gar keine Schuld auf mich geladen hatte. An nichts hatte ich Schuld! Und doch hatte mich ein innerer Zwang nach Krakau geführt, wie ein Befehl trieb er mich vor sich her. Ich wollte nah bei der Vergangenheit sein, ganz nah.

»Meine Mutter hat mir nichts erzählt«, murmelte ich.

»Ich weiß«, sagte die Kleine und wirkte betrübt.

»Wie geht die Liebesgeschichte weiter?«, fragte ich.

»Du wirst alles erfahren, alles.«

»Was meinst du mit alles?«

Die Kleine ignorierte meine Frage, stattdessen hörte ich ihre

Stimme wie aus weiter Ferne: »Ich glaube, du bist jetzt so weit, du kannst jetzt meine Frage von vorhin beantworten«.

»Welche Frage?«

»Na, wer ich bin.«

Alles in mir drehte sich plötzlich, mir war übel, mein Magen zog sich zusammen, als hätte mir jemand mit der Faust in den Bauch geschlagen.

Ich schleppte mich zu einer Bank und ließ mich nieder. Sie sprang mir hinterher und setzte sich wie ein artiges Kind neben mich. Ich versuchte zu reden, aber keine Worte kamen aus meinem Mund, nur ein hilfloses Krächzen.

»Du musst es sagen, sonst gilt es nicht«, hörte ich sie.

Mich durchzuckte der Gedanke, einfach davon zu laufen, den Gehweg entlang, durch die Altstadt zum Rynek, und dort unter den Touristen und Straßenmusikanten würde ich sicher sein. Stattdessen blieb ich sitzen, wie von Bleigewichten gehalten, und hörte eine Stimme, die meine eigene sein musste: »Du bist meine Mutter«.

9
Ich weinte wie schon lange nicht mehr

Etwas berührte mich an der Hand. Ganz leicht und zart. Ich schaute auf meine übereinander geschlagenen Hände. Ein Blatt war vom Baum heruntergesegelt und ruhte sich auf meiner Hand aus. War ich eingeschlafen? Ich sah mich um, ich befand mich im Grünstreifen neben der Gertrudystraße. Niemand saß neben mir auf der Bank, und kein Kind spielte in meiner Nähe. Langsam erhob ich mich, als müsste ich mir klar werden, ob meine Glieder noch intakt waren. Dann fing ich an zu gehen. Es funktionierte, ich konnte meine Beine bewegen, ich konnte mit meinen Armen schlenkern, ich konnte denken. Aber was sollte ich denken? Was hatte ich gerade erlebt? Geh nüchtern an die Sache heran, Sabina-Esther, tu so, als würdest du einen Artikel über ein ungewöhnliches Phänomen schreiben. Was ist die oberste Regel? Halte Distanz, sieh die Sache wie eine Beobachterin, verstrick dich nicht, arbeite mit deinem Verstand, setz deine Ratio ein. Du hast seltsame Begegnungen … oder Halluzinationen. Ein kleines Mädchen, sie ist zehn oder elf Jahre alt, zeigt dir Dinge aus der Vergangenheit deiner Familie. Du wolltest das alles wissen, und die Phantasie ist eine starke Kraft. – Aber dieses Mädchen will meine Mutter sein! Nein, nein, ich habe es selbst festgestellt … meine Schritte wurden stockend, ein Unwohlsein überkam mich. Aber wenn ich diesen Gedanken nicht zuließ, dann würde ich mich allem weiteren verweigern. Ich blieb stehen und atmete tief durch.

Vor mir erhob sich ein Kirchturm, und ohne zu zögern ging ich auf ihn zu. Was tust du, Sabina-Esther, du bist jüdisch, was willst du in einer katholischen Kirche? Willst du dir etwa Rat von einem Priester holen? Ich wusste nicht, was ich erhoffte, als ich die schwere Tür öffnete und im Halbdunkel des Gotteshauses verschwand. Die Kirche war nicht leer, wie ich glaubte, vielmehr saßen eine ganze Reihe Personen auf den Bänken, andere knieten, vorn hantierte ein Priester an einem Blumenschmuck. Es war still und angenehm kühl. Ich ging durch das Hauptschiff bis nach vorn, dann wandte ich mich nach rechts und betrat das Seitenschiff, ein Kreuzgewölbe, bis ich eine kleine Kapelle erreichte. Hier befand sich niemand, und ich setzte mich in die zweite Reihe. Kaum hatte ich Platz genommen, überkam mich eine große Ruhe, als würde die Atmosphäre der Kapelle in mich eindringen und mich besänftigen. Meine Gedanken, die eben noch durcheinanderwirbelten, beruhigten sich, es war, als würden sie sich ausstrecken und mir zu Füßen liegen. Ich fühlte mich eingehüllt und geborgen, und plötzlich schien es mir, als würde ich etwas vernehmen, ohne Worte zu hören. »Ich habe dich beim Namen gerufen, du kannst mir vertrauen.« Ich schaute zum Gekreuzigten hinauf, der mich ansah, mir direkt in die Augen sah, so liebevoll, so begütigend, dass mir die Tränen kamen, und ich zu weinen begann, wie ich seit meinen Kindertagen nicht mehr geweint hatte. Vielleicht war eine viertel Stunde vergangen, vielleicht nur Minuten, als ich mich erhob und die Kirche verließ.

Draußen leuchtete der helle Tag, Autos hupten, Passanten strömten an mir vorbei, ich wischte mir mit dem Taschentuch die Augen aus und blinzelte in die Sonne. Aber seltsam, jetzt auf einmal kam mir die brodelnde Realität um mich herum unwirklich vor. Wie konnte ich nur glauben, dass es die einzige Wirklichkeit war. Und noch ein Gedanke kam mir in den Sinn. Wenn die Toten lebendig sind, sind die Lebenden vielleicht tot. Ich war auf jeden Fall lebendig, fühlte ich mich auf seltsame Weise besänftigt und war bereit, meine Begegnungen mit dem kleinen Mädchen zu akzeptieren, ja, ich schalt mich als verstockt, dass ich sie vor kurzem noch abgelehnt und als Hirngespinst von mir gewiesen hatte.

Zu Frau Urbainczyk musste ich! Ich befand mich ganz in ihrer Nähe, vielleicht hatte ihre hypnotische Rückführung meinen jetzigen Zustand ausgelöst. Mit ihr musste ich alles besprechen, sie würde Bescheid wissen. Außerdem hatte ich das Bedürfnis, mir die Hände zu waschen. Ein alter jüdischer Brauch. Wer vom Friedhof kommt, soll sich die Hände waschen, um wieder ins Leben zurückzukehren. Ich wandelte ihn auf meine Situation ab, meine alte Einstellung wollte ich symbolisch abwaschen, aber das sagt sich so leicht ... Dieses Mädchen, diese Tovosch, konnte mir eine Menge erzählen ... Sie würde mich vielleicht aufklären über all das, was geschehen war, ich brauchte sie, ich hatte sie bitter nötig – und erst recht, wenn es meine Mutter war. Wie eine Irre begann ich zu kichern. Was früher ich für sie, war sie jetzt für mich. Dabei war das gar nicht komisch, ich fühlte mich eher elend. Eine innere Stimme verspottete mich als Närrin, meine Mutter sei längst tot, ob mich alle guten Geister verlassen hätten. Ich schlug den Weg in die Piekarska ein. An einer Straßenecke sah ich Plakate an einer Hauswand hängen. Auf Englisch forderte man zum Besuch von Auschwitz auf: *Everyday tour by bus with guide in german. Tickets on the bus.*

Rosa Urbainczyk empfing mich mit hochgezogenen Augenbrauen. Eigentlich seien wir erst für den nächsten Tag verabredet. Aber gut, wenn ich schon da sei, solle ich bleiben, die nächste Patientin komme erst in zwei Stunden. Sagte sie Patientin? Ich platzte mit meinen Neuigkeiten heraus, erzählte erregt, dass die Kleine meine Mutter sein wolle! Außerdem sei mein Alptraum wiedergekommen. Ob ich nun endgültig den Verstand verlöre? Rosa bereitete in Seelenruhe ein Kännchen Tee vor und blieb stumm. Ich hätte schreien können. Am besten sei es wohl, wenn ich das nächste Flugzeug nähme und zurückfliege! polterte ich.

Da endlich öffnete sich ihr Mund: »Haben Sie mehr in Ihrem Alptraum erkennen können?« Ich schüttelte den Kopf. »Sie müssen genauer beobachten«, sagte sie und warf mir einen missbilligenden Blick zu.

»Ich hatte Angst!«, rief ich, »und Sie wollen, dass ich beobachte!«

»Das eine schließt das andere nicht aus«, erwiderte sie bedächtig.

Wo ihre Toilette sei, fragte ich. Sie zeigte mir die Tür. Ich wusch mir ausgiebig die Hände. Beim Zurückkommen fühlte ich mich gefasster. Sie saß im Behandlungszimmer und goss Tee in kleine Tassen. Ohne aufzusehen sagte sie: »Sie haben sich arrangiert, wie ich merke«.

»Ja …«, sagte ich stockend, »vielleicht … ich bin nicht einig mit mir. Was sagen Sie zu dem Mädchen? Bin ich auf dem Weg in die Klapsmühle?«

Sie lachte leise in sich hinein: »Man könnte so denken. Man muss aber nicht. Haben Sie Angst?«

»Ja, natürlich, mein Verstand scheint mir abhanden zu kommen, und er ist schließlich das Wichtigste.«

Sie drehte sich zu mir und spitzte die Lippen, sagte aber nichts. Stattdessen führte sie ein Tässchen an die Lippen und trank.

»Warum sagen Sie denn nichts? Ich bin doch zu Ihnen gekommen, damit Sie mir helfen.«

Sie deutete auf die Couch.

Ich schüttelte unwillig den Kopf und nahm stattdessen auf dem tristen Sesselchen ihr gegenüber Platz: »Nein, nein, nicht auf die Couch, erst will ich wissen, was Sie denken«.

Sie nahm einen weiteren Schluck und erwiderte dann: »Haben Sie schon einmal daran gedacht, dass Sie einen Schatten haben?«

»Einen Schatten? Natürlich habe ich einen Schatten!«

»Ich meine einen spirituellen Schatten.«

»Was soll das sein, wovon sprechen Sie?«

»Der Schatten ist ein Aspekt der Persönlichkeit, den man ablehnt. Man mag ihn nicht, man verweigert sich ihm.«

»Und Sie meinen, die Kleine ist mein Schatten?«

Frau Urbainczyk nickte.

»Aber sie will meine Mutter sein. Das ist doch grotesk!«

»Warum?«, fragte sie lächelnd.

»Warum, warum! Ein Kind soll meine Mutter sein?«

Frau Urbainczyk lachte leise in sich hinein, was mich aufbrachte. Dann sagte sie: »Sie sind nur empört, weil Ihre Ratio Ihnen das einflüstert. In Wirklichkeit haben Sie sich mit dem Gedanken schon vertraut gemacht«.

Sie hatte nicht Unrecht, ein Teil von mir war bereit, die Kleine als meine Mutter zu akzeptieren. Verwirrt schwieg ich sie an.

»Sie sagen gar nichts?«

Ich schüttelte den Kopf. Auch sie sah mich schweigend an. So saßen wir eine Weile, bis mir die Stille zu laut wurde.

»Sagen wir, ich nehme meinen Schatten an«.

Frau Urbainczyk lächelte geheimnisvoll: »Das hängt nicht von Ihnen allein ab. Ihre Reise ist noch nicht zu Ende«.

Ich deutete auf die Couch: »Ich bin hier und doch unterwegs, meinen Sie das?«

Sie nickte: »Ich möchte Ihnen vorschlagen, dass wir eine weitere Rückführung machen, und wenn Sie diesmal jene Tovosch sehen, so hieß sie doch …?« In meine Bestätigung hinein, fuhr sie fort: »Umarmen Sie das Mädchen.«

»Einfach so. Die Kleine ist ziemlich naseweis.«

»Ja, ich weiß.«

Frau Urbainczyk erhob sich und forderte mich auf, ebenfalls aufzustehen. Kaum stand ich, machte die kleine Frau so unvermittelt einen Schritt auf mich zu, dass ihre Ohrringe Purzelbäume schlugen, und umarmte mich. Ich fühlte mich im ersten Moment überrumpelt, ja ein wenig abgestoßen. Dann hatte ich das Gefühl, als würde ich meine inneren Organe spüren, alles war lebendig, ich hörte meinen Atem, das Blut pulsierte, mein Herz schlug schnell und regelmäßig. Als sie mich losließ, kam es mir so vor, als würde ich vor Energie vibrieren, und für einen Augenblick erschienen mir die ausgebleichten Sesselchen voller Farbe.

»Sehen Sie, es ist ganz einfach«, sagte sie und setzte sich wieder.

Ich nickte verstört, ging zur Couch und ließ mich nieder.

»Trinken Sie etwas Tee«, forderte sie mich auf, »wir beginnen am besten gleich, und ein Schluck Tee stärkt Seele und Geist«.

Argwöhnisch nahm ich meine Tasse in die Hand und schaute unauffällig hinein, die Flüssigkeit war rot.

»Was ist das eigentlich für ein Tee?«

»Gingko«, erwiderte sie, »es ist Gingko-Tee«. Und jedes Wort betonend, fuhr sie fort: »Sehr wirksam bei allen Arten von psychischen Störungen«.

Ich schaute sie verunsichert an. Ihr Mund wurde breit, und sie begann zu lachen, zuerst leise, dann immer lauter, die Bernsteinkette auf ihrer Brust hüpfte vor Freude mit, und mir kam es so vor, als wollten die beiden gar nicht mehr aufhören, sich zu amüsieren.

Ich verstand und trank. Ich trank die Tasse in einem Zug aus, und als sie leer war, sagte ich: »Ich habe keine weiteren Fragen«.

Sie schaute mich belustigt an: »Gut, sehr gut, Sie sind lernfähig. Dann können wir anfangen«.

Als ich lag, forderte sie mich auf, die Augen zu schließen, alle Gedanken an den Alltag abzuschalten und nur auf ihre Stimme zu hören. Wenn ich ganz entspannt sei, solle ich es meinem höheren Selbst überlassen, zu welchem Abschnitt der Vergangenheit es mich führen werde. Das höhere Selbst, murmelte sie, sei mein bester Berater. Alles was ich sehen würde, solle ich nicht bewerten oder in Frage stellen, sondern ganz gelassen bleiben, auch bei dramatischen Szenen. Die vertraute Begräbnismusik jammerte los, und sie begann zu zählen. Wieder überkam mich das Gefühl, einer magischen Stimme zu lauschen. Schon während ihrer ersten Worte war ein seltsamer Gleichmut über mich gekommen. Jetzt aber, wo sie mit suggestiver Stimme die Zahlen formte und in mich eindringen ließ, ja sie mir geradezu injizierte, erfasste mich eine Gemütsruhe, die mir ganz unbekannt war. Ich hörte die Vierzehn, die Dreizehn, die Zwölf, als wären sie lebendig und sah mich an einer Tafel stehen und die jeweilige Zahl mit der Kreide bändigen. Auch befolgte ich ihre Weisung, mir imaginär meine Füße, den Rücken und Kopf zu massieren. Es war sehr angenehm, das sollte ich öfter machen, dachte ich, die Füße massieren, ohne dabei meine Hände zu benutzen. Als sie die Zahl Eins sehr langsam und gedehnt aussprach, fühlte ich meinen Körper nicht mehr, und ihre Stimme drang wie aus der Ferne zu mir. Ich befände mich jetzt in einem Fahrstuhl, der sich nun in Bewegung setze, mein höheres Selbst würde mich in die richtige Etage bringen …

10
Ein großer Erotiker

Im Café Pod Papugami saßen die Gäste zu dieser Jahreszeit draußen an den kleinen Bambustischen und genossen mit nach hinten gelegten Köpfen die spärlichen Sonnenstrahlen. Doch die junge Frau mit dem wehenden kastanienbraunen Haar suchte zielstrebig den Weg ins Innere, als sei sie vor der Sonne auf der Flucht. Ihr Blick musste nicht lange schweifen, denn innen war nur ein Tisch besetzt, und dort saß der, mit dem sie verabredet war. Er stand auf, machte zwei nervöse kleine Schritte auf sie zu, um ihr doch nur die hellblaue Jacke abzunehmen.

»Hat dich der Mut verlassen?«, fragte sie schnippisch, »es ist doch weit und breit niemand zu sehen, der uns beobachten könnte«.

»Ich bin eben ein altmodischer Mensch«, entgegnete Leibisch.

»So jung und schon altmodisch«, schüttelte Hetwa ein wenig übertrieben den Kopf und warf ihm einen zärtlichen Blick zu. »Außerdem habe ich leider nur wenig Zeit«.

»Wenn du jetzt schon keine Zeit für mich hast, was soll ich dann erst später sagen?«, fragte er.

»Ich habe immer Zeit für dich, hast du das noch nicht gemerkt? Aber ich muss manchmal auch an meine Arbeit denken.«

»Und ich arbeite nicht?«

»Doch, aber du kannst überall nachdenken, ich dagegen brauche meinen Zeichentisch.«

Die beiden fassten sich an den Händen, als hätten sie sich gerade eine Liebeserklärung gemacht. Er sah sie schmachtend an, als wolle er ihren Blick verschlingen und von ihren Lippen die Worte pflücken.

»Weißt du, dass du ein großer Erotiker bist?«, fragte Hetwa. »Hat dir das je schon eine Frau gesagt?«

»Wie kommst du denn darauf?«

Jetzt verschlang sie ihn mit ihrem Blick. »Und du beantwortest gern eine Frage mit einer Gegenfrage. Typisch jüdisch.«

»Nein … oder vielleicht hast du Recht mit dem Jüdischen«, machte er einen Versuch, sich zu rechtfertigen, »aber ich bin doch kein Erotiker«.

»Das sind mir die liebsten, die davon gar nichts wissen«, schmunzelte sie, »vielleicht die echtesten«.

»Wovon redest du denn? Manchmal bin ich froh, dass uns keiner zuhört. Du hast so was …«

»Ha«, rief sie aus, »jetzt höre ich deinen Vater. Hast du übrigens schon mit deinen Eltern gesprochen?«

»Ja … ich habe es anklingen lassen.«

Aus Hetwas Mund ertönte ein beschwingtes Kichern, ein Kichern, das alles durchschaute: »Ach, ich weiß schon, was dein Vater von mir hält. Wenn jüdische Töchter mit nackten Armen herumlaufen, ins Theater gehen und ihre frommen Söhne mit Liebschaften überziehen …«

Sie beendete den Satz nicht, denn Leibisch hatte ihre Hand zu sich gezogen und küsste sie rasch. Ein Kellner näherte sich räuspernd, und Leibisch bestellte Kaffee für beide.

»Du musst meinen Vater auch verstehen«, entgegnete er, »für ihn ist es Ketzerei, wenn junge Männer aus der Jeschiwa fortlaufen, sich den Bart abrasieren und unkoscher essen. Das ist für ihn ein Abfall vom Glauben.«

»Dabei weiß er längst nicht alles«, ergänzte sie. »In Amerika fahren Juden am Sabbat mit dem Auto, und in Russland wachsen jüdische Kinder auf, ohne die Heilige Schrift je kennen zu lernen. Der Satan treibt überall sein Unwesen, und Krakau nimmt er überhaupt nicht aus.«

»Mach dich nicht lustig über meinen Vater. So Unrecht hat er nicht. Er fragt sich, was vom Judentum übrig bleibt, wenn sich keiner mehr an die Gebote hält.«

»Gebote! Gebote! Vielleicht will der Mensch endlich auf eigenen Beinen stehen? Was ist so schlimm daran?«

»Aber die Welt ist hemmungslos geworden. Wenn die Gebote nicht mehr beachtet werden, ist alles möglich, darf alles getan werden.«

»Du tust ja gerade so, als sei der Glaube eine Krücke, mit der wir uns durchs Leben schleppen. Und Gott einer, auf den wir Rücksicht nehmen müssen.«

»Ach«, entgegnete Leibisch und wirkte etwas ärgerlich, »natürlich müssen wir Gott nicht beispringen und seinen Ruf beschützen. Tradition und Gesetz sind … für uns gemacht, für unsere Zeit sogar, wo sich alles immer schneller dreht, und mancher Angst hat, fortgerissen zu werden und …«

»Und der Gläubige steht bei dir unter Artenschutz?«, fiel ihm Hetwa ins Wort.

»Unsinn. Aber er hat ein Recht darauf, in seinen religiösen Gefühlen nicht verletzt zu werden.«

»Ich verletzte ja gar niemanden, aber die Frommen verletzen meine Gefühle, sie wollen, dass ich so bin wie sie. Warum muss ich in der Synagoge hinter dem Vorhang sitzen, warum soll ich eine Perücke tragen, warum darf ich nicht fragen, warum wir als Staub enden?«

»Wer verbietet dir solche Fragen? Niemand! Man darf sie nicht nur, man muss sie sogar …«

»Aber die Antworten sind vorgegeben!«, fiel sie ihm ins Wort. »Das gefällt mir nicht. Und ich glaube auch, dass es Gott nicht gefällt. Er hat mich schließlich als eine Frau mit Verstand geschaffen.«

»Natürlich … ja«, murmelte Leibisch, »das bestreitet doch keiner«.

Der Kellner kam und stellte zwei Portionen Kaffee vor ihnen auf den Tisch.

»Die Frömmigkeit der Frommen hat was Unterwürfiges«, setzte Hetwa nach, »und wenn es nach ihnen geht, ist Fortschritt ein Begriff aus dem Wörterbuch des Teufels«.

»Religiöse Menschen legen das Schwergewicht auf die ewigen Werte«, widersprach Leibisch.

»Die ewigen Werte haben etwas vom Kreisverkehr, man dreht sich immer um dasselbe Rondell«, fügte Hetwa spöttisch an, »wenn man durch Kazimierz geht, und die Orthodoxen im Kaftan und mit Käppchen sieht, hat man plötzlich das Gefühl, im Mittelalter zu sein. Schöne Zeitreise in die Vergangenheit. Ich verstehe, dass die Polen nichts mit ihnen anfangen können.«

»Du willst anscheinend eine Kuschel-Religion, bei der du die Regeln selbst bestimmst«, erwiderte Leibisch aufgebracht, »aber Religion ist nicht Anpassung an den Zeitgeist. Wäre sie das, bräuchten wir sie nicht ...«

Sie unterbrach ihn: »Denkst du etwa, ich glaube, dass unsere Männer sich nur polnische Hüte aufsetzen und die Bärte abrasieren müssen und schon werden wir von allen Polen geliebt? Denkst du so?«

»Warum willst du nicht verstehen, dass mein Vater ebenso daran interessiert ist, Gott und seinen Plan zu verstehen. Er wählt nur einen anderen Weg, den der Tradition.«

»Gottes Pläne verstehen? Wem gelingt das? Und die Tradition führt nur in eine Sackgasse. Sie ist ...«

Wenn die beiden Streithähne aufgeblickt hätten, wäre ihnen nicht entgangen, dass sich die Tür geöffnet hatte und eine attraktive Frau Anfang dreißig am Eingang stand. Sie trug einen breitkrempigen schwarzen Hut, ein elegantes dunkelrotes Kostüm, und ihre gut dazu passenden grünen Augen blitzten kämpferisch. Sie hatte die beiden schon eine Weile beobachtet, jetzt ging sie mit zielstrebigen Schritten auf deren Tisch zu.

»Hier also steckst du«, sagte sie mit gespielter Sanftheit zu Leibisch, beugte sich zu ihm hinab und gab ihm einen Kuss auf die Wange.

Leibisch blieb stumm, es schien, als sei ihm eine plötzliche Offenbarung zuteil geworden, die von ihm nichts anderes verlangte als innere Einkehr und weiteres Lauschen. Auch Hetwa sah die Unbekannte wie eine Erscheinung aus einer anderen Welt an. Schließlich riss sie sich aus ihrer Erstarrung und fragte ihren Freund: »Willst du uns nicht bekannt machen?« In dem Moment kam der Ober, und es schien einen Moment so, als wolle er die Vorstellung übernehmen, denn er rückte für die Unbekannte einen Stuhl zurecht, fragte dann jedoch nüchtern: »Sie wünschen?« Die Dame bestellte ebenfalls Kaffee, und der Kellner zog sich zurück.

Leibisch erwachte aus seiner Erstarrung, stand auf und erklärte holprig: »Ja … ja, natürlich … ich habe nur … darf ich vorstellen. Das ist Renia Wojcikot«. Er trat einen Schritt zurück, was den Nachteil mit sich brachte, dass sein Stuhl umfiel, ihn aber nicht davon abhielt, mit sparsamer Handbewegung auf Hetwa zu deuten: »Und das ist Hetwa Bester«.

Die beiden Damen nickten sich scheinbar freundlich zu, während ihre Blicke Schwertkämpfer und Lanzenträger zur anderen Seite beförderten.

»Darf ich mich setzen?«, fragte Renia.

Leibisch schickte in ihre Richtung eine knappe Bestätigung und versuchte gleichzeitig in Hetwas Blick eine Erlaubnis einzuholen, was aber missglückte, da seine Freundin ihn nicht ansah. Er wandte sich dem umgefallenen Stuhl zu und stellte ihn auf.

Renia nahm Platz und schlug die Beine übereinander. Als Leibisch zwischen den beiden wieder auf seinem Stuhl saß, sah sie ihn wie einen Schüler an, der den Unterricht geschwänzt hat: »Ich habe mich schon gefragt, wo du geblieben bist«.

Leibisch war sich unschlüssig, wie er antworten sollte, während eine kleine Schweißperle neugierig auf seiner Stirn erschien. Am liebsten gar nichts sagen, ging es ihm durch den Kopf, und schön wäre es auch, wenn man während des Schweigens unsichtbar werden könnte.

»Nun«, richtete jetzt Hetwa das Wort an ihn, »wo bist du denn geblieben?« Und zu Renia gewandt: »Sie verschwinden manchmal, und später wissen sie selbst nicht, wohin. Eine Art Amnesie scheint das zu sein«.

Renia lachte auf, diese Erklärung gefiel ihr.

»Sie scheinen Ärztin zu sein, habe ich Recht?«

»Ich wünschte, es wäre so, dann könnte ich manche Männer entsprechend behandeln. Aber ich bin bloß Studentin an der Kunstakademie«.

»Warum bloß?«, fragte Renia erstaunt, »ich habe einige Semester an der Akademie studiert …«

»Und sind nicht geblieben?«

»Man hat mir ein Angebot gemacht, ich muss wahnsinnig gewesen sein, ich konnte nicht nein sagen …«

Der Ober kam und servierte schweigend den Kaffee. Renia goss ein Tröpfchen Milch in die Tasse, nahm sie graziös in die Hand und trank einen Schluck. Dann fuhr sie fort: »Ich bin zum Theater gegangen«.

»Als Schauspielerin?«

Renia nickte.

»Das ist ja … großartig. Und an welchem Theater spielen Sie?«, fragte Hetwa begierig.

»Am Pawlikowski.«

»Oh, ich liebe das Pawlikowski. Und wissen Sie warum?«

Nun schaute Renia die Jüngere neugierig an: »Nein«.

»Weil es ein Theater mit Rückgrat ist. Ich nenne es das Unbeugsame. Es stimmt doch, dass Molières Celimène niemand sehen wollte. Aber man spielte es trotzdem dreimal und immer vor leerem Haus.« Sie nahm ihre Kaffeetasse in die Hand, als müsse sie darauf trinken.

Renia nickte: »Aber das war eine Qual für uns, nur den Direktor und den Regisseur im Zuschauerraum zu sehen«.

»Aber sie haben Beifall geklatscht.«

»Nach jeder Szene sogar. Sie waren reizend. Aber für uns klang das nach Erschießungskommando.«

»War kein Kritiker da?«

»Oh doch, er ist irgendwann eingeschlafen, wie man hören konnte – und Schlafen ist auch eine Form der Kritik, vor allem im Theater. Die Inszenierung hat er seltsamerweise gelobt, beschimpft hat er stattdessen die ausgebliebenen Zuschauer, vermutlich, weil die nicht mit ihm zusammen ein Nickerchen machen wollten.«

»Ein wunderbarer Erfolg«, erklärte Hetwa unbeirrt. »Die Kunst ist wichtiger als das Publikum.«

Renia sah Hetwa nachdenklich an. »Vielleicht haben Sie Recht, aber leider kann man ohne Publikum kein Theater machen«.

»Da bin ich ganz anderer Meinung …!«

Die beiden Frauen schienen sich immer besser zu verstehen und den Mann in ihrer Mitte völlig vergessen zu haben. Leibisch kam es so vor, als müsse er sich verdutzt die Augen reiben, er wollte sogar zur seiner Tasse greifen und trinken, unterließ es aber, um keine Aufmerksamkeit zu erregen. Seine Gedanken kamen ins Schwurbeln, wahrscheinlich würden sie es gar nicht merken, wenn er leise aufstand und rückwärts dem Ausgang zustrebte. Er verwarf die blödsinnige Idee sofort wieder. Vielleicht sollte er besser so tun, als müsse er auf die Toilette, dann könnte er den Hinterausgang benutzen, das wäre zwar feige, hätte aber einen Simsalabim-Effekt … einfach von der Bildfläche verschwinden, als plötzlich die Frage an sein Ohr drang »Und Leibisch, woher kennen Sie ihn eigentlich?« Es war Hetwa, die das fragte, und die Antwort von Renia ließ nicht lange auf sich warten: »Oh, wir kennen uns schon lange, wir sind … befreundet«.

»Befreundet?«, kam es von Hetwa mit einem langen und sehr hörbaren Fragezeigen zurück.

Leibisch warf einen schnellen Blick zu Renia, deren schönes Gesicht ein Lächeln zeigte, das ein wenig zuviel verriet, jedenfalls in seinen Augen. Sie nahm gerade den Löffel in die Hand und führte ihn in ihre Tasse, dabei erklärte sie ernsthaft: »Oh ja, er ist ja ein Theaternarr«. Und zu ihm gewandt: »Entschuldige, ich meine natürlich Theaterliebhaber. Übrigens hat er auch die Celimène gesehen, er war wohl der einzige normale Zuschauer«.

»Das macht ihn in meinen Augen zu einem Kunstkenner«, erklärte Hetwa, und Leibisch kam es so vor, als würde die Ironie in ihrer Stimme seine Gehörgänge zum Klirren bringen.

»Auf jeden Fall wusste ich gar nicht«, fuhr Hetwa fort, ohne ihn anzusehen, »dass er eine so interessante Freundin hat«. Und sie beugte sich vertraulich zu Renia: »Männer sind mitunter sehr verschwiegen, finden Sie nicht?« Die Angesprochene nickte und entgegnete dann ebenso vertraulich: »Wem sagen Sie das«.

»Und wir Frauen sind viel zu leichtgläubig, wir merken manchmal nicht, dass die Qual eine Nachbarin der Liebe ist«, fuhr Hetwa fort.

Renia schaute sie nachdenklich an und erwiderte: »Man muss die Liebe leben wie sie ist und nicht wie sie sein sollte, manchmal verirrt man sich in ihr wie in einem Traum, und erst wenn man erwacht, weiß man, dass es ein Traum war«.

Hetwa sah Renia verwirrt an, einen Moment glaubte sie, dass die Schauspielerin aus einem Theaterstück zitiert hatte, doch dafür war deren Blick zu ernsthaft. Hetwa nahm einen Schluck vom Kaffee und sagte: »Ich muss leider gehen, mein Kurs wartet. Ich hoffe, wir sehen uns wieder«. Sie stand auf, beugte sich zu Leibisch und deutete einen Wangenkuss an, Leibisch aber kam es vor, als hätte ihn ein Eisblock gestreift. Dann verließ Hetwa das Café Pod Papugami ohne ein weiteres Abschiedswort.

*

Ich hörte eine Stimme, die zählte. Langsam zählte sie von dreißig bis fünfunddreißig. Dort angekommen, sagte die Stimme: »Und jetzt erwachen Sie und schlagen die Augen auf«.

Über mir sah ich Rosa Urbainczyks Gesicht. Ihre Bernsteinkette baumelte über meinem Busen, und ihre Augen nickten mir beruhigend zu. »Er hat sie verloren«, sagte ich.

»Wer hat wen verloren?«

»Leibisch hat Hetwa verloren.«

»Sind Sie sicher?«

»Da war noch eine andere Frau … und Tovosch habe ich überhaupt nicht gesehen.«

»Das macht nichts«, erwiderte sie, »alles hat seine Richtigkeit. Was ist noch passiert?«

»Um Religion ging es, ob man alle Gebote akzeptieren müsse oder zweifeln dürfe.«

»Und?«, fragte Rosa, »wie sehen Sie die Sache?«

Ich setzte mich auf: »Ich bin eine liberale Jüdin und einigermaßen emanzipiert – will ich doch hoffen.« Ich deutete fragend auf das Teekännchen, goss mir ein und trank einen Schluck: »Außerdem stehe ich auf Seiten Hiobs, Sie wissen, er hat Gott zur Rede gestellt«.

»Ah ja«, erwiderte Rosa mit hintergründigem Lächeln, »wie fühlen Sie sich jetzt?«

»Gut«, teilte ich einsilbig mit, und tatsächlich befand ich mich in einem gelassenen Zustand, obwohl ich einen kleinen Groll gegen sie hegte. Musste sie mich unbedingt an der Stelle aus der Rückführung holen, wo Hetwa ohne Abschiedswort Leibisch verlässt? Was würde er jetzt tun, was sollte er Renia sagen, der Bursche liebte zwei Frauen und beide wussten davon. Er steckte ohne Zweifel in einem gewaltigen Dilemma.

Nachdem wir uns verabschiedet hatten, ging ich draußen ziellos die eine Straße hinauf und die andere hinab. Ich wusste nicht wohin, bis ich in einiger Entfernung eine Festung aufragen sah. Das musste der Wawel sein. Da hinauf wollte ich, das hatte ich mir schon daheim vorgenommen. Dort waren die polnischen Könige gekrönt worden, dort hatte auch Kazimierz Jagiellos regiert und den Juden Freiheiten geschenkt, die in Europa einmalig waren, deshalb ist der Stadtteil Kazimierz nach ihm benannt worden. Aber zuerst wollte ich meinen Vater anrufen und zog das Handy hervor. Frau Urbainczyks Bemerkung über spirituelle Schatten geisterte mir im Kopf herum, dazu musste ich seine Meinung einholen. Es klingelte zweimal, und ich hörte seine Stimme. »Ich bin es, Papa, ich ruf aus Krakau an. Ich muss dich etwas Wichtiges fragen. Hab ich Mama abgelehnt als Kind? Ich meine, hab ich sie nicht gemocht?« Auf der anderen Seite war ein unwirsches Brummen zu hören: »Wenn du Geld hast, aus Europa zu telefonieren, um so was zu fragen, scheint dich Krakau meschugge zu machen. Abgelehnt? Du hast an ihr gehangen wie selten ein Kind an seiner Mutter hängt, ihr wart ein Herz und eine Seele«. Ja, dachte ich beim Weitergehen, er hat Recht, ich habe Mama nie abgelehnt, auch wenn sie jetzt als Schatten in meinem Leben herumspukt.

Als ich auf der Burg ankam, stellte ich fest, dass meine Wawel-Begierde überhaupt nicht exklusiv war. Die Cafés im Wawel-Park barsten vor Besuchern, und zur Kathedrale wanderten ganze Heerscharen. Ich verlief mich in einem Seitenhof der Anlage, der touristisch unbefleckt schien. Hier mussten einst Ritterspiele, vielleicht auch Feste oder Empfänge stattgefunden haben, und je länger ich auf den Hof und die Balustraden an den Seitengebäuden schaute, desto lebendiger trat das alte Leben vor meine Augen. Dort tauchte König Zygmunt der Erste mit seiner Gattin auf und begrüßte seine Gäste. Schon lange hatte er sich mit den angesehensten Künstlern aus ganz Europa umgeben, und auch diesmal erschien ein italienischer Baumeister an seiner Seite. Er trug die Haare zu einem Zopf geknotet, seine Beinkleider bestanden aus gelber, sein Wams aus roter Seide, und mit stolzer Geste ließ er sich dem Hofstaat vorstellen. Ich fühlte mich zugehörig und folgte dem Tross ins Innere, doch eine Tür, die einen Spalt breit offen war, rief plötzliches Interesse in mir hervor. Ich drückte sie auf und sah einen prächtigen Raum vor mir, der an den Seiten durch Säulenreihen gedrittelt wurde. Und jetzt hörte ich eine Stimme, die mir bekannt vorkam. Es war jener angenehme Bariton von Dreichwerd. Wäre ich vornehm, müsste ich mich jetzt zurückziehen – aber warum vornehm tun, wenn man auch indiskret sein kann. Ich blieb stehen und lauschte. Meine Neugier war übermächtig. Er stand offenbar hinter einer Säule und unterhielt sich auf polnisch, seine Stimme war leise, und so sehr ich mich auch anstrengte, ich konnte nur einzelne Worte heraushören … Rabbi … Seele … Religion … War er wieder in atheistischer Mission unterwegs, versuchte er einen Ahnungslosen über die Sinnlosigkeit des Glaubens aufzuklären? Und das ausgerechnet hier nahe der Kathedrale? Sein Gesprächspartner sagte eine Weile gar nichts, bis ich eine Stimme hörte, die zustimmte und etwas unterwürfig klang. Ein Räuspern, ein schnell gesprochenes Wort, das ich nicht verstand, offenbar wurde das Gespräch beendet. Ich schlüpfte leise nach draußen und zog die Tür wieder einen Spaltbreit zu.

Auf dem Gang hielt ich nach dem königlichen Tross Ausschau, konnte ihn aber nicht mehr entdecken. Schnell ging ich zur Treppe, die nach unten zum Hof führte, um mich unter die Touristen zu mischen. Ein Blick nach oben, doch Dreichwerd war nicht zu erblicken. Ich sollte verschwinden, möglichst schnell, ehe er auftauchte. Seltsamerweise überkam mich im selben Moment das Bedürfnis nach einem Tässchen Kaffee. Ich könnte es woanders trinken, ging es mir durch den Kopf, als ich mich schon an einen freiwerdenden kleinen Tisch im Freien setzte. Warum tat ich das, hoffte ich etwa, ihn zu sehen? Ich bestellte eine Kremoschka samt Kaffee und zog meinen Reiseführer aus der Tasche. Kaum hatte ich angefangen zu lesen, hörte ich jene mir vertraute Stimme.

»Man trifft sich immer wieder, Krakau ist eine kleine Stadt.«

Ich schaute auf und tat verwundert: »Oh, Sie sind es«.

»Darf ich mich zu Ihnen setzen?«

Ich machte eine großzügige Geste zu dem freien Stuhl. Dreichwerd nahm die Sonnenbrille ab, steckte sie in die Brusttasche seines weißen Sakkos und nahm Platz. Ein leichter Duft von Sandelholz kitzelte meine Nase. Er wirkte lässig und sah ziemlich gut aus. In dem Moment kam die Kellnerin und stellte Kaffee und Kuchen vor mir ab.

»Schon wieder Kremoschka?«, fragte er lächelnd, »aber warum auch nicht. Gutes soll man sich immer wieder gönnen.«

Zur Kellnerin gewandt sagte er: »Bitte bringen Sie mir das gleiche«.

»Männer sind im allgemeinen keine Schleckermäuler«, erklärte ich mit strenger Miene.

»Die Ausnahmen bestätigen es«, stimmte er zu, »und die Ausnahmen sind die interessanten Fälle«.

Der Mann besitzt ein gepflegtes Selbstbewusstsein, dachte ich und fragte: »Und was ist so interessant an den Ausnahmen?«

»Na ja, Sie haben mehr weibliche Anteile als andere Männer. Sie können sich besser in die weibliche Seele versetzen.«

Ich lachte: »Sie sind ein Charmeur. Und Sie machen Kollektiv-Komplimente«.

»Aber nein, ich sage nur die Wahrheit.«

»Es fällt mir schwer, bei Ihnen an einen stärkeren weiblichen Anteil zu glauben.«

»Sie dürfen sich nicht vom äußeren Anschein blenden lassen.«

»Wenn wir so weiterreden, machen Sie mir im nächsten Satz wahrscheinlich klar, dass Sie in Wirklichkeit eine Frau sind.«

Er verzog seinen Mund zu einem Grinsen: »So weit würde ich nicht gehen, aber die Richtung stimmt.«

Vielleicht ist er Genforscher, überlegte ich, und wenn ich nicht aufpasse, hält er mir gleich ein Referat über Vererbungslehre oder Ähnliches. Frag ihn aus nach seinem Beruf und allem anderen! befahl ich mir im nächsten Moment, doch irgendetwas hielt mich davon ab. Wollte ich den Kitzel des Ungewissen weiter auskosten? Den Mann umgab das Flair des Geheimnisvollen, etwas, das Frauen wie mich betört. Ich fühlte mich angezogen von ihm und wollte es mir auf keinen Fall anmerken lassen.

»Waren Sie schon in der Kathedrale?«, fragte er.

»Noch nicht, ich hatte das Gefühl, mich erst stärken zu müssen.«

»Köstliche Formulierung«, lächelte er. »Sich stärken müssen vor dem Besuch eines Gotteshauses. Das muss ich mir merken.«

»Warum?«

»Ist es nicht normalerweise umgekehrt? Man besucht eine Kirche, um sich zu stärken.«

»Stimmt, Sie haben Recht. Aber die Ausnahmen sind die interessanten Fälle.«

Er lachte: »Gute Retourkutsche. Und vielleicht besitzt sie sogar Wahrheit«.

»Zweifeln Sie?«

Er musterte mich und seine braunen Augen ruhten so durchdringend auf mir, dass ich einen Augenblick lang eine innere Unruhe wie ein Aufbrausen verspürte.

»Keinen Moment«, antwortete er und schickte mir einen besänftigenden Blick, um sogleich zu fragen: »Kommen Sie mit Ihrer Arbeit gut voran? Haben Sie etwas entdeckt, das Ihre Inspiration beflügelt?«

Mir schoss der Gedanke durch den Kopf, ihm von der Kleinen zu erzählen und meinen halluzinatorischen Reisen in die Vergangenheit, aber auch hier hinderte mich etwas daran, damit herauszuplatzen.

»In Krakau kann jeder Grünstreifen zur Offenbarung werden«, erklärte ich, »mir geht es jedenfalls so, ich schaue auf spielende Kinder und schon mache ich eine Zeitreise«.

»Spielende Kinder? Was zeigen die Ihnen?«

»Na ja, eben haben die Kinder noch gespielt, und im nächsten Moment werden sie in Eisenbahnwaggons gesteckt.«

Sein Blick verlor sich in der Ferne und sein Gesicht wirkte betrübt: »Sie sind Jüdin, und Ihre Familie stammt aus Krakau«.

Ich deutete ein Nicken an, seine Reaktion kam mir echt vor, und wir saßen eine Weile stumm nebeneinander. Schließlich ergriff er wieder das Wort: »Ich will Sie nicht mit Fragen belästigen – aber haben Sie schon etwas über die Vergangenheit herausgefunden?«

»Ja, ein wenig schon.«

Er beugte sich vor, und seine Stimme bekam etwas Lauerndes: »Und hilft es Ihnen? Erinnern Sie sich?«

Warum fragte er nach meiner Erinnerung, er musste doch erkennen, dass ich zu jung dafür war. Als hätte er meinen Gedanken erraten, fuhr er fort: »Es gibt immer einen Punkt in der Vergangenheit, der einen selbst betrifft. Man stößt darauf, wenn man sucht. Und dann erinnert man sich.« Eine merkwürdige Intensität lag in seinen Worten, und ich spürte, wie sich die Härchen auf meinen Unterarmen aufrichteten. Doch schon sprach er in harmlosem Plauderton weiter, indem er seinen Blick über das Plateau schweifen ließ: »Ein herrlicher Tag. Zu schade eigentlich, ihn in einer Kirche zu verbringen«.

Die Kellnerin kam mit seiner Kremoschka und dem Kaffee, er probierte vom Kuchen und sagte dann zu mir: »Aber wenn Sie in die Kathedrale gehen, vergessen Sie nicht die Gräber von Mickiewicz und Slowacki. Wissen Sie, dass man sie hier begraben hat?«

Ich nickte, und er straffte sich: »Die Polen wissen, was sich gehört. Große Dichter beerdigen sie hier. Und das Beste ist, dass man sie heute noch liest«.

»Sind Sie sicher?«, fragte ich, »Klassiker sind doch nichts anderes als einbalsamierte Mumien«.

»Sagen Sie das nicht! – Aber wer ist denn Ihr Favorit?«, fragte er spitz.

»Gombrowicz, Witold Gombrowicz, ein wunderbarer Autor.«

»Das scheint mir maßlos übertrieben. Er ist doch eher ein Spötter, ein Zyniker, gewissermaßen ein teuflischer Scherzbold.«

»Aber er wird heute noch gelesen. Das kann man vom edlen Mickiewicz bestimmt nicht behaupten.«

»Da irren Sie sich, ich weiß sogar eine Strophe von Mickiewicz auswendig.« Er straffte sich, sah mich an und deklamierte mit weicher Stimme: »Wenn du verschwindest, bin ich außerstande, dich festzuhalten mit dem Sehnsuchtsbande, und dennoch fühl ich, ohne meinen Willen, wie du stets da bist, meinen Raum zu füllen, als wenn die eine Frage mir nur bliebe: Ist das nun Freundschaft? Oder ist es Liebe?«

Ich war gerührt und ein wenig beschämt. Und ich fragte mich, warum er gerade diese Verse zitiert hatte. Er wandte seinen Blick von mir ab, trank vom Kaffee und sagte: »Die polnische Dichtkunst ist vielleicht die Schönste überhaupt«.

»Auf jeden Fall haben Sie gerade den Beweis für ihre Lebendigkeit erbracht«, erwiderte ich.

»Was machen Sie heute Abend?«, fragte er übergangslos, »haben Sie Lust, mit mir essen zu gehen?«

Ich hatte insgeheim gehofft, dass er so ein Angebot machen würde, tat aber, als müsse ich nachdenken und andere Termine überprüfen, um schließlich zu antworten: »Das ginge«.

Er nahm ein Stück von der Kremoschka: »Bevorzugen Sie polnische Küche, italienische oder jüdische?«

»Die polnische wär mir am liebsten.«

»Dann gehen wir am besten ins Pod Aniotami in der Grodzkastraße. Um acht Uhr?«

»Einverstanden«, nickte ich.

Er rief die Kellnerin herbei, bat, meine Rechnung mitzahlen zu dürfen und erklärte mir, dass er noch etwas zu erledigen habe. Dann stand er auf und verlor sich mit raschen Schritten zwischen den Besuchern des Wawel, während mir einfiel, was Pod Aniotami heißt: Unter den Engeln.

Als ich ins *Royal* zurückkam, berichtete mir der schnauzbärtige Portier mit vornehmer Stimme, dass ein Anruf für mich eingegangen sei. Die Dame werde sich wieder melden. Hatte Rosa Urbainczyk angerufen, gab es eine Neuigkeit, die sie mir unbedingt mitteilen musste?

Mit dem gebrechlichen Fahrstuhl zuckelte ich hinauf in mein Zimmer, ließ mich auf die Couch fallen und streckte die Beine aus. Der Ventilator an der Decke drehte seine Runden, meine Gedanken liefen zurück, blieben kurz bei Dreichwerd hängen, um dann bei der kleinen Tovosch Halt zu machen. Warum war sie in meiner Rückführung nicht erschienen? Ich dachte an Leibisch im Café Pod Papugami ... Leibisch, das war mein Großvater, jetzt erinnerte ich mich, als Kind war doch ein- oder zweimal ein alter weißhaariger Mann zu uns nach Stuttgart gekommen, aus Brooklyn sei er angereist, hatte Mama gesagt. Aber natürlich, auch er war einmal jung gewesen und ein Liebhaber ... ein großer Erotiker, wie Hetwa ihn nannte, und das war bestimmt nicht ironisch gemeint. Hetwa war meine Großmama, wie sie mit Großvater diskutierte, war wunderbar ... sie hat großartige Ansichten. Der Gläubige steht nicht unter Artenschutz ... sein Glaube beweist sich ausschließlich in dieser Welt ... und die Frömmigkeit der Frommen ... unterwürfig ... ja, ich bin ganz ihrer Meinung, auswendig gelernte Formeln beten sie daher ... Das alte jüdische Thema ist es, fiel mir ein, der uralte Aufschrei, darf man von der Tradition etwas hergeben ... ist man dann noch Jude? Ich diskutiere mit Kobi und Freunden manchmal darüber.

Obwohl ich müde war, spürte ich, wie mein Gesicht glühte, ich hatte die Szene im Café vor Augen, ich erinnerte mich an alles, ich erinnerte mich in Rage ... bis mir Renia einfiel, die Geliebte meines Großvaters, und ich lachen musste. Wie sich die beiden Frauen verstanden! Als wären sie Schwestern im Geiste, und wie sie Leibisch an der Nase herumführten. Was würde er jetzt tun, wo er mit Renia allein im Café saß? Und wohin ging Hetwa? Oh, diese Neugier. Sie überfiel mich wie ein brennender Durst, den ich nicht löschen konnte.

Ich stand auf und wählte die Nummer von Frau Urbainczyk. Was wollte sie mir mitteilen? Vielleicht konnte ich einen neuen Termin mit ihr ausmachen, noch heute oder spätestens morgen. Sie war sofort am Apparat. Nein, antwortete sie kühl, sie habe nicht angerufen, und ich solle erst einmal das Erlebte verdauen, bevor wir uns aufs Neue sähen.

Ich legte mich wieder aufs Sofa, zog den Fotoapparat zu mir und klickte zu den Bildern mit Tovosch. Hier stand sie vor dem Eingang des Hauses in der Wrzeszynska. Wie eine Geisterseherin kam ich mir vor, als ich sie murmelnd beschwor zu erscheinen. Aber nichts geschah, gar nichts geschah … dieses Mädchen machte gerade, was sie wollte! Wirst du jetzt endgültig plemplem, hörte ich eine innere Stimme, du brauchst Schlaf und sonst nichts, danach siehst du klarer. Ich drehte mich auf die Seite, die Augenlider wurden schwer … die Kamera verrutschte und da … die Kleine blinzelte mir zu, sie hob die Hand zur Klinke des Hauses Nr. 9 … Vorsichtig öffnete ich die Augen, und jetzt stand sie neben dem Sofa, hier bei mir. Ich merkte sofort, dass sie verärgert war. Sie sah mich mit einem so verdrießlichen Ausdruck an, dass ich mir wahrhaftig wie eine missratene Tochter vorkam.

»Was ist denn los?«, fragte ich.

»Du hast dich mit ihm verabredet.«

»Woher weißt du …?«

»Du bist verheiratet.«

»Ja, neunzehn Jahre schon.«

»Ich weiß, was du damit sagen willst, aber es ist trotzdem nicht richtig.«

»Bist du unter die Moralapostel gegangen?«

Sie schwieg und drehte sich weg.

»He, ich geh' nur mit ihm essen.«

Sie sprach in die andere Richtung: »Du weißt nicht mal, wer er ist«.

»Das will ich ja gerade herausfinden.«

Sie drehte sich wieder zu mir: »Er erinnert mich an jemanden«.

»An wen?«

Sie überlegte, dann sagte sie: »Nein, es kann nicht sein«.

»Was kann nicht sein, sag schon!«, forderte ich.

»Er erinnert mich an Tomasz«, sagte sie nachdenklich.

»Deinen Freund?«

»Ja, ich habe auch einen Freund«, erklärte sie kess, »nicht nur du«.

»Von ihm weiß niemand?«, fragte ich, »er ist dein Geheimnis.«

Sie sah mich mit einem seltsamen Blick an, in dem sich Triumph und Widerwille mischten.

»Meiner ist kein Geheimnis«, fuhr ich fort, »er ist ein Geschäftsmann aus Deutschland. Und ich werde doch nach neunzehn Ehejahren mal mit einem andern Mann ausgehen können. Oder warst du immer nur mit Papa essen?«

Sie sah mich sehr beleidigt an. Es ist schwierig, mit der eigenen Mutter tacheles zu reden, wenn die einem als Kind erscheint.

»Guck mich nicht so an, wenn du willst, nehme ich dich mit«, versuchte ich zu beschwichtigen.

Sie entgegnete ernst: »Mit Erwachsenen ist es furchtbar kompliziert, sie wollen nicht verstehen, und sie denken, sie wüssten alles besser«.

»Ich will gar nichts besser wissen«, protestierte ich, »ich bin nur ein bisschen neugierig. Und übrigens habe ich dich in meiner Rückführung gesehen«.

»Rückführung?«

»Eine Art Fahrstuhl in die Vergangenheit. Ich habe dich und Hetwa und Leibisch gesehen – und noch eine andere Frau.«

»Ich weiß«, erwiderte sie gelassen, »Renia. Ich kenn sie auch … sie war mal eine Flamme von Papusch.«

»Und?«, fiel ich ihr ins Wort, »wie geht die Geschichte weiter?«

»Du interessierst dich nur für Liebesgeschichten, das ist sehr bedauerlich«, erklärte sie gravitätisch, »dabei gibt es viel Wichtigeres.«

»Das siehst du ganz falsch, mein höheres Selbst hat mich dorthin geführt«, rechtfertigte ich mich.

Sie warf mir einen Blick zu, in dem unübersehbar Spott lag, und ich fragte mich, seit wann Kinder einen solchen Batzen Spott in einem einzigen Blick transportieren können.

»Hat dich nicht eine Dame angerufen?«, wollte sie unvermittelt wissen.

Ich nickte, und sie kicherte: »Weißt du, wer das war? – Ich war es! Ich kann meine Stimme verstellen und wie eine Dame sprechen«.

»Ich wusste gar nicht, dass du eine Schauspielerin bist.«

»Guck mal, was ich kann.«

Sie nahm einen Stuhl und tanzte mit ihm. Nach einigen Umdrehungen rückte sie ihn formvollendet an seinen Platz zurück und verbeugte sich vor ihm. Dann stellte sie sich vor die Stehlampe und sprach mit strenger Stimme: »Liebe Frau Lampe, die Wäsche von letzter Woche ist immer noch nicht zurück. Bitte kümmern Sie sich darum«.

Während ich ihr zusah, fiel mir ein, dass meine Mutter eine Zeitlang verrückt aufs Theater gewesen war. Ich war noch ein Kind, als sie wenigstens einmal in der Woche ins Theater rannte und mir dann davon erzählte. Und hatte ich nicht selbst einmal die Absicht, Schauspielerin zu werden? Das war mit Sicherheit ihr Einfluss gewesen.

»Schauspielerin«, murmelte ich, »das wäre wirklich was für dich«.

»Hast du gesehen?«, drehte sie sich zu mir, »ob ich später mal auf die Kunstakademie gehen kann?«

»Du bist wirklich begabt«, stimmte ich zu, »mir war das gar nicht klar«.

»Du weißt vieles nicht«.

»Du hast mir nichts erzählt!«

»Du hast nicht gefragt. Neugierige Kinder fragen.«

»Erzähl mir weiter von Hetwa und Leibisch«, bat ich.

»Na gut«, willigte sie ein, »aber nur, wenn du bei deiner Verabredung den Davidstern trägst. Du musst ihn um den Hals tragen«.

»Ich verspreche es.«

»Du musst ihn tragen«, wiederholte sie ernst.

Dann setzte sie sich zu mir aufs Sofa und fragte, ob ich den meschuggenen Fisch kennen würde …

11
Jüdischer Nonsens in koscherer Rede

Während Leibisch im Café Pod Papugami einen ungemütlichen Nachmittag verlebte, wurden im Hause Bester Vorbereitungen getroffen für ein Fest. Sabina dirigierte wie ein General die Platten fürs Buffet in den Salon, ließ Weine und Mineralwässer auftafeln, arrangierte Blumen und korrigierte eigenhändig jede Kleinigkeit. Ania war vom Hin- und Herlaufen bereits so echauffiert, dass sie unübersehbar transpirierte, und die Hausherrin sich genötigt sah, ihr mit entsprechender Geste ein Tüchlein zu reichen. Sabina erwartete in Kürze ihren Gatten, der im Laufe des Tages vermutlich vergessen hatte, was heute für ein Tag war. Sein Geburtstag. Zwar kein runder, doch immerhin der fünfundfünfzigste, ein unbedingter Anlass zum Feiern. Da kannte sie kein Pardon. War es nicht ein Glück, am Leben zu sein? Und war es nicht ein ganz besonderes Glück, in diesem Leben sich zu befinden, an diesem Ort, hier in Krakau?

Am Ende des langen Flurs klingelte es, und Ania eilte zur Tür. Salomon Bester stapfte herein, hinter ihm sein Bruder Abram und dessen Frau Justyna. »Da wollen wir doch mal sehen, ob uns ein gutes Tröpfchen empfängt«, rief er aus, während er auf seine Frau zuging, um ihr einen lauten Kuss auf den Mund zu drücken. »Du hast ihn diesmal nicht vergessen?«, fragte sie. Salomon drückte seine Frau an sich: »Niemals. Natürlich weiß ich, dass Abram heute Namenstag hat. Wie könnte ich das vergessen!« Er drehte sich zu dem Angesprochenen und zwinkerte ihm zu. Dieser hob die Schulter und schnitt ein ratloses Gesicht, um im nächsten Moment ein Auge zu schließen und mit der Nase zu wackeln. Er war ein verhinderter Schauspieler und wusste, wie er seinen Bruder zum Lachen bringen konnte. Justyna wollte gerade zu einer seriösen Erklärung ansetzen, doch Sabina hatte ihren Mann längst durchschaut. »Masl tow«, beglückwünschte sie ihn, »dann feiern wir deinen Geburtstag einfach mit. Das ist vom Gesichtspunkt der Mildtätigkeit aus ein gutes Werk«. Salomon lachte dröhnend: »Wunderbar, so hab ich's gern. Alles in einem Aufwasch und dabei noch mildtätig sein«. Er klatschte Abram seine Hand auf den Rücken und fragte dessen Frau schelmisch nach ihrem Namenstag, den man ebenfalls auf keinen Fall übergehen dürfe …

Anderthalb Stunden später drängelten sich im Gang viele Personen, und der Salon war überfüllt. Überall saßen Leute herum, auf der Couch, in den Sesseln, auf Stühlen und sogar auf dem Fensterbrett. Schwaden von Tabakrauch kräuselten sich zur Decke hinauf, und alle schienen gleichzeitig zu reden. Es war ein Wirrwarr aus Polnisch, Jiddisch, Russisch und mitunter hörte man sogar Deutsch. Das waren Herrschaften, die eine Weile in Wien gelebt hatten und dies durch Kleidung und Sprache klarstellen wollten. Ein rundlicher Mann mit viel Pomade im dunklen Haar redete auf zwei junge Frauen ein und schwärmte von den Wiener Theatern. »Die tote Tante« habe er kürzlich im Volkstheater gesehen, das Publikum habe gejubelt und getobt, am Schluss wurde der Autor stürmisch vor den Vorhang gerufen, ein Mann namens Curt Goetz. Applaus brandete auf, bis eine Stimme von der Galerie herunter schrie: »Das Stück ist ein ganz blöder Quatsch!« Der Autor habe hinaufgeblickt und zurückgerufen: »Ich bin ganz Ihrer Meinung! Aber was können wir zwei gegen so viele ausrichten?« Der Rundliche schüttelte sich vor Lachen, und auch seine Zuhörerinnen amüsierten sich köstlich, bis eine Frau sich umdrehte und sagte: »Aber Jakob, du erzählst die Geschichte ja ganz falsch …«

Inmitten des Sofas saß Salomon Bester mit einer Zigarre in der Hand, nahm Glückwünsche entgegen und bedankte sich mit Rauchkringeln an die Umstehenden. Neben ihm redete sein Kollege, der Stadtverordnete Grünberg, auf ihn ein: »Wir müssen im Kampf gegen die Spielsucht eine gemeinsame Linie finden. Die illegalen Spielhöllen müssen geschlossen werden und zwar von Amts wegen.« – »Aber warum denn?« mischte sich Sabina vom Stuhl gegenüber ein, »jedem Tierchen sein Plaisirchen«. Der hagere Grünberg richtete sich auf und sein Scheitel schien noch breiter zu werden: »Das ist ein Irrtum, Verehrteste, es handelt sich um eine Sucht und kein Plaisirchen. Darüber bin ich mit Ihrem Gatten einig«. Er wandte sich zu Salomon: »Nicht wahr?« Der nahm einen Zug und schickte mit dem Rauchkringel eine Botschaft: »Nebbich. Vor allem entgeht der Stadt viel Geld«. – »Sag ich doch«, entgegnete Grünberg heftig, »bei Zuwiderhandlung muss Zwangsgeld erhoben werden«. Sabina stand auf: »Ich wusste gar nicht, dass ihr mit so weltverändernden Entscheidungen zu kämpfen habt. Ich möchte eine Eingabe machen. Bevor ihr weitere Entschlüsse fasst, empfehle ich dringend: Entwickelt ein Vorsorgekonzept für Spielsüchtige mit Abteilungen für jedes Lebensalter und jeden Geldbeutel.« Damit bahnte sie sich den Weg zum Büffet, während ihr Mann dem verdutzten Grünberg laut ins Gesicht lachte.

Vor dem Büffet zog sich gerade Abram mit langer Gabel ein weiteres Stück von der Hühnerbrust auf den Teller, als ein junger Mann ihn von hinten anstieß. Er entschuldigte sich sogleich, während Abram ihn musterte. Der junge Bursche trug ein weißes Hemd mit rundem Kragen unter einem schwarzen Jackett. »Das sieht mir ganz nach Amtstracht aus«, erklärte Abram, »sind Sie Priester?« – »Ich will es werden«, bestätigte der Andere. – »Katholischer Priester, eine gute Profession«, erklärte Abram, »es muss sehr befriedigend sein, anderen Menschen beizustehen. Ich habe eine Weile mit dem Gedanken gespielt, auch so etwas zu werden, ich meine natürlich auf unserer Seite.« Der junge Mann lächelte ergeben. »Aber sagen Sie,« fragte Abram, »wie ist es mit dem Fortkommen bestellt, können Sie Karriere machen?« – »Ja, doch, ich kann Abt werden«. – »Abt im Kloster, das ist gut. Ein einsames, gottesfürchtiges Leben. Aber dann ist Schluss, wie?« – »Na ja, ich könnte es bis zum Bischof bringen.« – »Kenn ich, kenn ich, das sind die mit den gedrehten Stöcken. Ein hohes Amt, nicht wahr?« Der junge Mann stimmte bescheiden zu. »Wie viele werden schon Bischof?« fragte Abram und drehte den Blick nach oben, »die Wenigsten, hab ich Recht? Dann ist die Karrier' aber zuend.« – »Na ja«, wand sich der junge Mann, »es gibt auch noch den Kardinal«. – »Oh, Kardinal!« rief Abram aus, »die tragen die hohen Mützen und haben sehr viel Macht, nicht wahr. Das ist ein Ziel, das allen Einsatz lohnt. Aber darüber geht nichts mehr?« Sein Gegenüber legte die Stirn in Falten, und seine Antwort klang etwas gequält: »Doch, theoretisch könnte ich auch Papst werden.« – »Papst!« rief Abram aus, »so hoch können Sie steigen! Im weißen Gewand auf dem Petersplatz den Gläubigen die Leviten lesen! Der Stellvertreter! Das ist enorm.« Er machte eine Pause und sah den Eleven begeistert an. Der fühlte sich geschmeichelt und wollte eben zu einem Teller greifen, als Abram nachbohrte: »Aber dann ist's endgültig vorbei mit der Karrier', oder?« Jetzt zeigte sich eine Zornesader auf der Stirn des jungen Burschen, und er vergaß seine Höflichkeit: »Was wollen Sie denn noch? Ich kann doch nicht der liebe Gott werden!« – »Sehen Sie,« antwortete Abram, »einer von unsere Leit hat's geschafft.«

Am Eingang zum Salon stand eine Vierergruppe, in der Mitte ein aufgeschossener junger Mann mit schütterem Haar, der einen Vortrag zu halten schien: »Es geht um unsere Existenz als Volk, das müssen wir klar sehen, es geht im Grunde um alles, und genau deshalb bin ich, ja ich möchte sagen, aus tiefster Seele …« – Ein Mittdreißiger mit Kippa auf dem Kopf fiel ihm ins Wort: „Ja, was denn nun, David? Spuck's endlich aus.« – »Ein Zionist« fuhr der Schüttere fort, »aus tiefster Überzeugung bin ich Zionist«. Hinda, die andere Tochter der Besters, bestätigte seine Worte durch ein Nicken, das allerdings ein wenig unschlüssig ausfiel. Der Kippaträger räusperte sich: „Das hab ich befürchtet, aber dass du nun gleich deine tiefste Überzeugung dranhängst, geht zu weit. Judentum und Zionismus sind nämlich einander völlig entgegengesetzt, weißt du das nicht?« Seine Frage war rein rhetorisch gemeint, denn er fuhr gleich fort: »Vor der Ankunft des Messias darf es keinen jüdischen Staat geben. Ein jüdischer Staat wäre Verrat am Judentum«.

Der vierte im Bunde, ein ebenso junger Bursche mit viel zu großer Brille auf der Nase, widersprach sofort: »Ganz verkehrt, Moishe, das ist 19. Jahrhundert, du sprichst wie ein Rabbi aus einem galizischen Schtetl. Das genaue Gegenteil ist richtig. Die Zionim bleiben auf halbem Wege stehen! Der Sozialismus geht weiter, in die Humanität hinein«. – »Ach!« rief Moishe aus, »hier haben wir einen ganz Modernen. Für eine neue Erfindung wirft er die Thora in die Ecke. Aber schon der Prophet Hesekiel hat gesagt ›Das Volk der Juden ist anders als andere Völker‹ – der Zionismus dagegen will, dass die Juden so normal werden wie alle Völker«. Mit hoher Stimme konterte der Angesprochene: »Das Volk der Juden war vor allem immer pragmatisch. Deshalb hat es überlebt. Und der Sozialismus ist international. Wenn man ihn studiert, merkt man, dass er eine Wissenschaft ist. Er hat den Kapitalismus als Erzübel erkannt. Und stimmt es vielleicht nicht, dass der Kapitalismus alles Unglück dieser Welt verursacht?«

Gerade kam Sabina Bester vorbei, sie nahm den jungen Mann ins Visier: »Und das gute Leben, junger Freund, wollen Sie darauf ganz verzichten?« Ohne eine Antwort zu erwarten, wandte sie sich zu dem ersten Redner: »David, ich hoffe, es gefällt Ihnen bei uns. Haben Sie schon neue Anhänger für den Zionismus gewonnen?« – »Aber Mama!«, empörte sich Hinda, »David ist offen für alles«. – »Hoffentlich nicht zu offen«, erwiderte sie, »ich musste einmal in einem Dorf in der Ukraine zwei Tage verbringen, da haben die Leute mit leuchtenden Augen über die Revolution in Moskau salbadert, über Bodgadow und Plechanow. Später hörte ich, dass man die Leuchtaugen zum Wohle der Revolution alle nach Sibirien geschafft hat.«

Moishe nickte voller Verständnis und wandte sich ab, während David und sein Freund sie wie ein Rätsel aus einer anderen Welt anstaunten. »Amüsiert Euch gut«, forderte Sabina sie auf, »ich muss nach den anderen Gästen schauen«. Und zu ihrer Tochter gewandt, fragte sie: »Wo ist eigentlich Hetwa?« Hinda hob die Schultern, und kaum war Sabina im Gang verschwunden, erklärte David: »Originelle Person deine Mutter, ganz originell, ich mag sie«. – »Aber vom Sozialismus versteht sie leider nichts«, ergänzte sein Freund, »sie kennt ihn nur aus der Erfahrung, nicht seine großartige Theorie. Na ja, wen kümmert das, wir haben schließlich heute Abend noch ein paar gute Rotweine zu probieren.«

Sabina spähte den langen Gang nach beiden Richtungen aus, konnte aber ihre andere Tochter nicht entdecken, sie hätte in die Luft springen müssen, um überhaupt einen Überblick zu bekommen, als sie eine Stimme hörte, die ihr bekannt vorkam. Es war die von Ewa, einer Studienkollegin Hetwas: »Ach, die Dichter«, erklärte Ewa mit ironischem Unterton, »sie haben nur Worte im Sinn, sie wollen Sprachkünstler sein und sonst nichts. Sie schnipseln und schnipseln an ihrem Sprachstrauß, bis keine Welt mehr übrig ist. Dabei ist sie doch das viel größere Rätsel und der eigentliche Wahnsinn«. – »Gut gesprochen, Löwin«, kommentierte Sabina, und Ewa nickte dankend für das Kompliment. »Aber vergisst du nicht ein bisschen, dass du nun mal eine Kunstakademie besuchst?«, fuhr Sabina fort. – »Man muss auch eine höhere Warte einnehmen«, entgegnete Ewa, »viele Künstler benehmen sich heute so, als würden sie die Kunst hassen. Picasso versucht die Malerei zu zerstören, Strawinsky die Musik, Joyce den Roman. Ich nehme die Position des Kunstliebhabers ein.« Ein Zuhörer mit langen ungepflegten Haaren reichte ihr ein kleines Glas mit den Worten: »Ein Damenlikör, Sie können ihn trinken, er ist süß und schwach. Und übrigens ist das völliger Unsinn, was Sie gerade gesagt haben, das ist die Position des Kunstkritikers und zwar eines erzkonservativen …«

Auf dem Fensterbrett hinten im Salon hatte sich bei offenem Fenster ein Grüppchen breit gemacht, das frische Luft offenbar dringend benötigte. Man rauchte russische Zigaretten, und die Gläser wurden ständig nachgefüllt. »Paradies, Paradies!«, rief gerade ein Endvierziger mit leuchtender Glatze, »das Paradies ist leicht zu durchschauen, nichts als eine Sehnsucht der Nomadenvölker! Sie mussten ihr Verlangen nach Grün und Springbrunnen befriedigen, wenn sie wochenlang durch die Wüste zogen. In Arabien heißt jede pimplige Grünfläche Paradiesgarten.« – »Eine Kompensation also«, fügte ein Mittdreißiger in schwarzem Anzug hinzu. »Na klar«, erklärte die leuchtende Glatze, »aber man muss den Religionen von der Wurzel her zu Leibe rücken. Wenn es einen Gott gibt, warum glauben dann nicht alle an ihn?« – »Weil die Wissenschaft der neue Gott ist«, antwortete der schwarze Anzug. Eine junge Frau mit langer Nase schüttelte den Kopf. »Pawel, Pawel, du hast immer die einfachsten Antworten parat. Und du Leszek stellst blöde Fragen, obwohl du genau weißt, dass der Glaube eine Art Geschenk ist ...« – »Ja eben, was macht der, der dieses Geschenk nicht erhält?«, fragte Leszek, »er steht mit leeren Händen da wie ein Belämmerter bei der Bescherung oder wie heißt das, Chanukka, und weiß nicht wohin. Eine schreiende Ungerechtigkeit ist das!« – »Worauf sich die Frage erhebt, warum Gott ungerecht ist«, fiel ein anderer mit hängendem Schnurrbart ein und gab sogleich eine Antwort, »vielleicht sieht er die Ungerechtigkeit als eine Art Prüfung und stellt sie uns als Aufgabe. Ich meine, vielleicht sollen wir sie beseitigen.« – »Ach, nicht so um die Ecke gedacht«, erwiderte der Glatzkopf namens Leszek, »wir müssen seine Ungerechtigkeit erstmal konstatieren und feststellen, dass der Unbeschenkte von der Religion nur reden kann wie der Unmusikalische von der Musik. Habe ich recht, Jana?« Die Frau mit der langen Nase entgegnete trocken: »Niemand ist vollkommen unmusikalisch, aber du scheinst es zu sein«. – »Sehen wir die Sache doch mal rational«, überhörte der Glatzköpfige den Anwurf, »Religionen sind doch nichts anderes als Welterklärungsmodelle. Für den Primitiven, also unseren Urahn, war alles Wunder und Schrecken. Also hat er sich zur Erklärung die Götter ausgedacht. Und spätere Generationen, unsere Ahnen, haben die Sache verfeinert. Ob Judentum, Christentum oder Islam – alles Variationen ein und desselben Themas …« – Der Mittdreißiger namens Pawel stöhnte auf: »Soll das heißen, dass ich genauso gut in den Bergen Anatoliens als Moslem Ziegen hüten oder als Katholik in Rom Kreuze schlagen könnte?« – »Im Prinzip schon«, entgegnete Leszek gelassen, »die Sache ist einfach die: alle Religionen werden angefeuert von einer gewaltigen despotischen Kraft. Die katholische Kirche etwa, und ich weiß, wovon ich spreche, ist ein ausgeklügeltes Unterdrückungsorgan. Man muss sich nur die Religionsgründer ansehen. Moses, Paulus, Mohammed, das waren Lebensfeinde, die ihre eigenen Konflikte auf die Welt übertragen haben, ihre psychischen Probleme …« – »Quark«, fiel ihm Jana ins Wort, »purer Quark, das ist Vulgärpsychologie, und du bist ein meschuggener Fisch«. – »Welcher jüdische Nonsens quillt da in meine koschere Rede?«, fragte Leszek mit gespielter Entrüstung und setzte hinzu: »Was bin ich … ein meschuggener …? – »Da lernst du mal was Neues, was Vernünftiges«, unterbrach ihn Jana, nippte von ihrem Orangenlikör und redete weiter, »der Lehrer fordert Moritz auf, was vom Fisch zu erzählen, Moritz antwortet, dass er im Baum sitzt und singt. Der Lehrer sagt, aber ein Fisch sitzt doch nicht im Baum und singt! Und weißt du, was Moritz entgegnet …? Es wird ein meschuggener Fisch sein, Herr Lehrer.«

Die anderen lachten, und Leszek blieb nichts anderes übrig als mitzulachen. Kaum aber verebbte das Lachen, ergriff er das Wort: »Dieser Moritz ist nicht übel. Aber er hätte mehr aus der Frage des Lehrers machen können. Was soll ich Ihnen vom Fisch erzählen, vom Fisch wissen Sie doch schon alles, hätte er antworten sollen, ich erzähle Ihnen von Gott. Er sitzt im Baum und singt. Der Lehrer ist perplex. Und jetzt sagt Moritz: Ja, fragen Sie mich denn gar nicht, warum Gott im Baum sitzt und singt. Der Lehrer schaut ihn mit großen Augen an. Und da erklärt Moritz: Ich weiß es auch nicht, aber es wird ein meschuggener Gott sein, Herr Lehrer.«

Keiner lachte, schließlich sagte der hängende Schnurrbart: »Leszek, das ist eine Spur zu blasphemisch«. Jana stellte ihr Glas ab und erklärte: »Meine Geschichte ist reizend, deine nur geschmacklos«. Leszek stöhnte auf: »Wie leicht man euch ins Bockshorn jagen kann. Macht nur einmal ein kleines Gedankenexperiment. Was wäre, wenn kein Gott existiert, absolut keiner. Wäre dann nicht jede Moral erledigt, wäre nicht alles erlaubt …?« – »Eben«, sagte Jana leise, »eben deshalb brauchen wir ihn«.

Weiter hinten stemmte sich Salomon Bester aus dem Sofa hoch und war im Begriff, einige Schritte in Richtung Buffet zu machen. Grünberg erhob sich ebenfalls, und er, der eben noch als Sitzriese brillierte, schrumpfte zu einem Stehzwerg zusammen und entpuppte sich als fast einen Kopf kleiner als der Hausherr. Am Buffet erwartete sie Abram, er reichte Salomon ein Gläschen Slivowitz, während seine Ohrmuscheln sich auf unnatürliche Weise auf und ab bewegten: »Ein gar köstliches Fest, du solltest öfter fünfundfünfzig werden«. – Salomon lachte: »Meinst du wirklich, dass es erstrebenswert ist, dasselbe Jahr noch mal zu erleben?« – »Dein Jahr auf jeden Fall«, seufzte Abram schwärmerisch. – »Ach, wenn Sie wüssten, welchen Ärger wir mit der Aguda haben«, schaltete sich Grünberg mit klagender Stimme ein. – »Die Aguda, die hat doch nur sechs Abgeordnete?«, erklärte Abram und hob übertrieben seine Schultern. – »Ja, aber die haben's in sich. Eine grauenhafte Bande, das kann ich Ihnen sagen«, schnaufte Grünberg. Der Bruder Salomons öffnete seinen Mund einen Spalt breit und ein meckerndes Lachen ertönte, wobei sein Adamsapfel auf- und absprang, so dass es aussah, als freue der sich mit seinem Herrn. »So ist das nun mal im politischen Leben. Die anderen sind anderer Meinung. Wundert euch das?«, sagte er dann. Salomon griff zu einem weiteren Gläschen Slivowitz, drückte es Grünberg in die Hand und stieß mit seinem Bruder an: »Abri, du hast ja so Recht, ob Jude oder nicht, Kampf muss sein, so ist unser Leben«. – »Aber hier haben wir es mit einem besonderen Fall zu tun«, mischte sich Grünberg ein, das Glas in seiner Hand wie einen Fremdkörper von sich weghaltend, »es geht um die Frage der Assimilation, und die Aguda-Leute halten weder von der Assimilation etwas noch vom Zionismus«. – »Nu, das sind Realisten«, ließ sich Abram hören, »die wissen eben, dass diese Welt so oder so eine Fehlkonstruktion ist und lassen sich auf nichts ein«. – »Aber man muss doch einen Standpunkt haben!«, empörte sich Grünberg, »gerade unsereins braucht einen Standpunkt, nicht wahr Salomon?« Der Angesprochene schenkte sich nach, stieß mit Grünberg an und trank. Dann erwiderte er nachdenklich: »Im Prinzip ja – was uns dazu fehlt, sind die neuesten Nachrichten aus dem Himmel. Daran hapert's.« – »Du wirst doch nicht auf deine späten Tage auf Engelsbotschaften warten wollen«, entgegnete Abram und verdrehte ein Auge nach oben.

»Die Astronomen! Die Astronomen mein ich«, brummte Salomon, »die wissen mehr über unsere Lage als alle Frommen zusammen.« – »Bist du sicher, dass du nicht die Astrologen meinst?«, fragte Abram mit einem Schmunzeln und ganz ohne mimische Übertreibung, doch Salomon fuhr ungerührt fort: »Der Blick von oben, das ist's, was fehlt. Assimilation ist doch nur ein Wort für Ameisen, wir passen uns an bis zur Unkenntlichkeit.« Abram lachte theatralisch auf: »Ah, mein Salo will wieder ein Kaziemierz-Jude werden!« Grünberg hatte sein volles Slivowitz-Glas unschlüssig in der Hand hin und her gedreht und schließlich auf den Buffet-Tisch zurückgestellt. Jetzt sprach er entschlossen: »Meine Herren, wir gleiten ab ins Reich der Spekulationen. Es geht um Politik und Anstand, das ist die Kombination, an der es hapert.« – »Ach«, stöhnte Salomon auf,

»Anstand, wenn ich das schon höre. Anstand ist eine Kategorie, die den Staat überhaupt nichts angeht. Es genügt, wenn die Regierung ordentliche Gesetze macht und das Zusammenleben der Bürger auf faire Weise regelt. Dafür muss sie nicht mit der Fahne der Anständigkeit wedeln – dafür braucht es nur ein bisschen Grips. Und die Leute müssen nicht edel sein, sondern nur lesen können.« – »So gefällst du mir«, sagte Abram und streckte für einen Moment seine Zungenspitze heraus, »zuviel Staat ist immer ungesund, dabei kommt der Anstand auf den Hund«.

Ein Duft von Zimt und Gebackenem lag plötzlich in der Luft, und Ania bahnte sich mit strahlendem Gesicht und einem in Kopfhöhe gehaltenen Tablett den Weg zum Buffet. Ihr Busen bebte, als würde er sich aus Vorfreude nicht halten können. »Was müssen wir denn jetzt noch essen?«, fragte Abram mit leuchtenden Augen und zuckenden Fingern. »Etwas Apfelstrudel und einige Hefeknödel, mit Aprikosen gefüllt«, erklärte Ania und setzte das Tablett ab, »ich hole gleich die zweite Portion«. – »Sag es nicht meiner Frau«, murmelte Abram in Richtung Salomon, »aber den Hefeknödeln kann ich nicht widerstehen«. In diesem Moment bahnte sich Justyna den Weg zum Buffett, und als sie sah, wie ihr Mann sich ein Tellerchen mit Hefeknödeln vollud, nahm sie es ihm resolut aus der Hand und blitzte ihn an: »Du weißt doch, was Dr. Herzberg dir gesagt hat!« und schob die Knödel mit der Gabel wieder aufs Tablett zurück. Abram machte hinter ihr eine Grimasse, als wolle er sie erwürgen.

Sabina hatte Hetwa immer noch nicht gefunden, obwohl sie die weitläufige Wohnung durchquert hatte. Jetzt klopfte sie an deren Tür, und da kein Laut von innen zu hören war, drückte sie die Klinke nieder. Der Raum war dunkel, nur hinten am Fenster beleuchtete ein Licht den Arbeitstisch. »Hetwa, hier bist du?« fragte Sabina. Die Gestalt vor dem Schreibtisch gab keine Antwort.

»Alle feiern, und du drückst dich hier herum. Was machst du denn?«

»Ich lese.«

»Als hättest du sonst keine Zeit dafür. Was ist es denn so Wichtiges?«

»Himmel und Hölle von Swedenborg.«

»Brotlose Kunst also. Was interessiert dich denn mehr, Himmel oder Hölle?«

»Das will ich gerade herausfinden«.

»Nonsens. So etwas müssen junge Leute nicht herausfinden. Paradies wie Gehenna kommt von ganz allein. Nach dem Tod. Da muss man sich nicht jetzt schon damit belasten.«

»Ach, wenn du nur Recht hättest.«

Sabina näherte sich ihrer Tochter, bis sie an ihrer Seite war. Sie rückte einen Stuhl zurecht, setzte sich zu ihr, sah Hetwa an und dann das aufgeschlagene Buch vor ihr.

»Glaubst du, dass ein Buch dir etwas über das wahre Leben erklärt?«

Hetwa blieb stumm.

»Schon gar nicht kann es bei Liebeskummer weiterhelfen …«

»Wie kommst du denn darauf!«, protestierte Hetwa.

»Bist du meine Tochter? Bin ich deine Mutter? Ich suche dich schon den ganzen Abend und habe gehofft, dich mit strahlendem Gesicht zu finden.«

»Wozu denn strahlen?«

»Weil ich dachte, Hetwa stellt mir jemanden vor.«

»Es gibt niemanden vorzustellen.«

»Schade, sehr schade. Du bist, unberufen, eine junge schöne Frau, aber man bleibt nicht ewig jung und schön. Nimm dir Hinda als Beispiel. Sie hat einen Begleiter, einen ausgemergelten Burschen namens David. Der zieht herum wie ein Wanderprediger.«

»Wanderprediger?«

»Er predigt uns den Zionismus. Wir sollen auswandern ins gelobte Land.«

»Und nicht länger auf den Messias warten! Prima, endlich sagt's mal jemand«, taute Hetwa auf.

»Noch schöner ist ein Freund von ihm, der zum Sozialismus übergelaufen ist.« Sabina lachte leise. »Er preist ihn als die größte Erfindung der menschlichen Rasse.«

»Auch nicht schlecht, vielleicht hat er …«

»Papperlapapp«, unterbrach Sabina sie, »du musst nicht jeden Unsinn verteidigen. Da drüben steht ein Schlemihl neben dem andern, da wirst du doch mithalten können mit deinem … wie heißt er noch mal?«

»Leibisch«, antwortete Hetwa zaghaft.

»Na, das ist doch ein vernünftiger Name. Wenn du mir jetzt noch sagst, dass er kein Genie oder angehender Künstler ist, der mit Schuhen herumläuft, aus denen die Zehen herausgucken …«

»Er ist ein Jeschiwa-Student.«

»Oi, dann will er Rabbi werden, also ein Mann mit vielen Aufgaben und wenig Einkünften.«

»Darum sorge ich mich nicht.«

»Ja, weil du jung bist. Aber es ist nie verkehrt, sich Gedanken um die Zukunft zu machen. Du bist Bequemlichkeit und Wohlstand gewöhnt. So gesehen wär dein Leibisch bei dir in den besten Händen. Er macht einen Sprung in die Goldgrube.«

»Ach, Mamusch, darum geht es doch gar nicht.«

»Die Liebe ist ein Kliff mit vielen Untiefen musst du wissen, und du bist gerade auf eine gestoßen. Aber wer festsitzt, kann auch wieder loskommen.«

Hetwa schwieg eine Weile, dann sagte sie langsam: »Er hat eine andere«.

»Glaubst du, dass Männer immer treu sind?«

»Heißt das, dass Frauen sich an Untreue gewöhnen müssen! Dass es ihr Schicksal ist?«, fuhr Hetwa auf.

»Es ist besser, wenn du früh um eine Erkenntnis reicher wirst …«

»Aber Mamusch, du willst doch nicht sagen, dass Papa …«

»Nichts sage ich! Das ist nur eine allgemeine Lebenserfahrung. Aber erzähl mir, was zieht dich zu ihm?«

Hetwa blieb eine Weile stumm, dann sagte sie leise: »Ich … ich weiß es nicht.«

»Sehr gut!«, rief ihre Mutter aus, »die beste Antwort, die du geben konntest. Wenn du eine bestimmte Eigenschaft genannt hättest, hätte ich dich ausgelacht und gesagt, du findest einen besseren. Andererseits sehr schlecht. Denn so ist die Sache knifflig. Du scheinst wirklich verliebt zu sein.«

»Ich verstehe nicht, wovon sprichst du?«, fragte Hetwa verwirrt.

»Das ist die Mathematik der Liebe. Die lernt man nicht auf deiner Akademie. Und Leibisch, weiß er auch nicht zu sagen, was er an dir findet?«

Hetwa starrte aus dem Fenster und nickte trostlos: »Ich glaub ja«.

»Wunderbar«, erklärte ihre Mutter, »dann brauch ich mir um eure Liebe keine Sorgen zu machen. Er kommt zurück. Und ein Rabbi in der Familie – gar nicht so übel. Aber er studiert noch, und du studierst auch. Das kann nicht gut gehen.«

Sabina stand mit einem Ruck auf: »Komm rüber und umarm deinen Vater. Er hat Geburtstag. Und dann trink mit den Schlehmihls und den anderen Intellektuellen ein Glas Wein. Da wird dir wohler und du merkst, was du an Leibisch hast«.

Hetwa blieb sitzen und entgegnete leise: »Sag Papusch, dass ich herausgefunden habe, von wem das Zitat stammt, nach dem er mich fragte, die Phönizier haben das Geld erfunden, aber warum so wenig. Es stammt von Nestroy, einem österreichischen Dichter.«

»Bravo!«, sagte ihre Mutter und warf ihr einen anerkennenden Blick zu. Nachdem die Tür ins Schloss gefallen war, schob

Hetwa ihre Himmel-und-Hölle-Lektüre von sich, öffnete die Schreibtischschublade und zog ihr Tagebuch hervor. Sie strich zärtlich über den Einband, schaltete die Lampe aus, blieb im Dunkeln sitzen und sah hinaus zu dem großen Baum vor ihrem Fenster, dessen Zweige sich im Wind hin und her bewegten.

Einige Zimmer weiter und etliche Stunden später saß der Hausherr allein auf dem Sofa im Salon. Er hatte die Hände über dem Bauch gefaltet und schien zu meditieren. Die Gäste waren fort, nur die leeren Gläser und Platten auf dem Büffettisch erinnerten daran, dass der Raum vor kurzem noch erfüllt war von Gespräch und Gelächter. Aus der Küche drangen klappernde Geräusche zu Salomon Bester, und kurz darauf erschien Ania im Salon, um mit emsigen Bewegungen dem Chaos aus Geschirr und Gläsern den Garaus zu machen und alles in die Küche zu tragen. Salomon winkte ab: »Lassen Sie doch, Ania. Das hat bis morgen Zeit. Ihr Bett erwartet Sie bestimmt schon sehnsüchtig«. Im Türrahmen erschien Sabina und gab nickend ihr Einverständnis: »Für heute ist's genug«.

Nachdem das Hausmädchen gegangen war, setzte sich Sabina zu ihrem Mann und schwieg. So saßen die Eheleute eine Weile in verbindender Stille, bis sie sagte: »Masl tow, mein Lieber. Bist du zufrieden?« Er drehte sich langsam zu ihr, gab ihr einen Kuss und antwortete: »Viel mehr als das. Ein wunderbarer Geburtstag. Und du hast ihn mir beschert. Danke.« Das Paar verfiel wieder in Stillschweigen, das sanftmütig schien, je länger es sich ausdehnte, aber einen Stich ins Grelle bekam, es schien gerade so, als würde sich Salomon in Stummheit hüllen, um nicht schreien zu müssen. Schließlich räusperte sich Sabina: »Irgendetwas hast du doch, Salo. Willst du es mir nicht sagen?« Ihr Mann atmete tief durch, als habe er die ganze Zeit zuwenig Luft bekommen: »Du hast Recht. Ich mache mir Gedanken«. Er sprach nicht weiter, als hätte er genug gesagt.

»Ein bisschen mehr von deinen kostbaren Gedanken kannst du mir ruhig anvertrauen. Oder sind sie so geheim, dass nicht einmal ich sie erfahren darf?«, fragte Sabina. Salomon schüttelte den Kopf: »Nein, überhaupt nicht. Ich will dich nur nicht beunruhigen.« – »Beunruhigen?« Sie rutschte auf dem Sofa nach vorn und sah ihn gespannt an.

»Es ist nichts Privates,« sagte er, »keine andere Frau interessiert mich mehr als du. Auch die Geschäfte laufen gut, fast zu gut, ich habe überall Massel. Es ist mehr ... wie soll ich sagen ... ein politisches Unwohlsein, das mich befallen hat.«

»Du meinst die Leute von der Aguda?«

»Ach, Parteien, ob sie Aguda, Bund oder Mizrachi heißen, das ist fast egal. Heute kämpft jeder gegen jeden. Aber die Nationalisten werden immer lauter, und kürzlich hat einer gefordert, man müsse den Kampf gegen die Finanzjuden aufnehmen.«

»Finanzjuden? Sind wir das?«, fragte Sabina.

»Ich fürchte ja. Aber diese Herrschaften werden nicht davor zurückschrecken, auch den ärmsten Juden in Kazimierz als Finanzjuden zu bezeichnen. Sie werden sagen: der hat sich gut getarnt, aber er gehört auch zu ihnen.«

»Hat man keine Notpflaster im Stadtrat, die man diesen Leuten auf den Mund kleben kann?«

»Die Sozialisten sind still geblieben, die Nationalen haben Beifall geklatscht, und wir haben den Redner ausgelacht. Das hat ihn noch wütender gemacht. Seine Augen funkelten vor Hass.«

»Solche Reden sollte man nicht überbewerten, es ist schließlich nur einer gewesen. Und Krakau besteht zu einem Viertel aus Juden.«

»Fünfzigtausend gegen einen meinst du? Ich bin mir nicht sicher, ob das reicht.«

»Wer wird denn so kleinmütig sein! So kenne ich meinen Salo gar nicht. Krakau ist unsere Heimat, und Krakau ist nicht Polen. Wenn es in Polen antisemitisch gedröhnt hat, war in Krakau immer nur ein leises Rumoren zu hören.«

»Eben, das macht mich bange.«

Die Wohnungstür draußen im Flur wurde geöffnet, fiel wieder ins Schloss, und kurz darauf kam Hinda ins Zimmer: »Wie sitzt ihr denn da? Gab es gerade eine Beerdigung?«

»Leider nein«, erwiderte Sabina, »dein Vater hat politische Sorgen«.

»Ach Politik, das kann ja nicht so schlimm sein.«

Salomon Bester schaute Hinda betrübt an. Sein Blick verriet so viel Schwermut, dass seine Tochter innehielt.

»Was bedrückt dich denn, Papusch?«, fragte sie.

»Es wird Stimmung gegen uns gemacht«, erklärte Sabina, »gegen die Finanzjuden«.

»Bin ich auch eine Finanzjüdin?«

Ihr Vater lachte melancholisch auf: »Wir sind alle Finanzjuden, selbst wenn wir Schnorrer wären«.

»Aber das ist doch lächerlich ... du übertreibst mal wieder. Wir leben schließlich in Krakau.«

Ihr Vater schaute seine Tochter müde an: »Es gibt ein Lied, das heißt ›An allem sind die Juden schuld‹, ein Deutscher hat es geschrieben ...«

»Und hast du dich je um dieses Lied gekümmert?«, fiel ihm Sabina ins Wort.

»Dieses Lied wird im Grunde gesungen, seitdem wir existieren«, fuhr ihr Mann fort, und man muss genau hinhören, wie es gesungen wird.«

»Ach, Papusch, bist du unter die Schwarzmaler gegangen ...?«

»Apropos Deutschland«, fuhr der Hausherr fort, »da ist ein Mann mit einem kleinen Bärtchen Reichskanzler geworden, der hat auch was gegen die Juden.«

»Dann hätte ja David Recht, und wir müssten alle Zionisten werden«, sagte Hinda.

Salomon schnaufte leise: »Vielleicht sehe ich zu schwarz, hoffentlich. Aber dein Freund macht mich auch nicht glücklich.

Zionismus. Was für eine Idee! Auswandern nach Palästina! Als würde man da schon die Betten für uns machen …«

»Na also«, fiel Sabina ein, »man muss sich nur die Alternative vorstellen, und schon galoppiert wieder die Vernunft. Gegen Krakau verblasst selbst das gelobte Land.«

»Das sage ich ja David auch immer«, schaltete sich Hinda ein, »die Wüste kann man doch nicht eintauschen gegen ein gepflegtes Kaffeehaus.«

Sabina stand auf: »Wie wahr. Aber man darf nicht den Kopf in den Sand stecken. Das Böse ist eine lebendige Macht und die Zivilisation ein morscher Zaun«.

»Das Böse …«, sinnierte Salomon, »gibt es überhaupt das Böse? Oder gibt es nur die Bösen?«

»Mich interessiert die Meinung von Jehuda Zimmermann«, überging Sabina seine Frage, »hast du schon mit ihm gesprochen?«

»Was ist die Steigerung von assimiliert?«, fragte ihr Mann zurück und gab gleich selbst die Antwort: »Der Stellvertreter des Stadtpräsidenten leidet an Harmoniesucht! Er würde sogar dem Teufel den Schwanz küssen. Gut Freund mit allen ist seine Devise. Gott schütze mich vor meinen Freunden! denke ich bei ihm immer, vor meinen Feinden schütze ich mich selbst. – Verglichen mit ihm bin ich ein Kaftan-Jude mit einem Bart bis zu den Zehen.«

»Aber eine Meinung wird er doch haben?«

»Vielleicht hat er eine, aber er sagt sie nur sich selbst.«

»Dann ist sie unbedeutend, und wir können für heute ins Bett gehen«, erklärte Sabina, »man darf sich sorgen, aber eine Sorge zuviel kann den stärksten Helden umbringen.«

12
Wie bist du vom Himmel gefallen

Ich spürte eine seltsame Süßigkeit im Mund, als ich erwachte und mich von der Couch hochrappelte. Als hätte ich bei der Geburtstagsfeier von Salomon Bester selbst vom Orangenlikör genippt. Einen Moment lang kam es mir wirklich so vor, als sei ich leibhaftig dabei gewesen. Und ich fühlte mich traurig, als wäre ich eine Weile in Hetwas Haut geschlüpft. Einsam hatte sie in ihrem Zimmer gesessen. Wo war Leibisch? Vielleicht hockte er immer noch wie angenagelt mit dieser Renia im Café, vielleicht war er Hetwa nachgeeilt, und sie hatte ihn abgewiesen. Vielleicht bedeutete die Begegnung im Café das Ende ihrer Liebe. Aber dann gäbe es mich nicht …

Tovosch war verschwunden. Nachdenklich trank ich ein Glas Wasser. Die Finanzjuden fielen mir ein, gegen die ein Redner im Stadtrat Stimmung machte, Salomon war bedrückt, als würde er die Zukunft sehen … und ein Satz hallte mir durch den Kopf, den Sabina eben noch ausgesprochen hatte, *das Böse ist eine lebendige Macht*, als mein Blick auf den Reisewecker fiel. Es war halb acht, ich musste mich sputen, meine Verabredung mit Dreichwerd wartete. Ich machte mich frisch, legte etwas Rouge auf, schminkte mir die Lippen und überlegte, was ich anziehen könnte. Mein hellrotes Sommerkleid mit den verspielten Spaghettiträgern sollte es sein, beschloss ich. Und dazu die schwarzen Schuhe mit hohem Absatz. Ich musterte mich im Spiegel und lächelte zufrieden. Der Davidstern kam mir in den Sinn und Tovoschs Mahnung, ihn anzulegen. In einem Etui meiner Handtasche fand ich das Kettchen mit dem Stern und fummelte am Verschluss, in der Eile ging er nicht auf, und ich steckte den Stern wieder zurück ins Etui.

Vor dem Hotel stieg ich in ein Taxi, erklärte dem Fahrer, wohin ich wollte, und er fuhr mit einem Kopfnicken los. Nach kurzer Fahrzeit machte er Halt, wir waren schon da, eigentlich hätte ich zu Fuß gehen können. Als ich das Pod Aniotami betrat, merkte ich sofort, dass es ein Restaurant der feineren Art war. Kerzen standen auf den Tischen, die ein intimes Licht verbreiteten, im Hintergrund befand sich ein edler Marmortresen, und eine einschmeichelnde Barmusik durchzog den Raum. Ich ließ meinen Blick über die Tischchen schweifen, als sich an der Fensterseite ein schlanker Mann erhob. Dreichwerd streckte einladend seine Hand auf den gegenüberliegenden Stuhl, und ich näherte mich ihm und nahm Platz. Er war dunkel gekleidet, nachtblaues Sakko, weißes Hemd und eine blaugestreifte Krawatte. Sein dunkelgelocktes Haar glänzte, als hätte er ein Gel benutzt, was mir nicht besonders gefiel. Es macht Männer halbseiden, finde ich. Er strahlte mich umso heftiger an, als hätte er meinen Gedanken erraten und müsse mich durch sein Lächeln versöhnen.

»Ich habe schon einen Aperitif bestellt, ich hoffe, Sie sind einverstanden?«

»Wunderbar«, erwiderte ich, »das Restaurant gefällt mir«.

»Ich hatte es gehofft, und außerdem können wir uns hier polnischen Gerichten hingeben.«

In dem Moment kam auch schon der Kellner, begrüßte mich, servierte die Aperitifs, zündete die Kerze an und legte zwei Speisekarten auf den Tisch. Ich wollte etwas Typisches nehmen, dachte an die *pierogi* und sprach das Wort zögernd aus. Dreichwerd schüttelte den Kopf und flüsterte mir zu: »Sie sollten einen eleganteren Geschmack haben. Das ist Touristenessen, geeignet für eine Milchbar«.

»Ich bin Touristin, also werde ich *pierogi* essen«, erwiderte ich trotzig.

»Sind Sie sicher?«

»Dass ich *pierogi* essen werde?«

»Nein, dass Sie Touristin sind.«

Er schaute mich mit einem fragenden Ausdruck an.

»Aber sicher«, antwortete ich schnell.

Ich bestellte Borschtsch und *ruskie pierogi*, er nahm ebenfalls die Rote-Bete-Suppe sowie *wieprzowina ryzim*, was sich bald darauf als opulente Schweinelende mit angebratenem Reis herausstellte.

Nachdem der Kellner gegangen war, hob er sein Glas: »Der erste Schluck ist wichtig, worauf trinken wir?«

»Auf ... Krakau?«, fragte ich.

Er deutete ein Kopfschütteln an, als wisse er es besser: »Auf die Erinnerung«.

Komisch, dass er diesen Punkt wieder ansprach. Aber eigentlich hatte er den Nagel auf den Kopf getroffen, er ahnte, was mich umtrieb, er war ein sensibler Beobachter.

»Auf die Erinnerung«, wiederholte ich.

Wir schauten uns in die Augen, und mir fiel auf, dass die seinen jetzt bei Kerzenlicht nicht tiefbraun, sondern hellbraun schimmerten, es schien mir sogar, als hätten sie einen Stich ins Grünliche, Augen, die so intensiv blickten, dass man sich darin verlieren konnte und vergessen würde, nach dem Weg zurück zu fragen.

»Haben Sie sich die Gräber von Mickiewicz und Slowacki angesehen?«, unterbrach er meine Gedankenverirrung.

»Ja«, log ich, »aber ich finde sie nicht besonders eindrucksvoll«.

Er wirkte bestürzt: »Das ist jammerschade. Vielleicht hätte der Baumeister ...«

Ich unterbrach ihn: »Daran liegt es nicht. Aber ich habe schon genug Gräber gesehen, und andere liegen mir mehr am Herzen«.

Er schaute betrübt auf sein Aperitif-Glas, als wäre er in ein schreckliches Fettnäpfchen getreten: »Sie haben Recht, ich muss es für einen Moment vergessen haben«.

»Was meinen Sie?«

»Dass Sie Jüdin sind, und Ihre Familie aus Krakau stammt.«

Ich griff nach dem Glas und trank einen Schluck. Der Aperitif schmeckte wunderbar nach Champagner und Pfirsich und prickelte auf der Zunge.

»Haben Sie schon etwas herausgefunden, ich meine über Ihre Familie?«

Ich schüttelte den Kopf: »Ich will jetzt nicht darüber reden. Ich möchte etwas über Sie erfahren.«

In dem Moment näherte sich der Kellner mit einem Tablett, stellte die Teller mit Borschtsch vor uns auf den Tisch und wünschte guten Appetit.

»Ich erzähle Ihnen alles über mich«, versprach Dreichwerd, »aber wir sollten die Suppe nicht warten lassen. Sie nimmt es übel und wird aus Ärger kalt.«

Die Suppe war eher eine Brühe mit schwachem Geschmack nach Feld und Rüben, doch je mehr ich löffelte, desto köstlicher schmeckte sie. Warum hatte Mama nie Borschtsch gemacht? Waren Rote Bete im Württembergischen verpönt? Dreichwerd schaute mich an und bemerkte meine gute Laune beim Essen. Auch ihm schien es zu munden. Schließlich sagte er: »Wir sind uns in gewisser Weise ähnlich … Auch ich bin auf der Suche … auf der Suche nach etwas, das ich hier in Krakau finden kann«.

Ich schaute zu ihm, er wirkte wie ein Examenskandidat, der sich bemühte, die Frage des Professors nach bestem Wissen zu beantworten. Ich musste lächeln: »Was machen Sie eigentlich beruflich?«

»Ich kaufe und verkaufe«, sagte er leichthin, während sein Blick etwas Flackerndes bekam, »ich bin hier, um mir etwas zu holen, was mir gehört«. Im nächsten Moment lehnte er sich entspannt zurück: »Im Grunde bin ich Händler.«

Ich war ein wenig enttäuscht bei seinen Worten, ich hatte mir einen geistigeren Beruf vorgestellt, aber er schien lediglich ein Import-Exportgeschäft zu betreiben.

»Was kaufen Sie denn?«

»Alles Mögliche«, sagte er und beugte sich ein wenig vor, »aber am liebsten Menschen«.

»Sie meinen Arbeitskräfte für den deutschen Markt?«

»So könnte man sagen.«

»Finden Sie denn hier qualifiziertes Personal? Und gibt es nicht genug Arbeitslose bei uns?«

»Arbeitslose gibt es hier wie dort. Aber manche unter ihnen wollen es wissen, sie gehen aufs Ganze, nachdem sie vergeblich Hunderte von Bewerbungen geschrieben haben.«

Er spitzte die Lippen, als würde er etwas Delikates mitteilen: »Wissen Sie, was die Polen lieben? – Sie wollen eine Auslandskarriere machen, und wenn sie irgendwann zurückkommen, können sie triumphieren *Ich habe es geschafft!* Das ist ihr größtes Glück«.

»Sich im Ausland durchzusetzen ist immer etwas Besonderes«, erklärte ich.

»Aber die Polen fürchten, dass ihr westlicher Nachbar sie verachtet. Dabei verachten sie umgekehrt auch die Deutschen, sie halten sie für perfekt konstruierte Roboter, die nur einen Fehler haben: bei einem Glas Wodka zuviel funktionieren sie nicht mehr«.

Ich sah ihn zweifelnd an, und er fuhr fort: »Doch eigentlich sind die Polen vernarrt ins Martyrium, sie haben einen Leidenskomplex, sie glauben, dass Leid den Menschen veredelt. Diese Neigung hat etwas Übermenschliches, und deshalb ertränken sie ihren Hang häufig im Alkohol.«

»Ach, ich weiß nicht«, entgegnete ich, »diese Völkerpsychologie ist mir …«

»Die politische Lage bestätigt es«, fiel er mir ins Wort, »erinnern Sie sich an Plisch und Plum?«

»Wen bitte?«

»Ich meine die Zwillinge, die das Land vor kurzem noch regierten. Sie sind die fleischgewordenen Ängste der Polen gegenüber den Deutschen. Und schließlich waren sie gewählt.« Er machte eine Pause, an die er einen Seufzer hängte: »Ich habe Verständnis für die Polen, sie leiden unter einem alten Trauma, sie waren von allen verlassen, das Land wurde viermal geteilt, amputiert bis zur Unsichtbarkeit, zuletzt von Hitler und Stalin. So etwas hinterlässt Misstrauen und starke Phantomschmerzen.«

»Haben die Polen traditionell nicht viel mehr Angst vor den Russen?«, fragte ich.

»Die Russen, das ist ein ganz anderes Kapitel. Sie sind für den Durchschnittspolen so etwas wie mongolische Steppentiere, die aus der unergründlichen Weite Asiens auftauchen, alles niedermachen und sich eventuell wieder zurückziehen, wenn alle Wodka-Fässer leer getrunken sind.«

»Ungewöhnliche Ansichten haben Sie«, sagte ich, »wie würden Sie denn Ihre Landsleute charakterisieren?«

Er besann sich einen Moment, dann antwortete er: »Die Deutschen ... ein wankelmütiges Volk ohne Selbstbewusstsein und Charakter, schwankend zwischen Bedeutung und Verzweiflung und immer mit der Sehnsucht, das Leben doch leicht wie ein Spiel nehmen zu können«.

Er sagte das nüchtern und ohne jede emotionale Bewegung, und ich dachte, wie selbstkritisch er doch ist, übertrieben selbstkritisch, aber vielleicht will er mir auch nur imponieren, er sieht in mir zuerst die Jüdin und erst dann die deutsche Jüdin.

Der Kellner kam mit dem Essen und servierte. Meine *pierogi* nahmen sich ärmlich auf dem großen Teller aus, und Dreichwerd lächelte mich frech an, als habe er es gewusst. Sie schwammen in ausgelassenem Speck, sahen aus wie überdimensionale Ravioli, und als Garnierung rankte sich Petersilie dem zaudernden Esser entgegen. Dreichwerds Schweinelende mit Reis wirkte dagegen wie ein Festessen. Er fragte mich, ob ich Rotwein trinken wolle, und nachdem ich bejaht hatte, bestellte er eine Flasche Bordeaux. Er aß mit gutem Appetit und steckte mich damit irgendwie an, dass es mir nach einer Weile vorkam, als seien meine unbedeutenden *pierogi* im Grunde eine lukullische Köstlichkeit.

»Schmeckt es Ihnen?«, fragte er.

»Wunderbar, diese *pierogi* sind mit Kartoffeln, Quark und angebratenen Zwiebeln gefüllt.«

»Ich weiß, *ruskie pierogi* sind immer mit Quark gefüllt. Ich dachte, Sie hätten sie deshalb bestellt.«

»Ach, am koscheren Essen liegt mir nicht viel.«

»Sie sind nicht strenggläubig?«

»Beim Essen mache ich eine Ausnahme, und was die anderen 642 Gebote betrifft – da suche ich auch nach Vergünstigungen.«

Er lachte laut.

»Glauben Sie wirklich, dass der Glaube sich in Essregeln beweist?«, fragte ich.

»Überhaupt nicht,« schmunzelte er, »ich persönlich bin der Auffassung, dass es Vorschriften aus grauer Vorzeit sind ...« Er hielt inne: »Aber ich respektiere jeden, der sich daran hält.«

Ich zwinkerte ihm zu: »Seien Sie doch nicht so politisch korrekt! Das passt gar nicht zu Ihnen.«

»Finden Sie? Halten Sie mich für einen groben Klotz?«, fragte er lächelnd zurück.

»Fischen Sie jetzt nach Komplimenten?«

Er lächelte: »Sie haben mich durchschaut. Es ist schwer, Ihnen etwas vorzumachen«.

»Sie sagten vorhin«, ignorierte ich seine Schmeichelei, »dass die Polen den Deutschen gegenüber reserviert seien. Sind sie das vielleicht auch deshalb, weil ihnen die Schuld der Deutschen noch nicht gesühnt vorkommt?«

Er legte Gabel und Messer auf den Teller und schaute mich ernst an: »Die Schuld kann nie gesühnt werden. Aber es gibt eine Parallele zwischen Deutschen und Juden. Es gibt zwei Gesichter der Auserwähltheit.«

Ich sah ihn erstaunt an.

»So wie die Juden vor langer Zeit auserwählt wurden, so sind die Deutschen im letzten Jahrhundert auserwählt worden.« Er hielt inne und sah mich mit durchdringendem Blick an: »Sie wurden auserwählt, die Grenzen der Menschlichkeit auszuloten«.

»Nein!«, stieß ich hervor, »so etwas können Sie nicht ernsthaft behaupten, das ist menschenverachtend! Und dieser Vergleich ist grausam und dumm!«

Ich war außer mir und blitzte ihn an, ich war im Begriff, meine Tasche zu nehmen und den Tisch zu verlassen, als er meine Hand ergriff: »Bitte bleiben Sie! Meine Wortwahl war falsch. Entschuldigen Sie. Auf keinen Fall wollte ich Sie kränken. Ich hätte auch sagen können, ich bin auserwählt, Ihnen zu begegnen ...«

»Benutzen Sie das Wort auserwählt am besten überhaupt nicht mehr«, fauchte ich und spürte, dass mich seine Hand seltsam beruhigte. Trotzdem entzog ich sie ihm: »Niemand ist zum Bösen auserwählt, darauf sollten wir uns einigen«.

»Sie haben Recht«, stimmte er mir kleinlaut zu, »in jedem kann ein Teufel stecken«. Er schaute mich wie ein begossener Pudel an.

»Kennen Sie das Sprichwort *In jedem steckt ein Teufel, in einem armen zwei*?«, fragte ich.

Er nickte.

»Das ist auch grausam, ich hasse solche Sprüche,« sagte ich.

Der Kellner kam mit dem Rotwein, schenkte ein, und kaum hatte er uns den Rücken gekehrt, lächelte mich Dreichwerd schüchtern an und hob sein Glas.

»Auf die Erinnerung?«, fragte er.

»Auf die Erinnerung, meinetwegen.«

Wir tranken, der Wein schmeckte ganz köstlich, samtig-warm rann er mir die Kehle hinab, und vielleicht war es der Wein, vielleicht Dreichwerds Lächeln, vielleicht seine aufgelegte Hand – auf jeden Fall entspannte ich mich und meine Stimmung hellte sich auf. Ich saß in einem intimen Restaurant mit einem gutaussehenden, wenn auch etwas verquer-intelligenten Mann zusammen, wir labten uns an Speisen, er hielt meinen Zorn aus ... es war, als würde die brisante Unterhaltung von eben verblassen, und jeder weitere Schluck vom Wein spülte meinen Ärger hinweg. Dreichwerd aß mit wahrem Vergnügen und schien eine Weile nichts anderes wahrzunehmen als sein Gericht. Wenn er trank, fasste er das Glas mit der ganzen Hand von unten, schaute mich auffordernd an, um dann einen langen Schluck zu nehmen. Auch ich genoss den Wein, es schien geradeso, als würde mich seine Schwelgerei beflügeln und mir den Wein immer besser munden lassen. Meine *pierogi* waren längst aufgegessen, als Dreichwerd Gabel und Messer nebeneinander auf seinen Teller legte.

»Ich wusste, warum ich uns dieses Lokal empfohlen habe«, bemerkte er zufrieden.

»Sie sind ein Genießer«, stellte ich fest.

»Bei gutem Essen blühe ich auf, eine menschliche Erfindung, die man gar nicht hoch genug schätzen kann, große Köche sind Künstler«, entgegnete er. Er hielt inne, um dann weiterzusprechen: »Aber Sie sind auch eine Genießerin, nur sind Sie heute Abend nicht in den vollen Genuss gekommen, sondern nur in den Touristengenuss«. Er tat betrübt: »Und was sagt uns das? Wir müssen den Abend wiederholen, doch nicht mit demselben Gericht«.

»Sie sind ein begabter Charmeur, aber meine Devise ist: Genieße die Spezialitäten.«

»So eine Devise kann problematisch sein. Sie müssten dann nämlich demnächst *polski pierogi* probieren. Und davon rate ich dringend ab.«

Wir sahen uns gutgelaunt einen langen Augenblick an, als ich merkte, dass seine Hand die meine berührte. Ich ließ ihn gewähren, obwohl ein seltsam zwiespältiges Gefühl sich in mir ausbreitete, als er mit einem Finger über meinen Handrücken strich. Einerseits genoss ich seine Berührung, andererseits beschlich mich Unwohlsein. Ich rückte den Stuhl nach hinten.

»Entschuldigen Sie mich für einen Moment.«

Beim Gang auf die Toilette überschlugen sich meine Gedanken. Was sollte aus dieser Geschichte werden? Wollte ich eine Krakauer Romanze in mein Leben einfügen? Meinen Mann betrügen? Mein guter Kobi saß jetzt wahrscheinlich vor irgendwelchen Examensarbeiten seiner Studenten und korrigierte sie im Schweiße seines Angesichts, während ich mich im Restaurant *Unter den Engeln* verlustierte. Noch dazu mit einem Mann, der zwiespältige Gefühle in mir auslöste. Vor dem Spiegel stehend bemerkte ich, dass der Davidstern immer noch in meiner Handtasche steckte. Ich erinnerte mich an mein Versprechen, holte ihn aus dem Etui hervor und legte mir das Kettchen um den Hals.

Als ich am Tisch wieder Platz nahm, schaute er von der Speisekarte sofort zu mir auf. Er wirkte unruhig, und sein Blick glitt über meinen Hals. Er sah den Davidstern, äußerte sich aber mit keinem Wort dazu. Stattdessen teilte er leichthin mit: »Ein Dessert sollte man nicht verschmähen. Es gibt hier Quarknudeln oder Knödel mit Erdbeerfüllung oder Pfannkuchen mit Vanillequark. Was meinen Sie?«

»Ich plädiere für einen Espresso und sonst nichts«, antwortete ich.

»Gute Wahl«, lobte er, »Sie sind diszipliniert, und ich … ich schließe mich Ihnen an und verzichte auf weitere Völlereien«.

Der Kellner kam und eilte mit der Bestellung davon.

»Ich möchte Sie etwas fragen«, sagte ich, »Sie wissen, dass ich Jüdin bin, sind Sie eigentlich Christ?«

»Wissen Sie, meine Familie hatte ursprünglich einen jüdischen Namen.« Er hielt inne, als müsse er überlegen, dann beugte er sich vor und sagte langsam und jedes Wort betonend: »Wie bist du vom Himmel gefallen, du schöner Morgenstern«.

»Morgenstern?«, fragte ich.

»Im Laufe der Zeit hat sich der Nachname geändert, aber mein Vorname ist Esra.«

Esra, dachte ich, ist wahrhaftig ein jüdischer Name, aber von Morgenstern zu Dreichwerd ist ein weiter Weg.

Als hätte er meinen Gedanken erraten, fuhr er sinnierend fort: »Ich müsste das einmal genau erforschen«.

Ich fragte: »Und Sie sind Christen geworden?«

»Oh, da haben Sie einen wunden Punkt getroffen. Ich persönlich bin eigentlich nicht religiös oder besser gesagt, ich bin nur sehr privat religiös. Ist nicht die Beziehung zu Gott etwas sehr Intimes? Etwas, das die Welt nichts angeht?«

»Ja, schon ...«

»Wissen Sie, ich käme mir lächerlich vor, wenn ich mich fünfmal am Tag zu Boden werfen und Gott lobhudeln würde. Hat er das denn nötig? Steht er nicht über solch primitiven Unterwerfungsgesten?«

Ich konnte ihm nicht widersprechen, obwohl ich fühlte, dass er mir auswich: »Ich verstehe das, aber im Glauben geht es doch um anderes als Unterwerfung«.

»Sie meinen, man muss glauben, dann wird er es schon richten?«

»Nein. Ich glaube, dass eine Welt ohne Gott eine Welt ohne Hoffnung ist.«

Seine langen gepflegten Finger spielten mit einem in Papier verschlossenen Zahnstocher, um ihn schließlich aus seiner Umhüllung zu stoßen.

»Offen gesagt, ich bin skeptisch«, sagte er, »Hoffnung, ist das nicht ein verbrannter Begriff? Und ist Gott nicht am Ende eine Fiktion? Eine Fiktion, die nie stirbt, weil sie nicht sterben darf?«

»Ich bin ganz anderer Auffassung. Ich glaube, dass Gott ein tiefes Bedürfnis für jeden Menschen ist.«

Er ließ den Zahnstocher elegant durch seine Finger gleiten und hob den Blick: »Grausam sein fällt den meisten Menschen nicht schwer. Wir sitzen in Krakau, und Sie wissen natürlich, was hier ganz in der Nähe Menschen anderen Menschen angetan haben? Kleine Kinder wurden an die Wand geklatscht, Halbverhungerte von Bluthunden zerfleischt, schwangeren Frauen der Bauch aufgeschlitzt. Viele verbrannte man bei lebendigem Leib, andere trieb man zu Hunderten in einen Raum, der fünfzig Leute fasste, um dann Giftgas hineinzupumpen. Manche SS-Männer fanden es vergnüglich, Gefangenen Nägel in die Ohren zu schlagen, andere bohrten Löcher in Gesäße, Ärzte schnitten Patienten die gesunde Leber heraus oder die Milz. Das machte ihnen höllischen Spaß, sie fühlten sich grenzenlos mächtig – sie fühlten sich wie Gott.«

Er hatte völlig leidenschaftslos gesprochen, als würde er Sachinformationen ausbreiten und sonst nichts. Ich blieb stumm, und als der Espresso kam, trank ich das Tässchen in einem Zug leer. Der schwarze Sud schmeckte bitterer als sonst. Schließlich erwiderte ich: »Das sind keine Argumente gegen ihn«.

Er zuckte mit den Schultern: »Vielleicht haben Sie Recht«. Dann richtete er sich auf: »Aber hören Sie doch! Hören Sie das?«

Er wartete keine Antwort ab, sondern gab sie selbst: »Es ist das Schluchzen der Welt. Wer ein Ohr dafür hat, hört es. Muss man nicht sehr stark im Glauben sein, um es zu überhören?«

»Ich höre es auch«, antwortete ich, »aber man wird stärker im Glauben, wenn man es hört«.

»Sie sind eine ungewöhnliche Frau,« sagte er leise. »Und ein sensibler Mensch. Aber sind Sie sicher, dass man das von vielen behaupten kann?«

Ich schaute ihm ins Gesicht, es wirkte ehrlich und betrübt, ich fühlte mich ihm plötzlich nahe und konnte nicht anders, als meine Hand auf seine zu legen.

Als wir draußen auf der Straße standen, hörte man aus der Ferne ein leichtes Donnern. Die warme Sommernacht schien umzuschlagen. Er bot mir an, mich zum Hotel zu begleiten, und während wir gingen, fing es zu regnen an, zuerst leicht, dann immer stärker. Wir gingen schneller, schließlich fasste er meine Hand, und wir liefen. Das *Royal* schon in Blickweite, fuhr uns plötzlich ein heftiger Wind ins Gesicht, während der Regen mein leichtes Sommerkleid in Sekundenschnelle durchnässte. Dreichwerd blieb auf einmal stehen und zog mich zu sich. Ich war wie willenlos, er presste mich an sich, und ich ließ es geschehen. Ich spürte seine Erregung auf mich überspringen, er glitt mit seiner Hand an meinem Rücken hinab, liebkoste die Rundung meines Hinterns und drückte ihn zu sich, mit der anderen Hand hielt er meinen Nacken, und sein Gesicht näherte sich meinem. Ich musste vor Hitze dampfen und griff mit beiden Händen unter sein Sakko, um ihn mit meinen Händen zu spüren, ihn an mich heranzuziehen. Sein Körper fühlte sich eigenartig kalt an. Aber jetzt, wo sich unsere Lippen öffneten, und meine Zunge seine umspielte, erlebte ich, was ich lange vermisst hatte, ich wurde fortgerissen von purer Leidenschaft. Unsere Münder verschmolzen, vermählten sich in Wollust, seine Zunge war weich und fordernd. Ich lag in seinen Armen und glaubte zu verbrennen, und der prasselnde Regen war wie Musik aus tausendundeiner Nacht. Vielleicht dauerte unser endloser Kuss nur einen Augenblick, doch mir war, als wäre die Zeit weggeweht und fortgewischt, als seien Sekunden und Minuten lediglich die Erfindung von Erbsenzählern. Irgendwann, vielleicht waren Äonen vergangen, fühlte ich mich ihm wie ausgeliefert, und eine plötzliche Furcht kam in mir auf, als würde ich gerade alles aufs Spiel setzen, was ich besaß.

Ich löste mich von ihm, und wir rannten im Regen weiter. Im Foyer des Hotels verabschiedete ich mich schnell, ich müsse meine Kleidung wechseln, sagte ich, und spürte dabei eine gewisse Erleichterung. Er sah mich enttäuscht an, versuchte aber nicht mich umzustimmen, sondern wünschte mir eine gute Nacht. Dann verschwand er durch die Schwingtür nach draußen. Ich blieb einen Moment unschlüssig stehen, während der Nachtportier mein am Körper klebendes Kleid sorgfältig mit den Augen abtastete. Mich trieb es, noch einmal nach Dreichwerd zu schauen, und ich öffnete eine Seitentür im Foyer. Niemand war draußen zu sehen, nur vorn an der Straßenkreuzung erblickte ich einen kleinen Mann mit kahlem Kopf. Er hüpfte über den Zebrastreifen, und der Wolkenbruch schien ihm nichts auszumachen.

13
Bin ich das?

Als ich unter der Dusche stand, und das warme Wasser an mir hinabrann, spürte ich, wie müde ich war. Schlafen, nur Schlafen noch. Mein Bett war jetzt die Erlösung. Vielleicht beim Einschlafen Tovosch herbeiträumen, das wäre schön. Während ich mich zurechtkuschelte, und es wohlig warm unter der Decke wurde, sprach ich laut mehrmals ihren Namen aus … dann murmelte ich die Namen Hetwa und Leibisch, bis mir mein Murmeln wie ein Einschlafmantra vorkam und mein Kopf immer tiefer ins Kissen sank …

Und da, jetzt sah ich die Kleine, sie trat durch die Tür, kam zu meinem Bett und schaute mich streng an.

»Du hast ihn geküsst«, sagte sie vorwurfsvoll.

»Er hat mich geküsst«, erwiderte ich müde.

»Du hast schlecht zugehört.«

»Versteh dich nicht.«

»Wie bist du vom Himmel gefallen, du schöner Morgenstern.«

»Ja, ich weiß …«

»Du weißt nichts. Ihr Erwachsenen habt keine Ahnung.«

Ich blieb stumm und dachte, so sind Kinder nun mal, sie wollen es besser wissen, vor allem in diesem speziellen Fall, wo das Kind die Mutter ist.

»Du musst diesen Satz verstehen«, beharrte sie, »du musst dich darum kümmern«.

»Ja«, stimmte ich träge zu, »ja, ja«, und kam mir dabei wahrhaftig wie ein kleines Kind vor, wie ihre Tochter.

»Versprichst du es?«

»Ich verspreche es«, murmelte ich brav, »aber nur, wenn du mir zeigst, wie es weitergeht.«

»Du bist störrisch und eigensinnig«, sagte sie laut und wirkte enttäuscht, als hätte ich ihr die letzten Illusionen geraubt.

Sie ging eine Weile im Zimmer umher, als überlegte sie, ob es eine geeignete Strafe für mein Verhalten gäbe. Schließlich setzte sie sich auf den Bettrand, seufzte tief und schlüpfte zu mir unter die Decke. Wir lagen wie die Löffelchen, ich spürte ihren warmen Körper, vor meinen Augen flimmerte es, und dann sah ich einen Mann die Straße hinabgehen …

Leibisch Friedman entfernte sich vom Café Pod Papugami so schnell er konnte. Er achtete nicht auf die Tauben, die eigensinnig vor ihm herstolzierten und erst im letzten Moment mit empörtem Gurren auswichen, und bog in die Bracka ein, wo eine Pferdekutsche ihm entgegentrabte, er sie aber auf sich zupreschen sah und glaubte, sie wolle ihn überfahren. Hastig sprang er zur Seite und sah nicht mehr, wie der Kutscher den Kopf schüttelte. Der Geruch von Pferdeäpfeln stieg ihm wie zum Hohn in die Nase, aber schon verflogen und von Kaffeedunst überdeckt. Er ermahnte sich, ruhig am Café Botanica vorbei zu schreiten, dessen Straßentische bis auf den letzten Platz besetzt waren. Niemand beachtete ihn, doch das Geplauder erschien ihm wie Geplärr, die Worte pickten auf ihn ein, und als er einen Moment innehielt, hörte er nur einen Namen: Hetwa, Hetwa, Hetwa …

Er hatte sie verloren. Im Café, das war ihr letzter Kuss gewesen, und er brannte ihm immer noch auf der Wange. Sind letzte Küsse die intensivsten? Ja, wie ein Brandmal sind sie, bis ans Lebensende soll man sie spüren, und noch auf dem Totenbett würde er sehnsüchtig mit der Hand zu seiner Wange tasten, eine Spur, eine unsichtbare Spur von ihr … Und die um ihn herumstanden, würden sich fragen, was er mit der Hand auf der Wange suche, fragende Blicke zu ihm schicken, doch er, er würde schweigen, denn was könnten sie schon verstehen von seiner letzten Lust und Qual. Der intensivste Kuss seines Lebens lag dreißig, vierzig, vielleicht fünfzig Jahre zurück! Wäre

Hetwa doch länger geblieben, sie hätte gehört, dass er Renia gestanden, ja gebeichtet hatte … wie er ihr erklärte, dass … er sich verliebt habe in die andere, in sie, in Hetwa. Und Hetwa hätte sehen können, wie Renia seine Hand genommen und geküsst … ach, das hätte sie nicht sehen müssen, aber spüren hätte sie alles sollen, seine Verwirrung, seine Ratlosigkeit, seine Verstörung. Er hatte zu spät geredet, zu spät den Mund aufgemacht. Das war es, einmal gezögert, und schon ist alles verloren, die Liebe, das Leben, die ganze Welt. Oder hatte ihm Gott zwei Frauen geschickt? Ihn in diese Situation hineingestellt, ja hineingetrieben? Eine Versuchung, eine schreckliche Prüfung. Denn er konnte die Träne in Renias Auge sehen, es schien ihm sogar, als würde sie direkt auf ihn zurollen, und während er sie angstvoll anschaute, kam es ihm so vor, als wolle ihn die Träne überfluten und ertränken. Nein, nein, was für gräßliche Phantasien! Er musste über die Probleme der Existenz nachdenken, des Glaubens, der Religion. Die wichtigste Frage überhaupt ist doch: Warum ist das Leben lebenswert? Ist es das überhaupt? Doch … schon … weil es gewisse Dinge gibt … welche eigentlich? Für ihn kamen in Frage die Bücher Mose, ja, und dann das Rondeau Opus Eins von Chopin … die Seerosenbilder von Monet … das Gedicht »Erinnerung« von Mickiewicz … und … und Hetwas Gesicht, wenn sie mit ihm stritt. Furchtbarer Eigensinn und Widerspruchsgeist, der sie zum Glühen brachte und doch … das Schönste überhaupt.

Er war so in Gedanken versunken, dass er den vor ihm gehenden Passanten nicht bemerkte und auf ihn auflief. Leibisch entschuldigte sich, der andere drehte sich herum und schaute ihn missmutig an. Leibisch sah in ihm sofort einen Schicksalsboten und fragte: »Glauben Sie, dass das Leben ohne Liebe lebenswert ist?« Der Unbekannte schüttelte den Kopf: »Nie und nimmer, selbst wenn man das Glück hat, in Krakau zu leben«. Der Fremde drehte sich um und ging seines Weges. Leibisch aber verfiel wieder ins Grübeln. Dieser Nachmittag war ein

Fingerzeig Gottes. Wenn Gott ihn in diese Situation gestellt hatte, wollte er ihm doch etwas zeigen. Aber was? Dass die Liebe vergänglich ist wie das Leben selbst? Dass die Liebe ein Wert ist, ohne den man nicht sein darf? Oder meinte er es andersherum, dass man nur leben kann, wenn es nicht um solche letzten Werte geht? Aber ist das Leben dann noch lebenswert? Oder wollte Er ihm eine Entscheidung abverlangen? Und der kleine Mensch Leibisch hatte jämmerlich versagt. Sein Mund wie zugenäht, die Zähne versiegelt, die Zunge hartgefroren, als Hetwa neben ihm saß. Er – ein Erotiker? Laut auflachen hätte er wollen, wenn er nicht von Trübsinn erfüllt gewesen wäre. Er war das genaue Gegenteil davon. Ein Lethargiker, Dussel, Tölpel war er. Vielleicht hätte er die Situation diplomatisch retten können, irgendwie mit Geist und Witz … aber auch dazu war er nicht fähig, er, der armselige Schlemihl aus Kazimierz.

Warum sollte es eigentlich nicht möglich sein, zwei Frauen gleichzeitig zu lieben? fragte er sich im nächsten Moment. Vielleicht kam es auf den Liebesvorrat an, der in einer geheimen Kammer der Seele ruhte. Bei dem einen lagen nur wenige Bröckchen herum, während bei einem andern sich dieses Gut türmte, so dass er die Tür zur Liebeskammer kaum aufbekam. Und sein eigener Vorrat? Ein winziges Körnchen, das er verspielt, verloren hatte. Wenn es ein Fingerzeig von oben war, dann … bedeutete das eventuell, dass er sein Thora-Talmud-Studium aufgeben sollte, vielleicht war er ungeeignet dafür, vielleicht sollte er diese Lehre aus dem heutigen Nachmittag ziehen. Aber andererseits … warum alles gleich auf den Höchsten zurückführen? Immer diese direkte Beziehung, das ist ja fatal bei uns Juden … Und wenn er konvertieren würde, ging es ihm durch den Kopf, Katholik könnte er werden, zur Beichte gehen und anschließend wieder frohgemut durchs Leben ziehen. Er hing dem falschen Glauben an, war es das? Gibt es nicht leichtere Religionen? Solche, wo man nicht gleich alles auf IHN zurückführt? Er könnte Buddhist werden. Da gibt es gar keinen Gott, nur Karma, schlechtes Karma aus einem früheren Leben bewirkt Übles in diesem Leben. Seine Untaten von früher hatten ihn in diese Situation geworfen, das war es … obwohl er sich gar nicht an sie erinnern konnte, aber da war nichts zu machen, gegen das eigene Karma kommt man nicht an, ertragen und erdulden und keine Grübeleien und ewigen Anfragen nach oben. Ihm fiel der Witz seines Studienkollegen Mottel ein, in dem ein armer Jude laut in der Synagoge jammert: Ewiger, schenk mir hundert Zloty, nur hundert Zloty, damit ich meinen Kindern was zu essen kaufen kann – worauf ein reicher Glaubensgenosse neben ihm in die Tasche greift, ihm den gewünschten Schein in die Hand drückt und sagt: Da hast du das Geld, aber lenk ihn mir jetzt nicht mehr ab.

Vielleicht sollte er, Leibisch, Gott um Hetwa bitten …? Nein, nein, mit so etwas belästigt man den Höchsten nicht. Er stellte sich stattdessen vor, wie er seiner Mutter, der geborenen Rappaport, erklärte, dass er zum Buddhismus konvertieren wolle. Sie würde nichts sagen, nur die Hände über den Kopf schlagen, und er wüsste Bescheid. Ein Überläufer, Abtrünniger, Verräter – darum handelte es sich bei ihm. Ein Jude muss hoffen und immer hoffen. Aber mit seinem Glauben haperte es, schalt er sich, er sollte doch wissen, dass der Allmächtige sein Schicksal in einem einzigen Augenblick wenden konnte. Warum warf sich der Zweifel immer wieder auf ihn und nahm ihn in den Schwitzkasten? Er ächzte leise und blieb stehen. Vor ihm eine Straßenkreuzung, Kutschen zogen vorbei, ein Pferd wieherte, weiter weg hupte ein Automobil. Schweißperlen hatten sich auf seiner Stirn versammelt, als probten sie den Absprung. Ohne lange zu überlegen, überquerte er die Kreuzung und ging die Starowislna hinab, die hier noch eine schmale Straße war, bevor sie breitspurig zur Weichsel führte. Warum bloß nahm er diesen Weg? Schneller nach Kazimierz würde er auf der anderen Seite kommen. Er schüttelte den Kopf. Nein, er war schon auf dem richtigen Weg, er war vollkommen richtig, er musste nur noch die Dietla überqueren, sich nach links drehen und dann wäre er dort, wo er hinwollte.

Die kleinen Geschäfte auf seinem Weg standen noch offen und hatten regen Zulauf, überhaupt war die Gegend um diese Zeit sehr belebt, Straßenjungen trieben ihre Spiele, ein Grammophon dudelte aus offenem Fenster einen Schlager, weit hinten über der Weichsel ging die Sonne unter, und die oben liegenden Fenster der Häuser glühten im Widerschein rotgolden als strengten sie sich an, auch kleine Sonnen zu werden. Ein staubiger Dunst lag in der Luft, als würde ein unsichtbarer Dompteur mit seiner Peitsche auf die Straße einschlagen, unzufrieden darüber, dass sie sich nicht fortbewegte … nein, um ihn, Leibisch, zu einem schnelleren Gang anzutreiben. Jetzt stieß er auf die Dietla, eine breite Chaussee, die links zu einem Vorort führte, rechts zum Fluss hinunter. Leibisch eilte auf deren Mittelteil, wo ihm eine Straßenbahn entgegenschepperte und ihn von der Fahrbahn klingelte. Mit einem Riesensatz rettete er sich auf den Grünstreifen, um von dort den anderen Teil der Straße zu überqueren. Er zog ein Taschentuch aus seiner Hose, um sich die Stirn abzuwischen. Nur noch wenige Schritte bis zur Wrzeszynska. Hier wohnte sie, seine verlorene Liebe. Er wusste nicht, was er hier suchte, aber er wollte ihr wenigstens nahe sein. Als er in die Straße einbog, wurde es stiller, und kaum hatte er einige Schritte getan, überkam ihn das Gefühl von vollkommener Ruhe. Bin ich das, fragte er sich, stimmt etwas nicht mit mir, ströme ich diese Stille aus? Aber das konnte nicht sein, denn in ihm rumorte, polterte und brodelte es.

Die Wrzeszynska atmete Großbürgerlichkeit, Bäume zierten ihre Bürgersteige, die Häuser thronten wuchtig nebeneinander, als beanspruche jedes für sich eine Krone, sie waren meist dreistöckig, und ihre Jugendstilfassaden schienen dem Betrachter mitzuteilen, dass er sich zu benehmen hatte und auf keinen Fall mit verschwitztem Hemd an sie herantreten dürfe. Leibisch wischte sich mit dem Taschentuch übers ganze Gesicht. Jetzt näherte er sich der Hausnummer 9, seine Schritte wurden zögerlich. Was würde er tun, wenn sie aus dem Fenster schaute oder auf dem kleinen Balkon stand?

Er wechselte die Straßenseite, blieb unter einem Baum stehen und tat wie ein Tourist, der mal diesen Pflasterstein, mal jene Laterne anstaunt. Vorsichtig hob er den Kopf, die Fenster im ersten Stock waren alle schon erleuchtet, und auf dem Balkon stand niemand. Die Straßenseite wieder wechseln, an die Haustür herantreten und auf den Klingelknopf drücken! Eingelassen werden und ihr erscheinen. Hier bin ich, ich habe alles geregelt und Renia weggeschickt! Ein einfacher Plan – aber seine Füße versagten ihm den Dienst. Sie wollten ihn einfach nicht über die Straße tragen. Es war so still, kein Mensch zu hören, und Leibisch kam sich auf einmal verlassen und einsam vor. Vielleicht war es doch keine gute Idee, Hetwa zu besuchen. Er war ja noch nie hier gewesen, sie hatte ihm nur erzählt, wo sie wohnte. Und ihre Eltern kannte er auch nicht. Natürlich hatte er von Salomon Bester schon gehört, jeder Krakauer, der sich für Politik oder Wirtschaft interessierte, kannte ihn. Aber wie sah er aus, und was würde er von einem armen Jeschiwa-Studenten wie ihm halten? Dieser Mann hatte sein Judentum an den Nagel gehängt, soviel war Leibisch klar nach all dem, was Hetwa berichtet hatte. Ach nein, im Grunde war das keine Gesellschaft für ihn, er musste fort, weg aus dieser Straße, zurück nach Kazimierz, wo er hingehörte. Seltsamerweise versagten auch jetzt seine Beine den Dienst.

So bleibe ich denn wie angewurzelt hier stehen, dachte er, auf ewig in der Wrzeszynska festgewurzelt und denke über mein schlechtes Karma nach – als er plötzlich Geräusche hörte. Ein Zweispänner näherte sich unter erheblichem Getöse auf dem Kopfsteinpflaster, blieb ihm gegenüber stehen und heraus stiegen drei Männer. Sie waren jung, sprangen zum Haus Nr. 9 und klingelten. Die Tür öffnete sich, und schon waren sie verschwunden. Junge Männer, er hatte es genau gesehen, sie waren im Alter von Hetwa, oder besser gesagt in seinem Alter, und ihn hatten sie überhaupt nicht bemerkt. Wollten sie alle Hetwa besuchen? Bestimmt nicht, das war sicher Besuch für Hinda … oder etwa doch nicht? In Leibisch begann ein Gefühl zu nagen, das er bisher nicht gekannt hatte. Zornig war er und verärgert, schockiert und empört, alles gleichzeitig, war das etwa Eifersucht? Nein, ihn plagte die Sehnsucht. Wieso denn Sehnsucht, fragte er sich im nächsten Moment. Er stand doch über diesen Dingen, war ein philosophischer Geist und wusste, dass die Zeit alles vernichtete und wie Kehricht in den Mülleimer der Geschichte fegte. Und wenn es die Zeit gar nicht gäbe, es nur eine von Gott uns eingeprägte Dimension ist? Dann … dann stand er sowieso nur als Leichnam hier herum. Und Hetwa da oben empfing lauter Leichname, ja sie selbst war auch einer. Die Liebe, nichts als eine Fata Morgana! Es hatte gar keinen Sinn zu lieben … die Liebe war etwas für schlichte Geister, die nichts von Vergänglichkeit und Zeit wussten. Und ihm selbst … ihm blieb nichts anderes übrig, als auf ein neues Leben zu hoffen.

Er machte ein paar Schritte, plötzlich ging es wieder, er schlurfte mit gesenktem Haupt um die Ecke, wo ein schmaler Weg zu einem Garten führte. Seine Gedanken überschlugen sich, er konnte überhaupt nichts Klares denken, in seinem Kopf herrschte Nebel, dicht und undurchdringlich. Wie auf einer Nussschale mitten im Meer kam er sich vor, wo ist Land, in welche Richtung muss ich rudern? Nichts. Nicht einmal ein Echo in seinem Kopf. Er war ganz allein, und niemand konnte ihm helfen. Seine Füße trugen ihn wie automatisch zu dem Gartengrundstück, an dessen Einzäunung er sich festhielt. Land, Land! Wenn auch nur ein rostiger Zaun. Er atmete durch, und je tiefer er atmete, desto mehr kam er zu Verstand. Zeitlichkeit hin, Leichnam her, er musste einen Blick von ihr erhaschen, anders ging es nicht, sonst würde er die ganze Nacht nicht schlafen können, ja wahrscheinlich nie mehr einschlafen können. Kaum gedacht, stieß er sich vom Zaun wie von einem stachligen Ungeheuer ab und eilte zurück. Sein Blick schweifte nach oben zum ersten Stock. Was passierte dort gerade? Inzwischen war es fast dunkel geworden, und wenn Hetwa auf den Balkon trat, könnte sie ihn nicht sehen. Aber er – er musste doch sehen, was vor sich ging! Er schaute den Baum wie einen alten Freund an, dann war sein Entschluss gefasst. Hinauf! Nach oben! Das war die richtige Richtung. Er musste nur den starken Ast unten erwischen und sich hinaufziehen. Leichter Gedanke, schwere Tat. Er sprang hinauf, klammerte sich an den Ast und versuchte, seinen Leib nachzuziehen, der sich jedoch furchtbar sträubte und immer schwerer wurde, bis er herunterplumpste. Neuer Versuch, wieder fiel er dem Baum zur Last, wieder wehrte sein Körper den Angriff ab, wieder war die Erdanziehung stärker. Seine Muskeln zitterten, als er auf dem Boden aufkam, und er schaute seine Hände an, als seien die an allem Schuld. Diese schwächlichen Hände! Weil sie immer nur Bücher stemmen und Seiten umblättern! Auch kam es ihm vor, als würde er unglaublichen Lärm machen, seinen Plumps aufs Trottoir musste die Familie Bester doch im Wohnzimmer noch gehört haben. Zu allem Unglück polterte eine Kutsche heran. Mit einem Riesensatz sprang er nach oben, umfasste den armen Ast, der sich widerspenstig bog, als wolle er ihn abschütteln – doch Leibisch zog sich mit übermenschlicher Anstrengung hinauf. Gerettet! Die Kutsche rollte vor dem Besterschen Haus aus, einige Personen entstiegen ihr und verschwanden im Eingang. Leibisch wartete einen Moment, dann kletterte er weiter nach oben, eine Baumetage wenigstens, nein zwei, dann würde er auf ihrer Höhe sein, dann müsste er sie sehen können. Leise, ganz leise schob er den Blättervorhang zur Seite – doch sein Blick fiel nur auf die trostlose Hauswand. Noch eine halbe Etage, wer so hoch steigt, dem ist das Ziel nicht fern. An einem krummen Ast klomm er weiter, ging in die Hocke und steckte die Füße in eine Gabelung, so dass er wie ein Affe dort hing. Er durfte nur nicht zurückschauen, bloß nicht nach unten sehen.

Wieder teilte er den Blättervorhang und stellte vorsorglich das Atmen ein. Im Fenster knapp über ihm brannte Licht, aber wo war sie? Er musste Luft holen, und sein Atmen kam ihm plötzlich wie ein grauenhaftes Gerassel vor. Das Gerassel eines Baum-Ungeheuers – was könnte es alles auslösen! Die morschen Äste konnten abbrechen, die Blätter herabwehen – und dann sah man ihn, einen affenartigen Kobold, der zusammengekauert auf einem kahlen Baum saß, in der Nacht, bei Mondlicht.

Vielleicht war das alles ein Traum, und er musste nur erwachen. Leibisch zwickte sich in den Arm, aber die Szenerie veränderte sich nicht, er erwachte nicht in seinem Bett, sondern saß wahrhaftig in einem Baum. Sein Herz raste, als er noch einmal die Blätter zur Seite schob, aber der Dampfhammer in seiner Brust schlug viel zu schnell und viel zu laut. Er hielt sich die Hand an die linke Seite. Das Herz, das Herz, das will raus, das will davon! Sein Herz würde mit ihm bis an den Rand der Welt springen, und es kümmerte sich dabei überhaupt nicht um solche Lappalien wie Vernunft oder Verstand. Jetzt ... jetzt ging das Licht im Zimmer aus, und Leibisch starrte durch die Dunkelheit wie mit Katzenaugen. Einen Arm von ihr, die Nase, das Kinn, wenigstens eine Kleinigkeit musste er doch erhaschen, seine Augen schmerzten schon, und er flehte inständig um ihr Angesicht. Und da, auf einmal, als hätte Gott ihn erhört, sah er ... Hetwas Gesicht, das herrliche. Sie schaute nach unten auf ein Buch oder Ähnliches, und jetzt hob sie ihren Blick – so schwermütig, so melancholisch. Sie sah nach draußen, zum Baum, zu ihm. Vor Schreck ließ er den krummen Ast los und rutschte ein Stück nach unten, wo er auf der Astgabel hängen blieb. Und jetzt meldete sich wieder das Pochen in seiner Brust, das Lärmen seines Herzens, aber nun als Tremolo, beglückt und heftig, forte, fortissimo ...

Und so kam es, dass die beiden Liebenden im Grunde beieinander waren, nur durch das Fensterglas getrennt, und während Hetwa trübsinnig die hin- und herwogenden Zweige des Baumes betrachtete, ihr Geliebter, ein halbes Stockwerk unter ihr in unbequemer Lage, doch mit besänftigter Seele der brausenden Musik seines Herzens lauschte.

*

Ich wachte auf, etwas hatte mich gestoßen, und als ich mich umdrehte, sah ich die Kleine neben mir liegen. Komischerweise erstaunte mich das gar nicht. Sie hatte mit dem Bein gezuckt, mitten in meinem Film. Unruhige Kinder sind schlimm, sie können einem die ganze Nacht zur Hölle machen, ich weiß es von meinen eigenen. Vorsichtig wickelte ich mich aus der Decke, tastete ins Badezimmer und trank ein halbes Glas Wasser. Ich fühlte mich wohl, ja fast enthusiastisch. Mein Großvater hatte die Liebe entdeckt, war auf einen Baum geklettert, um Hetwa nahe zu sein. Und vielleicht hatte sie ihn ja bemerkt … andererseits, sie schaute aus dem Dunklen ins Dunkle, was kann man da schon erkennen? Ich löschte das Licht im Bad, schlich wieder zurück und legte mich leise neben Tovosch. Und kaum hatte ich die Augen geschlossen, hörte ich ihre Stimme: »Die Situation war kompliziert, aber nicht hoffnungslos. Und die Hoffnung ist das Wichtigste, was ein Mensch besitzt, hat mir Papusch erklärt, niemals darf man die Hoffnung verlieren«. Und ich sah wieder jene Straße, wo mein Großvater in einem Baum hing …

Von einem Baum herunterzukommen war leicht, doch auf der Straße wie ein normaler Passant davonzugehen, das war schwer. Leibisch kam es vor, als sei ihm Energie zugeflossen, Kraft und Zuversicht. Hetwa feierte nicht mit wildfremden Leuten, vom Besuch war überhaupt nichts zu sehen gewesen, und ihr Gesicht hatte zu ihm gesprochen, voller Kummer und Sehnsucht.

Als er die Wrzeszynska hinabging, sprang er wieder und wieder in die Luft, und hätte jemand zu dieser Stunde aus dem Fenster gesehen, er hätte unweigerlich den Eindruck gewonnen, einer speziellen Art von Verrücktheit beizuwohnen. Ein Luftspringer, der anschließend mit tänzerischen Schritten seinen Weg suchte. Heim sollte er, ging es ihm durch den Kopf, zurück in sein Studierzimmer und dort sich den wahren Fragen der Welt widmen. Und vielleicht ein Dankgebet sprechen. Kaum aber stieß er auf die Dietla, überlegte er es sich anders. Nein, jetzt heim, das konnte er nicht, er war viel zu aufgewühlt, sein Kopf glühte, sein Hirn raste. Außerdem würde er daheim auf seinen Vater treffen, der wahrscheinlich noch in der Werkstatt über seinen Gläsern saß und ihn mit fragenden Blicken traktieren würde. Was sollte er ihm sagen? Dass er neuerdings religiösen Fragen in einem Baumhaus nachging? Dass er der Tochter des Abgeordneten Bester nachstieg? Jenes Salomon Bester, der für Kazimierz und seine Juden nichts übrig hatte. Leibisch überquerte die Kreuzung und tanzte in die schmale Josef-Sarego-Straße hinein. Nur noch wenige Schritte waren es, bis er die Wohnung von Dr. Marek Kozlowski erreichte. Mit ihm könnte er ein Glas Wein trinken, ein geistreiches Gespräch führen, ihm könnte er sich anvertrauen, er war der Richtige für seinen Zustand. Kaum hatte er geklingelt, wurde schon die Tür aufgerissen. Dr. Kozlowski stand in schwarzer Hose und weißem Hemd vor ihm mit einer Krawatte in der Hand.

»Komme ich ungelegen?«, fragte Leibisch.

»Nein, überhaupt nicht, mein Guter. Wie bindet man noch mal einen Windsor-Knoten?«

»Das solltest du als Sinkiewicz-Forscher doch wissen.«

»Komm rein und keine weiteren Scherze. Es ist zu spät dafür.«

Kozlowski ließ die Tür hinter Leibisch zufallen und wiederholte brummelnd: »Es ist einfach schon zu spät«.

»Wieso? Bereitest du dich auf eine Beerdigung vor?«

Kozlowski stieß ein pfeifendes Lachen aus: »Nicht schlecht, mein Leibisch, nicht schlecht, aber schlecht beobachtet. Schau dir die Krawatte genau an!«

»Na gut, sie ist grün und nicht schwarz. Das besagt nichts. Heutzutage ist alles möglich.«

»Im Prinzip richtig, aber wir wollen doch die Form wahren. Komm, hilf mir, und ich sage dir, wohin wir gleich fahren.«

»Ehrlich gesagt, ich wollte eigentlich … also ich wollte mit dir …«

»Keine langen Reden, du bist bei mir, du gehst mit mir, es kann dir nichts passieren.«

Kozlowski hatte sich vor den Garderobenspiegel gestellt und seinen Schlips vor der Brust zu einer Schlange verdreht, die sich in den eigenen Schwanz biss. Er winkte Leibisch heran, der sich hinter ihn stellte und mit drei Handgriffen aus dem verknoteten Strick wieder eine Krawatte machte.

»Ah, ich wusste, dass du eine Kapazität bist«, bemerkte Kozlowski, schlüpfte in ein dunkelgraues Sakko und zog Leibisch zur Tür.

»Wohin denn? Ich will nicht … ich muss mit dir …«

»Du musst mit«, befahl der Zahnarzt, »die Vorsehung hat dich geschickt, dort wo wir hinwollen – da findest du genau dein Thema.«

»Woher willst du das denn wissen?«

»Mein siebter Sinn sagt es mir, und der ist ein Ausbund von Genialität.«

Draußen wartete schon eine Kutsche, Kozlowski schob Leibisch hinein, rutschte nach und rief dem Kutscher zu: »Poselska 23«.

14
Tovosch kann nicht tot sein

Das Frühstück im *Royal* schmeckte wunderbar, der Kaffee italienisch stark, die Croissants französisch knackig, die Marmeladen wie selbstgemacht. Ich fühlte mich großartig, nicht nur weil ich so köstlich frühstückte, die Erlebnisse der Nacht standen mir noch deutlich vor Augen, und ich war begeistert von Leibischs Verhalten. Mein Großvater – was für ein liebestrunkener Hecht! Und ich hatte als Kind nur einen alten weißhaarigen Herrn mit milder Stimme kennen gelernt. Wie er Hetwa nahe sein wollte und auf dem Baum hing … ich musste plötzlich lachen. Der rothaarige Kellner registrierte meinen Heiterkeitsausbruch verwundert und fragte, ob er mir noch Kaffee bringen könne. Krakau sei komisch und geheimnisvoll, sagte ich, worauf er keck antwortete: »komisch ja, aber selten geheimnisvoll«. Mir fiel ein, dass mein Alptraum mich nicht heimgesucht hatte. Das musste ich unbedingt Frau Urbainczyk mitteilen, überhaupt sollte ich ein Geschenk für sie einkaufen und übers Honorar mit ihr reden. Sie hatte bisher überhaupt nicht die Sprache darauf gebracht. Ungewöhnlich, denn daheim in Stuttgart heißt es gleich zu Beginn: »Sie, das koscht aber was«.

Oben in meinem Zimmer sprach ich die Erlebnisse der letzten Nacht aufs Diktaphon, dann klappte ich den Laptop auf und schaute mir die Webseite meiner Zeitung an. Nicht viel Neues in Stuttgart, nur der Streit um den Hauptbahnhof schlug hohe Wellen. Ich wechselte zum *Israel Newsletter*: Palästinenserpräsident Abbas wolle mit der Fatah-Fraktion eine Einheitsregierung bilden, die Chefs von Hamas und Fatah hätten sich ausgesöhnt. Ich scrollte weiter: die Einwanderung der Falasch-Mura-Juden aus Äthiopien solle bis zum nächsten Jahr abgeschlossen sein. Das Problem sei, dass sie nicht nachweisen können, Juden zu sein, weil sie einst zum Christentum gezwungen worden sind. Ich dachte an Dreichwerd, während ich das las. Dann schickte ich eine E-mail an meinen Chefredakteur, teilte mit, dass ich gut vorankomme und … und … irgendeinen schmackhaften Brocken musste ich ihm hinwerfen, damit er nicht auf den Gedanken kam, dass ich die Recherche mit einem Vergnügungs-Trip verwechselte. Also schrieb ich: »Kazimierz, das alte jüdische Viertel, ist zu einem Touristenschrein heruntergekommen, einem Lifestyle-Ghetto voller Bistros und Bars, und auf dem Marktplatz werden Zeichnungen mit bärtigen Juden verkauft, die Goldstücke listig in der Hand drehen«.

Ich sandte die Mail ab, klappte den Laptop zu und griff zum Telefonhörer. Jetzt könnte ich Kobi erreichen. Tatsächlich meldete er sich sofort. Ich brachte nichts von meinem gestrigen Abend über die Lippen, stattdessen berichtete ich ihm, dass ich hier in Krakau seltsame Visionen hätte, ein Mädchen begegne mir immer wieder und erzähle mir die Geschichte meiner Familie … mein Mann räusperte sich und erklärte, dass ihn das nicht verwundere, mein Vorstellungsvermögen sei sehr stark … »Aber ich sehe alles so deutlich wie einen Film«, wandte ich ein … »Warum denn nicht«, erwiderte er, »deine Einbildungskraft ist deine größte Begabung, und die Stadt fordert dich heraus, du weißt, welche Bedeutung sie für dich hat, und du siehst sie mit ganz anderen Augen als ein Tourist.« »Danke«, sagte ich, »danke Kobi«, worauf er erwiderte: »Ja, weißt du denn nicht, dass du mit einem absoluten Genie verheiratet bist, einem Genie, das seine Frau vollkommen durchschaut hat?«

Ich war glücklich, dass er so sprach, und mir wurde plötzlich klar, wie sehr ich ihn liebte, obwohl ich gleichzeitig hoffte, dass er nicht wirklich alles durchschaute. Aber eine Frage hätte ich noch, sagte ich, ob ihm der Satz »Wie bist du vom Himmel gefallen, du schöner Morgenstern« bekannt vorkomme? Ich hörte, wie er nachdachte, um schließlich zu antworten: »Ich zapfe gerade meine theologische Gelehrtheit an … das muss ein Zitat aus der Thora sein. Aber im Moment weiß ich nicht, wo es steht. Am besten, du wendest dich an einen Rabbiner. Es gibt doch noch welche in Krakau?« Ich denke schon, erwiderte ich und fragte nach den Kindern. Alles sei in Ordnung, die Kinder hätten die Küche etwas umgebaut, aber ich müsse mir keine Sorgen machen – und ob ich übrigens wüsste, dass er sich nach mir sehne? Ich nickte stumm, und schickte ihm einen Kuss.

Während ich mich umzog, dachte ich an den gestrigen Abend. Mein schlechtes Gewissen plagte mich, gerade jetzt, wo ich mit Kobi telefoniert hatte. Nicht nur das Essen und Gespräch mit Dreichwerd hatte ich genossen, sondern auch die Knutscherei. Wie konnte das passieren? Andererseits – ich war froh gewesen über das Gewitter und die plötzliche Trennung. Das sprach eindeutig für mich. Er hatte auch nicht den Versuch gemacht, sich aufs Neue zu verabreden, vielleicht war diese Episode damit beendet. Tovosch war beim Aufwachen nicht mehr da gewesen, aber darüber wunderte ich mich nicht, dieses Mädchen war äußerst eigenwillig. Ich spielte einen Moment mit dem Gedanken, zur Poselska 23 zu wandern, dorthin, wo Dr. Kozlowski mit Leibisch hingefahren war, vielleicht sollte ich sogar eine Kutsche nehmen und die Situation nachstellen. Dort könnte ich die Kleine eventuell wieder treffen und erfahren, welche Rolle diese Adresse für meinen Großvater spielte.

Ich entschied mich anders. Draußen vor dem Hotel lauschte ich eine Weile dem quicklebendigen Baum von gegenüber mit seinen tirilierenden Vögeln, ein Konzert, das ich inzwischen liebte, bis ich auf einem unteren Ast eine Krähe entdeckte. War es die vom Balkon?

Ohne zu zögern ging ich in Richtung Kazimierz. Ich hatte Tovosch etwas versprochen, und ich wollte mein Versprechen einlösen. Ich musste herausfinden, was jener Morgenstern-Satz für eine Bedeutung hatte, und mir war klar, wer mir weiterhelfen konnte. Die Stadt sonnte sich im hellen Vormittagsglanz, auf der Stradomska herrschte ein Verkehr wie auf Stuttgarts Hauptstätter Straße, aber hier kam mir alles intimer vor, ich flanierte an Modegeschäften vorbei, an Lebensmittelläden und kleinen Imbissstuben. Das mussten die Milchbars sein, von denen Dreichwerd gesprochen hatte, und neugierig schaute ich mir die außen hängenden Speisekarten an. Hier gab es tatsächlich *pierogi* in allen möglichen Variationen, und die Kundschaft saß an kleinen Metalltischen vor riesigen Tellern und verspeiste jene Teigwaren mit gutem Appetit. Ich nahm mir vor, beim nächsten Anfall von Hunger ebenfalls eine Milchbar aufzusuchen.

Es dauerte nicht lange, und ich stieß auf die Meiselsa. Jetzt befand ich mich in Kazimierz, die Straße immer entlang, und ich würde zu jener Synagoge finden, in der ich den seltsamen Alten kennen gelernt hatte. Sie hieß »Alte Schul«, das hatte ich inzwischen herausgefunden, er musste der Rabbiner sein, er würde mir weiterhelfen können. Doch beim letzten Mal hatte er sich merkwürdig verhalten … mir musste etwas einfallen, das ihn auftaute und dazu bewog, mit mir zu reden. Denk nach, Sabina-Esther, er ist einfach ein Interviewpartner, und du hast bisher jeden zum Reden gebracht. Möglicherweise wollte der Rabbi nicht mit mir sprechen, weil ich eine Frau bin, und die Frauenabteilung in der Synagoge sich normalerweise auf der Galerie befindet, ich dagegen war unten in der Männerabteilung an ihn herangetreten. Vielleicht sollte ich ihn deswegen um Nachsicht bitten und ihm erklären, dass ich genau wüsste, dass die Frau die Herrin des Hauses und das Haus der Mittelpunkt des religiösen Lebens ist. Eine Einschleimtaktik, die ihn mir eventuell gewogen macht und außerdem klarstellt, dass ich mich in der Halacha auskenne.

Ich öffnete die schwere Holztür und betrat die »Alte Schul«. Kein Mensch war zu sehen. Ich ging im Innern umher, bis ich vor dem Thoraschrein anlangte, der von einem Vorhang abgedeckt wurde. Ich hatte das Bedürfnis, mich zu setzen, traute mich aber nicht – der Rabbi konnte ja jeden Moment zur Tür hereintreten, und dann müsste ich mich noch mehr erklären.

Die Pforte links vorn, durch die wir das letzte Mal gegangen waren, die musste ich nehmen! Sie war tatsächlich nicht verschlossen, und schon stand ich in dem langen Gang, den ich kannte. Ich ging ein paar Schritte bis zu einer Tür auf der linken Seite und klopfte – keine Antwort. Ich fasste die Klinke und drückte sie vorsichtig nieder, die Tür knarzte auf, und als ich meinen Kopf in den Raum streckte, sah ich einen beleibten Mann mit langem Vollbart, der gerade zu singen anhob. Seltsamerweise sang er mit einer hohen Stimme, die nicht zu seiner Statur passte und lediglich aus dem Kopf kam. Dieser Mann müsste mit dem ganzen Körper singen, dachte ich. Und obwohl er mich aus den Augenwinkeln sehen musste, nahm er keine Notiz von mir. Sein Gesang wurde grell und unerträglich. Ich zog mich zurück und schloss den Eingang wieder. Der Kantor – es musste der Kantor sein – wollte nicht gestört werden, und vermutlich trainierte er gerade seine Stimme. Ich ging den Gang entlang, bis ich ein weiteres Türchen entdeckte. Meine Hand griff wieder zur Klinke, und auch dieser Eingang schnurrte auf. In einem großen Zimmer sah ich einen jungen Mann an einem Tisch vor Papierbögen sitzen. Ich grüßte, er schrieb mit einem altmodischen Federkiel und schien mich nicht zu bemerken, selbst jetzt, wo ich näher kam. Es musste ein Schreiber sein, einer, der die Gesetzesrolle mit der Hand schrieb, eine Arbeit, die äußerste Konzentration verlangt. Kaum bei ihm angekommen, sagte er leise: »Die Sefer-Thora darf nur auf Pergament geschrieben werden. Das Pergament muss von koscheren Tieren stammen«. Ich murmelte Zustimmung und schaute auf seine Schrift. Hebräisch ist eine Konsonantensprache, aber was er aufs Papier brachte, waren Vokale, lauter Vokale. Vorsichtig fragte ich: »Schreiben Sie den Pentateuch?« Aber da warf er den Federkiel von sich und rief: »Fragen Sie nicht! Glauben Sie!« Er richtete sich auf, seine Augen blitzten und der Flaum um sein Kinn, der einen Bart vortäuschte, zitterte. Jetzt bemerkte ich, dass es ein großer Mann war von wenigstens zwei Meter Länge. Mit verärgerter Miene sah er auf mich herab, so dass ich nach hinten wich, bis ich an die offene Tür stieß. Seltsamerweise schien er in dem Maße, in dem ich mich entfernte, zu schrumpfen. Klein und immer kleiner wurde er. Aber ich hatte keine Zeit, darüber nachzudenken, denn schon folgte er mir und wurde dabei wieder größer und größer. Ich nahm die Klinke in die Hand, zog das Türchen hinter mir zu und entfernte mich. Furchtsam schaute ich mich um, aber nichts geschah, der Eingang blieb geschlossen.

Ich war nah dran aufzugeben, offenbar sollte ich den alten Rabbi heute nicht antreffen. Aber welche Tür führte ins Freie? Ich probierte es bei der nächsten, öffnete sie – und sah eine hohe eiserne Liege, auf der ein Mensch aufgebahrt lag. Im ersten Moment wollte ich mich zurückziehen, aber dann übermannte mich Neugier. Langsam ging ich auf dem Steinfußboden näher. Was ich sah, erschütterte mich. Da lag Tovosch, meine kleine Tovosch. Aus ihrem Mund wuchs eine Lilie, ihre Arme lagen über der Brust verschränkt, und ihre Augen waren geschlossen. »Tovosch!«, rief ich, »Tovosch!« und ergriff ihre schlaffe Hand. Ich strich ihr übers Gesicht, es fühlte sich kalt wie Marmor an. Das muss ein böser Traum sein, durchfuhr es mich, das ist nicht die Wahrheit. Jetzt spürte ich die Kühle des Raumes, es wurde immer frostiger, ich konnte schon meinen Atem wie einen Nebel sehen. Ich umschloss Tovoschs Hände mit meinen und versuchte sie zu wärmen, als mich ein grässliches Gefühl beschlich. Irgendetwas war noch in diesem Raum, etwas Unsichtbares, Abweisendes, Widerwärtiges. War es der Todesengel, der Mal'ach ha-Mawet, der die Seele mit sich nimmt und an einen anderen Ort bringt? Nein, das hier musste etwas anderes sein. Die Angst kroch wie eine Schlange an mir hinauf, eine Angst, die ich zuletzt in der dunklen Gasse mit dem Nachtfalter gespürt hatte. Und ich merkte, wie das Unbekannte mir näherkam. Mein Mund war wie zugelötet, und ich fröstelte. Ich ließ Tovoschs Hände los, drehte mich um und ging dem Ausgang entgegen. Meine Schritte hallten, und hinter meinem Rücken schlich mir etwas nach, das weder Form noch Namen besaß, aber es auf mich abgesehen hatte. Ich bestand nur noch aus Gänsehaut und wollte laut schreien, als das Bild Dreichwerds wie ein Blitz in mir einschlug: er öffnet die Tür in der finsteren Gasse, und der helle Lichtschein fällt auf mich. In einer plötzlichen Bewegung drehte ich mich um und sprach mit gebieterischer Stimme: »Gib ihr das Leben zurück! Tovosch ist nicht tot, Tovosch kann nicht tot sein!«

Dann öffnete ich die Tür und ging. Sie fiel sofort hinter mir ins Schloss. Kaum stand ich draußen, kam ich mir selbst fremd vor. Hatte ich diese Worte eben gesprochen? Hatte ich diesen Befehl gerade gegeben? Meine Angst war in dem Moment gewichen, als ich meine Sprache wieder gefunden und widersprochen hatte. Und jetzt war ich mir auf einmal sicher, den Ausgang zu finden. Da war die schmale Pforte, und tatsächlich führte sie ins Freie. Ich befand mich in jener Gasse, in der ich schon einmal gestanden hatte. In meinem Rücken hörte ich eine Stimme: »Was machen Sie hier?« Ich drehte mich herum, da war er, der Alte, dessentwegen ich gekommen war.

»Ich muss Sie unbedingt etwas fragen«, sagte ich hastig.

Er machte keine Anstalten, mir seine Bereitwilligkeit für ein Gespräch zu signalisieren oder mich gar in die Synagoge zu bitten. Er stand vor mir, und seine buschigen Augenbrauen zogen nach oben.

»Sie sind doch der Rabbiner dieser Synagoge?«, fragte ich auf deutsch, dann auf polnisch.

Er deutete ein Nicken an.

»Ich habe gerade etwas Entsetzliches erlebt, hier drinnen …«

»Das erste, was Sie wissen müssen ist, nicht ihren Augen zu trauen«, unterbrach er mich.

Ich war verwirrt. Der Mann sprach ebenfalls deutsch und konnte in ganzen Sätzen reden, klar, wenn auch rätselhaft.

»Das Böse tritt in vielen Gestalten auf und ist kaum zu fassen.«

»Ja«, sagte ich, »und manchmal hat es auch gar keine Gestalt«.

»Auch das ist möglich«, stimmte er zu.

»Ich komme aus Stuttgart ...«

»Ich weiß«, fiel er mir schon wieder ins Wort, »Sie kommen aus Deutschland und sind auf der Suche«.

»Ich muss etwas Wichtiges herausfinden, ich muss unbedingt wissen ...«

Er nickte, als hätte er meine Frage schon vernommen, drehte sich nach rechts und links, als ob er fürchtete, dass uns jemand belauschen könnte. »Gehen wir um das Haus herum«, sagte er dann. Er wirkte leichtfüßig, während er vor mir herging, dass ich mich fragte, wie ich ihn nur beim ersten Mal hatte so alt schätzen können. Auch seine Augen wirkten diesmal nicht verschliert, und seine Stimme klang deutlich und fest.

»Wie war Ihr Name noch mal?«

»Morane, Sabina-Esther Morane.«

»Ja«, murmelte er, als würde er sich erinnern.

»Und Ihr Name?«

»Jazukowicz. Ich bin Zvi Jazukowicz. – Ich hätte nicht gedacht, dass Sie zurückkommen, aber ich habe es gehofft«.

»Ich verstehe Sie nicht.«

»Sehen Sie, wir sprechen in der gleichen Sprache und verstehen uns doch nicht.«

»Verzeihen Sie, ich bin Journalistin und nicht gewohnt, in Rätseln zu sprechen.«

»Aber Sie haben in der kurzen Zeit hier schon gemerkt, dass die Welt rätselhaft sein kann.«

Wusste er von meinen Begegnungen mit Tovosch? Das konnte nicht sein, es war unmöglich.

»Sie hören auf Tovosch«, sprach er weiter, »das ist gut so, und deshalb sind Sie ja auch hier«.

Er teilte diesen Satz wie eine bloße Information mit, als sei es völlig normal, unterrichtet zu sein.

»Wie können Sie wissen ...?«

»Ich weiß manches, und anderes weiß ich nicht. Das trennt mich von Ihrem Berufsstand, der glaubt, alles zu wissen.«

»Aber von Tovosch können Sie nicht wissen, es ist ausgeschlossen!«

»Bitte, wenn Sie meinen, dann streichen Sie meinen Satz wieder.«

Obwohl ich wie betäubt vor Verblüffung war, machte mir dieser Rabbi Laune. Ich schwieg und trottete neben ihm her.

»Und nun wollen Sie etwas von mir wissen?«

»Ja, ich bin froh, dass ich Sie angetroffen habe.«

»Sie dachten, ich sei drinnen?«

»Ja, schon.«

»Da sehen Sie, wie man sich irren kann. Drinnen sind häufig ganz andere, manchmal sogar falsche Rabbis.«

»Ich habe Tovosch gesehen, tot, mit einer Lilie im Mund.«

»Ach, glauben Sie nicht Ihren Augen.« Er hielt inne, griff sich an den Bart und sagte nachdenklich: »Aber interessant ist doch, wie man verhindern will, dass Sie zu mir gelangen«.

»Entschuldigung, aber ich verstehe wieder mal nur Kroklofwafzi.«

»Macht nichts, macht nichts, das ist ganz normal, darüber brauchen Sie sich keine Sorgen zu machen.«

»Wenn es Ihnen nichts ausmacht – ich würde doch ganz gern etwas verstehen,« sagte ich mit Nachdruck.

»Das leuchtet mir ein, es ist gewissermaßen Ihr Beruf. Alles verstehen, und alles weitergeben.« Er sah mich von der Seite spöttisch an: »In einer Form, dass andere auch alles verstehen«.

In mir rumorte es, der Mann kratzte an meinem journalistischen Ethos, ich wollte widersprechen, aber mir fiel nichts Gescheites ein, und der Haupteingang kam schon in Sicht.

»Kennen Sie den Satz ›Wie bist du vom Himmel gefallen, du schöner Morgenstern‹?«, beeilte ich mich zu fragen. »Woher stammt er?«

Herr Jazukowicz blieb abrupt stehen und sah mich ernst an: »Sie haben ihn schon kennen gelernt?«

»Wen meinen Sie?«

»Sie haben ihn schon kennen gelernt«, wiederholte er, aber diesmal als Feststellung.

Auf der Straße war niemand zu sehen, doch der Rabbi schaute sich um, als wollte er nachsehen, ob uns jemand gefolgt sei. Mir schien, als würde ich in seinen Augen ein ängstliches Aufglimmen erkennen, bevor er weitersprach: »Es handelt sich um ein Zitat aus Jesaja, und ich sage Ihnen, wie die ganze Stelle lautet«. Er beugte sich vor und seine Stimme nahm einen Flüsterton an: »Deine Pracht ist herunter zu den Toten gefahren samt dem Klang deiner Harfen. Gewürm wird dein Bett sein und Maden deine Decke. Wie bist du vom Himmel gefallen, du schöner Morgenstern«.

15
Unkeusche Gedanken

Rätselhaftes Volk, dem ich angehöre. Vierhundert Jahre unter ägyptischer Herrschaft gelebt und doch seine Andersartigkeit nie vergessen. Am Berg Sinai die zehn Gebote erhalten, damit vierzig Jahre durch die Wüste gezogen, und die Tafeln doch nicht im Sand verloren. Im babylonischen Exil nie die Hoffnung aufgegeben, zurück in einen kleinen Landstrich namens Israel zu gelangen. Das Vaterland immer mit sich herumgetragen, daran schwer geschleppt, und in der Fremde nicht aufgehört, an ihm zu arbeiten, der sechstausendseitige babylonische Talmud erzählt davon. Volk der Schrift, Volk der Traditionen, Volk der Gebote. Das sich immer um die Wahrheit gestritten hat, jede intelligente Meinung wird in einer Talmud-Schule akzeptiert – so hat es mir jedenfalls meine Mutter erzählt, die einen Rabbi zum Vater hatte.

Doch Herr Jazukowicz wollte nicht mit mir diskutieren. Nachdem er mir das ganze Zitat mitgeteilt hatte, verschwand er in der Synagoge und ließ mich stehen. Ich war verwirrt und ratlos und wusste nicht, was ich machen sollte. Mich in ein Café setzen? Nein, ich musste meine Füße in Bewegung setzen, ich musste gehen und vielleicht würde mir beim Gehen die Lösung einfallen. Ich wanderte eine Weile orientierungslos durch kleine Straßen, durchquerte einen Park, bis ich die Weichsel erblickte, die träge und wie krank vor sich hinfloss. Wäre es November jetzt, die Bäume kahl, der Himmel verhangen und alles grau, ich würde glauben, ich sei an den Totenfluss gekommen, der zum Hades führt. War es nicht das? Herunter zu den Toten gefahren! War Hades nicht ursprünglich der Gott der Unterwelt? Bezieht sich der »Morgenstern« darauf? Ich schritt am Weichselufer entlang und widersprach mir, ja fing mit mir zu streiten an. Sabina-Esther, du gleitest ab in eine heidnische, eine vorjüdische Welt. Dort gab es Götter, aber das Volk der Schrift hat den einen Gott erfunden. Schon falsch, nicht erfunden! Ihn erfahren, in die Welt gebracht und an ihn geglaubt. Aber hat dieser eine Gott nicht auch Hass in die Welt gesetzt? Schon Moses unterschied zwischen falscher und wahrer Religion, und die falschen Götter waren nichts als Tand, Ramsch und Schund. Und die an sie glaubten konnten nur zurückgebliebene und minderbemittelte arme Teufel sein. Die man bekämpfen durfte, vielleicht sogar musste. Verlangte es nicht der eine Gott, war Gewalt in seinem Namen nicht gerechtfertigt, war es nicht eine gute Gewalt?

Sabina-Esther, du verläufst dich und öffnest Zimmer, die du nicht öffnen solltest. Wie in der Synagoge betrittst du Räume, die du nicht kennst, und in denen dir Unheil droht. – Nein, Sabina-Esther, du bist ein denkendes Wesen, du hast alles Recht, in unbekannte Zimmer hineinzudenken, schließlich hat dich dein Schöpfer mit Vernunft begabt … Ich wusste nicht weiter, und meine Gedanken foppten mich, als ich schließlich am Ufer ein Schiff vor mir sah. Es war ein Restaurations-Boot, und ich erklomm ohne zu Zögern die Reling, um einen Kaffee zu trinken. Kaum überblickte ich die Tische, hob sich ein Arm und winkte mir zu. Die zugehörige Person stand auf, und ich erkannte Dreichwerd. Er machte eine einladende Geste, und obwohl ich gern noch eine Weile allein mit meinem internen Streit gewesen wäre, steuerte ich auf seinen Tisch zu.

»So sehen wir uns wieder«, begrüßte er mich, gab mir die Hand und zog mich näher. Ich entwand mich seinem Griff und setzte mich auf den Stuhl gegenüber. Er trug ein beiges Sakko, darunter ein hellblaues Hemd mit offenem Kragen, wirkte gutgelaunt, strahlte mich an und sah wieder mal hinreißend aus. Ich dagegen kam mir nach meiner Wanderung durch Kazimierz verschwitzt und abgehärmt vor.

»Ich wollte nur etwas trinken«.

»Trinken wir zusammen etwas!«

Ich bestellte ein Fläschchen Wasser und keinen Kaffee, vielleicht nur, weil ich etwas anderes als er trinken wollte.

»Diese Hitze«, stöhnte ich, »macht sie Ihnen gar nichts aus?«

»Ich finde es angenehm warm, ich liebe solche Sommer.«

Mein Wasser kam, ich goss mir ein und trank wie eine Verdurstende. Dann verschwand ich auf die Toilette, um mich zu restaurieren. Als ich zurückkam, richtete ich ohne Umschweife das Wort an ihn: »Sie sagten, dass der Name Morgenstern einmal der Name Ihrer Familie war und nannten mir ein Zitat.«

Er lächelte: »Sie sind aufmerksam und hören genau zu, und jetzt wollen Sie wissen …«

»Das weiß ich schon«, unterbrach ich ihn, »es ist ein Zitat aus der Bibel, aus dem Buch Jesaja, und ich kenne auch den ganzen Wortlaut«.

»Ausgezeichnet. Sie sind eine echte Journalistin, vielleicht sogar eine Detektivin.«

Hatte sich in seine letzten Worte Ironie gemischt? Ich war mir nicht sicher, denn er schaute mich treuherzig wie ein Dackel mit seinen braunen Augen an.

»Kennen Sie auch das ganze Zitat?«, fragte ich.

»Ach, Sie überschätzen mich. Ich würd so gerne alles wissen, ich wär so gern ein kleiner Gott der Welt, doch leider weiß ich viel zu wenig. Nein, bitte sagen Sie es mir.«

»Deine Pracht ist herunter zu den Toten gefahren samt dem Klang deiner Harfen. Gewürm wird dein Bett sein und Maden deine Decke. Wie bist du vom Himmel gefallen, du schöner Morgenstern.«

Ich hatte ihm das Zitat wie einen Köder vor die Füße geworfen und sah ihn lauernd an.

Er nippte an seinem Kaffee, und noch die Tasse in der Hand haltend, fragte er: »Sie wollen wissen, was das bedeutet, und wer gemeint ist?«

Ich nickte.

»Das ist sehr einfach. Entschuldigen Sie, dass ich das so klar sage, aber es ist das Triumphlied über den Sturz eines Weltherrschers, wahrscheinlich des Königs von Babel. Die Juden hatten viele Feinde in ihrer Geschichte, und als Jesaja das schrieb, waren sie Leibeigene in Babylonien.«

Ich rutschte ein wenig in mich zusammen. Wie schnell er das erklärte, und das Schlimme war, dass es sich gar nicht verkehrt anhörte. Ganz im Gegenteil, das war eine ziemlich vernünftige Deutung.

»Ich wusste, dass Sie mir dies Zitat interpretieren können«, erwiderte ich und versuchte, nicht allzu kleinlaut zu wirken, »Sie sind nicht nur gebildet, Sie sind sogar bibelfest«.

»Oh, soweit würde ich nicht gehen. Ich habe mich zwar mit Theologie beschäftigt – und verstehe doch etwas von der Bibel.«

Er lachte, und ich lachte mit. Einem guten Scherz muss man seinen Tribut zollen, und schon wieder gefiel mir dieser Bursche. Sein Lachen war gewinnend, alle Bedenken, alle Zweifel fielen von mir ab, wir saßen bei herrlichem Sonnenschein auf einem Boot an der Weichsel, ein Dach beschirmte uns, und es gab nur eingebildete Probleme und Visionen der Nacht. Hinzu kam, dass drei Musikanten aufs Deck gekommen waren und mit Gitarre, Banjo und Saxophon eine flotte Melodie anstimmten.

»Kommen Sie!«, forderte er mich auf, »Sie tanzen doch?«

Er nickte mir zu, erhob sich, und schon strebten wir zur Tanzfläche. Er nahm mich in die Arme, und wir bewegten uns, als würden wir schon immer miteinander tanzen. Obwohl ich den Rhythmus vorgeben wollte, spürte ich, wie ich mich seinem anpasste. Seine Schritte waren leicht und spielerisch, wir wirbelten wie Federn über den Boden, und Außenstehende hätten auf den Gedanken kommen können, dass wir uns auf ein Turnier vorbereiteten. Andere Paare folgten uns auf die Tanzfläche, so dass es bald zu eng wurde und unser Wirbeln ein Ende hatte. Als wir wieder am Tisch saßen, sagte ich: »Jetzt habe ich Lust auf einen Eiskaffee«, und Dreichwerd winkte die Kellnerin herbei.

»Wir sollten nicht darben«, erklärte er mit gespielt ernster Miene, »und uns ein Stück Kuchen gönnen«. Ich stimmte amüsiert zu, und schon bald saßen wir wie ein heimliches Liebespaar auf dem Bootsdeck und delektierten uns an Käsekuchen und kaltem dünnen Kaffee. Wir plauderten ohne jede Anstrengung, die Unterhaltung floss so heiter und leicht dahin, dass der Strom, an dem wir saßen, sich ein Beispiel daran hätte nehmen können, und ich mich bei dem Gedanken ertappte, dass es womöglich ein Fehler war, ihn in der letzten Nacht in den Regen hinaus geschickt zu haben. Unkeusche Gedanken! ermahnte ich mich, schäm dich. – Aber sind es nicht die lustvollsten? Spinnt man sie aus, ist man schon im Paradies. – Was für kindische Vorstellungen hast du vom Paradies, Sabina-Esther. – Aber heißt es nicht bei den Chassidim »Wo nur Trübsal herrscht, zieht Gott aus«? Und schließlich sind die Ostjuden auch meine Vorfahren.

»Bitte?«, fragte ich, weil ich die letzte Bemerkung Dreichwerds nicht mitbekommen hatte.

»Es ist nichts«, antwortete er, »ich habe mich nur über das kleine Mädchen gewundert. Es schaut öfter herüber. Dort am Ufer«.

Mein Blick folgte ihm, und ich erkannte sie sofort. Es war Tovosch. Sie spielte auf dem Rasen mit einem Ball. Mein Herz begann vor Freude zu hüpfen, sie war nicht tot, ich wusste es ja.

»Sie meinen die Kleine dort?«, fragte ich und versuchte, mir nichts anmerken zu lassen.

»Aber ja doch. Oder meinen Sie, ich sollte mir eine Brille zulegen?«

»Warum nicht«, erwiderte ich frech, »das würde Sie noch scharfsichtiger machen«.

Er lachte über meine Antwort, während ich das Gefühl hatte, ihn ablenken zu müssen. Wir plauderten weiter, unterhielten uns über den Wawel und die polnischen Könige, und meine

Gefühle waren sehr zwiespältig. Einerseits wollte ich zu ihr, andererseits hoffte ich, dass sie verschwände, damit ich mit Dreichwerd weiter ungestört zusammen sein konnte. Doch diesen Gefallen tat sie mir nicht. Hin und wieder warf ich einen verstohlenen Blick zu ihr, und es kam mir so vor, als würde auch sie mich suchen, während ich munter mit Dreichwerd parlierte. Schließlich beschlossen wir, das Boot zu verlassen. Als ich am Ufer stand, schickte mir Tovosch einen vorwurfsvollen Blick, und ich konnte nicht anders, als zu ihr zu gehen.

»Was machst du denn hier?«, fragte ich.

»Ich warte auf dich.« Leise fügte sie an: »Du bist schon wieder mit ihm zusammen«.

Dreichwerd kam näher: »Sie kennen das Mädchen?«

Ich nickte schwach. Er ging einen Schritt auf sie zu, als wolle er sie etwas fragen. Sie wich zurück. Er stand jetzt mit dem Rücken zu mir, und ich konnte sehen, wie Tovoschs Gesicht einen furchtsamen Ausdruck annahm. Sie drehte sich abrupt um und war im Begriff, davonzuspringen.

»Nein!«, rief ich, »nein«.

Jetzt drehte sich Dreichwerd zu mir und schaute mich fragend an.

»Es geht nicht«, sagte ich, »sie, sie ist … meine Reiseführerin, führt mich durch Krakau, ich muss …«. Ich eilte ihr hinterher, und im Fortgehen teilte ich Dreichwerd mit: »Wir sehen uns wieder«.

»Ich hoffe es, ich hoffe es sehr«, murmelte er.

Als ich Tovosch eingeholt hatte, sagte sie: »Das hast du gut gemacht«.

»Aber du nicht«, erwiderte ich, »wir waren mitten im Gespräch, in einer angenehmen Plauderei, warum störst du da?«

»Ich dachte, du willst mehr über deine Familie wissen.«

»Ja, schon, aber doch nicht zu jeder Tag- und Nachtzeit.«

»Bist du verliebt?«

»Was ist denn das für eine Frage?«

»Verliebtsein ist Egoismus zu zweit – das hat mir Papusch beigebracht.«

»Du siehst ja, wie egoistisch ich bin. Ich bin dir gefolgt.«

»Glaub bloß nicht, dass ich alles glaube, was man mir sagt, selbst wenn es von Papusch kommt«, erwiderte sie, »ich habe nämlich auch über dieses Thema nachgedacht, und wenn ich dich so sehe, würde ich sagen, Verliebtsein ist der Sieg der Einbildung über den Verstand.«

»Und ich würde sagen, du bist ganz schön frech. Außerdem wusste ich gar nicht, dass du eine Philosophin bist. Was willst du mir denn damit sagen?«

»Dass er nicht gut für dich ist.«

»Aber du kennst ihn doch gar nicht«.

Sie hielt inne und drehte sich um. Aber wir waren schon um mehrere Ecken gegangen, und die Straße hinter uns war leer.

»Was guckst du so?«

»Ich kenne ihn nicht, und ich kenne ihn doch«, sagte sie, »ich muss Tomasz nach ihm fragen.«

»Ah, dein Freund, den ich nicht kennen lernen darf.«

»Du musst nicht jeden kennen lernen«, erwiderte sie verärgert.

»Vielleicht gibt es ihn gar nicht. Vielleicht ist er eine Gestalt deiner Phantasie. Wie du für mich.«

»Ich bin keine Gestalt deiner Phantasie!«, stieß sie heftig hervor. »Das glaubst nur du. Weil du zu wenig davon hast.«

»Ich hab zu wenig Phantasie?«, fragte ich empört.

»Na, weißt du vielleicht, wer dem Gras das grüne Haar bürstet? Oder die Flöhe aus des Teppichs Fell pickt?«

»Ach, was sind das für dumme Fragen!«

»Du kannst noch nicht einmal die drei Foscari.«

»Ich kann nicht die drei Foscari? Lächerlich.«

Ich blieb stehen, wedelte mit den Armen durch die Luft und verbeugte mich. Sie fing an zu lachen, ja, sie lachte so unbändig, dass sie sich den Bauch wie eine Alte hielt.

»Ich wusste es«, sagte sie schließlich, »du kannst es nicht. Bei dir sieht es aus, als wollte eine Schildkröte Ballett tanzen«.

Jetzt musste ich auch lachen, wir lachten beide, und schließlich sagte ich: »Auf jeden Fall kann ich mich nicht erinnern, mit meiner Mutter jemals so viel Spaß gehabt zu haben wie mit dir.«

»Keinen Spaß?«, fragte sie.

Ich schüttelte den Kopf.

»Seltsam, wirklich seltsam«, murmelte sie, »irgendetwas muss passiert sein.«

Wir standen in einer schmalen Straße, und ihr fiel etwas ein: »Das ist die Poselska und dort das Haus, wo Madame Ivtschenkova wohnt. Hier sind sie entlanggefahren, weißt du?«

»Wer ist hier entlanggefahren?«

»Na, Dr. Kozlowski, als er Papusch zu seiner Einladung mitgenommen hat.«

Sie deutete auf den unteren Teil der Gasse, im selben Moment graute der Tag ein, und eine geschlossene Kutsche tauchte auf …

16
Gefühle sind wie Sümpfe

»Die Zeit«, äußerte Leibisch gerade, »ist doch das seltsamste Phänomen überhaupt …«, als die Kutsche über ein Schlagloch holperte, und die beiden Insassen schmerzhaft die Verlängerung ihres Rückrats zu spüren bekamen.

»Dieser Kutscher muss blind sein«, knurrte Kozlowski, »oder ein Sadist«. Er setzte sich wieder aufrecht hin und wandte sich seinem Freund zu: »Und du hast nichts Besseres zu tun, als mir zu dieser Rumpelfahrt eine Vorlesung über die Zeit zu halten«.

»Der Weg ist so lang …«

»Wenn es nach mir ginge, hätte ich ihn kürzer gemacht.«

»Ich wollte nur sagen, wie merkwürdig alles ist. Obwohl wir wissen, dass die Zeit alles vernichtet, und wir eines Tages in einer solchen Kutsche unseren letzten Ausflug antreten …«

»Der Nachteil wird dann der geschlossene Sargdeckel sein«, fiel Kozlowski ein.

»Ja, in gewisser Weise hast du Recht, das ist ein Nachteil … aber obwohl wir das wissen …«

»Warum«, unterbrach ihn sein Freund, »sollen wir uns eigentlich schon jetzt mit unserem letzten Ausflug beschäftigen? Und ist der geschlossene Sargdeckel überhaupt ein Nachteil?«

»Für Zyniker wie dich natürlich nicht. Aber unsereins würde gern noch einen Blick auf diese Welt werfen …«

»Wirf jetzt einen Blick, jetzt hast du Zeit.«

»Aber davon spreche ich ja gerade. Die Zeit ist es, die alles umbringt. Marek, hast du noch nie darüber nachgedacht? Die Zeit ist eine Mörderin, eine grausame und schleichende Krankheit …«

Kozlowski fiel ihm ins Wort: »Hör mal, es gibt Menschen, die werden schon tot geboren und erholen sich ihr ganzes

Leben lang nicht davon. Fang an zu leben und hör auf nachzudenken. Was willst du mir überhaupt sagen?«

Leibisch fuhr unverdrossen fort: »… eine Krankheit ist die Zeit, der niemand entkommt, gegen die es keine Medizin gibt. Das will ich sagen. Und doch gibt es die Liebe, verstehst du, die Liebe, die gegen diese Erkenntnis immun ist.«

»Verstehe«, brummte Kozlowski, »wer sich nicht verliebt, stirbt früher. Meinst du das?«

»Na ja, so ungefähr schon. Mir ist es ein Rätsel, dass man sich aufs Heftigste verlieben kann, obwohl man doch weiß, dass man als Leichnam endet …«

»Herr Rabbiner in spe, darf ich mal unterbrechen! Wovon ist hier die Rede? Sprichst du von der großen Liebe?«

»Ja, ich bin … ich hätte nie gedacht …« Leibisch stockte. Vor seinem geistigen Auge erschien Hetwa, wie sie aus ihrem Fenster schaute, mit einem so sehnsuchtsvollen Blick auf den Baum hinaus, auf dem er wie ein Affe gesessen hatte.

»Ha!«, rief Kozlowski theatralisch aus, »da kommt man plötzlich ins Grübeln. Was glaubst du wohl, warum ich Junggeselle bin?«

»Du bist Junggeselle«, antwortete Leibisch wie in Trance, »weil du dich … immer neu verlieben kannst … Darin steckt eine gewisse Weisheit.«

Kozlowski stieß sein pfeifendes Lachen hervor: »Erraten! Ich bin ein weiser Mann. Verlieb mich immer neu. Herrlich!«

Er räusperte sich, als müsse er Anlauf zu einem Resümee nehmen: »Als Junggeselle zu leben, das ist nichts anderes als eine lebensverlängernde Maßnahme. Und eine besondere Finte, dem Tod eine Nase zu drehen.«

»Wie bitte?«

»Ich nenne es Todvertreib. In meinem Fall ist es Todvertreib de luxe. Aber alles, was wir machen, ist Todvertreib.«

»Todvertreib?«

»Wir sterben, und es gibt uns nicht mehr. Es ist unser mickriges Schicksal in diesem Leben. Aber wir können den Gedanken nicht ertragen. Deshalb spielen wir Todvertreib.«

»Diese Vorstellung ist mir fremd«, erwiderte Leibisch langsam.

»Ist sie dir gar nicht. Weshalb verliebst du dich wohl? Woher kommt diese Sehnsucht nach Liebe? Eine Leidenschaft ist es, vielleicht sogar eine Sucht.«

Leibisch blieb stumm, schließlich fragte er: »Was verstehst du eigentlich unter Liebe?«

»Auf diese Frage habe ich gewartet! Die größten Philosophen haben sich auf der Suche nach Antwort in Irrgärten verlaufen – aber die größten Dummköpfe können doch Liebe empfinden! Ich glaube, dass die Liebe etwas sehr Einfaches ist. Eine Krankheit, bei der man sich selbst vergisst! Und dabei ist sie von allen Krankheiten noch die gesündeste. Und außerdem die schönste Form von Todvertreib …«

»Schon wieder Todvertreib. Ich spreche von wahrer Liebe.«

»Ich auch, mein Freund. Was nennt man nicht alles Liebe? Die Mutterliebe und die Nächstenliebe zählen dazu, die Vaterlandsliebe und die Kindesliebe, die Liebe zu einem Dichter wie Sinkiewicz – und nicht zu vergessen die Gottesliebe. Aber ehrlich gesagt, mir genügt die Liebe zu einer Frau.«

Vielleicht hat er Recht, dachte Leibisch, sie sollte einem genügen, denn weiß ich denn wirklich, ob die Nächsten oder das Vaterland meine Liebe erwidern, und Gott, hat der nicht Wichtigeres zu tun?

»Was ist in deinen Augen besser?«, fragte er seinen Freund, »dass du geliebt wirst oder dass du liebst?«

»Wäre ich ein Egoist, würde ich sagen: nur meine Liebe zählt. Aber aus Erfahrung weiß ich, dass eine Liebe ohne Gegenliebe fast immer tragisch endet …«

»Also du meinst, man kann glücklich sein, wenn man das Gefühl hat, zurückgeliebt zu werden?«

»Na, auf jeden Fall. Es erspart dir trübe Stunden.«

Leibisch richtete sich auf: »Aber ich bin trotzdem der Meinung, dass meine eigene Liebe wichtiger ist, wertvoller gewissermaßen.«

»Überschätzt du dich nicht ein bisschen?«

»Ich meine es anders als du denkst … ist es nicht so, dass erst die eigene Liebe einen zu Taten treibt, die man vorher für undenkbar hielt. Man lernt sich neu kennen. Man merkt überhaupt erst, wer man ist. Man lebt anders … viel intensiver.«

Kozlowski zog die Stirn in Falten und sah Leibisch wie einen Patienten an, der starke Schmerzen hat und dem er dringend einen Zahn ziehen muss. Schließlich antwortete er: »Na ja, ganz unrecht hast du nicht – aber das setzt eine Liebe auf der Intensitätsskala Zehn voraus«.

»Gibt es denn auch Liebe mit einer Eins auf der Skala?«

»Es gibt alles, die meisten Lieben fangen bei Zehn an und enden bei Drei oder Zwei, manchmal auch bei Eins. So gut wie unbekannt sind solche, die bei Eins anfangen und bei Zehn enden. Die meisten dümpeln irgendwo zwischendrin.«

Er machte eine kleine Pause, dann prustete er los: »Die Lieben unter Fünf nenne ich die Vegetarier-Lieben.«

Vor Leibischs innerem Auge tauchte Hetwa auf, bei ihr musste er auf der Intensitätsskala auf Zehn, wahrscheinlich aber auf Zwölf oder Dreizehn sein. Und bei Renia, wo war er da gewesen? Auf Sieben oder vielleicht nur Sechs, irgendwo in der Mitte herumgedümpelt? Aber er hatte es überhaupt nur gemerkt, weil er Hetwa kennenlernte, vorher war er doch auch mit Renia glücklich … oder handelte es sich um Einbildung – doch dann war es eine wunderbare Einbildung gewesen, denn diese Liebe schien ihm auch einmalig.

»Ich glaube«, murmelte er, »ich kenne mich nicht mehr mit mir aus«.

»Mir bekannt«, stimmte Kozlowski zu und strich sich mit dem Finger über die eine Hälfte seines schmalen Oberlippenbarts, »Gefühle sind wie Sümpfe, ein falscher Schritt, und plötzlich versinkst du bis zur Halskrause. Um wen handelt es sich eigentlich? Um Hetwa?«

Leibisch nickte schwach: »Ich dachte, ich hätte sie verloren, aber kurz bevor ich dich aufsuchte, hatte ich ein Erlebnis, das mich wieder hoffen lässt … ach, verkehrt, ganz falsch gesagt … Ich lebe wieder! Ich seh die Farben neu, die Welt ist voller Düfte, und ich hör die Schmetterlinge singen.«

»Ausgezeichnet«, diagnostizierte Kosloswki, »so soll es sein, Intensitätsstufe Zehn. Was ist überhaupt dein Problem?«

»Na ja, ich weiß nicht … also, mir ist nicht klar, wie ich ihr …«

»Die Liebe gestehen? Erklären, dass sie die Einzige ist?«

Wieder ließ Kozlowski sein pfeifendes Lachen ertönen: »Haha, das ist das Problem, an dem unsereins immer scheitert.«

»Immer scheitert?«, fragte Leibisch ängstlich.

Der Zahnarzt warf einen prüfenden Blick auf seinen Freund: »Na ja, nicht immer, im Grunde nur manchmal.«

Man hörte ein lautes »Brrrr« von draußen, die Kutsche hielt an, und Dr. Kozlowski stieß die Wagentür auf. »Komm!« knuffte er seinen Freund in die Seite, »vielleicht findest du gleich die Antwort auf dein Problem«.

Kozlowski stieg eine breite Treppe hinauf, Leibisch ihm hinterher.

»Sag endlich, wo wir hier sind, Marek. Wohin verschleppst du mich?«

»Gleich sind wir da«, antwortete der Zahnarzt, »das letzte Mal war es apokalyptisch, ja gruselig, vier Reiter hat Szylecki gesehen und einen Mann mit quadratischem Oberlippenbart, und aus Schornsteinen ist Rauch aufgestiegen, schwarzer Rauch …«

In dem Augenblick verlöschte das Licht im Treppenhaus, plötzlich herrschte finsterste Dunkelheit. Leibisch klammerte sich ans Geländer und suchte vorsichtig mit dem Fuß die nächste Stufe. »Immer weiter«, hörte er Mareks Stimme über sich, »keine Angst, das ist nicht der Eingang zur Hölle«. Man hörte ein leises

Lachen: »Aber vielleicht der Eingang zu einer anderen Welt«. Leibisch war stehen geblieben, während sich der Zahnarzt entfernte, und die Holzstufen unter seinen Tritten ächzten. Was mache ich hier, fragte Leibisch sich, krauche in einem fremden Haus hinauf zu Menschen, die ich nicht kenne. Vielleicht erwartet mich eine dieser qualvollen Stehgesellschaften mit Leuten, die sich nichts zu sagen haben und das auch ausgiebig tun. Vielleicht lande ich bei einer spiritistischen Gruppe, die Marek so liebt, und treffe auf einen Erleuchteten, der mit dem Jenseits auf gutem Fuß steht und mir klarmacht, dass ich im vorigen Leben ein Massenmörder war. Wäre es nicht besser, wenn ich mich still entferne und wieder nach unten steige? Aber ich trete vielleicht ins Leere und falle sonst wohin. Vielleicht liege ich auch längst schon in meinem Bett und träume das bloß, am Ende habe ich alles heute Abend geträumt …

Ein Stockwerk über ihm ging das Licht plötzlich wieder an, und er hörte ein dezentes Klingeln. Kurz darauf öffnete sich eine Tür, und Kozlowski wurde mit leisen Worten begrüßt. Der antwortete in normaler Lautstärke, bis er sich offenbar umgedreht hatte und seinen Begleiter vermisste. Er machte zwei Schritte, beugte sich übers Geländer und sah seinen Freund wie angewurzelt dastehen. Der Zahnarzt machte eine auffordernde Handbewegung, und Leibisch setzte sich widerwillig in Bewegung. An der Tür stellte Kozlowski ihn der Dame des Hauses vor. Sie hieß Natalia Ivtschenkova, war von mittlerer Größe, schlank und um die vierzig, ihr Gesicht wirkte wie ausgebleicht, und die dunklen Augen darin stachen hervor. Sie trug ihr schwarzes Haar straff zurückgespannt in einem Knoten und sprach mit russischem Akzent. Sie begrüßte Leibisch mit reservierter Freundlichkeit und führte die beiden Neuankömmlinge durch einen Flur, wo sie an einer altmodischen Standuhr mit langem Perpendikel vorbeikamen, die, kaum ihrer ansichtig, zu schnarren und schließlich zu schlagen begann. Mitten hinein in die ersten Schläge teilte Natalia leise mit: »Alle sind schon da.

Wir wollten gerade anfangen«. Kozlowski legte ihr vertraulich die Hand auf die Hüfte, die sie sofort abstreifte. Leibisch versuchte derweil, die Schläge der Uhr mitzuzählen … acht, neun, zehn … Sie standen längst in einem anderen Raum, als die Uhr es leid war, weiter auf die verflossene Zeit hinzuweisen und abrupt Schluss machte. Leibischs Blick fiel auf einen runden Tisch, an dem sechs Personen saßen, vier Frauen und zwei Männer. Auf dem Tisch stand ein Leuchter mit einer Kerze, sonst war es in dem Zimmer dunkel.

»Herr Szylecki hat schon begonnen«, erklärte Natalia flüsternd, doch ihr Flüstern war überflüssig, denn ein Endvierziger mit Stirnglatze stand auf, begrüßte die Ankömmlinge in normaler Lautstärke, ergriff mit großer Geste Kozlowskis Hand und schaute neugierig auf den Unbekannten. Leibisch sah auch ihn verwundert an, denn dieser kleine Mann, offenbar Szylecki, trug ein Gewand aus weißem Leinen vom Hals bis zu den Knöcheln. Kozlowski stellte Leibisch den Weißgekleideten vor: »Artur Szylecki, ein hochbegabtes Medium«. Und dem Spiritisten erklärte er: »Ich habe einen Freund mitgebracht, Leibisch Friedman, er hat ein besonderes Interesse an metaphysischen Dingen«.

»Hochinteressant«, bemerkte Szylecki und wandte sich Leibisch zu: »Sie sind jüdischer Konfession? Und beschäftigen sich mit der Kabbala? Wir treiben hier etwas Außergewöhnliches, und ich sehe Ihnen an, dass Sie das Bedürfnis haben mitzutun. Willkommen!«

»Sind die Geister schon erschienen, Artur?«, fragte Kozlowski unvermittelt das hochbegabte Medium, »haben wir was verpasst?«

Der Angesprochene ließ ein nervöses kleines Lachen hören, und fasste mit der rechten Hand an seine Stirnglatze, als müsse er sich besinnen: »Die Dinge sind nicht tot. Das glauben nur die naiven Menschen. Jeder Gegenstand hat sein geheimes Leben«. Er machte eine kunstvolle Pause, als habe er schon zuviel verraten, doch statt weiterzureden, ging er zurück zu seinem Platz am Tisch und setzte sich.

Leibisch hatte noch kein Wort gesagt, was anscheinend auch überflüssig war, Szylecki legte sichtbar mehr Wert darauf, selbst zu reden, und außerdem hatte er sofort herausgehört, dass Leibisch Jude war. Kozlowski, der sich in dem Zimmer offenbar gut auskannte, schaffte zwei Stühle aus dem Hintergrund herbei und stellte sie an den runden Tisch. Jetzt, wo sich seine Augen an die Dunkelheit gewöhnt hatten, erkannte Leibisch weiter hinten ein Klavier und eine Couch, wie der Raum überhaupt den Eindruck wohlhabender Bürgerlichkeit ausstrahlte. Sein Freund winkte ihm, sich neben ihn zu setzen.

»Jeder Gegenstand hat ein inneres Leben«, wiederholte Szylecki, »wenn ich ihn berühre, strahlt er eine ganze Geschichte für mich aus«.

»Das nennt man doch …«, sagte eine junge Frau mit Lockenkopf.

»Telepathie«, ergänzte Szylecki, »ja, Sie haben ganz recht, Daria«.

Eine andere Frau bemerkte ergriffen: »Das Fluidum ist es, was Sie spüren, nicht wahr?«

Artur Szylecki nickte geschmeichelt: »Neulich war ich in einer Gesellschaft zum Diner eingeladen, und wie ich das Bratenmesser ergreife, durchzuckt es mich …« Er machte eine Pause, sah mit einer gewissen Genugtuung in die gespannten Gesichter um sich herum und fuhr fort: »Blitzartig weiß ich, dass mit diesem Messer eine Untat begangen worden ist«.

»Nein!«, rief die Lockenköpfige aus.

»Was denn genau?«, beugte sich Natalia vor.

»Es war ein Mord.«

»Unglaublich«, flüsterte eine andere Tischdame.

»Worauf sich die Frage erhebt, wann dieser Mord geschehen ist«, ließ sich Kozlowski hören. »Nicht, dass ich auch nur den geringsten Zweifel hege, mein lieber Artur, aber wenn das Verbrechen vor kurzem erst passiert ist, wärst du ja ein idealer Kommissar«.

»Bitte!«, mahnte die Lockenköpfige streng, »inkommodieren Sie Herrn Szylecki doch nicht mit solchen Fragen«.

Der Angesprochene legte die Stirn in Falten: »Lassen Sie nur, Daria. Eine berechtigte Frage von Marek. Doch das Verbrechen ist vor langer Zeit geschehen, vor unserer Lebenszeit, leider haben wir keinen Einfluss mehr auf den Täter«.

»Schade«, murmelte Kozlowski.

Leibisch verfolgte das Gespräch mit steigendem Interesse. Einerseits spürte er seine Neugier, ja er merkte, wie begierig er jedes Wort des Kuttenträgers aufschlürfte, andererseits fühlte er sich von Szyleckis eitler Bedürftigkeit abgestoßen. Dieser Mann wollte hofiert werden, er brauchte Publikum, sehnte sich nach Anhängerschaft – aber bedeutete das, dass er ein Lügner war?

»Wir wollen uns jetzt an den Händen fassen und jeden störenden Gedanken verbannen«, ließ sich Szylecki hören. »Es ist unbedingt notwendig, dass ein Kreis entsteht, er dient zu unserem eigenen Schutz.«

Zwei Frauen in der Runde stöhnten leise auf, eine fragte: »Es wird doch nichts Unvorhergesehenes passieren?«

»Man weiß nie genau, was geschehen wird, meine Liebe«, entgegnete der Spiritist, »die Anrufung eines Verstorbenen grenzt an eine Beschwörung und ist immer mit Unwägbarkeiten verbunden. Der Kreis muss unzerstörbar sein. Ergreifen Sie jetzt ihre Hände.«

Leibisch spürte, wie Kozlowski seine Hand zu sich zog und mit seiner umschloss. Sie war so trocken, als hätte er sie zuvor in Kreide getunkt. Links tastete die Hand der Gastgeberin Natalia zu ihm, sie war feucht, und ihre Fingerspitzen rieben sich nervös aneinander, selbst jetzt noch, wo ihre Hände ineinander lagen, so dass in ihm der Gedanke aufkam, sie wolle ihm kleine frivole Botschaften senden.

Was mache ich hier, ging es ihm im nächsten Moment durch den Kopf. Reibe mir die Finger mit einer Wildfremden und warte darauf, Stimmen aus dem Jenseits zu hören. Darf man überhaupt mit den Geistern der Toten sprechen? Im fünften Buch Mose heißt es doch, wer so etwas tut, ist dem Herrn ein Gräuel. Orakelleser und Hellseher vertreibt er wie eine Plage. Andererseits wird ein Leben nach dem Tod nicht in Frage gestellt, beten wir nicht am Schabbat »Gepriesen seist du, Ewiger, der die Toten belebt«. Also existiert eine andere Welt. Doch was kann man schon über sie sagen? Einzelheiten sind unbekannt, deshalb ist es töricht, in solchen Gebieten herumzutappen, von denen man nichts weiß. Man kann höchstens einen Verstorbenen aufschrecken, vielleicht sogar eine Panik bei ihm auslösen, wer weiß denn, was er gerade treibt, vielleicht sitzt er sinnend über seinen verflossenen Untaten und will zurück, will eine Schuld einlösen, und man wird ihn nicht mehr los. Es ist nicht recht, dass ich hier sitze und mir die Finger reiben lasse, denn diese Leute wollen nicht anerkennen, dass das hiesige Leben eine Grenze hat, die eine unübersteigbare Mauer ist. Sie verweigern dem Tod sein Recht, sie verfolgen den Verstorbenen übers Grab hinaus, und ihm fiel das Wort seines Zahnarzt-Freundes ein, Todvertreib, ja das war es, hier spielte man wahrhaftig Todvertreib.

»Wenn Sie so weit sind«, sagte Szylecki mit gedämpfter Stimme, »kann ich anfangen«. Alle Köpfe am Tisch nickten zum Zeichen des Einverständnisses. Der Hellseher schaute zu Natalia: »Und Sie konzentrieren sich auf Ihre Frage«. Die Angesprochene nickte ebenfalls.

»Gut«, erklärte das Medium, »wir wollen den verstorbenen Onkel Natalias herbeirufen. Vollkommene Stille bitte«. Er senkte den Kopf und alle anderen Köpfe taten das gleiche. Nur Leibisch schaute sich die um ihn Sitzenden an. Wie seltsam, dachte er, sie machen ihn nach, sie tun genau das, was er von ihnen erwartet, sie sind Gläubige, ohne es zu wissen. Und beruht ihr Glaube nicht gerade in der Unverständlichkeit dessen, was er tut. Aber besteht darin nicht auch der wahre Glaube? Tritt der gläubige Mensch nicht immer aus sich heraus, versucht er nicht, ein anderer zu werden? Wir verstehen nicht und glauben doch. Gott ist der Unsichtbare, der Unbekannte, und wir haben uns doch dazu entschlossen, seine Existenz anzuerkennen. Und doch … und doch, immer wieder dieses und doch! Wenn Er doch außerhalb unserer Erkenntnis liegt, wie können wir je hoffen, Ihn kennen zu lernen? So sehr wir auch unsere Augen schärfen, wir starren doch nur in eine undurchdringliche Dunkelheit.

Es war vollkommen still in der kleinen Runde, und in diese Stille hinein murmelte Szylecki etwas Unverständliches, er wurde lauter, sprach russisch, dann polnisch, nannte einen Namen und wiederholte ihn, »Boris Ivtschenkov, ich beschwöre dich, verlasse Manas, gehe über in Budios, werde, was du bist!« Die letzten Worte hatte er mit starker Intensität gesprochen. Und da, plötzlich ein dumpfes Rumoren, eine der Tischdamen schrie auf, die Standuhr draußen im Gang erwachte zum Leben und schlug mit einer Lautstärke, als wollte sie ihr Gehäuse zertrümmern. Einmal, zweimal, dreimal … bei sieben machte sie Schluss. Totenstille. Szylecki murmelte: »Ich fühle dich … komm näher. Wir erwarten dich schon«. Die Finger Natalias verkrallten sich in der Hand Leibischs, dass es wehtat. Er warf einen Blick zu ihr, sie hatte die Augen geschlossen. Und jetzt spürte Leibisch, wie ein kalter Hauch ihn erreichte, der ihn frösteln und die Kerze auf dem Tisch flackern ließ. Plötzlich erlöschte sie. Dunkelheit umhüllte die kleine Gesellschaft. Ein Schrei, Natalias Hand verkrampfte sich, Szylecki flüsterte mit gepresster Stimme: »Bleiben Sie ruhig, es ist nur ein Streich …« Mitten im Wort brach er ab, man hörte einen Knall, als hätte jemand eine Pistole abgedrückt. Rechts gab Kozlowski Leibischs Hand frei, links riss sich Natalia von ihm los und rief: »Licht, Licht«. Ein Stuhl fiel um, man hörte das Ratschen eines

Streichholzes und das Aufprasseln der Flamme, so laut, als hätte jemand ein Scheit Holz in Brand gesteckt. Die Gesichter am Tisch erschienen wieder, als würden sie ins Licht gezogen. Mit ruhiger Hand hielt Kozlowski das Streichholz an den Docht der Kerze und zündete sie an. In deren flackerndem Schein sah man den Spiritisten am Boden liegen, neben seinem umgefallenen Stuhl.

»Ist er tot?«, rief Daria.

Dr. Kozlowski kniete sich neben Szylecki und gab eine kurze Anweisung: »Riechsalz bitte, Natalia«.

Die Angesprochene verschwand sofort, während sich der Zahnarzt zu Szylecki hinunterbeugte und sein Ohr an dessen Nase führte, dann legte er zwei Finger an seine Halsschlagader. Natalia kam mit einer kleinen Phiole zurück und reichte sie Kozlowski. Der hielt sie dem am Boden Liegenden unter die Nase und erklärte: »Er wird gleich wieder zu sich kommen«. Tatsächlich dauerte es keine Minute, und Szylecki schlug die Augen auf. Er sah die Umstehenden wie Fremde an, schließlich schien er zu begreifen, dass er nach wie vor in der bekannten Welt weilte. Ein Lächeln zeichnete sich auf seinem Mund ab.

»Was ist passiert?«, fragte eine Tischdame nervös.

»Sehen Sie nicht, dass er erst zu sich kommen muss«, wies Daria sie zurecht. Dr. Kozlowski half dem wackelig wirkenden Spiritisten vom Boden auf. Als Szylecki auf seinem Stuhl saß, reichte ihm Natalia ein Glas Wasser. Er nahm einen Schluck, stellte das Glas bedächtig ab und schaute in die Runde. Auch die anderen hatten sich wieder an den Tisch gesetzt.

Großartig, dachte Leibisch, der den Ablauf stumm verfolgt hatte, großartig macht er das, ein Staatsschauspieler könnte die Szene nicht besser spielen. So voller Spannung und Selbstbeherrschung.

»Man weiß nie«, hob Szylecki mit ruhiger Stimme an, »was passieren wird, ich sagte es bereits. Haben Sie auch die Kälte gespürt?«

Alle Köpfe am Tisch nickten, auch der von Leibisch.

»Ich habe den Hauch der Unendlichkeit gefühlt«, fuhr das Medium fort, »Natalias Onkel war da, hier in diesem Raum. Ich habe seine Anwesenheit gefühlt.«

Er sprach absolut sicher, und seine Worte wirkten wahr. Kozlowski schob ein: »Einen kalten Zug hab ich gespürt, aber wo war der Onkel?«

»Es ist die eigene Aura«, sprach Szylecki weiter, »die uns die Anwesenheit der Geisterwelt spüren lässt, je feinstofflicher sie ist, desto mehr bemerken wir«.

Natalia räusperte sich, dann fragte sie vorsichtig: »Und … hat er gesprochen?«

Szylecki richtete den Blick auf sie: »Das war nicht nötig. Seine Gedanken sind direkt in mich eingeflossen«.

»Dürfen wir nicht wenigstens eine Ahnung bekommen von dieser ungewöhnlichen Begegnung?« fragte Daria, doch der Weißgekleidete schüttelte den Kopf: »Ich bin nur befugt, Natalia persönlich zu sagen, was mir mitgeteilt wurde«. Er hielt inne und schaute in die Runde: »Nur soviel darf ich Ihnen allen sagen: Wer den Tod geschmeckt hat, dem ist das Leben unansehnlich geworden.« Er nahm einen weiteren Schluck aus dem Wasserglas und hielt sich am Tisch fest, während er sich erhob.

»Ich bitte um Verständnis. Wir müssen für heute Schluss machen. Meine Kräfte sind am Ende.«

Natalia stand ebenfalls auf. Die anderen Teilnehmer wirkten zwar etwas unbefriedigt, scharrten aber höflicherweise mit den Füßen, um kundzutun, dass sie Anstalten zum Gehen machten. Leibisch schaute Kozlowski an, der seine Augenbrauen hochzog, sich das Bärtchen strich und seinen Stuhl nach hinten drückte. Die Seance war offenbar beendet.

Als die beiden Freunde draußen auf der Straße standen, ging ein leichter Nieselregen nieder, den sie nicht wahrzunehmen schienen. Sie schlenderten gedankenverloren die von gelben Laternen beleuchtete Poselska hinunter und sagten kein Wort.

Plötzlich aber blieb Kozlowski stehen und legte die Hand auf den Arm seines Freundes: »Dein Problem, dein Problem!« Leibisch schüttelte den Kopf: »Ich hab doch gar keins«. Sie gingen schweigend weiter bis zur nächsten Kreuzung, die jetzt so leer und trostlos wirkte, als wären sie nicht in Krakau, sondern einem armseligen Provinznest.

Kozlowski hielt inne: »Sag mal, glaubst du eigentlich an ein Jenseits?«

»Es ist überall, du musst nur die Hand ausstrecken«, hörte sich Leibisch antworten.

»Und die Auferstehung der Toten?«

»Sie sind nie gestorben.«

17
Du hast ein Geheimnis

Eine Hand fasste nach meiner und zog mich von der Straße. Direkt an mir fuhr ein Auto vorbei, ich konnte den Windstoß noch spüren.

»Du musst die Augen aufmachen«, hörte ich die Stimme der Kleinen, »das ist das erste, was mir Papusch beigebracht hat«.

Ich schaute mich um, wir standen an der Straßenecke, wo eben noch mein Großvater und sein Freund Dr. Kozlowski im Nieselregen miteinander gesprochen hatten.

»Hast du auch alles so gesehen wie ich?«

»Natürlich«, antwortete sie, »ich zeige es dir ja«.

»Aber so etwas wie eine Seance hast du nie kennen gelernt?«

»Dafür bin ich noch zu klein.«

Ich schüttelte den Kopf: »Warum macht Leibisch so einen Humbug mit?«

»Du gehst doch auch zu einer Rückführung«, antwortete sie naseweis. »Das ist etwas ganz anderes«, erwiderte ich.

Sie zuckte mit den Schultern.

»Ich will mehr wissen«, forderte ich wie ein kleines Kind, »kann dieser Szylecki auch in die Zukunft sehen? Gibt es eine weitere Seance?«

Tovosch gab keine Antwort.

»Hast du Lust auf eine Limonade?«, forderte ich sie auf, und sie nickte.

Wir setzten uns in Bewegung, und ich fragte: »Warum ist dieser Dr. Kozlowski überhaupt zu der Seance gegangen? Er ist doch eher ein Zweifler.«

»Ja, aber ein suchender Zweifler«, erwiderte sie ernsthaft, »weißt du, es geht um Glaube und Aberglaube, und beides vermischt sich«.

»Du meinst, man kann sie nicht richtig unterscheiden?«

Sie nickte.

»Hmm«, brummte ich, »aber was meinte dein Vater damit, als er sagte ›Das Jenseits ist überall‹?«

»Das ist ein kluger Satz von ihm, nicht wahr? Aber ich bin schließlich noch ein Kind, ich kann nicht alles verstehen.«

Ich schaute sie von der Seite an: »Du bist mir vielleicht eine, sonst bist du so klug, und auf einmal kneifst du«.

Sie lachte mich an: »Einen Vorteil muss man als Kind doch haben«.

Vor uns kam eine Milchbar in Sicht, wir gingen hinein, ich bestellte zwei Limonaden, und wir setzten uns damit an einen kleinen Tisch am Fenster. Sie suckelte an ihrem Strohhalm, als hätte sie schon lange nicht mehr etwas so Gutes getrunken. Ich schaute ihr eine Weile nachdenklich zu.

»Hast du Lust für ein Spiel?«, fragte ich.

»Klar.«

»Du brauchst nur mit Ja oder Nein zu antworten.«

Sie sah mich streng an: »Glaubst du, ich bin eine Anarchabetin?«

»Nein, natürlich bist du keine Analphabetin. Eher glaube ich, dass du eine Sprachartistin bist.«

Sie nickte zufrieden.

»Einverstanden also?«

»Ja, wenn es dir Spaß macht.«

»Erste Frage: Du zeigst mir das alles, weil du mir etwas sagen willst?«

»Ja.«

»Du zeigst es mir, damit ich besser verstehe?«

»Ja.«

»Ich weiß nicht viel von der Vergangenheit?«

»Ja.«

»Und ich weiß nicht das Wichtigste?«

Sie ließ den Strohhalm ins Glas sinken und nickte langsam.

»Kann es sein, dass du … ein Geheimnis hast und es mir nicht verraten willst?«

Sie sprang auf, dass der Tisch schepperte, und ihr Glas umfiel. Dann stürzte sie aus der Milchbar. Ich überlegte keinen Augenblick und rannte ihr hinterher. Draußen auf der Straße holte ich sie ein.

»Tovosch, bleib stehen!«

»Nein!«, rief sie und lief weiter.

»Jeder Mensch hat ein Geheimnis«, erklärte ich neben ihr herlaufend, »und ich kann verstehen, dass du es mir nicht verraten willst. Glaubst du vielleicht, ich würde dir all meine Geheimnisse verraten?

Sie blieb stehen, fing an zu schluchzen und klammerte sich an meine Hüfte. Ich kniete mich zu ihr nieder, drückte sie an mich und küsste sie auf die Stirn. Als ich sie losließ, spürte ich, wie mich eine Art Glücksgefühl durchströmte, und im gleichen Moment erinnerte ich mich an Rosa Urbainczyks Aufforderung, Tovosch zu umarmen. Jetzt hatte ich es getan, ganz spontan. Allmählich beruhigte sie sich.

»Es … es ist nicht so, dass ich es dir nicht verraten will«, sagte sie.

»Was meinst du damit?«

»Ich kann es dir nicht verraten. Ich … ich weiß es selber nicht.«

»Du kennst das Geheimnis nicht?«

Sie schüttelte den Kopf, dann sagte sie: »Da ist etwas, das ich dir zeigen muss … aber ich weiß nicht was.«

»Wir tappen also beide im Dunkeln«, stellte ich fest.

Ich nahm sie an der Hand, und wir gingen ein Stück.

»Weißt du was«, sagte ich nach einer Weile, »wir gehen ins Hotel, und dort machen wir eine Rückführung«.

Sie schaute mich mit großen Augen an, aber ich zog sie schon mit mir in Richtung *Royal*. Unterwegs fragte sie: »Würdest du mir wirklich nicht deine Geheimnisse verraten?« Ich zwinkerte ihr zu, dass ich das vielleicht doch tun würde, jedenfalls jetzt, wo wir uns besser kennen gelernt hätten. In meinem Zimmer legte ich mich aufs Sofa und gab ihr die Anweisung, sich neben mich zu setzen und langsam von Zwanzig bis Eins zu zählen. Die Eins solle sie dreimal wiederholen und dabei an das Geheimnis denken. Ich würde genau dasselbe tun. Mein höheres Selbst werde mich leiten, erklärte ich ernst und kam mir dabei ziemlich komisch vor. Eine innere Stimme wisperte mir zu, ich solle den Blödsinn lassen, aber ich ignorierte sie, schloss die Augen und hörte Tovosch zählen, anfangs zögerlich, dann immer bestimmter. Ich dachte Geheimnis, Geheimnis, Geheimnis und wurde allmählich ganz ruhig, und als sie schließlich mit heller Stimme die Eins wiederholte, kam es mir so vor, als würde ich eine weiße Wand sehen, die sich langsam in den Innenraum eines Brillenladens verwandelte …

Wolf Friedman begleitete seinen alten Kunden Lech Hasek bis zur Tür, öffnete sie ihm und wünschte hüstelnd einen »guten Scharfblick«, was er immer tat, wenn er eine neue Brille angefertigt und angepasst hatte. Er verschloss sorgfältig die Tür und begab sich nach hinten in die Werkstatt. »Genug für heute«, murmelte er, richtete noch da und dort etwas und nahm die Wendeltreppe nach oben zur Wohnung. Obwohl die Stufen steil waren, machten sie ihm keine Mühe. Auf seinen Rippen konnte man Klavier spielen, dürr und hager war er, doch überhaupt nicht gebrechlich, sondern für sein Alter gut in Form. Esther, seine Frau, erwartete ihn schon mit dem Essen, einer Kohlkartoffelsuppe, die die Eheleute schweigend einnahmen, bis Esther fragte: »Warst du heute schon draußen?«

»Auf der Straße?«, fragte er zurück.

Sie nickte.

»Ich komme immer nur bis zur Straße, dann fällt die Tür wieder ins Schloss.«

»Das ist das Problem«, sagte seine Frau nachdenklich, »du kommst nicht raus«.

»Verpasse ich da was?«

»Du verpasst etwas. Und weißt du auch warum?«

»Du wirst es mir schon sagen.«

»Weil in deinen Büchern nicht die ganze Welt ist.«

»Oh doch«, erklärte Wolf Friedman sanft, »in meinen Büchern ist die ganze Welt und noch viel mehr«.

»Nein!«, widersprach seine Frau, »du siehst die Realität nicht, und wenn du so sprichst, dann verleugnest du sie sogar.«

»Ich verleugne die Realität doch nicht.«

»Weil du sie nicht kennst!«, stieß sie heftig hervor. »Man muss sie kennen, aber du lehnst sie ab. Glaubst du, dass ein Spaziergang alle Schaltjahre genug ist?«

Er antwortete nicht, und Esther fragte, ob er noch eine Kelle vom Eintopf haben wolle.

»Unbedingt«, antwortete Wolf, »er ist köstlich«.

Sie schenkte ihm den Teller randvoll ein, dann sagte sie langsam: »Ich habe heute in der Miodowastraße eine Parole auf einer Hauswand gesehen …«

Wolf löffelte unbeirrt weiter, bis sie unwirsch fragte: »Willst du nicht wissen, was ich gesehen habe?«

»Du wirst es mir schon sagen.«

»Ach, diese fehlende Neugier … dieses fehlende Interesse! – Auf der Hauswand stand ›Juden, packt eure Koffer, das Ende ist nah‹.«

Wolf reagierte nicht, er widmete sich mit Ernst seinem Eintopf, und es schien, als hätte er die Welt darüber vergessen.

»Hast du nichts dazu zu sagen, macht dir das nicht Angst?«, fragte seine Frau.

»Er schüttelte den Kopf: »Nein«, und Esther sah ihn fassungslos an.

Schließlich legte er den Löffel in den leeren Teller, nahm die Serviette und wischte sich mit ihr ausführlich den Mund. Dann erklärte er: »Das kommt immer mal wieder vor.« Er stand auf, ging zur Anrichte, nahm sich eine seiner drei Pfeifen aus dem Ständer und öffnete den danebenliegenden Tabaksbeutel. Bedächtig stopfte er die Pfeife, zog zweimal kalt daran, bevor er sie ansteckte.

Esther dauerte die Prozedur schon viel zu lang, ärgerlich wiederholte sie: »Das kommt immer mal wieder vor. – Ja, und mehr hast du dazu nicht zu sagen?«

»Die Polen«, antwortete er und blies eine üppige Rauchwolke in den Raum, »suchen alle paar Jahre nach Sündenböcken, wer wäre da geeigneter als wir. In diesem Volk lebt ein großer Selbsthass.«

»In welchem Volk?«

»Bei den Polen.«

»Ich dachte, du meinst uns.«

»Bei uns sind nur einige verwirrt und schlagen sich unentwegt selbst vor die Stirn.«

»Du meinst die Kommunisten?«

Wolfs Gesicht verdüsterte sich: »Ich will über diese Leute nicht reden. Es ist schlimm genug, dass es sie gibt.«

Esther löffelte schweigend den Rest ihres Eintopfs, dann erklärte sie: »Mein Vater, selig sein Angedenken, sagte immer ›Aufpassen, aufpassen, unser oberstes Gebot ist aufpassen‹.«

Ihr Mann nickte zustimmend.

»Na also, du gibst ihm Recht. Hast du dir schon mal Gedanken über die Zionisten gemacht?«

»Die Zionisten, ich bitte dich! Junge Wirrköpfe. Die kommen gleich nach den Kommunisten.« Grübelnd sah er seine Pfeife an: »Nur der Messias wird uns den Weg ins heilige Land weisen«.

Er setzte sich zu seiner Frau an den Tisch: »Und selbst wenn ich diesem zionistischen Nonsens etwas abgewinnen könnte – sollen wir zu Wüstenwanderern werden? Stell dir vor: Du hoch auf einem Kamel, und ich halte mich hinten am Schwanz fest, bis wir nach Jerusalem hereingezottelt kommen, wo uns alle jubelnd empfangen.«

Er hielt inne, machte einen Zug und blies einen Kringel in die Luft.

»Aber da würde nicht an einer Hauswand stehen ›Juden packt eure Koffer, das Ende ist nah‹«, erwiderte Esther.

»Weil wir längst vorher in der Wüste verdurstet wären. Nein, nein, da ist es schon besser, wir halten uns an das Gebot deines Vaters. Aufpassen, aufpassen. Und ich sorge für den Scharfblick.«

Esther verzog den Mund, als müsse sie sich einen Kommentar verkneifen. Dann aber fragte sie spöttisch: »Du willst für den Scharfblick sorgen? Wo du so selten vor die Tür gehst.«

Wolf nuckelte an seiner Pfeife und antwortete nicht. Schließlich fragte sie: »Weißt du eigentlich, wo Leibisch steckt?«

»Nein, aber er hat genug zu studieren.«

»Ach, studieren, studieren, meinst du, der Junge studiert Tag und Nacht?«

»Nu, was soll er denn sonst machen?«

»Mein Lieber, er ist in einem Alter, wo man nicht nur ans Studieren denkt …«. Sie machte eine Pause in der Hoffnung, dass ihr Mann den Satz richtig fortsetzte. Der aber sah sie mit großen Augen an und fragte: »Schlechte Gesellschaft?«

»Nein«, schüttelte sie den Kopf, »das nicht gerade. Aber Frauen. Die Liebe. Erinnerst du dich?«

»Ja, richtig«, bestätigte Wolf, »das ist so ein Alter … Was ist los mit Leibisch?«

»Er ist verliebt, ich sehe das …«

»Verliebt?« Wolf Friedman nahm die Pfeife aus dem Mund. »Er ist gerade mal zweiundzwanzig …«

»Als ob das eine Frage des Alters wäre! Denk nur an Jossel Anderman, der hat sich mit dreiundsiebzig verliebt – in eine Fünfunddreißigjährige!«

»Na und!«, erwiderte Wolf, »der Mann war froh, eine zweite Chance zu bekommen, nachdem ihn seine Frau lange genug gepiesackt und endlich das Zeitliche gesegnet hat. Er, dessen Name auszusprechen mir nicht zukommt, hat ihm die Liebe und die Richtige geschickt.«

»Du scheinst zu glauben, dass Gott ein Kuppler ist …«

Wolf Friedmans Augen blitzten seine Frau unter den struppigen Brauen an: »Seine Wege sind unergründlich, warum soll er nicht auch den Fingerzeig für eine Ehe geben.«

»Die beiden sind nicht verheiratet. Sie leben in wilder Ehe. Und ich bin gar nicht überzeugt, dass so ein junges Ding mit so einem alten Zausel auf Dauer etwas haben will.«

»Was zerbrichst du dir anderer Leute Köpfe. Zerbrich dir deinen eigenen, da hast du genug zu tun.«

»Tu ich doch. Leibisch hat sich verändert, er ist verliebt!«

»Wieso verändert? Ich merke nichts.«

»Typisch, Männer merken nichts. Wir haben für sowas ein Gefühl.«

»Na, also gut, er hat sich verliebt. Bitte schön. Aber in wen, das ist doch die Frage.«

»Ja«, seufzte Esther, »das ist die Frage«.

»Was sagt dir dein Gefühl?«, fragte Wolf und sah seine Frau spitzbübisch von der Seite an. Sie tat so, als würde sie seinen Blick nicht wahrnehmen.

»Warte«, sagte er, »wir haben noch Wein, wenn ich dir ein Glas einschenke – das hilft der Gefühlstätigkeit.« Er verschwand in der kleinen Küche nebenan und kam mit zwei halbvollen Gläsern Rotwein zurück, die er auf den Tisch stellte. Er setzte sich wieder, legte die Pfeife aus der Hand, nahm sein Glas in die Hand und sagte: »Frau, geliebte Esther, stoßen wir an, auf dein Gefühl und unseren Sohn«. Sie ließen die Gläser klingen, Esther nahm einen Schluck, dann veränderte sich ihr Blick, er wurde glasig, so, als würde sie durch ihren Mann hindurchschauen. Mit verstellter Stimme erklärte sie: »Unser Leibisch und eine Person aus anderen gesellschaftlichen Kreisen«. Sie wechselte die Stimme, sah ihn triumphierend an und lächelte. »Hast du gehört, was aus mir spricht? Eine Eingebung hat hier gesprochen.«

Wolf nahm einen Zug aus seiner kalt gewordenen Pfeife und tat so, als gäbe er sich geschlagen: »Was würde ich bloß machen, wenn ich dich nicht hätte. Bitte lass deine Eingebung weiter sprechen.« Esther schloss die Augen und sagte nach einer Weile: »Es sind höhere Kreise. Ein Name kommt mir in den Sinn, es ist der Name … Bester«.

»Nein!«, rief Wolf und rückte den Stuhl nach hinten, »du meinst doch nicht den Bester«.

Seine Frau öffnete die Augen und sah ihn spöttisch an: »Doch, der ist gemeint, scheint mir«.

»Unglaublich«, knurrte Wolf Friedman, »mit einer Bester-Tochter lässt er sich ein. Dieser Bester ist ein Erzkapitalist, der Mammon ist sein Gott, und er hat darüber die Thora vergessen …«

»Was du ihm auch vorwirfst«, warf Esther ein, »eines darf man nicht übersehen. Er hat den Konkurrenzkampf des Lebens angenommen – und auf ganzer Linie gesiegt«.

»Auf ganzer Linie, was heißt denn das? Dieser Mann weiß vermutlich nicht mehr, was Jom Kippur ist und hat keine Ahnung von koscherer Küche. Dieser Bester ist ein Spekulant. Der verdient sein Geld nicht wie normale Menschen mit anständiger Arbeit.«

Seine Frau zog die Augenbrauen hoch: »Mein lieber Wolf, fällt dir eigentlich auf, dass du so sprichst wie ein Gojim. Wie ein furchtbar neidischer Gojim.«

»Tatsächlich?« Wolf Friedman griff zu seiner Pfeife und zündete sie wieder an.

»Es gibt nun mal solche Juden und solche«, fuhr seine Frau fort, »man muss sich damit abfinden«.

»Es gibt Juden und alle anderen, die sich wünschen, keine zu sein. Warum soll ich mich mit solchen Juden abfinden?«, fragte er. »Der Bester hat nichts für uns in Kazimierz übrig. Wahrscheinlich glaubt er, dass wir unsere Tage mit Luftgeschäften zubringen und schaut auf uns herab.«

»Vielleicht hast du Recht«, erwiderte seine Frau, »vielleicht aber auch nicht.«

*

Ich spürte, wie eine Hand an meinem Zeigefinger zog und schlug die Augen auf. Tovosch saß neben mir und sagte: »Du hast wie tot dagelegen, da hab ich Angst bekommen«.

»Ich hab nur Wolf Friedman und seine Frau Esther gesehen«, murmelte ich benommen, »ich wusste gar nicht, dass Wolf den Salomon nicht ausstehen kann«.

»Das ändert sich bestimmt noch«, entgegnete sie fröhlich.

»Du hättest mich nicht wecken dürfen, ich hab gar nichts Seltsames gesehen.«

»Nichts vom Geheimnis?«

»Nicht die Spur.«

Ich richtete mich auf: »Wahrscheinlich hast du nicht fest genug daran gedacht!«

»Ich?«, rief sie, »*du* hast wahrscheinlich nur an die Liebesgeschichte gedacht, deshalb hast du nichts vom Geheimnis gesehen«.

»Ich hab ganz fest daran gedacht! Und die Liebesgeschichte fast schon vergessen. Sie interessiert mich … nicht so sehr.«

»Siehst du«, sagte sie, als hätte ich sie mich gerade bei einer Lüge ertappt, »ich hab's geahnt«.

Es hat keinen Sinn, mit der Kleinen komme ich nicht voran, ging es mir durch den Kopf, ich muss doch zu Rosa Urbainczyk, bestimmt liegt es an ihr, sie ist der wahre Katalysator, die echte Hypnotiseurin. Wie konnte ich nur dieses Experiment mit Tovosch machen, wie konnte ich nur glauben, dadurch irgendeinem Geheimnis auf die Spur zu kommen?

»Weißt du was«, sagte ich, »wir gehen zu Frau Urbainczyk. Und dort machen wir eine richtige Rückführung, wir beide. Was hältst du davon?«

Sie warf den Kopf nach hinten und tat so, als müsse sie sich das gut überlegen, aber das war gespielt, denn ihre Augen leuchteten vor Begeisterung. Mein Vorschlag war für sie die Einladung zu einem Abenteuer, und natürlich wollte sie dabei sein.

Frau Urbainczyk empfing mich mit reservierter Freundlichkeit und störte sich nicht daran, dass ich ein Kind mitbrachte. Ich kam gar nicht dazu, ihr Tovosch vorzustellen, denn sie führte mich sofort ins Behandlungszimmer. Dort wollte sie wissen, ob ich meine letzte Rückführung verarbeitet hätte und meine Situation klarer sehe. Überhaupt nicht, antwortete ich wahrheitsgemäß, ich hätte eine Menge Fragen, und es gäbe ein Geheimnis, das ich enträtseln müsse. Sie warf mir einen undurchsichtigen Blick zu und nickte, als sei ich auf dem richtigen Weg. Ob ich für eine weitere Sitzung bereit sei? Ich sagte, dass ich den alten Weisen wieder aufsuchen wolle, ich müsse ihm eine wichtige Frage stellen. So sei es, erwiderte sie gravitätisch, sie werde mich spirituell begleiten. Ich bettete mich auf die Couch, rückte etwas zur Seite, damit sich Tovosch neben mich legen konnte und schloss die Augen. Die eintönige Sphärenmusik erklang, und ich hörte die besänftigende Stimme von Frau Urbainczyk, die mich aufforderte, ruhig zu werden, immer ruhiger, immer entspannter, und schon begann sie, langsam von Zwanzig bis Eins zu zählen. Wieder spürte ich den Sog ihrer suggestiven Stimme, wieder vergaß ich meinen bei ihr liegenden Körper, wieder kam ich zu der blühenden Wiese, wo ich den Pfad zur Kate hinaufwanderte, in der mich der weißhaarige Alte herzlich empfing, als sei ich eine alte Bekannte, und wissen wollte, welche Frage mich heute beschäftige. Ohne die Lippen zu bewegen, hörte ich meine Stimme »Welches Geheimnis meint Tovosch, das sie selbst nicht weiß?«. Kaum hatte ich die Frage gedacht, wurde die weiße Wand lebendig, und ich sah ein gutbürgerliches Haus, dem sich ein Mädchen näherte …

18
Eisbären! Schneelöwen!

Tovosch sprang die Steintreppen zur Tür des dreigeschossigen Hauses hinauf und drückte auf den unteren Klingelknopf. Nach einer Weile ertönte ein Brummton. Es schien, als ob die schwere und verschnörkelte Holztür wie ein alter Pförtner vor sich hinbrummelte, der nur unwillig Fremde hereinließ. Tovosch drückte mit ihrem ganzen Körper die Tür auf, um in den ersten Stock hinaufzuspringen, wo sie Abram, der Bruder Salomon Besters, schon erwartete.

»Ich sehe, du hast es dabei!«, rief er ihr entgegen und zog sie in die weitläufige Küche. Sie überreichte ihm das Päckchen, das Großvater Salomon ihr gegeben hatte, und Abram fragte, ob sie einen Kakao trinken wolle, sein Neffe Tomasz sei gerade da und würde ihn sicher gern zubereiten. Tovosch drehte sich um, und tatsächlich, am Türrahmen lehnte ein junger Bursche und musterte sie interessiert. Er war schlank, trug eine schwarze Hose und ein ebensolches Hemd, dessen Knöpfe bis obenhin geschlossen waren, sodass er fast wie ein Priester wirkte. Aber das Auffallendste war sein schneeweißes Gesicht, das ihn wie einen Sonnenflüchtling aussehen ließ.

»Ich lasse euch allein«, erklärte Abram und verließ mit dem Päckchen die Küche.

»Wichtiges Material?«, fragte Tomasz.

Tovosch zuckte mit den Schultern: »Ein Buch wahrscheinlich«.

»Bücher werden im allgemeinen wahnsinnig überschätzt«, entgegnete Tomasz, ging zum Küchenschrank und holte eine Dose heraus.

»Du trinkst doch einen Kakao mit mir?«

»Ja, wenn Sie auch darauf Lust haben.«

»Wie alt bist du?«, fragte er.

»Fast zwölf. Und Sie?«

»Ich bin fast achtzehn, also gewaltig älter als du, aber doch nicht so alt, dass du mich mit Sie ansprechen musst.«

Er goss Milch in ein Töpfchen und setzte es auf den Herd. Dann drehte er sich zu ihr und musterte sie wie ein Maler, der prüft, ob das Modell für ihn geeignet ist. Tovosch sah in seine Augen, es waren die traurigsten Augen, die sie je gesehen hatte.

»Bist du Student?«, fragte sie.

»Nein, ich bin Schüler, aber bald werde ich Student sein«.

»Und warum meinst du, dass Bücher wahnsinnig überschätzt werden?«

»Weil ich mich mit ihnen beschäftige, ich lese sogar die Bibel.«

»Wird die Bibel auch wahnsinnig überschätzt?«

»Das ist eine Ausnahme«, antwortete er, »hier würde ich nur von partieller Überschätzung sprechen«.

»Paziell …« wiederholte Tovosch.

»Manche Stellen eben«, erklärte er und nahm das Milchtöpfchen vom Herd. Geschickt und schnell bereitete er den Kakao zu und stellte zwei dampfende Tassen auf den Küchentisch.

»Welche Stellen?«, fragte sie.

»Dieses Buch ist sehr intelligent gearbeitet und höchst originell«, antwortete er, »das sieht man schon daran, dass der Protagonist zugleich der Autor ist«.

»Was ist ein Portagonist?«

»Protagonist«, korrigierte er sanft, »das ist der Hauptdarsteller, das Wort bedeutet eigentlich der erste Handelnde …«

»Willst du Schriftsteller werden?«, unterbrach ihn Tovosch.

»Ja, das wäre etwas für mich. So ein Buch wie die Bibel schreiben …«

Tovosch lachte: »Du willst reich und berühmt werden. Die Bibel ist doch das erfolgreichste Buch?«

Tomasz schüttelte nachsichtig den Kopf und setzte sich an

den Tisch: »Reich und berühmt … daran liegt mir weniger. Aber toll ist doch, ein Buch zu schreiben, das die Menschen so beschäftigt. Seit fast dreitausend Jahren«.

Er machte eine einladende Geste, bei ihm Platz zu nehmen, und Tovosch setzte sich schräg von ihm an die Querseite des Tisches. Sie schlurften beide von ihrem heißen Kakao, bis er feststellte: »Du hast mich eben nicht ausreden lassen«.

»War das unhöflich?«

»Sehr unhöflich. Aber ich bin groß im Verzeihen. Willst du wissen, was ich meinte?«

»Auf jeden Fall.«

»Na ja, du weißt natürlich, dass der jüdische Glaube nur einen Gott anerkennt. Höre Israel, der Herr ist unser Gott, der Herr ist einer! Die Bibel legt fest, dass Gott eine einzige Persönlichkeit ist. Aber wenn man sie genau liest, stellt man fest, dass das nicht stimmt.«

»Es stimmt nicht?«

»Dieser Gott spricht aus einem Dornbusch, er ist unsichtbar und körperlos, kann aber auch die Gestalt eines Menschen oder sogar von drei Männern annehmen, meist ist er rachsüchtig, manchmal auch nachsichtig, und seinen Namen teilt er schon gar nicht mit. Gerade so, als würde er damit zuviel von sich verraten.«

»Ich glaube«, sagte Tovosch, »du bist ein …«

» … Atheist«, vollendete Tomasz ihren Satz.

Sie nickte ernsthaft und dachte dabei an ihren Vater, von dem sie das Wort kannte, doch in ihr Nicken hinein fing Tomasz an zu lachen. Er lachte jungenhaft und doch so, als würde er über seinem Lachen stehen.

»Warum lachst du denn?«

»Ich lache nicht über dich, überhaupt nicht.« Er schaute sie amüsiert an. »Ich lache, weil ich diese Reaktion kenne, ich habe sie schon öfter erlebt. Weißt du, wenn ich ein Atheist wäre, würde ich sagen, es gibt Gott gar nicht.«

»Glaubst du das wirklich?«

»Na ja, man könnte auf jeden Fall feststellen, dass Gott vor allem schlechte Eigenschaften hat, er ist gewalttätig und herrschsüchtig, eifersüchtig und intolerant. Und er lässt nichts anderes gelten als sich selbst. Aber ich sage weder das eine noch das andere.«

»Welche Religion hat eigentlich Gott?«, fragte Tovosch.

»Gute Frage«, erwiderte Tomasz und setzte augenzwinkernd hinzu: »Bestimmt ist er kein Atheist«.

Jetzt musste Tovosch lachen, dieser Tomasz gefiel ihr, er war ehrlich und irgendwie erfrischend.

Tomasz sah sie aufmerksam an: »Religionen sind Spaltpilze, weißt du, sie treiben einen Keil zwischen die Menschen. Jeder Fromme ist überzeugt davon, dass nur er die Wahrheit in den Händen hält, und alle anderen beschränkt und ungläubig sind. Weißt du, wie ich die Frommen nenne?«

Tovosch schüttelte den Kopf.

»Religiöse Narren«.

»Aber mein Vater ist kein religiöser Narr und doch fromm!«, widersprach sie.

»Dann ist er eine Ausnahme«, erklärte Tomasz, »und du bist ein Glückskind«.

In Tovosch kam ein seltsames Gefühl auf. Dieser Tomasz zog sie an, er war ernsthaft und klug und sagte offen, was er dachte. Mit ihm konnte sie bestimmt über alles reden, vielleicht könnte er ihr Freund werden … als ein anderer Gedanke von ihr Besitz ergriff.

»Du kennst doch bestimmt Hiob«, sagte sie, »also ich finde, das ist ein Skandal, wie Gott mit ihm umspringt. Und es gibt da so eine geheimnisvolle Stelle …«

»Die Pfeile des Allmächtigen stecken in mir, mein Geist hat ihr Gift getrunken«, deklamierte Tomasz, um innezuhalten: »Das ist ein Zitat. Natürlich kenne ich das Buch Hiob. Ich weiß auch, was du mit der geheimnisvollen Stelle meinst. Gott spricht mit Hiob aus einem Sturm heraus. Hiob glaubt jedenfalls, dass es Gott ist. Aber die Stimme identifiziert sich nicht«.

»Identifiz…?«

»Er sagt nicht ausdrücklich, dass er Gott ist, vielleicht tut er nur so, vielleicht ist es jemand anders.«

»Jemand anders?«, fragte Tovosch, »wer denn?«

Tomasz zuckte mit den Schultern: »Kennst du die Dornbusch-Geschichte?«

Tovosch nickte, und er sprach weiter: »Dort sagt die Stimme ausdrücklich zu Moses ›Ich bin der Gott deines Vaters‹, aber zu Hiob sagt er das nicht. Also könnte man vermuten, dass es gar nicht Gott ist, der mit Hiob spricht«.

»Hmm«, murmelte Tovosch und nahm sich vor, ihrem Vater diese Idee bald mitzuteilen.

»Vorhin sagtest du, dass Gott seinen Namen nicht mitteilt, aber sagt er ihn nicht doch?«

»Er sagt ›Ich bin, der ich bin‹«, antwortete Tomasz, »das klingt nicht nach einem Namen, oder? Aber ich lerne hebräisch und habe den Text genau studiert. Man könnte das, was Gott aus dem Dornbusch heraus sagt, auch anders übersetzen.«

Er machte eine Pause und sah sie aufmerksam an.

»Sag schon! Wie denn?«

»Na ja … es könnte auch bedeuten ›Ihr werdet herausfinden, wer ich bin‹.«

»Hmm«, machte Tovosch wieder und nahm einen langen Schluck vom Kakao.

»Das klingt irgendwie bedrohlich, findest du nicht?«, fügte Tomasz an.

Sie schüttelte abrupt den Kopf, als sei ihr Nachdenken durch eine Erleuchtung gekrönt: »Nee, finde ich nicht, es klingt eher so, als wüsste er, dass wir viel Zeit brauchen, um ihn zu verstehen«. Sie hielt inne und sah Tomasz in die Augen: »Vielleicht soll es auch bedeuten, dass man sich nicht einbilden soll, ihn mit etwas Grips oder durch einen Namen begreifen zu können.«

Tomasz lachte leise: »Du bist ganz schön klug, mit dir möchte ich keine Wette eingehen, und beim Schach hätte ich's bestimmt auch schwer«.

»Ich spiele nur Dame«, entgegnete Tovosch, »aber da bin ich sehr gut. Ich schlage sogar meine Mutter«.

Tomasz trank von seinem Kakao und fragte beim Absetzen der Tasse unvermittelt: »Hast du schon einmal geküsst?«

Tovosch wusste sofort, was er meinte, antwortete aber: »Natürlich. Ich küsse fortwährend«.

»Deine Mutter, deinen Vater«, fügte er mild hinzu, »aber ich meine es anders. Hast du schon einmal einen Jungen geküsst?«

Sie wollte ihm sagen, dass sie das gut kenne, aber seltsamerweise spürte sie einen Kloß in ihrem Hals, der anwuchs, als wolle er sie ersticken. Tomasz war auf unmerkliche Weise näher gerückt, sein schneeweißes Gesicht tauchte wie eine Polarlandschaft vor ihr auf, und als sein Mund, der ebenso blass wie sein Antlitz war, den ihren fast erreicht hatte, schluckte sie den Kloß herunter und rief: »Eisbären! Schneelöwen! Siehst du sie auch?«

Tomasz zuckte zurück, sie sprang auf, wirbelte ihre Hände elegant durch die Luft und verbeugte sich in der Art der drei Foscari: »Nun wird es aber Zeit für mich zu gehen. Ich hoffe, wir sehen uns bald wieder«. Als sie im Hausflur nach unten sprang, verspürte sie eine Art Brennen auf ihren Lippen, obwohl Tomasz sie doch mit den seinen gar nicht berührt hatte.

*

Ich hörte die Zahl Dreiunddreißig, dann Vierunddreißig, schließlich Fünfunddreißig und kam zu mir. Ich lag auf der Couch von Frau Urbainczyk, deren Gesicht vom Sessel zu mir herunter schaute. Aber neben mir lag keine Tovosch.

»Wo ist das Mädchen?«, fragte ich.

»Welches Mädchen?«

»Tovosch, mein Schatten, erinnern Sie sich nicht? Ich hab sie mitgebracht.«

»Mein liebes Kind, das haben Sie sicher in der Rückführung gesehen.«

»Nein, nein«, murmelte ich, aber ihr nachsichtiges Lächeln belehrte mich, dass es keinen Sinn hatte, darauf zu beharren. Ich wollte erzählen, was ich gesehen hatte, doch Frau Urbainczyk unterbrach mich: das sei nur für mich bestimmt, ich selbst müsse darüber nachdenken, welche Bedeutung es für meine jetzige Situation habe. Ob ich jene Tovosch schon umarmt habe? wollte sie wissen, und als ich nickte, murmelte sie zufrieden »Der Schatten kann ein Verbündeter sein«.

Wie viel Zeit soll ich noch mit ihr vergeuden? fragte ich mich draußen auf der Straße, um mich sogleich der Undankbarkeit zu bezichtigen. Immerhin hatte ich durch sie eine Szene gesehen, die ich sonst vielleicht nie erlebt hätte. Also gut, Tovosch kennt diesen Jungen, der sich vielleicht in sie verliebt hat und einen überraschenden Kussversuch startete – daran war nichts Ungewöhnliches. Tomasz hieß er, und sie hatte seinen Namen ja auch schon erwähnt. Aber führte das zu einer Spur, zu einem Geheimnis?

Als ich um die nächste Straßenecke bog, stand Tovosch vor mir.

»Ich bin schon gegangen«, erklärte sie, »das war mir zu langweilig, und gesehen habe ich auch nichts«.

»Du bist auch nicht gesehen worden, jedenfalls behauptet das Frau Urbainczyk.«

Sie nickte: »Das kann sein, vielleicht kannst nur du mich sehen«.

»Großartig! Diese plötzlichen Eröffnungen! Ich spreche also mit der Luft!«, platzte ich heraus.

»Nein, ich bin doch da, und du siehst mich.«

Mein Ausbruch sollte mich nur vor meinen Tränen bewahren, denn ich fühlte mich am Ende, kam mir elend vor, wie ein psychisches Wrack, und stellte mit einem Mal alles in Frage. Ich redete mit einer Einbildung! Da umarmte Tovosch meine Hüfte, ich sank zu ihr nieder, sie drückte mich an sich und küsste mir das Gesicht ab. Ich fühlte, wie alles in mir zu leben begann, das Blut pulste durch die Adern, mein Herz schlug mit neuem Lebensmut, es war, als würde ich angefüllt mit Zuversicht. Noch in der Hocke berichtete ich ihr von der Rückführung bei Frau Urbainczyk und fragte, ob Tomasz etwas mit dem Geheimnis zu tun haben könnte. Sie schüttelte den Kopf, dann aber sagte sie zögernd, dass mein Freund sie an Tomasz erinnere.

Ich wusste, wen sie meinte, tat aber verwundert: »Mein Freund?«

»Mit dem du am Fluss warst.«

Mir wurden meine zwiespältigen Gefühle gegenüber Dreichwerd bewusst. Einerseits zog er mich an, ein attraktiver Typ, gutaussehend, gebildet, voller Geist und Witz, aber da war noch etwas … etwas, das mich warnte.

»Vielleicht sollte ich ihn beim nächsten Mal fragen, ob er dich kennt?«

»Ob er mich kennt?« Sie schaute mich verständnislos an: »Du bist ja schlimmer als ein Kind. – Du darfst nicht fragen, du musst raffiniert sein.«

»Und was verstehst du darunter, wenn ich mal kindisch fragen darf?«

»Du musst ihm geschickte Fragen stellen, so, dass er gar nicht merkt, was du vorhast. Und dabei musst du ihn aushorchen.«

Prima, dachte ich, und so was sagt sie einer Journalistin, die schon Dutzende von schwierigen Berühmtheiten interviewt hat.

»Hast du dich eigentlich von Tomasz je küssen lassen?«, fragte ich.

Sie schüttelte den Kopf und schaute mich an: »Aber du hast dich von deinem Freund küssen lassen«.

Ich schwieg, und schweigend gingen wir eine Weile die Straße hinunter, bis ich sie barsch anfuhr: »Sag nicht immer *mein Freund.* Und streng dich gefälligst an, du musst dich erinnern. Hörst du!«

Sie sah mich erschrocken an, und ich spürte, wie ihre Rädchen im Kopf sich drehten und die Schaltkreise knacksten, sie strengte sich an, bis ihr Gesicht glühte, grübelte wie ein philosophischer Schwerarbeiter, um schließlich hilflos mitzuteilen: »Ich erinnere mich nicht«.

Ich ging in die Knie und drückte sie an mich, Erinnerungsfetzen wehten plötzlich an mir vorbei. Meine Mutter in der Küche, sie erzählt meinem Vater etwas, das lange zurück liegt ... nichts zu essen ... kein Licht, kein Wasser ... Papa umarmt sie ... nie wieder hat sie die Rede darauf gebracht. Aber was wollte sie mitteilen? Sie, die kleine Tovosch, hatte als Erwachsene davon gesprochen, aber das konnte die jetzige Tovosch nicht wissen. Ich selbst habe ja auch keine Erinnerung daran, wie alt war ich damals? Meine Mutter sprach nie wieder über jenes Stück Vergangenheit, als hoffte sie auf die Barmherzigkeit des Vergessens. Reden bedeutet heraufbeschwören, und die größten Geheimnisse sind die, die niemals ausgesprochen werden.

»Wir finden es gemeinsam heraus«, sagte ich, »vielleicht bringt uns der Name weiter. Esra Dreichwerd«.

»Esra war doch ein Prophet.«

»Vielleicht ist meiner auch einer, und ich habe es noch nicht gemerkt.«

»Bitte sei nicht so spöttisch«, sagte sie tadelnd, »das hilft uns nämlich überhaupt nicht.«

»Das Buch Esra?«, fragte ich, »wovon handelt es eigentlich?«

Tovosch sah mich ratlos an.

»Wir hätten beide im Religionsunterricht besser aufpassen sollen.«

Ich schaute auf meine Uhr: »Ich werde noch einmal den Rabbi besuchen müssen«.

»Welchen Rabbi?«

»Den Rabbi von der »Alten Schul« in Kazimierz?«

»Kennst du ihn denn?«

»Ja, schon, ein bisschen.«

»Nimmst du mich mit?«

»Natürlich, du sollst mich sogar begleiten«.

Sie strahlte mich an, als hätte ich etwas sehr Sinnvolles gesagt, und wir schlugen den Weg in Richtung Kazimierz ein. Ich überlegte, ob es zu spät für einen Besuch war, aber Herr Jazukowicz würde es bestimmt verstehen, wir mussten mit ihm reden, es ging nicht anders. Wir hatten bereits die Meiselsa überquert, als wir durch ein Gässchen kamen, und Tovosch auf ein kleines Haus deutete, das so schief stand, dass es umgefallen wäre, hätten die daneben stehenden Häuser es nicht gestützt: »Hier haben Großvater Wolf und Esther und Leibisch gelebt«.

»Hier?«, fragte ich, und drehte mich nach dem Straßenschild um, doch Tovosch griff nach meiner Hand und zog mich weiter: »Jetzt haben wir keine Zeit dafür. Wir sind dienstlich unterwegs, wir müssen zu Rabbi Jazukowicz.«

Es dauerte keine fünfzehn Minuten, und wir standen vor der alten Synagoge. Mir kamen meine Erlebnisse vom letzten Mal in den Sinn … die tote Tovosch mit der Lilie im Mund. Das durfte sie nicht sehen, bestimmt war es nur eine Halluzination von mir, aber ich schickte ein Stoßgebet gen Himmel, dass wir den Rabbi schnell finden würden. Zögernd blieb ich vor dem Eingang stehen.

»Wollen wir nicht hineingehen?«, fragte sie.

»Manchmal ist er eher draußen zu finden.«

Tovosch sah sich nach allen Seiten um: »Hier ist er aber nicht«.

Ich seufzte: »Gut, dann schauen wir drinnen nach ihm«.

Im Innern der Synagoge war kein Mensch zu sehen, wir gingen an der Seite entlang, bis wir in die Nähe der Pforte vorn links kamen, als plötzlich aus dem Erker eine mit Kippa und schwarzem Kaftan bekleidete kleine Gestalt hervortrat. Ohne sich um uns zu kümmern, schritt der Unbekannte zum Thoraschrein, zog den Vorhang zur Seite und nahm die Rolle heraus. Er stand mit dem Rücken zu uns, sein Gesicht war nicht zu erkennen, als er jetzt die Rolle aufzog und zu singen begann. Es schien sich um den Vorbeter zu handeln, und im Allgemeinen sind das Leute mit guter Stimme und noch besserem musikalischen Gehör, doch der krächzende Singsang dieses Vorbeters strafte mich Lügen. Ihm länger zuzuhören könnte einen Hörsturz zur Folge haben, dachte ich, als mich die Kleine am Ärmel zupfte und flüsterte: »Der Mann singt eine Korkophonie«.

»Richtig«, flüsterte ich zurück, »aber es heißt Kakophonie«.

»Bist du sicher?«, fragte sie.

Bisher hatte ich nur die Stimme des Vorbeters wahrgenommen, jetzt drang auch der Text in mein Ohr. Er sang auf Hebräisch, und als mir klar wurde, was er sang, wuchs mir eine Gänsehaut. Die Worte kannte ich: »Deine Pracht ist herunter zu den Toten gefahren samt dem Klang deiner Harfen, Gewürm wird dein Bett sein und Maden deine Decke, wie bist du vom Himmel gefallen, du schöner Morgenstern«. Während er sang, wurde es immer kälter, mir schien, als erstarrte ich zu einer Salzsäule. Tovosch suchte meine Hand, und ihre kam mir wie eine kleine Eisplatte vor. Mein Atem stieg als Nebel vor mir auf, eine unerklärliche Angst ergriff Besitz von mir, während der Gesang sich wiederholte und kein Ende nehmen wollte.

Da öffnete sich die niedrige Tür neben uns, und Rabbi Jazukowicz trat ein. Ich sah ihn nur aus dem Augenwinkel, er hob seinen rechten Arm empor, und im selben Moment erstarb das Singen des Vorbeters. Er rollte die Schrift zusammen und stellte sie zurück in den Schrein, alles geschah sehr schnell, und Sekunden später war er schon verschwunden. Die Temperatur war auf einmal ganz normal, so dass ich mich fragte, wie ich eben noch meinen Atem sehen konnte. Ich löste mich aus meiner Erstarrung, und auch Tovoschs Pfötchen fühlte sich nicht mehr wie eine Eishand an. Ich drehte mich zum Rabbi.

»Sie sind es?«, bemerkte er beiläufig, »was führt Sie zu mir?«

In der linken Hand hielt er ein Vergrößerungsglas, das er in seiner Hosentasche verschwinden ließ.

»Wer war das?«, fragte ich.

»Ein falscher Vorbeter. Haben Sie es gemerkt?«

Ich fasste mich: »Ein falscher Vorbeter? Der Mann kam aus dem Eiskeller, und sein blecherner Gesang war furchtbar.«

»Eine Karkofonia«, ergänzte Tovosch.

»Kakophonie«, murmelte ich.

»Nein, nein«, das ist es nicht«, korrigierte der Alte mürrisch, »es ist etwas ganz anderes«. Er hielt inne und schaute uns prüfend an.

Ich blickte auf Tovosch, aber die sah mich genauso ratlos an, um schließlich zu erklären: »Ich hatte noch keine Batmizwa, ich kann es nicht wissen«.

»Sie kann es nicht wissen«, wiederholte der Rabbi und wandte sich zu mir, »aber Sie könnten«.

»Müssen nicht immer zwei Abschnitte gesungen werden?«, versuchte ich es fragend.

Er schüttelte unwillig den Kopf, ging ein paar Schritte zum Thoraschrank und prüfte, ob der Vorhang gut zugezogen war.

»Er hat einen ganz falschen Abschnitt gesungen«, sagte er mit Widerwillen in der Stimme, »es ist nur erlaubt, aus der Thora vorzulesen.«

»Stimmt«, fiel es mir ein, »das war doch Jesaja. Es war das Zitat …«

»Ganz recht, jenes Zitat, das ich Ihnen vervollständigt habe.«

Er drehte sich herum und sah mich grimmig an: »Haben Sie damit etwas anfangen können?«

»Ja, natürlich. Es ist das Triumphlied über den Sturz eines Weltherrschers, wahrscheinlich des Königs von Babel. Die Juden hatten viele Feinde in ihrer Geschichte, und als Jesaja das schrieb, waren sie Leibeigene in Babylonien.«

Ich hatte gehofft, ihn mit meiner druckreifen Erklärung zu

beeindrucken, aber er verzog geringschätzig die Lippen und ließ den Kopf sinken. Er atmete hörbar durch und schaute dann auf die Kleine.

»Wenigstens haben Sie Tovosch mitgebracht.«

»Sie sehen sie?«

Er hob die Hände, um mir klarzumachen, dass das keine Kunst sei.

»Sie kennen mich?«, fragte Tovosch.

»Aber natürlich kenne ich dich …«

»Augenblick mal«, schaltete ich mich ein, »ist denn meine Erklärung von eben so verkehrt?«

Er sah mich an, als müsse er überlegen, ob es sich lohne, mit mir das Gespräch fortzusetzen, schließlich antwortete er: »Sie ist ganz und gar falsch. Ein Ablenkungsmanöver. Und Sie sind darauf hereingefallen«.

»Aber wieso denn? Es ist sehr logisch …«

»Fragen Sie nicht allein Ihren Kopf, fragen Sie auch Ihr Herz!«

»Ist ein Trumpflied eine Art Kriegsgeheul?«, hörte ich Tovoschs Stimme, aber ich war viel zu sehr in Gedanken, um sie zu korrigieren. Er hatte Recht, ich hatte einfach Dreichwerds Erklärung wiederholt und meine Gänsehaut verdrängt.

»Ich hatte Angst, als ich es hörte«, sagte ich kleinlaut.

Das Gesicht des Rabbis hellte sich auf: »Gut … Sie sind auf dem richtigen Weg.«

»Was meinen Sie damit?«

Herr Jazukowicz zückte die Lupe und hielt sie mir vors Gesicht. Ich sah sein linkes Auge auf einmal riesengroß und hatte das Gefühl, hineinfallen zu können. Er ließ das Glas wieder sinken und brummte: »Hören Sie, ich will Ihnen eine kleine Geschichte erzählen. Ein Rabbi und ein Priester gingen gemeinsam zu einem Boxkampf. Bevor es losging, bekreuzigte sich der eine Boxer, und der Rabbi fragte seinen Kollegen ›Was bedeutet das?‹ Der Priester antwortete ›Gar nichts, wenn er nicht boxen kann‹.«

»Was wollen Sie mir sagen?«, fragte ich unwillig.

»Es ist ganz einfach. Sie müssen selbst denken, aber mit dem ganzen Körper, Sie müssen die Worte begreifen.«

»Ich dachte, ich verstünde sie.«

»Verstehen genügt nicht, man muss sie begreifen.«

Er schüttelte seufzend den Kopf: »Der Morgenstern war in der Antike die Bezeichnung für den gefallenen Engel. – Wie bist du vom Himmel gefallen!«

Er machte eine Pause: »Wissen Sie jetzt, wer gemeint ist?«

Ich sah ihn mit offenem Mund an, und plötzlich fiel es mir wie Schuppen von den Augen, und ich antwortete tonlos: »Es ist Luzifer.«

19
Deine Phantasie und Rothschilds Geld

Wir saßen auf einer schiefen Bank draußen im Garten neben der Synagoge. Herr Jazukowicz hatte uns nach meinem Flüsterwort rasch hinausgeführt. Hier in der Sonne kam mir alles völlig unwirklich vor, all das, was ich gerade erlebt hatte und in den letzten Tagen. Ich wäre am liebsten ins Hotel geeilt, um zu packen und heimzufliegen. Doch Tovosch, sie saß neben mir, meine Mutter als Kind! Und eben hatte ich noch vom Teufel gesprochen! Ich lehnte mich an die Rückseite der Bank und atmete so stark, als sei ich gerade vorm Ertrinken gerettet worden. Vielleicht sollte ich nicht nach Stuttgart zurück, sondern mich hier und sofort in grundlegende ärztliche Behandlung begeben.

»Geht es dir gut?«, hörte ich die Stimme von Tovosch.

»Es ist nichts, bloß ein Nervenzusammenbruch«, erklärte ich schleppend.

»Das ist ganz normal, was Sie im Moment durchmachen«, sagte der Rabbi.

Ich schaute ihn an, dann Tovosch, schließlich hörte ich meine Stimme als hilfloses Krächzen: »Habe ich Recht mit dem, was ich vorhin sagte?«

»Nu«, erwiderte er, »warum sollen Sie nicht Recht haben«.

Und er fing an zu lachen, es war ein tiefes, aus dem Zwerchfell kommendes Lachen, bevor er schließlich weitersprach: »Ein blindes Huhn findet auch mal ein Korn«.

»Aber Sie wollen doch nicht behaupten, dass mein Bekannter hier in Krakau …«

»Kennen Sie die Geschichte von Shlomo, der wie wild auf seinem Ross durch die Gegend ritt«, unterbrach er mich.

»Nein, nein.«

»Sein Freund Jossel ruft ihm zu ›Wohin reitest du und warum so schnell?‹ Ehe Shlomo ausser Hörweite verschwindet, ruft er zurück ›Was fragst du mich, frag das Pferd!‹«

Jetzt lachte Tovosch und sah den Rabbi dabei an, als hätte sie einen alten Bekannten wiedergefunden.

»Sie sind ein Freund von Papusch gewesen, ich erinnere mich.«

Rabbi Jazukowicz nickte: »Stimmt. Wir haben zusammen studiert, und ich habe dich schon gekannt, als du noch ganz klein warst«.

»Vielleicht darf ich mal kurz stören!«, schaltete ich mich ein, »das ist doch alles ganz verrückt. Ich glaube kein Wort. Sie wollen mir weismachen, dass ein gebildeter und attraktiver Mann der Teufel ist. Hier in Krakau! Und warum stellt er mir nach? Sonst hat er wohl nichts zu tun«.

Herr Jazukowicz sah mich gelassen an: »Niemand wird gezwungen zu glauben, was er erkannt hat. Sie sind ein Mensch mit freiem Willen.«

»Und warum heißt er Esra Dreichwerd? Ist das vielleicht ein Pseudonym von Morgenstern? Sagt Ihnen der Name etwas?«

»Esra Dreichwerd …?«, grübelte er, »damit muss man sich beschäftigen, vielleicht ist es …«

»Warum Esra? Das ist doch jüdisch.«

»Das Buch Esra erzählt davon, wie die Juden aus der babylonischen Knechtschaft zurückkehrten«, murmelte er, als würde er mit sich selbst sprechen, »Esra liest seinen Leuten die Thora vor und erklärt ihnen das Wort«.

Er lehnte sich zurück und schaute nach oben. »Das hat Witz«, sagte er schließlich, »er nennt sich nach einem, der die Bibel erklärt. Er geht davon aus, dass Sie nichts wissen«.

»Aber …«, wollte ich protestieren.

»Vermutlich hat er Recht«, fuhr der Rabbi fort und schickte mir einen missbilligenden Blick.

»Aber was will er denn?«

»Gute Frage, was will er …?«

»Ach, Sie wissen es auch nicht, ich merke es schon, und dieses ganze Gerede vom Morgenstern hilft auch nicht weiter! Das ist alles Mumpitz!«

Ich stand abrupt auf und zog Tovosch mit mir: »Komm, wir gehen«.

Herr Jazukowicz blieb sitzen, aber als wir das Gartentor öffneten, hörte ich ihn sagen: »Ich kann Ihnen nichts abnehmen, ich kann es nicht. Sie müssen es selbst herausfinden. Deshalb sind Sie hier«.

Wir waren wortlos einige Minuten gegangen, als Tovosch fragte: »Glaubst du, er spinnt?«

»Ach, nein … eigentlich nicht. Am Anfang kam er mir komisch vor … es ist alles so verwirrend. Was glaubst du?«

»Du kannst doch deinen Freund prüfen!«

»Sag doch nicht immer *mein Freund.*«

»Aber irgendwie ist er es doch.«

»Und was meinst du mit prüfen?«

»Na ja, wenn er ein gefallener Engel ist, dann weiß er bestimmt auch den wahren Namen von Gott und warum Hiob so gequält wurde.«

»Du meinst, ich soll ihn danach fragen?«

»Raffiniert aushorchen.«

Es wurde immer verrückter, jetzt erklärte mir schon ein Kind, wie ich Dinge herausfinden konnte, die bisher niemand ergründet hatte. Ich musste nur den Teufel aushorchen, es war ganz einfach. Herr Luzifer, wie war das eigentlich mit Hiob damals, und warum wurde Gott auf seine Freunde zornig? Und bei der Gelegenheit, wie heißt Gott eigentlich wirklich? Ich brauche Vor- und Nachnamen, eventuell noch seine E-mail-Adresse, das ist schon alles. Für Sie eine Kleinigkeit. Wenn Sie mir ein bisschen etwas erzählen, weiß ich, dass Sie Bescheid wissen, und Sie bekommen eine Titelstory in meiner Zeitung.

»Papusch hat lange über Hiob gegrübelt«, fuhr Tovosch fort,

»und sogar ich konnte ihm nicht weiterhelfen. Aber du könntest das Rätsel lösen«.

»Hör mal, hier geht es nicht um Rätselraten, hier geht es um den Teufel. Hast du gar keine Angst?«

Der Tag war so hell, die Sonne schien unbändig, und Müßiggänger lümmelten lachend in den Straßencafés, so dass mir meine Frage sofort absurd vorkam. Prompt antwortete sie: »Im Moment nicht«.

»Aber du bist doch bei der letzten Begegnung weggelaufen.«

»Ich hatte plötzlich so ein komisches Gefühl.«

»Das nennt man Angst.«

»Meinst du? Vielleicht wollte ich auch nicht seine Hörner sehen und dachte, er könnte mich damit aufspießen.«

»Hörner! Glaubst du, er ist ein Stier, und du bist der Torero?«

»Was ist ein Torero?«

»Ein Mann, der einen Stier mit einem roten Tuch reizt, bis der Stier ihn aufspießt.«

»Aber der Torero kann auch den Stier aufspießen, nicht wahr? Kannst du ihn nicht reizen?«

»Deine Phantasie und Rothschilds Geld, und wir wären gemachte Leute.«

»Aber wir haben nun mal nur meine Phantasie«, erwiderte sie starrsinnig, »du musst ihn reizen«.

Eigentlich gar nicht so dumm, was sie sagt, kam es mir in den Sinn. Vielleicht bekomme ich auf die Art und Weise heraus, wer er wirklich ist. Es hat nur den kleinen Nachteil, dass er mich aufspießen könnte.

»Ich überlege es mir, und wenn er mich auf die Hörner genommen hat, sage ich dir Bescheid.«

»Gute Idee, aber vergiss es bitte nicht.«

Wir schlenderten in die Bochenska, jene Gasse, die wir vor einer Weile schon einmal durchquert hatten. Neben einer Straßenlaterne erkannte ich das windschiefe Häuschen, das von seinen Nachbarn gestützt werden musste. Die Fenster im ersten

Stock schauten blind auf die Straße hinab, und von einem Ladengeschäft unten war außer einer wurmstichigen Tür nichts mehr zu erkennen.

»Hier war doch Wolf Friedmans Geschäft«, sagte ich.

»Ja«, hörte ich Tovosch, »und gleich wird Papusch kommen«.

Ich erinnerte mich, Leibisch war nach der Seance mit seinem Freund Kozlowski unterwegs gewesen – wo ich ihn doch lieber mit Hetwa zusammen gesehen hätte. Im dem Moment veränderte sich die Front des Hauses, die altersschwache Tür verjüngte sich, über ihr baumelte ein Messingschild mit der Aufschrift *W. Friedman, Optik – Brillen*, und das ganze Haus schien sich zu straffen, als wollte es sich zu einem würdigen Zustand emporrecken. Die Straßenlaternen glimmten auf …

20
Die Pfeile des Allmächtigen

Es war weit nach Mitternacht, als Leibisch sich dem elterlichen Haus näherte und durch die Seitentür einer Nebengasse hineinschlüpfte. Hier, nur durch eine Wand vom Ladengeschäft seines Vaters getrennt, hatte er sich ein kleines Studierzimmer eingerichtet mit einem Stehpult, vielen Büchern an den Wänden und einer Liege zum Schlafen. Er zog sich nachdenklich aus und öffnete die Tür zum Gang, um zur Toilette zu gelangen, als er eine leise Stimme hörte.

»Mamusch?«, fragte er.

Von der Treppe tönte ein Knarren, dann hörte man das Tappen von nackten Füßen, die näherkamen.

»Ja, ich bin's«, flüsterte Esther, »wo kommst du nur her, Leibisch?«

Das Flüstern animierte ihn, ebenfalls zu flüstern: »Du wirst nicht glauben, wo ich war«.

»Na, sag schon, ich bin gespannt wie ein Flitzebogen.«

»Ich war bei einer Seance.«

»Was?« Die Stimme Esthers verlor ihren Flüsterton. »Du warst bei einer Teufelsveranstaltung?«

»Komm in mein Zimmer, wir wecken sonst Papusch auf.«

Die beiden tasteten sich im Halbdunkel in Leibischs Studierzimmer, er zog leise die Tür zu. Seine Mutter stand im Morgenrock vor ihm und sah ihn entgeistert an.

»Es ist nicht so, wie du denkst«, hob er an.

»Ich weiß, was eine Seance ist, eine Beschwörung der Toten – und da machst du mit?«

»Marek hat mich mitgenommen, ich konnte gar nicht anders.«

»Ach, dieser Kozlowski, hat der mit seinen Zähnen und Gebissen nicht genug zu tun?«

»Es war sehr interessant, wie eine Theateraufführung, mit einem glänzenden Hauptdarsteller.«

»Und? Hat euch jemand aus dem Jenseits zugewinkt? Habt ihr einen Rat bekommen fürs Leben hier?«

»Ja, es ist was passiert. Die Kerzen gingen aus, und der Spiritist fiel vom Stuhl.«

»Leibisch, Leibisch, für so einen Nonsens gibst du dich her.«

»Man muss so was kennen lernen.«

»Wozu?«

»Es erweitert den Horizont.«

»Mein lieber Leibisch, hoffentlich hast du niemandem erzählt, dass du Rabbiner werden willst. Und hoffentlich kann dein Freund schweigen.«

Leibisch lachte leise: »Ich glaube, er hat es auch nicht ganz ernst genommen«.

»Es gibt Wichtigeres, viel Wichtigeres … ich habe deinem Vater von deiner Liebschaft erzählt.«

»Warum denn?«, fragte Leibisch spitz.

»Na, du hast doch ernsthafte Absichten, oder?«

Leibisch setzte sich auf die Liege, ja, er hatte ernsthafte Absichten, aber das wusste er noch gar nicht lange, es war ihm selbst verborgen gewesen, und jetzt, da ihn seine Mutter darauf stieß, spürte er sein Herz pochen.

»Ja, Mamusch«, murmelte er, »ich bin sicher, dass ich verliebt bin.«

»Verliebt, verliebt. Was für eine Allerweltsvokabel. Springt dir das Herz heraus, wenn du sie siehst, gehst du auf dem Kopf, wenn du an sie denkst?«

Leibisch nickte, und Esther setzte sich zu ihm.

»Oh, Sohnele, das ist ein wunderbarer Zustand.« Sie hielt inne: »Aber doch auch eine gefährliche Krankheit. Da muss man aufpassen, dass man nicht meschugge wird. Hast du mit ihr gesprochen?«

»Ja, aber …«

»Sie ist doch auch in dich verliebt?«

»Ich glaube schon.«

»Du glaubst? Das muss man fühlen mit dem ganzen Körper.«

In Leibischs Kopf purzelte allerhand durcheinander. Einerseits wollte er ja seiner Mutter erzählen, was geschehen war, andererseits schämte er sich, sollte er vielleicht sagen, dass er affengleich auf dem Baum gesessen hatte und nach Hetwas Blick die Äste hinabgerutscht und vor Glück wie ein Derwisch die Wrzeszynska entlang gesprungen war? Und von seiner Schauspielerfreundin Renia durfte er schon gar nichts erzählen, da könnte er ja gleich mitteilen, dass er zum Buddhismus überlaufen will.

Er nickte: »Mit dem ganzen Körper fühle ich es«.

Esther seufzte: »Wie machen wir das bloß deinem Vater klar?«.

»Wieso? Was hat er denn damit zu tun?«

»Na, du willst ihn doch nicht ausschließen! Die Väter sind bei so einer Angelegenheit ganz wichtig.«

Jetzt seufzte Leibisch, und seine Mutter drückte ihn an sich.

»Sohnele, ein schweres Stück Arbeit kommt auf uns zu«, sagte sie, »denn dein Vater hält nichts vom alten Bester«.

»Wieso kennt er denn den Namen?«

»Ich habe eine Seance veranstaltet und den Namen unter Trance ausgesprochen.«

Leibisch sprang auf: »Du hast alles verraten! Kannst du nicht mal was für dich behalten?«

»Eine Mutter in Trance spricht aus, was sie fühlt.«

»Ich wollte Papusch peu-à-peu einweihen, und du plapperst es einfach aus.«

»Aber wie viele Jahre wolltest du dir noch Zeit lassen? Man muss das Eisen schmieden, solange es heiß ist.«

Leibisch stellte sich an sein Stehpult und tat so, als sei sie nicht da.

»Hör mal, wir haben ein Problem«, erklärte Esther, »wir müssen deinen Vater überzeugen, dass Salomon Bester gar kein so übler Jude ist – Wolf glaubt nämlich, dass der Mammon sein Gott ist.«

»Ach«, sagte Leibisch unwillig, »Hetwas Vater ist lediglich ein erfolgreicher Kaufmann. Und mit dem Teufel macht er keine Geschäfte«.

»Hoffentlich!«, erwiderte sie und stand auf, »und er schaut auch nicht auf uns herab?«

»Warum sollte er?«

»Reiche Leute haben das manchmal so an sich. Sie plantschen im Geld und glauben irgendwann, es sei eine Art Parfüm, das sie adelt.«

»Nein, nein, das ist bei Hetwa und ihrer Familie nicht so, da kannst du ganz beruhigt sein.«

»Weißt du was – erzähl deinem Vater so ganz nebenbei, dass du gesehen hättest, wie der alte Bester die Tefillin angelegt hat.« Sie hob die Arme hoch: »Ein Zufall! Eigentlich lässt er sich nicht dabei erwischen«.

Leibisch ächzte, bis jetzt war er noch nicht einmal in die Nähe von Hetwas Vater gekommen, und jetzt sollte er so tun, als wären sie Vertraute beim Morgengebet.

»Ich muss mir das überlegen«, murmelte er, »aber jetzt bin ich zu müde dafür«.

Esther ging zu ihrem Sohn und gab ihm einen Kuss: »Schlaf gut, Sohnele, hast Recht, morgen ist auch noch ein Tag, an dem man sich den Kopf zerbrechen kann«.

Beim Frühstück am nächsten Morgen fiel kein Wort von dem, was letzte Nacht passiert war. Esther wollte wissen, was ihre Männer heute vorhätten, und Wolf murmelte einsilbig, dass er zwei wichtige Kunden im Laufe des Vormittags erwarte, während Leibisch ein paar Einzelheiten vom Rabbiner-Seminar mitteilte.

Nachdem er in seinem Zimmer die Studienmappe geordnet hatte und gerade aus dem Haus wollte, kam sein Vater von nebenan zu ihm und schloss sorgfältig die Tür zum Gang.

»Hör mal«, sagte er, »wir müssen mal von Mann zu Mann sprechen«.

Leibisch hielt inne: »Jetzt?«

»Es dauert nicht lang. Es ist nur ... also ... ich weiß Bescheid.«

Leibisch sah ihn bestürzt an.

»Ja, glaubst du vielleicht, ein Vater merkt so was nicht. Unsereins hat für so etwas ein Gefühl. Ich spüre doch, dass du nicht nur deine Bücher im Kopf hast. Ich spüre instinktiv, dass du ... verliebt bist.«

Leibisch entspannte sich. Aber nur innerlich. Eigentlich war ihm sogar zum Lachen zumute. Doch er blieb ernst und verfolgte aufmerksam die Worte seines Vaters.

»Das ist völlig normal«, fuhr Wolf fort, »jener, dessen Namen auszusprechen mir nicht zukommt, hat die Liebe geschaffen. Wie könnte ich an seinem Konzept Kritik üben.«

Er hüstelte, machte eine Pause und griff sich an den Bart: »Jedoch – im Einzelfall fragt es sich, wen genau man liebt. Hier taucht gewissermaßen ein Problem auf«.

»Aber Papusch«, sagte Leibisch, »das ist gar kein Problem, man kann sich ja nicht gegen die Liebe wehren«.

»Du meinst, sie ist wie ein Spitzbube, der einen nachts überfällt?«

»Nein, sie überfällt einen tagsüber, während man im Café sitzt und ganz ahnungslos ist.«

Wolf Friedman inspizierte seinen Sohn mit Blicken, schließlich fragte er: »Du willst sagen, du hast dich im Café verliebt?«

»Da ist es mir klar geworden ... plötzlich war es da.«

»Was war da plötzlich?«

»Wie soll ich sagen ... dieses Gefühl, eine Art Sehnsucht. Du hast doch auch ein Gespür dafür, du hast es bei mir doch festgestellt.«

»Stimmt, ich habe es ja auch gemerkt. Schon seit einiger Zeit. Es ist mir nicht entgangen. Ja, ja, dieses Gefühl ist wie ein Zugpferd. Es zieht einen …«

In plötzlicher Eingebung fragte Leibisch: »Wie war es eigentlich bei dir und Mamusch? Hast du ihr einen Antrag gemacht?«

Sein Vater schaute ihn versonnen an: »Schlimmer, schlimmer. Ich hab mich nicht getraut, obwohl ich sie öfter gesehen habe. Aber irgendwann bin ich auf den Trichter gekommen. Ich hab ihr Briefchen geschickt – bis sie schließlich einem Rendezvous zugestimmt hat. Da ist mir ein Stein vom Herzen gefallen, und meine Zunge hat sich gelöst«.

»Gar nicht dumm«, murmelte Leibisch.

»Glaubst du, du bist der Sohn von Dummerjahns! Zurück zu deinem Gefühl, es zieht dich – wohin eigentlich?«

»Du meinst, wer sie ist?«

»Ach, ich will dich nicht ausfragen, vor allem nicht über Dinge, die ich intuitiv schon selbst herausgefunden habe. Ich weiß, wer sie ist.«

Wolf Friedman schaute seinen Sohn liebevoll an, doch in seinem Blick lag auch eine Spur von Triumph: »Es ist die Tochter von Salomon Bester«.

Leibisch nickte ergeben: »Es ist Hetwa, er hat noch eine andere Tochter, sie heißt Hinda. Und ich weiß auch, wie du über Salomon Bester denkst«.

»Eben! Das ist es.«

»Du hältst ihn für einen Abtrünnigen.«

»Ach, nicht so große Worte. Aber er hat sich von uns entfernt, ist es nicht so?«

Leibisch dachte im Grunde ähnlich wie sein Vater, durfte es aber nicht zugeben. Auf keinen Fall aber durfte er gestehen, dass er Salomon Bester noch gar nicht kennen gelernt hatte.

»Hetwa hat dich doch bestimmt schon vorgestellt«, fuhr Wolf fort, »du kennst ihn also. Ist er so, wie man sich erzählt?«

»Was erzählt man sich denn?«, fragte Leibisch, um Zeit zu gewinnen.

»Na hör mal, dieser Bester gehört zu den reichsten Leuten der Stadt, ein Midas – was er anfasst, wird zu Gold. Solche Typen sitzen auf ihrem Geldberg und brüten ständig neue Goldeier aus, die haben für uns Kazimierz-Juden nichts übrig.«

»Na ja, also … eigentlich ist er ganz sympathisch … und ich habe sogar bei einem Blick auf seinen Schreibtisch, ich wollte es gar nicht glauben, aber da sah ich … die Tefillin.«

»Wirklich!« rief Wolf aus, »das ist ja … das hätte ich ihm gar nicht zugetraut. Er lebt also doch sein Judentum, wenn auch heimlich. Interessant. Hochinteressant.«

Leibisch hob die Schultern: »Ich war auch überrascht«.

»Weißt du«, erklärte sein Vater, »ich will vor allem das Herz deiner Mutter nicht beschweren. Sie weiß von alldem nichts, aber es wäre doch ein harter Schlag für sie, wenn du, ein angehender Rabbiner, in ein ungläubiges Haus einheiraten wolltest, in dem am Ende Zionismus oder noch Schlimmeres gepredigt wird«.

Leibisch murmelte: »Ja, ja«, dann sah er auf die Uhr: »Papusch, ich muss jetzt leider gehen«.

»Natürlich, natürlich, das Seminar wartet. Ich bin jedenfalls froh, dass wir uns ausgesprochen haben. So ein Gespräch unter Männern ist erfrischend und klärt vieles. Und du siehst, wie wachsam das Gefühl eines Vaters ist.«

Wolf umarmte seinen Sohn und sah ihm durchs Fenster nach, wie er davoneilte, und dabei murmelte er: »Der Midas Bester, er hat auf ganzer Linie gesiegt und doch die Tefillin bewahrt«.

Die Vorlesung war gerade zu Ende, als Leibisch in den Hörsaal trat, in dem einzelne Grüppchen noch herumstanden und diskutierten. Sein Kommilitone und Freund Zvi Jazukowicz winkte ihn heran: »Wo warst du denn?«

»Mein Vater hat mich aufgehalten. Hab ich was versäumt?«

»Es ging über Hiob. Die Frage ist doch, warum lässt Gott es zu, dass der Teufel seine Hand nach ihm ausstreckt, obwohl er völlig unschuldig ist. Rabbi Jesserlo meinte, es sei eine Strafe für die unbemerkten Fehler, für Unterlassungen überhaupt – aber ich bin nicht dieser Auffassung. Was denkst du?«

»Hiob, das ist so ein Fall, über den ich nachgrübele, seitdem ich hier bin«, antwortete Leibisch, »es tut mir in der Seele weh, dass ich die Vorlesung verpasst habe«.

»Vielleicht ist das das Stichwort«, erwiderte Zvi nachdenklich. »Seele. Geht es nicht darum? Alles kann dir Satan nehmen, nur bei der Seele scheitert er. Komm, lass uns zur Bibliothek gehen.«

Sie verließen den Hörsaal, um im Schlenderschritt die Bibliothek zu erreichen. Sie besaß einen Vorraum mit einer Reihe von Tischen und Bänken, an denen andere Studenten schon saßen und heftig diskutierten. Zvi setzte sich auf einen freien Stuhl, und Leibisch nahm ihm gegenüber Platz.

»Warum ist die Seele für ihn überhaupt so wichtig?«, fragte Leibisch.

»Alles, was mit Luzifer zusammenhängt, ist mit einem Schleier umgeben, und jeder schreckt davor zurück, diesen Schleier auch nur ein Zipfelchen zu lüften.«

»Wir können also nur spekulieren.«

»Ja, aber mit Verstand. Ist es nicht so, dass die Seele das einzig Lebendige überhaupt ist? Wir zerfallen zu Staub, aber sie bleibt. Sie ist die Essenz von uns, könnte man sagen.«

»Und wenn man nicht an die Seele glaubt?«, warf Leibisch ein. »Es gibt genug Ungläubige, warum sollte sich Luzifer mit den Gläubigen abplagen, wo es ein Leichtes für ihn wäre, die Seelen der Ungläubigen zu jagen und reiche Beute zu machen.«

»Wer sagt dir, dass er das nicht tut? Aber bei Hiob geht es um etwas anderes, um Wichtigeres. Als ich die Geschichte las, war ich völlig verstört, ich konnte an nichts mehr anderes denken. Nicht, weil Hiob alles genommen wird, sein ganzes Vermögen und seine Gesundheit, und sogar seine zehn Kinder sterben müssen. Weißt du, was ich für ein Gefühl hatte?«

Leibisch sah Zvi fragend an.

»Ich war enttäuscht. Ich war bitter enttäuscht von Gott.«

»Weil er all das zulässt?«

»Nein. Weil er sich auf eine Wette mit Satan einlässt.«

»Aber darauf lässt er sich doch nur ein, um Hiob zu prüfen.«

»Das ist es ja! Sind wir denn Wettgegenstände, Spielbälle? Die Gottessöhne kamen vor den Herrn, heißt es, und einer von ihnen, der Widersacher, fragt ihn listig, ob denn Hiob nicht allen Grund hat, Gott zu verehren. Schließlich habe der Herr seine Hände gesegnet und ihn wohlhabend gemacht. Wenn er aber alles verlieren würde, dann würde er dem Herrn ins Gesicht fluchen …«

»Eine Prüfung.«

»Nein, ein Spiel, auf das Gott sich einlässt. Er will sehen, ob sein Geschöpf von ihm abfällt.«

»Heißt es nicht, wir sollen glauben, auch wenn der Verstand nicht versteht. Außerdem fügt sich Hiob in sein Schicksal. Er sagt doch, der Herr hat gegeben, der Herr hat genommen, gelobt sei der Name des Herrn.«

»Falsch!«, rief Zvi erregt aus, »er fügt sich überhaupt nicht. Zwar erklärt er das seiner Frau, die ihn auffordert, Gott zu verfluchen, aber in Wirklichkeit leidet er wie ein Hund und spricht davon, dass die Pfeile des Allmächtigen in ihm stecken und sein Geist ihr Gift getrunken hat. Und dann sagt er etwas Hochinteressantes. Gottes Schrecken hätten sich gegen ihn gestellt.«

»Gottes Schrecken? Sagt er das wirklich? Es sind doch die Satans.«

»Wir müssen schon den Text ernst nehmen, Leibisch. Und da heißt es nun mal Gottes Schrecken.«

»Ich kann das nicht so wortwörtlich auffassen. Es geht doch darum, den Sinn zu begreifen.«

»Du sagst es. Genau darum geht es«, erwiderte Zvi Jazukowicz. »Ist dir nicht aufgefallen, wie inständig Hiob immer wieder um Erklärung bittet. Er will nicht nur eine Auskunft, nein, er ist begierig darauf, belehrt zu werden, er sehnt sich mit jeder Faser seines Körpers danach. Lass mich wissen, warum du mich befehdest! Und er fragt Gott: Hast du die Augen eines Sterblichen, siehst du, wie Menschen sehen?«

»Du meinst, das ist eine Anklage?«

»So verstehe ich es. Das Geschöpf klagt seinen Schöpfer an. Es wirft ihm vor, nicht mit ihm zu sein, ja vielleicht sogar, sein Leiden nicht zu empfinden.«

Leibisch sah Zvi mit großen Augen an: »Das kann nicht sein. Du sagst damit, Gott hat kein Mitleid. Rabbi Jesserlo würde das für Blasphemie halten.«

»Recht hätte er. Das ganze Buch Hiob ist eine Blasphemie. Und doch ist es aufgenommen worden in die heiligen Schriften. Leibisch! Wozu hat uns Gott Verstand gegeben! Dafür, dass wir ihn in die Ecke kehren? Hiob hat meine volle Sympathie, er verhält sich tadellos. Im Grunde fordert er nämlich Gott heraus.«

»Augenblick mal, du vergisst, wie seine Freunde ihm ins Gewissen reden. Zofar fragt ihn, ob er die Tiefen Gottes finden, ob er bis zur Vollkommenheit des Allmächtigen vordringen will?«

»Und du vergisst, was Gott über Zofar und seine Freunde sagt. Sie hätten nichts Wahres von ihm geredet. Und deshalb sei er in Zorn entbrannt gegen sie. Hiob soll Fürbitte für sie einlegen, damit er ihnen nichts Schlimmes antut. Hiob, ausgerechnet Hiob, der Uneinsichtige, der Hadernde, der elend und von Geschwüren bedeckt im Staub sitzt, soll Fürbitte einlegen! Unglaublich.«

»Das ist für mich die rätselhafteste Stelle im ganzen Buch«, erklärte Leibisch, »Zofar verteidigt doch ausdrücklich Gott und sein Tun, er weist Hiob zurecht, nur heftiger Wind seien seine Klagen, und er macht ihm klar, dass ihre Tage auf Erden wie Schatten sind. Zofar will, dass Hiob sein Schicksal trägt, er kann sein Lamento nicht mehr hören. Und ich kann nicht verstehen, warum Gott zornig auf Zofar ist, der doch in seinem Sinne spricht«.

»Ich will nicht behaupten, dass ich die Stelle verstehe. Aber erklären könnte ich sie schon«, erwiderte sein Freund und machte eine Pause.

»Red schon, Zvi, spann mich nicht auf die Folter.«

»Dieser Zofar ist ein Schlingel, und ein übler dazu«, antwortete Zvi. »Er tadelt das Opfer, er meint, dass es bestimmt Gründe gibt, warum Hiob all das Schreckliche widerfährt nach dem Motto, wenn die armen Leute sich schneller drehen würden, wären sie nicht so arm. In Wirklichkeit aber will er Gott um jeden Preis retten. Nein, falsch, er will nicht Gott retten, er will seinen hergebrachten Glauben an ihn retten. Er opfert Hiob, und das tut er aus egoistischen Gründen, denn er will selbstgerecht und zufrieden weiterleben«.

Leibisch nickte nachdenklich: »Aber Hiob fordert Gott auf, ihm von Angesicht zu Angesicht zu erscheinen, von ihm will er wissen, ob er zu Recht leidet«.

»Und der Herr erscheint auch«, fügte Zvi an, »er antwortet Hiob aus dem Sturm. Aber was ist das für eine Antwort? Zuerst erklärt ihm der Allmächtige, dass er Anfang und Ende sei. Doch das war gar nicht Hiobs Frage, daran hat er nie gezweifelt. Sodann klärt er das elende Menschlein Hiob über seine Schöpferkraft auf, er macht ihm klar, wie groß und mächtig er dasteht und was für ein Wicht doch Hiob ist. Man könnte sagen, er prahlt mit seiner Macht und Herrschaft. Aber er geht mit keinem Wort auf Hiobs Klage ein. Die ja eigentlich eine Frage ist.«

»Warum tust du mir das an?«

»Genau! Warum ignoriert Gott sie völlig? Er könnte doch sagen, dass seine Gerechtigkeit über die Vorstellungskraft Hiobs hinausgeht. Das wäre so etwas wie ein Trost. Aber davon kein Wort. Stattdessen staucht er Hiob zusammen, fragt ihn, ob er einen Arm wie er habe, mit Donnerstimme dröhnen und das Krokodil am Angelhaken ziehen kann. Ich kann mir nicht helfen, aber dieser Gott tritt als sarkastischer Angeber auf …«

»Weißt du, was du da sagst?«, flüsterte Leibisch.

Zvi antwortete heftig: »Ich glaub schon. Aber soll ich zu einer Kanaille wie Zofar werden? Der alles rechtfertigt! Und Hiob auf dem Altar seiner Selbstliebe opfert!«

Leibisch sah seinen Freund halb erschrocken, halb bewundernd an, dann sagte er: »Es muss noch etwas geben, ein Element, an das wir bisher nicht dachten. Ich glaube nicht, dass Gott ein sarkastischer Angeber ist …«

21
Wer kann schon den Teufel interviewen!

Ein schwarzer Himmel, durch den weiße Wolken fliegen, eine Kathedrale auf einem Hügel, es ist seltsam hell, ich stehe an einem Abgrund, unter mir die Tiefe, wo dichter Nebel wabert. Jemand lauert hinter mir, ich sehe einen Schatten und erinnere mich an Rosa Urbainczyks Worte. Beobachten soll ich! Ich versuche, meinen Kopf zu drehen … und jetzt … jetzt erhasche ich einen Umriss … aber schon falle ich, stürze in die endlose Tiefe.

Ich wachte auf, schreckte hoch, fasste mir an die Stirn. Sie war schweißnass. Dabei war das Zimmer klimatisiert, sogar der Ventilator drehte seine Runden, es herrschten milde Temperaturen, hier durfte man überhaupt nicht ins Schwitzen kommen. Ich warf die Decke von mir und schlurfte zum Balkon. Hatte ich in meinem Traum ein männliches Gesicht gesehen? Ich war mir nicht sicher. Jetzt in der Nacht fühlte sich die Luft warm und seidig an, die Stadt lag eingehüllt in Dunkelheit, nur die Straßenlaternen spendeten ein schummriges Licht. Der Himmel spannte sich als dunkelblaues Tuch über mir, in das Mond und Sterne eingenäht waren. Sie strahlten in ungewöhnlichem Glanz, und als ich zu ihnen aufschaute, blendeten sie mich sogar. Ich ging ins Bad, trank ein Glas Wasser und stellte mich unter die Dusche. Zuerst warm, dann kalt, eine Weile blieb ich unter dem eisig werdenden Sprühregen stehen, bis er zu stechen begann. Beim Abtrocknen wusste ich, was ich tun musste. Rabbi Jazukowicz hatte es wie nebenbei im Garten der »Alten Schul« hingesprochen – er hatte Recht, ich musste mich mit dem Namen beschäftigen, dem Namen Dreichwerd. Ich setzte mich an den kleinen Schreibtisch, nahm einen Bogen des Hotelpapiers und schrieb in Großbuchstaben DREICHWERD darauf. Dann tauschte ich die Buchstaben aus. Ein Anagramm, es musste ein Anagramm sein! Ich kam auf Redweirchd,

Wreichderd, Heidwrercd – alles Quark. Hatte ich vielleicht geglaubt, ich könnte den Namen Luzifer oder Satan aus diesen Buchstaben herausdestillieren? Ich warf den Stift auf den Tisch, und mir fiel eine alte jüdische Geschichte ein. Wenn ein Mensch sich zum Schriftsteller berufen fühlt, nimmt Gott aus seinem großen Vorrat soundso viele Buchstaben und schenkt sie ihm. Ist der Schriftsteller klug, so zählt er jeden Buchstaben, bevor er ihn benutzt. Ist er nicht klug, verschwendet er die Buchstaben. Ich zählte die Buchstaben, doch den Vornamen, diesen zum Nachnamen gar nicht passenden Vornamen, musste ich einbeziehen. Vierzehn Buchstaben! Völlig unverdächtig. Wären es dreizehn, hätte ich jubiliert. Dreizehn ist eine besondere Zahl, eine Hexenzahl, vor der sich abergläubische Leute fürchten.

ESRADREICHWERD stand auf dem Blatt Papier. Wieder stellte ich um und stieß dabei auf so klangvolle Namen wie Dreiwerraches und Werresdreiach und Resdrachwerei – bis mir plötzlich ein Licht aufging. Warum denn nur ein Wort, zwei Worte könnten es sein, Vor- und Nachname. DER, schrieb ich, und dann floss das nächste Wort wie selbstverständlich aus dem Kugelschreiber, WIDERSACHER. Der Widersacher, das war es! Ein anderes Wort für Luzifer, hatte es nicht Zvi Jazukowicz im Gespräch mit Leibisch auch verwendet?

Sabina-Esther, was treibst du da für einen Unsinn! Stellst Buchstaben solange um, bis du ein einigermaßen sinnvolles Wort aufkritzelst. Und dann glaubst du auch noch, dass es etwas mit dem Teufel zu tun hat. – Es ist die Bezeichnung für den Teufel, und was ich mache, ist der einzig sinnvolle Weg, dahinter zu kommen. – Sinnvoll wäre es, deinen Verstand zu gebrauchen. Glaubst du, dass der Teufel erpicht ist, mit dir ein Rendezvous zu haben? – Warum denn nicht, bin ich nicht auch für den Teufel attraktiv? – Wenn es so wäre, sollte es dir Angst machen. Aber mit dir ist nicht zu reden, du kannst mich abschalten, dein heller Verstand ist dir ja doch nichts wert.

Ich ließ mich aufs Bett fallen, vielleicht war es richtig, was mir durch den Kopf ging. Man konnte aus jedem Namen ein Anagramm machen, was bedeutete das schon. Andererseits steckte der Name Widersacher im Namen Esra Dreichwerd, das konnte ich nicht leugnen. Oder war ich im Begriff, zu einer esoterischen Spinnerin zu mutieren? Ich brauchte Klarheit, morgen würde ich … morgen musste ich … mich überkam eine große Müdigkeit, als hätte ich die letzte Stunde damit verbracht, Steine hin und her zu schleppen. Mein Kopf sank aufs Kissen, und ich dämmerte hinweg.

Beim Frühstück am nächsten Morgen strich mein rothaariger Kellner um mich herum und versuchte, mir meine Wünsche vom Mund abzulesen. Ob ich noch ein Glas Orangensaft wolle? Ja, ich wollte, und er nahm meine freundliche Zustimmung zum Anlass, mich zu fragen, woher ich käme. Aus Stuttgart? Sei das nicht die Stadt, wo auch Porsche herkäme, fragte er mit Leuchtaugen, und meine Befürchtung wuchs, dass er mich demnächst mit Frau Porsche ansprechen würde. Heute begänne übrigens ein Kulturfestival in Kazimierz, erzählte er, vielleicht würde mich das interessieren. Kleszmer-Musik, Jazz, Lesungen – er tat geradeso, als wäre er der Impresario und müsse die Trommeln dafür rühren, doch in Wirklichkeit wollte er mir sagen, dass er Karten beschaffen könne und als Begleitung in Frage käme. Ich dankte für den Tipp, und er antwortete beflissen, dass ich mich jederzeit wegen einzelner Veranstaltungen an ihn wenden könne.

Im Zimmer sah ich meine Kritzeleien der Nacht durch, mein Blick blieb an jenem Wort hängen, dem Anagramm von Esra Dreichwerd. Was sollte ich tun? Rosa Urbainczyk würde mir wahrscheinlich den Rat geben, dass ich irgendjemanden umarmen solle, am besten Dreichwerd selbst. Ich musste zu Rabbi Jazukowicz, zu wem sonst? Oder sollte ich versuchen, Dreichwerd zu erreichen? Aber wie, ich wusste nicht, wo er wohnte. Ich könnte die Hotels der Stadt nacheinander anrufen und nach ihm fragen. Aber selbst, wenn ich ihn auf die Art aufspürte, was könnte ich sagen? Hören Sie, ich habe herausgefunden, dass Sie der Widersacher sind, der Teufel, Luzifer, Mephisto. Was wollen Sie von mir? Wollen Sie lästig werden! Und haben Sie nichts Besseres zu tun, als unter Menschen herumzuschleichen und sich ihnen aufzudrängen? Ich griff zum Handy und wählte unsere Nummer in Stuttgart. Vielleicht wusste Kobi Rat. Es klingelte zweimal, dann hörte ich seine Stimme.

»Ich habe herausgefunden, was der Satz mit dem Morgenstern bedeutet«, überfiel ich ihn.

»Sehr schön, meine Spürnase – und?«

»Es ist eine Stelle aus Jesaja. Und Morgenstern ist eine andere Bezeichnung für den Teufel.«

Ich hatte geglaubt, ihn zu verblüffen, aber er antwortete: »Es gibt viele Stellen in der Bibel über den Teufel, weshalb interessiert sie dich so?«

Mir wurde klar, dass er nichts über die letzten Ereignisse wusste, und sollte ich ihm etwa erzählen, dass ich einen attraktiven Burschen in Krakau kennen gelernt hatte, der kein anderer als Luzifer war?

»Die Sache ist so«, erklärte ich, »dieses kleine Mädchen, von der ich dir erzählt habe, wird von einem Mann verfolgt, der ihr dieses Morgenstern-Zitat gesagt hat. Hier nennt er sich aber Esra Dreichwerd. Und weißt du, was dieser Name bedeutet?«

»Ich habe keine Ahnung.«

»Der Widersacher. Es ist ein Anagramm.«

»Der Widersacher«, wiederholte er, »sehr interessant, das spricht wirklich für den Teufel.«

»Kobi, scherzt du mit mir?«

»Auf keinen Fall. Aber wenn du Gelegenheit hast, diesen Dreichwerd kennen zu lernen, dann musst du zugreifen. Du bist Journalistin. Und wer kann schon den Teufel interviewen?«

»Kobi, du nimmst mich nicht ernst.«

»Im Gegenteil, ich nehme dich und deinen Beruf sehr ernst. Und ich bewundere deine Phantasie und deinen sechsten Sinn. Es fällt mir schwer, das zu sagen, aber sie scheinen sogar meine Genialität zu übertreffen. Die Kleine muss dich zu ihm führen, und du musst ihn ausfragen. Keiner wird später wissen wollen, ob Vision oder Realität. Hast du übrigens einen Rabbiner in Krakau gefunden?«

»Ja.«

»Sag ihm, dass man die Falasch-Mura-Juden in Israel nicht anerkennen will, sie sind angeblich nicht beschnitten. Und frag ihn, wie er darüber denkt.«

Eine halbe Stunde später strebte ich mit schnellen Schritten zur Alten Synagoge in Kazimierz. Ich musste mit Herrn Jazukowicz reden, er wusste viel mehr, als er vorgab, er musste mir weiterhelfen. Der Haupteingang war geschlossen, ich wandte mich sofort zur Seitengasse, bis ich zu dem Hintereingang kam. Ich klopfte an die Tür, aber mein Klopfen hörte sich an, als würde ein Mäuschen an einer Betontür pochen. Schließlich schlug ich mit der Faust gegen die Tür – mit dem Ergebnis, dass mir die Hand schmerzte. Ich griff nach der verrosteten Klinke und wollte sie mit Gewalt niederdrücken. Doch seltsamerweise öffnete sich die Tür freiwillig, sie war gar nicht verschlossen. Den Gang entlanglaufend, erinnerte ich mich an die merkwürdigen Typen, die ich schon einmal hier angetroffen hatte. Es kam darauf an, die richtige Tür zu öffnen. Aber welche war das? Sabina-Esther, denk nach, welche Eingänge hast du schon geöffnet? Nein, Sabina-Esther, verlass dich auf deine Intuition, nimm die Klinke in die Hand, die dir sympathisch ist. Unsinn, seit wann kann eine Klinke sympathisch sein? Ich machte Halt im Gang und wusste nicht weiter, als eine Staubflocke, durch meine Bewegung aufgewirbelt, langsam vor einer Tür niederwehte. Ohne lang nachzudenken, ging ich auf sie zu und wollte sie öffnen. Nein, klopfen, vorher anklopfen, wir wollen nicht alle Regeln der Höflichkeit vergessen. Ich klopfte einmal, keine Antwort, ich klopfte zum zweiten Mal, wieder keine Antwort, jetzt pochte ich energisch gegen die Tür, und da ich wieder nichts hörte, drückte ich die Klinke nieder. Der Eingang öffnete sich. Und da saß wahrhaftig Rabbi Jazukowicz an einem Tisch voller Bücher. Er schien vollkommen auf die Lektüre konzentriert, ich aber war glücklich, ihn gefunden zu haben und wollte nicht warten, bis er aus seiner gelehrten Erstarrung erwachte: »Herr Jazukowicz, ich bin es noch einmal, ich weiß jetzt, was der Name Dreichwerd bedeutet! Ich habe es herausgefunden. Aber Sie müssen mir sagen, was ich tun soll. Ich weiß, dass Sie sich mit dem Bösen beschäftigt haben«.

Der Rabbi gab keine Antwort, stattdessen stand er auf und goss sich aus einer unförmigen Kanne Tee in einen Becher. Er tat geradeso, als wäre ich nicht im Raum.

»Herr Jazukowicz, hören Sie mich? Ich bin es, Sabina-Esther Morane. Es ist unglaublich! Der Name ist ein Anagramm. Der Widersacher!«

Jazukowicz schlurfte zu seinem Schreibtisch zurück und wirkte sehr abwesend. Er nippte vom Becher und stellte ihn ab. Schließlich schaute er zu mir, als hätte er mich gerade entdeckt: »Möchten Sie ein Glas Tee?«

»Ja, ja«, antwortete ich hastig.

Er winkte mich heran, reichte mir einen Becher mit schwarzen Rändern, der aussah, als hätte er vor vielen Monaten zum letzten Mal eine Spülbürste gesehen, und kaum hielt ich ihn in der Hand, goss er ein – bis ich aufschrie. Der heiße Tee war mir über die Hand gelaufen, ich ließ das Glas fallen. Es zerschlug auf dem Steinboden, und ich sah ihn ärgerlich an. Er aber lächelte: »Sie sind wie der Becher. Voller Wissen und voller Emotionen. Einen Becher aber, der voll ist, kann man nicht füllen«.

Ich irrte durch die Gassen Kazimierzs wie eine Blinde. Wut brannte in mir lichterloh. Dieser Alte! Jedes Mal foppte er mich aufs Neue. Statt mir einen handfesten Ratschlag zu geben, goss er mir heißen Tee über die Hand und verwies mich wie ein unartiges Schulmädchen aus seinem Zimmer. Ich habe das Rätsel gelöst! hätte ich ihm ins Gesicht schreien sollen, ich weiß Bescheid! Aber wusste ich das wirklich? Schon wieder überfiel mich der Zweifel. Vielleicht sollte ich die ganze Angelegenheit vergessen und mich in das jüdische Festival stürzen, das hier an jeder Ecke um Publikum buhlte. Im Grunde vermisste ich Tovosch, wo war sie, die Kleine? Wenn ich zum alten Ladengeschäft von Wolf Friedman zurückkehrte – vielleicht würde sie dort auftauchen? Nach wenigen Minuten hatte ich die Gasse gefunden und stellte mich vor das schiefe kleine Haus. Ich schloss die Augen und konzentrierte mich. Tovosch, komm herbei, zeig dich! Ich muss dir was erzählen, was ganz Wichtiges! Ich blieb mit zusammengekniffenen Lidern stehen und hoffte, dass mir niemand zusah. Dann öffnete ich die Augen. Nichts. Keine Tovosch. Was war bloß los mit dem Mädchen? Wenn ich sie brauchte, erschien sie nicht. Vielleicht musste ich eine entspanntere Position einnehmen, nicht so verkrampft dastehen. Ich ging auf die gegenüberliegende Seite, setzte mich auf einen Randstein, schloss bedächtig die Augen und versuchte Tovosch vor mein geistiges Auge zu zitieren. Es gelang, ich sah sie, ich sprach sie an, aber sie antwortete nicht, es war nur ein totes Bild. Enttäuscht schlug ich die Augen auf. Ein Pärchen auf der anderen Straßenseite beobachtete mich amüsiert.

Ich ging weiter, bis ich auf den kleinen Marktplatz an der Jozefstraße stieß, auf dem sich auch heute die Händler nach den Kunden streckten. Ich kaufte mir einen Apfel, wusch ihn am Brunnen, biss zornig hinein und wanderte weiter zum Bistro Alhemia an der Ecke, wo draußen auf Korbstühlen junge Leute sich herumflätzten, an ihren Longdrinks nippten und in die Sonne blinzelten. Ich setzte mich auf einen freien Stuhl und fühlte mich ihnen zugehörig. Warum auch nicht? War das nicht die Realität, die ich mir ersehnte? Sollten nicht meine Tage so idyllisch verlaufen, damit ich später schreiben konnte ›Krakau ist eine moderne Großstadt, in der die jungen Leute den Ton angeben‹. – Unsinn, du wirst schreiben, dass Krakau eine Stadt ist, in der der Teufel sich herumtreibt, und imaginäre kleine Mädchen gerade dann nicht auf der Bildfläche erscheinen, wenn man sie sehnlichst herbeiwünscht.

Ich bestellte eine Cola und eine Kleinigkeit zum Essen, eine Quarkspeise mit Pellkartoffeln, und kaum hatte die Kellnerin sie auf den Tisch gestellt, machte ich mich mit großem Appetit darüber her. Das schlichte Gericht schmeckte mir so gut, dass ich alles darüber vergaß, und erst einige ungewöhnliche Klänge mich aufhorchen ließen. Ein junger Mann vom Tisch gegenüber verschwand abrupt im Innern des Bistros. Eben gerade hatte ich ein Saxophon gehört und jetzt zirpte ein Banjo vor sich hin – da drin würde doch nicht etwa eine Jazzsession beginnen? Ich wandte mich an die Kellnerin, die genau das bestätigte. Bei dieser Hitze, rief ich ihr nach, sollte man nicht nach innen gehen müssen. Sie drehte sich herum und antwortete, nach innen und nach unten!

Eine Session durfte ich mir nicht entgehen lassen, ich liebe Jazz, also stand ich auf und eilte in den unübersichtlichen Innenraum, wo neben dem Tresen eine Stiege nach unten führte. Ich tastete mich im Halbdunkel herunter, bis ich in einem etwa vierzig Quadratmeter großen Kellergewölbe landete. Vorn eine Bühne mit einem Klavier und anderen Instrumenten, davor ein paar kleine runde Tische, alle schon besetzt, und sehr viel Stehpublikum, das ständig von oben Nachschub bekam. Mir blieb nichts anderes übrig, als mich an die Wand zu lehnen, um so wenigstens einen Stehplatz zu ergattern. Obwohl der Keller einige Meter unter der Erde lag, rollten mir schon die ersten Schweißperlen von der Stirn. Hier länger auszuharren, konnte in ein Martyrium ausarten.

Es vergingen etwa zehn Minuten, als auf der Bühne ein Mann mit kurzgeschorenem Kopf erschien, sich ans Klavier setzte und zu spielen anfing. Vielmehr waren es Fingerübungen, keine ganzen Melodien, er gewöhnte seine Finger an die Tasten, wollte, dass sie die fremde Klaviatur akzeptierten. Das aber war so gekonnt, dass er spontan Beifall erhielt. Der Schweiß lief mir den Rücken herunter – und trotzdem breitete sich in mir ein Wohlgefühl aus. Ein weiterer Musiker erschien, der das Tenorsaxophon ergriff, und ohne mit dem Pianisten ein Wort gewechselt zu haben, fing er an mitzuspielen. Nach ihm kam ein Gitarrist, wenig später ein Trompeter. Die vier spielten inzwischen zusammen, als würden sie das schon seit hundert Jahren tun, es war wundervoll, so verstehen sich nur Vollblutmusiker. Das Publikum spendete nach Soli begeistert Applaus, ich selbst war hingerissen, und vom Klatschen taten mir schon die Hände weh. Ich hatte nicht bemerkt, wie dick die Luft mittlerweile war und dass mir die Bluse am Rücken klebte. Der Raum war längst proppenvoll, so dass man nur auf der Stelle treten konnte. Aber wer tat das schon? Die Leute standen still und andächtig, als würden sie einer Verheißung lauschen. Dann trat eine Frau um die fünfzig auf die Bühne, die sofort mit Applaus begrüßt wurde. Sie nickte freundlich, als sei die Ovation angenehm, aber eigentlich überflüssig, wechselte ein paar Worte mit den Musikern, stellte sich ans Mikrophon und begann zu singen – mit einer unglaublich rauchig-zarten Stimme, die sofort das Klatschen des Publikums erstarren ließ. Sie sang auf jiddisch, die Musiker spielten Klezmer, aber was für eine phantastische Musik war das. Klezmer und Jazz feierten Hochzeit. Ich war hin und weg, wie berauscht, hatte alles vergessen, war keine Einzelne mehr, sondern ging auf in der Menge, fühlte mich eins mit dem Publikum und den Musikern. Mein Groll gegenüber Jazukowicz war verschwunden, wie weggespült, und hätte mich jemand nach ihm oder Tovosch gefragt, ich hätte wahrscheinlich gemurmelt, sie existieren gar nicht ohne mich, und ich existiere auch nur, weil ich hier unten stehe und der Musik lausche und aus dem Häuschen bin. Später erst kam mir in den Sinn, dass das vielleicht ein Zustand war, wie ihn die Chassidim erreichen wollten, jene fröhlichen Ostjuden, die solange tanzten, bis sie einen mystischen Zustand erreichten.

Inzwischen tummelten sich auf der kleinen Bühne sieben Musiker, sie spielten völlig ohne Noten, aber perfekt zusammen und zeigten keinerlei Ermüdungserscheinungen. Einer nach dem andern hatte sich ohne Aufhebens zu der Gruppe dazugesellt. Nach dem letzten Stück verharrten sie einen Moment, wechselten ein paar Worte miteinander und wollten gerade weitermachen, als aus dem Vorhang von rechts ein weiterer Musiker an den Kontrabass trat, ein Mann mit scharfgeschnittem Gesicht und einem Pepita-Hütchen auf dem Kopf. Ich wollte meinen Augen nicht trauen, ich blinzelte – das war doch Dreichwerd! Die Gruppe begann einen Blues zu spielen, Dreichwerd nahm das Instrument wie eine Geliebte in seinen linken Arm, führte die rechte Hand an die Saiten und entlockte dem Kontrabass dunkle sehnsüchtige Seufzer. Die Zuhörer rasten vor Begeisterung. Er ging völlig im Spiel auf, schaute nicht ins Publikum, schien mit dem Instrument zu verwachsen, sich mit ihm zu vereinigen. Alle hatten ein Solo, und seines wollte nicht enden. Den Applaus unterbrach er, indem er mit einer eleganten Bewegung den Kontrabass wie eine Tanzpartnerin nach vorn zum Mikrofon schwang, die Sängerin verschwand in der Kulisse, und Dreichwerd kündigte den nächsten Song an, der sehr alt sei, gewissermaßen am Stock gehe, deshalb wolle man ihn etwas modern spielen. Er schaute zu den anderen Musikern, warf sein Pepita-Hütchen in die Luft und fing es mit dem Kopf wieder auf. Jetzt erkannte ich ihn endgültig. Seine nach hinten gekämmten Haare waren zerzaust und die tiefen Geheimratsecken glänzten vor Schweiß. Er nannte den Titel, der sofort Beifall auslöste: *You'd better believe me, I love you.* Ich kannte ihn, das war ein Boogie, konnte aber nicht länger in meinem Gedächtnis kramen, denn Dreichwerd begann zu singen, während er an seinem Instrument einen schnellen Akkord zupfte. Seine Stimme vibrierte, als er das *You'd better believe me ...* ins Mikrofon schmetterte – diese Liebeserklärung hörte sich fast bedrohlich an. Und war sein Blick nicht zu mir geschweift? Das Saxophon fiel ein, die Trompete, das Schlagzeug, alle mit Verve und Tempo. Sie mussten ein völlig neues Arrangement gefunden haben, ich hatte den Song viel beschaulicher in Erinnerung.

Ich war völlig durcheinander, wusste nicht, was ich denken sollte. Was machte er hier? Hatte er mich angelogen, war gar kein Geschäftsmann, sondern Jazzmusiker. Aber weshalb verschwieg er das? Ich beobachtete ihn, und mir kam der Gedanke, auf den mich Jazukowicz gebracht hatte, auf einmal völlig hirnrissig vor. Dieser Mann sollte der Teufel sein, dieser wunderbare Musiker? Der Song war zu Ende, Dreichwerd verbeugte sich und verließ so rasch, wie er gekommen war, wieder die Bühne. Auch die anderen legten ihre Instrumente ab und kündigten eine Pause an. Ich brauchte Luft, frische Luft, und schob mich auf der schmalen Stiege nach oben. Gerade noch war ich vor Begeisterung wie weggetreten, war angefüllt von der Musik und seiner Stimme, jetzt sog ich nachdenklich die kühle Luft ein. In Wirklichkeit war sie gar nicht kühl, es kam mir nur so vor, nachdem ich die schwüle Unterwelt verlassen hatte. Dieser Dreichwerd entwickelte sich zu einem einzigen Fragezeichen. War er in Wirklichkeit Künstler? Einer, der seine wahre Berufung geheim hielt? Und weshalb tat er das? Es war nach wie vor heiß draußen, obwohl die Sonne bereits tief stand. Ich hatte die Zeit ganz vergessen und fragte mich, ob ich noch einmal hinunter in den Keller sollte – als ich auf der anderen Seite ein kleines Mädchen sah. Sie war es! Meine kleine Tovosch. Ich ging zu ihr hinüber, umarmte und küsste sie.

»Wo hast du denn gesteckt?«

»Das wollte ich gerade dich fragen«, erwiderte sie.

»Ich war bei einer Jazzsession, da drüben im Keller.«

»Eine Dschäßseschen?«

»Da musizieren mehrere Leute zusammen, sie spielen ohne Noten und müssen sehr musikalisch sein.«

»Das ist Dschäß?«

»Ja, Musik, die ins Blut geht.«

»Dafür interessierst du dich?«

»Es ist wunderbare Musik.«

»Nimmst du mich mit zum Dschäß?«

»Warum nicht. Weißt du, wer unter den Musikern war? – Mein Freund Dreichwerd.« Ich versuchte, die letzten Worte ironisch klingen zu lassen, aber sie nahm das nicht wahr.

»Ist er denn auch Musiker?«

»Offenkundig. So wie er gespielt hat. Auf jeden Fall kommt mir die Vermutung, auf die mich Rabbi Jazukowicz gebracht, völlig irre vor.«

»Du meinst, dein Freund ist doch nicht der Teufel?«

»Ach was, das sind Hirngespinste.«

»Aber wir waren doch das letzte Mal so sicher, und du wolltest ihn reizen wie ein Torero.«

»Das war deine Idee.«

»Ja, weil ich die Phantasie habe, und wir etwas herausfinden müssen. Warst du schon beim Rabbi?«

»Allerdings – er hat mir heißen Tee über die Hand gegossen.«

»Kann es sein, dass er dich nicht leiden kann?«

»Das glaube ich inzwischen auch.«

Ich überlegte, ob ich ihr erzählen sollte, dass ich in nächtlicher Arbeit das Anagramm entdeckt hatte, das in Dreichwerds Namen steckte, aber wenn ich es ihr mitteilte, würde ich sie nur verwirren und ängstigen.

»Vielleicht wollte dir Rabbi Jazukowicz etwas Bestimmtes sagen, aber du warst so schusselig, dass er den Tee vergossen hat«, fuhr sie fort und klang verärgert.

»Jetzt bin *ich* schusselig, weil *er* mir die Hand verbrennt.«

»Was wolltest du eigentlich bei ihm?«

»Ich … ich wollte ihm sagen, dass das alles Unsinn ist.«

»Jetzt verstehe ich, dass er dir Tee über die Hand gegossen hat. Er ist zornig über deinen Unglauben.«

»Du weißt alles besser!«, grummelte ich, »hat dir niemand beigebracht, dass Erwachsene mehr Lebenserfahrung haben?«

»Das weiß ich. Und Rabbi Jazukowicz ist viel älter als du! Er hat viel mehr Lebenserfahrung als du. Und mit Papusch hat er über das Buch Hiob diskutiert.«

Ich atmete angestrengt durch. Mit dieser Göre war schlecht Kirschen essen. Ich erinnerte mich nicht, dass meine Mutter auch so aufreibend war. Vielleicht sollte ich zur Entspannung mit ihr etwas trinken gehen.

»Hast du Lust auf eine Limonade oder ein Eis?«

»Du kannst mich gern einladen, obwohl ich merke, dass du mich ablenken willst. Aber gut, vielleicht fällt uns beim Eislutschen was ein.«

Wir gingen vom Marktplatz weg in Richtung Starowislna, bis vor uns eine Eisdiele auftauchte. Als unsere Becher kamen, fragte Tovosch plötzlich: »Glaubst du eigentlich, dass Gott älter wird?«

»Wie kommst du denn darauf?«

»Na ja, vielleicht bekommt er dann mehr Lebenserfahrung und macht nicht mehr solche Sachen wie mit Hiob.«

Ich nickte nachdenklich und wollte einen klugen Satz beisteuern, aber da fuhr sie schon fort: »Dabei habe ich ihn mir immer alt vorgestellt, oder denkst du ihn dir jung?«

»Ich habe gar keine Vorstellung von seinem Alter«, antwortete ich, »ich glaube, er ist nicht in Menschenjahren zu messen«.

»Glaubst du überhaupt an ihn?«

»Ja … sicher, natürlich glaube ich an ihn.«

»Und ich kann dir auch sagen, warum.«

Ich schaute sie verblüfft an. Sie leckte ihren Eislöffel ab, dann sagte sie: »Weil die Fische nicht Tennis spielen können«.

»Wie? Was meinst du denn damit?«

»Es ist ganz einfach. Wir können im Wasser schwimmen wie die Fische. Aber die Fische können nicht Tennis spielen wie wir!«

»Du meinst, Gott hat Interesse an uns und wir haben allen Grund, an ihn zu glauben, weil wir so viel mehr gelernt haben?«

»Guck mal«, sagte sie und wies mit der Hand nach draußen. Ich folgte ihrem Blick, und mit einem Mal bleichte die Straße aus, die Passanten bekamen einen Graustich und die Geschäfte wurden altmodisch – und ich sah auf der anderen Straßenseite einen jungen Mann entlanggehen, meinen Großvater …

22
Ich sage nur, Intensitätsskala zehn

Leibisch Friedman hatte es eilig, er war auf dem Weg zum Café Europejska und wollte sich auf keinen Fall verspäten. Briefchen schreiben! Das war es! Er war dankbar für den Hinweis seines Vaters, den der wie nebenbei gegeben hatte, als er ihm mitteilte, wie er seine Esther für ein erstes Beisammensein gewann. Aber war es nicht in Wirklichkeit eine Botschaft Gottes, um ihm, Leibisch, zu helfen? Man muss glauben, nur dann lernt man, Seine Chiffren zu lesen.

Zweimal hatte er Hetwa geschrieben, beide Male hatte sie nicht reagiert, aber beim dritten Mal war sie weich geworden. Er fasste sich ans Herz, es war ihm so vorgekommen, als hätte es bei ihrer Antwort wieder zu schlagen begonnen. Sie wechselten weitere Briefchen, und jetzt hatte sie einem Treffen zugestimmt. Nein, kein Treffen, ein Rendezvous war es wie beim allerersten Mal. Wunderbar, diese Welt war wunderbar! Aber was sollte er ihr sagen, wenn er ihr gegenübersaß? Ach, nichts, gar nichts brauchte er zu sagen, er hatte ja alles schon geschrieben. Doch stumm konnte er auch nicht dasitzen. Er stolperte über einen Vorsprung auf dem Trottoir und zwang sich, langsamer zu gehen. Was zerbrach er sich eigentlich den Kopf, die Worte würden schon den Weg auf seine Zunge finden, wenn er sie erst sehen würde.

Ein wenig außer Atem erreichte er den Rynek und schaute auf die Uhr. Er war zu früh, aber das war gut so. So konnte er den Platz aussuchen. Drinnen im Café saß kaum jemand, das war gar nicht schlecht, sie wären unter sich, andererseits hatte sich der letzte Aufenthalt drinnen zu einem Fiasko entwickelt. Er wählte einen abseits gelegenen Tisch auf der Terrasse und nahm Platz. Kaum saß er, sah er sie auch schon kommen. Sie trug ein blauweißes Sommerkleid, das ihre Beine umwehte, ihr kastanienbraunes Haar leuchtete, und ihr Blick glitt aufmerksam über die Tische. Sie entdeckte ihn sofort, er stand auf, sie kam zu ihm und fragte lächelnd: »Darf ich mich setzen oder erwartet Leibisch noch jemanden?«

»Allein dich erwarte ich«, antwortete er, »nur für dich wird hier freigehalten«.

Sie setzte sich zu ihm, und als der Kellner kam, bestellten sie beide Eiskaffee.

»Wir werden doch nicht ein und denselben Geschmack haben?«, fragte sie.

»Wäre das so tragisch?«

»Auf keinen Fall – und doch kommt es mitunter darauf an, dass man auch die anderen von diesem Geschmack überzeugen kann.«

Er wusste, worauf sie anspielte und antwortete: »Das ist manchmal gar nicht so schwer, wie man denkt.«

»Aber wenn die andern doch einen ganz anderen Geschmack haben, dann gibt es sicher Probleme.«

»Probleme sind dazu da, dass man sie löst.«

Sie schaute ihn liebevoll an: »Ich höre Leibisch reden, den begabten Briefeschreiber, den willensstarken Erotiker«.

Er fasste ihre Hand, zog sie zu sich und küsste sie mit Inbrunst.

»Aber Leibisch«, murmelte sie, »man könnte uns beobachten«.

»Das ist mir egal.«

»Aber du warst doch vor kurzem noch ein altmodischer Mensch.«

»Das bin ich auch immer noch. Aber manchmal eben auch nicht.«

»Heißt das, du bist Opportunist geworden?«

»Auf keinen Fall. Aber in Herzensdingen muss man alle Traditionen über Bord werfen.«

Sie sah ihn verliebt an: »So gefällst du mir. Soll ich dir ein Geheimnis verraten?«

»Unbedingt.«

»Ich wusste schon immer, dass du so bist.«

»Und du hast es mir nie gesagt? Wie wäre mein Selbstbewusstsein gewachsen!«

»Vielleicht ins Unermessliche, und das bekommt manchem nicht gut.«

»Sag Hetwa, wissen eigentlich deine Eltern von mir?«

»Meine Mutter weiß alles. Als ich noch klein war, stellte sie mir gern die Frage ›Wenn Hetwa zwei Esel hat und Shlomo neun – wie lange dauert es, bis die beiden heiraten?‹«

Leibisch lachte: »Aber Hetwa hat neun Esel und Leibisch gar keinen – funktioniert die Rechenaufgabe auch dann?«

»Bestimmt. Sie hat dich sogar schon erwartet, beim Geburtstagsfest meines Vaters. Und sie hat mich verhört.«

»Ich kenne das«, seufzte Leibisch, »das haben Mütter so an sich.«

»Mamusch hat gemerkt, dass ich dich vermisse. Sie spottete über die intellektuellen Schlehmihls beim Fest und meinte, du könntest da prima mithalten.«

»Ist das ein Kompliment?«

Sie lächelte: »Es kam mir ganz so vor.«

»Komische Familie. Was ladet ihr euch nur für Gäste ein?«

»Komische Familie? Na hör mal, bei uns geht es liberal zu, da darf jeder sagen, was er denkt.«

»Und bei uns darf keiner sagen, was er denkt!« Leibisch sprach den Satz so übertrieben dramatisch aus, dass es komisch wirkte und fügte mit dem gleichen Tremolo an: »Die Religion verhindert es!«

Hetwa spielte die Naive und weitete die Augen: »Ist das denn so völlig verkehrt?«

»Es ist ganz verkehrt«, gab er zur Antwort, »jedenfalls in unserer Familie.« Er sah sie zärtlich an: »Und im Übrigen habe ich meinem Vater erzählt, dass dein Vater beim Beten die Tefillin anlegt. Das hat ihn eingenommen für Salomon Bester.«

»Sehr gut. Ich werde Papusch ein paar Tefillin beschaffen. Und ihn davon überzeugen, dass Traditionen auch ihr Gutes haben. Überhaupt habe ich ihm erklärt, dass die Frömmigkeit der Frommen nichts Unterwürfiges hat. Sie sehen die Dinge von einem anderen Standpunkt, gewissermaßen von außerhalb der Welt.«

»Nicht von außerhalb der Welt«, korrigierte Leibisch, »Sie nehmen die Schrift ernst, sie glauben an das Wort.«

»Das kann ich nicht sagen, das hieße ja, dass er die Schrift nicht ernst nimmt.«

»Recht hast du«, stimmte Leibisch nachdenklich zu, »so weit kann man nicht gehen, vielleicht sagst du besser, dass die Tradition mitunter zu ernst genommen wird.«

»Aber Leibisch, ist das wirklich deine Meinung?«

»Inzwischen schon. Mein Freund Zvi hat mir über bestimmte Dinge die Augen geöffnet.«

»Zvi – ist das ein Kommilitone?«

»Ja, und mein bester Freund im Seminar. Wir diskutieren ständig über die Thora. Aber wie kann ich nur meinem Vater klarmachen, dass deiner kein herzloser Midas ist, der für die Kazimierz-Juden nichts übrig hat?«

»Dass Papusch ein reicher Mann ist – daran ist nichts zu ändern. Damit muss sich dein Vater abfinden. Ist es etwa tragisch, Geld zu besitzen? Es ist allemal besser, in einer Kutsche zu weinen als in der Straßenbahn. Und ich werde schon dafür sorgen, dass Papusch in Zukunft für die Kazimierz-Juden etwas übrig hat.«

Die beiden wurden in ihrer Unterhaltung durch ein fröhliches »Hallo« gestört. Von den Tuchhallen näherte sich ihnen Dr. Marek Kozlowski im Flanierschritt.

»Wie geht es euch? Bei diesem Wetter sollte man sich auf dem Tennisplatz ein Stelldichein geben. Sport, das ist das wahre Lebenselixier.«

»Der Flaneur propagiert, was er selbst nicht tut«, erwiderte Hetwa.

»Oh doch, ich habe erst gestern meinen kostbaren Schweiß vergossen. Einen Ruhetag werdet ihr mir doch gönnen.«

»Apropos Ruhetag«, ließ Hetwa nicht locker, »warum ist der Herr Doktor nicht in seiner Praxis?«

»Aber meine Liebe, vergisst Sie denn völlig, dass heute Mittwoch ist. Auch geplagte Zahnklempner müssen sich von ihren Patienten erholen. Darf ich mich zu euch setzen?«

Leibisch nickte, und Dr. Kozlowski nahm Platz. Er strahlte die beiden an: »Es kommt mir so vor, als würde ich bald eingeladen werden«.

»Wie meinen Sie das?«, fragte Hetwa.

Kozlowski schmunzelte: »Ich sage nur, Intensitätsskala zehn«.

Sie sah ihn verblüfft an.

»Marek hat da so eine Theorie«, schaltete sich Leibisch ein, »er teilt die Liebe nach Intensität ein, es geht von eins bis zehn«.

»Interessant«, sagte Hetwa, »und wir sind auf Stufe zehn?«

»Das ist nicht zu übersehen«, erklärte der Zahnarzt fachmännisch.

»Wenn es Intensitätsstufen gibt – dann kann man auch abstürzen. Hat der Herr Doktor dafür ein Gegenmittel?«, fragte Hetwa.

»Leider nein. Trotz intensiver Forschung sehe ich noch kein Land in Sicht.« Er beugte sich vertraulich vor: »Wisst Ihr was? Ich habe eine starke Gegnerin. Sie nennt sich Zeit und arbeitet gegen die Liebe«.

»Das ist aber keine angenehme Botschaft«, entgegnete Hetwa. »Wollen Sie uns sagen, dass die Zeit immer die Liebe besiegt?«

»Keineswegs«, erklärte Kozlowski, »man muss sich die Liebe wie einen Oxydationsprozess vorstellen. Es setzt sich gewissermaßen Rost ins Getriebe. Jedoch – man kann vorbeugen …«

»Mit einem Ölkännchen?«, unterbrach ihn Hetwa.

»Das ist nicht ganz verkehrt, obwohl, das darf ich euch im Vertrauen mitteilen, ich an subtileren Gegenmitteln arbeite.«

»Ich habe gehofft, dass Sie so etwas sagen«, erklärte Hetwa,

»dass Sie uns einen Lichtblick geben, einen Hoffnungsschimmer«.

Kozlowski ignorierte ihre Ironie: »Überhaupt arbeitet die Zeit eher gegen uns, ich meine im Allgemeinen und im Speziellen«.

»Was willst du denn damit sagen?«, fragte Leibisch.

»Na, liest du keine Zeitung? Was in Deutschland gerade passiert, stimmt mich nicht heiter. Dieser kleine Mann mit dem hässlichen Bärtchen – das ist kein Genießer. Er trinkt nicht, er raucht nicht, er isst kein Fleisch, und mit Frauen hat er auch nichts am Hut. Solche Leute bekommen manchmal furchtbaren Appetit und verspeisen ganze Länder. Und Polen liegt leider direkt neben Deutschland.«

»Ach Marek«, sagte Leibisch, »du malst den Teufel zu gern an die Wand«.

»Genau. Wand. Du sagst es. Habt Ihr in der Dietla die Wandschmierereien gesehen? Dort steht ›Juden, Beduinen, marschiert nach Palästina!‹«

»Seit wann sind wir Juden denn Beduinen?«, fragte Hetwa.

»Dumme Jungenstreiche«, erwiderte Leibisch, »wer kümmert sich schon darum«.

»Ich zum Beispiel!«, widersprach Kozlowski energisch, »ich finde solche Schmierereien ekelhaft. Gerade, weil ich kein Jude bin. Weil ich Pole bin!«

Die drei schwiegen eine Weile, schließlich sagte Hetwa nachdenklich zu Leibisch: »Weißt du, diese Wandschmiererei hat auch was Gutes. Sie wird vielleicht unseren Vätern klarmachen, dass wir zusammengehören«.

»Bitte?«, fragte Kozlowski, »war das der Hochzeitstermin als Geheimbotschaft?«

Leider lag Dr. Kozlowski ganz und gar falsch mit seiner Vermutung. Hetwa stellte Leibisch ihren Eltern zwar bald darauf vor, und Salomon Bester fand auch Gefallen an dem Jeschiwa-

Studenten – doch eine Heirat lehnte er ab. Er stellte sich auf den Standpunkt, dass die beiden erst einmal ihre Studien abschließen sollten. Seine Frau Sabina erkannte in Leibisch einen Mann von »liberaler Orthodoxie«, wie sie im kleinen Kreis erklärte, und sie rühmte, dass er vernünftige Meinungen vertrete und kein religiöser Schlauberger sei, der sie alle nach Palästina verfrachten wolle – was aber die Heirat anging, stimmte sie ihrem Mann völlig zu.

Auch Leibisch nahm Hetwa in sein Elternhaus mit, sie trat dort sehr gesittet auf, mit langem Rock und die Arme von einer pludrigen Bluse verhüllt. Bei Gebäck und schwarzem Tee kam man miteinander ins Gespräch, Wolf Friedman erzählte einige rabbinischen Weisheiten und fragte schließlich, ob sie wisse, wo Gott wohne. Hetwa überlegte einen Moment und antwortete dann: »Überall – und doch nur dort, wo man ihn einlässt«. Diese Antwort gefiel dem Hausherrn überaus gut, und auch seine Esther nickte zustimmend. Als sie aber später allein waren, kamen sie zu dem Ergebnis, dass »die Kinder« zwar wunderbar zueinander passten, die Hochzeit aber doch aufgeschoben werden solle, bis ihr Sohn eine Rabbiner-Stelle habe.

Doch so viel Zeit blieb den beiden nicht mehr, denn Hetwa wurde schwanger. Zuerst verheimlichte sie die Schwangerschaft vor ihren Eltern, aber Sabina konnte sie nichts vormachen, sie merkte frühzeitig, was die Ursache der öfter auftretenden Übelkeit ihrer Tochter war. Salomon reagierte empört, als sie seine Einwilligung einholen wollte: Zur Hochzeit erpressen lasse er sich nicht. Leibisch seinerseits vertraute sich seiner Mutter an, die schlug die Hände über dem Kopf zusammen, konnte aber ihren Mann, dem sie die Angelegenheit schonend beibrachte, auch nicht zur Einwilligung zu einer Hochzeit überreden.

Allmählich wandelte sich Hetwas und Leibischs Liebe in ein Romeo-und-Julia-Verhältnis, sie trafen sich außerhalb der Familien, als sei ein Bann gegen sie verhängt worden, und vor allem

Leibisch hatte den Eindruck, im Hause Bester nur geduldet zu sein. Auf keinen Fall wollten die beiden aber ein uneheliches Kind zur Welt bringen. So heirateten sie heimlich. Wo aber sollten sie wohnen?

Da Wolf Friedmans Zuneigung für Hetwa ungebrochen war, stimmte er zu, dass die beiden sich in Leibischs Studierzimmer einrichteten, innerlich grollend gegen den reichen Bester, dass der seine Tochter nach Kazimierz verstoßen hatte. Das aber stimmte nur zum Teil, denn Salomon Bester hatte die heimliche Hochzeit zwar erzürnt, doch zugleich beauftragte er seine andere Tochter Hinda, einmal in der Woche Hetwa in der Bochenska zu besuchen. Er steckte ihr jedes Mal reichlich Geld zu und nahm ihr das Versprechen ab, auf keinen Fall über dessen Herkunft zu sprechen. Hinda war es nicht unrecht, ihre Schwester aufzusuchen – auf diese Weise sah sie auch Leibisch, in den sie nach wie vor verliebt war, es sich aber nicht eingestand. Sie machte sich weis, dass ihr David der Richtige für sie sei – und ihr Hochzeitstermin stand schon fest.

David wurde Salomon und Sabina mit seinen zionistischen Ausschweifungen lästig. Es verging kein Besuch, in dem er nicht in leuchtenden Farben das Land Palästina als Heimstätte der Juden ausmalte. Dort, nur dort, erklärte er, wären sie wirklich daheim. Dabei war er gar nicht sonderlich religiös, sondern eher von einem dumpfen Gefühl der Rastlosigkeit befallen, und sein Wissen bezog er aus *Dr. Blochs Österreichischer Wochenschrift*. Hinda war es manchmal peinlich, wenn er wie ein Wanderprediger vom gelobten Land sprach, und sie verglich ihn insgeheim mit Leibisch, dem sie zwar bei ihren Besuchen in Kazimierz eher auszuweichen versuchte, ihm aber gleichzeitig an den Lippen hing, wenn er über irgendeine theologische Frage laut nachdachte.

Tovosch kam auf die Welt, ein weiteres Zimmer neben Wolfs Werkstatt wurde freigemacht, und Leibischs Mutter Esther wandelte sich zum Kindermädchen. In dieser Rolle fühlte sie sich nicht unwohl, ja, sie sah es als einen Fingerzeig Gottes, dass die Kleine gewissermaßen in der Tradition ihrer Familie, der Rappaports, aufwachsen sollte, und sie auf ihre religiöse Erziehung Einfluss nehmen konnte. Außerdem gefiel es Esther, die junge Madame Bester um sich zu haben, sie spürte so etwas wie Weltläufigkeit in ihr Heim einziehen, wenn Hetwa von der Akademie erzählte. Ihr Mann wiederum stellte verwundert fest, dass sein Kundenstamm sich vergrößerte, seitdem Hetwa in seinem Haus wohnte. Es hatte sich herumgesprochen, dass sein Sohn mit einer Bester liiert war. Mit einem Mal kamen Leute aus Stradow oder sogar dem Zentrum in sein Geschäft und ließen sich die Augen vermessen und Brillen anfertigen.

Die Familien Bester und Friedman pflegten allerdings keinen gesellschaftlichen Umgang miteinander, was Hetwa schmerzte. Leibisch tröstete sie und meinte, das Verhältnis würde sicher bald anders werden, nämlich dann, wenn sie beruflich auf eigenen Beinen ständen. So studierten beide mit Eifer ihrem Examen entgegen, und die Situation war zwar nicht rosig, aber doch erträglich, bis eines Tages etwas Furchtbares geschah …

23
Heiß und süß loderte es in mir

»Weiter, weiter!«, murmelte ich, als die Straße draußen wieder Farbe gewann, und die Gegenwart vor meinem Blick erschien. Gerade noch hatte ich Hetwa und Leibisch als Brautpaar gesehen, den grollenden Salomon, der Hinda Geld zusteckte, und wie Esther sich um die kleine Tovosch kümmerte – fortgewischt das alles. Der Stuhl gegenüber war leer, nur der zweite Eisbecher zeigte, dass hier noch vor kurzem jemand gesessen hatte. Es ist furchtbar mit meiner Mutter … dieser Göre, jedes Mal verschwindet sie, wenn es interessant wird, wenn sie bei mir sein sollte, wenn sie auf gar keinen Fall abwesend sein darf. Ich zahlte und verließ die Eisdiele. Es war inzwischen früher Abend und immer noch sehr warm, ich überlegte, wohin ich gehen sollte. Recherchieren musste ich, meinen Auftrag erfüllen, mein Chefredakteur erwartete eine Reportage über das jüdische Krakau. Warum also nicht dorthin zurück, ins Vergnügungsviertel Kazimierz. Nach kurzer Zeit erreichte ich den kleinen Marktplatz, die Obst- und Kunststände waren abgebaut, stattdessen machten sich Würstchenbuden breit, an denen man die berühmte Krakauer gekocht, gebraten oder gegrillt verzehren konnte, und davon machten die zahlreichen Besucher auch regen Gebrauch. Ich sah ihnen ohne Begeisterung zu, als ein anderer Geruch mir in die Nase stieg, der von Sandelholz, und ich neben mir eine Gestalt spürte. Ich wusste sofort, um wen es sich handelte. Doch kein Pepita-Hütchen bedeckte seinen Kopf, unter dem Arm trug er keinen Kontrabass, und verschwitzt von einer langen Jamsession war er auch nicht. Er blickte auf die Würstchenbude und sagte, ohne sich zu mir zu wenden: »Grauenhaft, Krakauer Wurst, ich käme nicht auf die Idee, so etwas zu essen«. Dann drehte sich Dreichwerd zu mir und fragte ernst: »Sie waren beschäftigt?«

»Ich habe Sie gesehen«, gab ich zur Antwort.

Er tat erstaunt: »Und Sie haben mir nicht zugewinkt?«

»Die Situation war nicht danach.«

»Oh, Sie waren in Begleitung?«

Der Bursche machte mir Spaß, kehrte er etwa den Eifersüchtigen hervor? Prompt antwortete ich: »So könnte man sagen. Man kann nicht immer, wie man vielleicht will«.

Warum kokettierte ich denn? Am Ende denkt er, ich hätte ihn gesucht.

Er sagte: »Verstehe. Aber Sie haben Ihre Begleitung abgeschüttelt, wie ich sehe.«

Abgeschüttelt! Unglaublich, was bildete er sich ein.

»Nein«, erwiderte ich, »die Zeit … die Zeit hat uns einen Strich durch die Rechnung gemacht«.

Er sah mich nachdenklich an: »Ja, die Zeit, sie beschränkt alles. Aber jetzt sind Sie ja hier«.

Er lud mich ein, etwas mit ihm zu trinken. Wir gingen auf die andere Straßenseite, schräg gegenüber vom Alhemia mit seinem Jazzkeller befand sich ein anderes, lifestylemäßig herausgeputztes Lokal.

»Warum haben Sie mir nicht gesagt, dass Sie Jazzmusiker sind?«, fragte ich.

»Haben Sie mich spielen sehen?«

Ich nickte und konnte mir nicht verkneifen, ihm ein Kompliment zu machen: »Sie waren wirklich gut«.

»Ach, ich bin nur Amateur. Aber ich liebe es, mit echten Musikern zu spielen.«

Wir setzten uns auf dem Trottoir an den letzten freien Tisch, er blätterte die Getränkekarte auf.

»War das Ihr Arrangement? Ich meine, als Sie *You'd better believe me* spielten?«

»Aus dem Augenblick geboren«, antwortete er leichthin, »gute Musiker verstehen sofort und gehen das Tempo mit«.

Ich zweifelte an seinen Worten, erwiderte aber nichts.

»Ich nehme einen Black Russian«, sagte er.

»Black Russian? Das ist Wodka mit …«

»Wodka und Kaffeelikör im Verhältnis vier zu zwei. Mir ist so danach.«

»Ich schließe mich an. Vielleicht wird mir danach.«

»Gute Wahl«, lächelte er, »hier hat man ein Händchen für Black Russian«.

Er bestellte und sah mich neugierig an: »Wie weit sind Sie?«

»Mit meiner Arbeit meinen Sie?«

»Ja, denken Sie an die Zeit, die alles beschränkt. Sie ist schneller aufgebraucht, als uns lieb ist.«

Mir fiel die Bemerkung von Kobi ein, »wer kann schon den Teufel interviewen«, vielleicht trieb mich auch mein journalistischer Ehrgeiz, jedenfalls fragte ich geradeheraus, ob ich ein Foto von ihm machen und unser Gespräch aufnehmen könne. Das sei wichtig für meinen Artikel, versuchte ich ihm zu schmeicheln. Zu meinem Erstaunen willigte er sofort ein. Ich zog die Kamera aus der Tasche, er lächelte, ich knipste ihn mehrmals, dann legte ich das eingeschaltete Diktaphon auf den Tisch vor uns.

»Ich komme gut voran«, erklärte ich und merkte im selben Moment, dass ich ihm auswich. Warum ließ ich mich von ihm ausfragen, ich war die Interviewerin! Ich musste fragen, bis er nicht mehr ein noch aus wusste.

»Sagen Sie, Herr Dreichwerd …«

»Warum so förmlich, nennen Sie mich doch Esra.«

Ich fühlte mich überrumpelt, sah aber keinen Grund, ihm die Bitte abzuschlagen: »Gutes Stichwort! Ich habe mich mit ihrem Namen beschäftigt, Esra …«

»Oh«, fiel er ein und sah mich zärtlich an, »ich habe gehofft, dass Sie das tun, allerdings schon früher …«

»Warum?«, fragte ich verblüfft.

»Gehört das nicht zu Ihrem Auftrag? Sie wollen doch etwas über die Vergangenheit herausfinden?«

Er sah mich mit durchdringendem Blick an.

»Ja, natürlich, aber Ihr Name …«

»Was sagt er Ihnen? Haben Sie keine Hemmungen.«

Unsere Cocktails kamen. Es war inzwischen dunkel geworden, doch um uns herum brodelte das Leben. Es war, als würden die Passanten aus dem Boden wachsen, der Platz fasste sie längst nicht mehr, und die Straße schien zu eng für sie. Ich trank einen Schluck, und der Black Russian rann mir wie Feuer die Kehle herunter. Dreichwerd schaute mich wissbegierig an.

»Ihr Name kann als Anagramm gelesen werden!«

Er nickte mir aufmunternd zu.

»Das Anagramm von Esra Dreichwerd ist *Der Widersacher.*«

»Sehr gut«, stimmte er mir zu, »aber wie gesagt, ich hätte Ihnen diese Erkenntnis früher zugetraut«.

Ich war enttäuscht. Er machte überhaupt nicht den Eindruck eines Ertappten oder sonstwie Durchschauten. Immerhin hatte ich mich eine halbe Nacht mit seinem Namen herumgeschlagen. Wenn er der Teufel war, dann hatte er die Ruhe weg. Er nahm einen Schluck von seinem Black Russian. Ich musste deutlicher werden.

»Der Widersacher ist in der Bibel ein anderes Wort für den Teufel.«

»Ausgezeichnet! Genau das ist es.«

Er schaute mich aufmunternd und überhaupt nicht teuflisch an, vielmehr lag eine gewisse Zärtlichkeit in seinen Worten, als er jetzt feststellte: »Und nun halten Sie mich für Luzifer.«

Er sprach das Wort Luzifer gedehnt aus, und mich überzog dabei eine kribbelnde Nervosität. Ich musste schlucken.

»Was gibt es Neues aus der Hölle?«, fragte ich schnell.

Er lächelte grimmig und kam mir im selben Moment wie ein durchtriebener Schauspieler vor: »Eine Menge. Wir arbeiten da an ganz neuen Strategien«. Er legte ein Bein über das andere und streckte den Fuß vor: »Leider kann ich Ihnen derzeit nicht meinen gespaltenen Huf präsentieren. Oder meine Hörner.

Aber die Hölle generell ... quillt überall hervor, Sie müssen nur aufmerksam in die Welt sehen.«

Ich nahm einen Schluck von meinem Cocktail und fühlte mich von seiner aufreizenden Ruhe wie angestochen: »Doch nur deshalb, weil jemand wie Sie dahinter steckt!«

Er lachte auf: »Sie meinen, ich stehe auf der anderen Seite und drücke die Hölle durch die Ritzen der Welt?« Sein Lachen endete abrupt, er sah mich lauernd an: »Sie überschätzen mich, und Sie unterschätzen mich.«

»Nehmen wir an, Sie sind der, für den ich Sie halte«, erwiderte ich, »dann erhebt sich die Frage: was wollen Sie von mir?«

»Oh Sabina-Esther ...«, hob er an, um sich sogleich ins Wort zu fallen: »Darf ich so sagen?«

Ich deutete ein Nicken an, er sah mir streng ins Gesicht, doch fuhr mit samtener Stimme fort: »Haben Sie denn nicht gemerkt, dass ich an Ihnen interessiert bin, ich meine, an Ihnen als Frau?«

»Wollen Sie sagen, dass Sie sich in mich verliebt haben?«, fragte ich bestürzt.

Sein Gesichtsausdruck veränderte sich im selben Augenblick, seine Züge wurden weich, seine Augen schauten mich so traumverloren und sehnsüchtig an, dass er keinen Ton sagen musste. Er rührte mich jetzt, dass ich am liebsten seine Hand ergriffen hätte. Ich blieb eine Weile stumm, bis ich stammelte: »Aber ... das geht nicht ... das ist ...«. Ich lachte unbeholfen.

»Ich habe den Song unten im Keller für Sie gespielt, und ich habe Sie dabei angeschaut«, sagte er leise.

Gleich einer Szene aus einem alten Film flackerte das Bild vor mir auf. Ja, sein Blick ging zu mir, als er *You'd better believe me* schmetterte, und das folgende *I love you* machte mir Angst, ich hatte gefühlt, dass es mir galt. Weshalb gab ich mich eigentlich seinem Süßholzraspeln hin, fragte ich mich im nächsten Augenblick. Ich musste ihm Fragen stellen, Fragen, bis er taumelig wurde ... doch eine seltsame Ratlosigkeit füllte mich aus. Ich nahm meinen Black Russian und trank einen langen Schluck. Sofort begann mein Schlund zu brennen, es war kein unangenehmes Gefühl, heiß und süß loderte es in mir.

»Aber wieso … wieso wollen Sie sich verlieben?«, fragte ich schließlich.

»Hat man das immer in der Hand?«, fragte er ernst zurück.

»Sagen wir, Sie sind der …« Ich verschluckte das letzte Wort, um schnell weiter zu sprechen: »Da haben Sie doch mehr Möglichkeiten«.

»Diplomatisch formuliert«, lächelte er, »ich hätte es nicht besser sagen können«. Er machte eine Pause und fuhr fort: »Einiges ist mir möglich, schon richtig, aber manches auch nicht. Es wird mir vorenthalten«.

»Die Liebe?«, fragte ich.

Er nickte unmerklich, und sein Blick wurde melancholisch: »Alles Menschliche zieht mich an, aber das Beste wird mir verwehrt.«

Er sprach den Satz so traurig aus, dass ich mitfühlte und Wehmut in mir aufkam. Ich sagte: »Aber Esra, wissen Sie denn nicht, dass die Liebe eine Last sein kann? Wir sind dieser Last oft nicht gewachsen.«

»Last!«, wiederholte er und seine Stimme wurde hart, »wie können Sie die Liebe als Last bezeichnen?«

»Das Liebesgebot wird von Gott schon in der hebräischen Bibel ausgesprochen, aber die Menschen tun sich schwer damit, das sollten Sie doch wissen,« entgegnete ich.

»Ich spreche nicht von einem Gebot, die Liebe ist ein Geschenk.«

Ich spürte, dass er von der Liebe wie ein Blinder von der Farbe sprach. Sie war eine Idee für ihn, ein Gedanke, vielleicht sogar eine Art Spleen.

»Glauben Sie an Gott?«, fragte er und beugte sich vor.

»Ja.«

»Dann müssen Sie auch an die Liebe glauben.«

»Ja, sicher … das tu ich ja.«

»Sie gewähren mir also Liebe, Sabina-Esther?«

Ich war verwundert über seine Formulierung, aber mir wurde vollends klar, dass Liebe für ihn eine Art Theorie war, die er auf Praxistauglichkeit überprüfen wollte.

»Wissen Sie, mit der Liebe verhält es sich nicht so, dass man sie gewähren kann …«

»Doch! Genauso verhält es sich. Wenn man nicht an die Liebe glaubt, glaubt man auch nicht an Gott. Und wenn man nicht an Gott glaubt, bleibt einem nichts anderes übrig, als an den Menschen zu glauben.«

Er machte eine Pause, seine Miene änderte sich von einem Moment zum andern, jetzt sah er mir verächtlich ins Gesicht, und seine Stimme triefte vor Spott: »Und dazu braucht man viel Humor.«

Zornig erwiderte ich: »Denken Sie, dass man eine Tüte Humor bei der Geburt geschenkt bekommt? Und daraus das ganze Leben naschen kann? Unsereins muss sich Humor mühsam erwerben!«

Seine Augen blitzten auf. Er wollte etwas sagen, aber ich dachte nicht daran, ihn zu Wort kommen zu lassen, eine Frage musste ich ihm stellen, eine absurde Frage vielleicht, aber sie rumorte schon seit einiger Zeit in mir: »Glauben Sie an Gott, Esra?«

Kaum ausgesprochen, erschlaffte er. Sein Gesicht wurde fahl, er lehnte sich nach hinten und etwas Müdes war in seiner Bewegung, als er zum Glas griff: »Meinen Sie den Rentnergott, an den so viele glauben? Der nach seiner Arbeit in den Ruhestand getreten ist, um die Schöpfung nicht durcheinander zu bringen?« Er trank einen Schluck: »Wissen Sie, es liegt mir nicht anzubeten. Weder einen, der aus Sand und Lehm geschaffen hat noch einen, der seine Rente auf einer Wolke verzehrt …«

»Es gibt noch einen anderen,« fiel ich ihm scharf ins Wort, »einen, der ununterbrochen weiter arbeitet und uns dazu braucht.«

Sein Blick zeigte Verwunderung: »Sie sind Moralistin. – Aber der Mensch ist ein undankbares Wesen. Er will, dass Gott seine Wünsche erfüllt. Doch wenn jener das tun würde, gäbe es seine Geschöpfe schon lange nicht mehr«.

»Warum?«

»Weil die Menschen grausam sind und Übles gegen den anderen zu erbetteln versuchen.«

»Das sagen Sie? Sie sind doch der Inbegriff des Bösen.«

Er lächelte mich nachsichtig an: »Sie sprechen wie ein kleines Kind.« Er straffte sich: »Das Böse ist durch Gott in die Welt gekommen. Erinnern Sie sich an den Baum der Erkenntnis?«

Natürlich wusste ich, was er meinte, aber er sprach geradeso, als wäre ich die Eva des Paradiesgartens.

»Gott verbietet, von ihm zu essen«, fuhr er fort, und seine Stimme wurde klirrend: »Indem er das anordnet, fordert er die beiden heraus, es zu tun! Nicht, weil Eva und Adam vom Apfel essen, werden sie schuldig, sondern weil Gott es ihnen untersagt.«

»Verbietet er es denn?« fragte ich und blieb ruhig, »soviel ich weiß, lässt er ihnen die Wahl.«

»Die Freiheit zu wählen, ist das Böse.«

»Man kann auch das Gute wählen!«, widersprach ich.

Dreichwerd lachte grimmig auf: »Dann hätte Eva nicht den Apfel pflücken dürfen«. Er beugte sich nach vorn und flüsterte geheimnisvoll: »Wissen Sie, was der Geburtsfehler war?«

Ich schüttelte den Kopf und dachte insgeheim, dass dieser Mann als Schauspieler auf jeder Bühne Erfolge feiern würde, als er schon leise und suggestiv weiterredete: »Die Selbstliebe ist es. Ein Virus, das in jedem pulsiert und ohne Vorwarnung ausbrechen kann«.

»Ich würde dieses Virus eher Leidenschaft nennen,« behauptete ich ohne zu zögern, »die Leidenschaft ist es doch, die uns in den Himmel treibt oder in die Hölle schickt«.

»Ich stimme Ihnen zu, Sabina-Esther, ja, Sie haben Recht!«, erwiderte er zu meinem Erstaunen, lehnte sich zurück und fuhr in normaler Lautstärke fort: »Die Leidenschaft macht, dass manche ein paar Rosen auf die Dornen ihres Lebens zu streuen versuchen. Leidenschaftslose Menschen haben mich noch nie interessiert«.

Wieder neigte er seinen Kopf verschwörerisch zu mir: »Aber wissen Sie auch, was der tiefste Sinn der Leidenschaft ist?«

»Das Leben mit allen Sinnen zu leben!«, stieß ich hervor, indem ich mich zu ihm vorbeugte.

Er richtete sich auf und schickte mir einen verzehrenden Blick: »Sie haben das Ziel vergessen. Das Ziel ist, vom Leben loszukommen. Auf dem Höhepunkt der Sinnenlust schwinden alle Sinne, und die Schöpfung wird annulliert.«

»Niemals! Die Leidenschaft ist nur ein Vehikel, die uns die Welt …«

»Die Welt ist nur eine Illusion«, unterbrach er mich kühl, »die Welt, die Sie wahrnehmen, ist entstanden durch die ununterbrochenen Beschreibungen, die man von ihr gibt. Das Erzählen von der Welt hält die Welt in Schwung. Das Erzählen von ihr macht sie überhaupt erst fassbar. Die Erzähler sind die Bauherren der Welt.«

Ich starrte ihn an.

»Sie zum Beispiel haben einen Schatten«, fuhr er mit sanfter Stimme fort, »glauben Sie, dass ein Schatten nichts als ein Schatten ist? Sie wissen es inzwischen besser, aber die meisten Menschen sind einfältig und hasenherzig, sie fügen sich in ihr kümmerliches Dasein, sie stellen sich nicht ihrer Furcht, sie klammern sich an das, was man ihnen beigebracht hat.«

Er weiß von Tovosch, ging es mir durch den Kopf und ließ mich meine Sprache wiederfinden: »Das hier ist also nicht real? Das bilde ich mir nur ein?«

Jetzt lächelte er so gewinnend, als wollte er mir einen Antrag machen: »Wenn Sie mit mir zusammen sind, ist alles real, der Augenblick ist wirklich, und das Schöne existiert«.

Ich riss mich von seiner einschmeichelnden Stimme los und

schnarrte ihn an: »Ich glaube kein Wort von dem, was Sie über die Welt und die Leidenschaft sagen. Leidenschaft annulliert nichts, sie macht nichts rückgängig, im Gegenteil, wir sehen nur umso deutlicher, wie alles miteinander verbunden ist.«

»Sind Sie da so sicher, Sabina-Esther?«, fragte er und ein grausamer Zug umspielte seinen Mund. »Ich will Sie nicht erschrecken, aber ich glaube, ich sollte Ihnen doch einen kleinen Eindruck von der Wahrheit geben«.

Er schloss für einen Moment die Augen, öffnete sie wieder – sie funkelten schrecklich, als würden sie Strahlen sprühen, die mir lähmend in die Glieder fuhren, und er machte eine Geste mit der linken Hand zum Platz hin. Im selben Moment riss die Kontinuität des Straßenlebens ab, ich sah einzelne Wesen, die wie Eier aussahen und vor und zurück wippten. Unter ihnen Maden, nichts als weiße Maden, die herumkrochen, übereinander, untereinander. Und zwischen den Eiern erkannte ich die Einsamkeit wie eine erstarrte Gischt, an der man sich blutig stieß. Der Würstchenstand war zu einem Stück Holz geschrumpft, und plötzlich hatte ich das Gefühl, dass ich selbst dieses Holz war. Ich erschrak nicht darüber, vielmehr erschauerte ich bis ins Mark. Mein Leben als Holz berührte mich nicht, es ist bedeutungslos, ob ich Sabina-Esther bin oder ein schwankendes Ei oder irgendein rohes Material …

24
Kennen Sie Scheol?

Ein schwarzer Himmel, durch den weiße Wolken fliegen, verkrüppelte Bäume, der Rand einer Schlucht, auf deren Grund Nebel wabert. Todesangst beherrscht mich, und ich spüre den Schatten. Langsam drehe ich mich herum und jetzt, jetzt erkenne ich das Gesicht. Es ist Esra Dreichwerd, der mit funkelnden Augen hinter mir steht. Er öffnet die Arme und zieht mich ohne jede Berührung zu sich. Ich hebe die Hände, will ihn abwehren, aber schon ist sein Gesicht nah an meinem, schon fühle ich seine Lippen auf meinen, schon spüre ich seine Zunge wie einen steifen Penis in meinem Mund – dann falle ich und falle und falle.

Schreiend wach ich auf, Blut tropft aus meiner Nase, Arme und Beine schmerzen, als seien sie auf einer Folterbank gestreckt worden. Lieg im Bett, seh hoch zur Decke, kann nichts denken. Der Ventilator dreht sich. Senkt sich zu mir. Bald ist er da. Säbelt mich in Scheiben, dünne Scheiben, dass niemand mich mehr erkennt. Durst. Hab Durst. Verdurste hier im Bett. Quäle mich hoch, schwanke ins Bad, trinke Wasser vom Hahn. Wie spät? Sechs Uhr morgens. Schaue in den Spiegel. Alt sehe ich aus, zerschlagen, am Ende. Aber ich erkenne mich. Ich bin Sabina-Esther Morane! Ich bin es wieder geworden.

Mit unsicherem Schritt trat ich auf den Balkon und sah der Stadt zu, wie sie erwachte. Am Horizont tauchte die Sonne auf, allmählich wurde es wärmer, und ein Gedanke fasste Fuß in mir. Ich duschte, nein, ich duschte die letzte Nacht ab, so gründlich es nur ging. Ich zog mich an, schminkte mich, schlüpfte in meine flachen Treter und fuhr hinunter in den Frühstücksraum. Der rothaarige junge Kellner sah mich erschrocken an, vielleicht, weil es so früh war, vielleicht wegen meines Aussehens. Dann lächelte er mir mühsam zu, ich konnte nicht zurücklächeln, es gelang mir nicht. Aber ich musste essen, musste Kaffee trinken, musste ins Leben zurück.

Wieder in meinem Zimmer, griff ich nach meiner Handtasche, prüfte, ob Kamera und Diktaphon darin waren und eilte nach unten. Der Vogelbaum gegenüber war seltsam still heute, obwohl die Stadt schon deutliche Geräusche ihrer Morgentoilette von sich gab. Auch die Krähe war nicht zu sehen. Ich machte mich auf den Weg, schritt aus, als hätte ich einen Termin. Dabei wusste ich noch nicht einmal, ob ich ihn antreffen würde.

Als ich vor der »Alten Schul« stand, überlegte ich kurz, welchen Eingang ich nehmen sollte, dann nahm ich den Weg durch die Seitengasse zum Hintereingang, drückte die Klinke nieder, und die Pforte öffnete sich völlig freiwillig, als habe sie mich erwartet. Ich klopfte an die Tür, hinter der ich den Rabbi beim letzten Mal angetroffen hatte und hörte seine Stimme, die zum Eintreten aufforderte. Er saß zu dieser frühen Stunde schon über seinen Büchern, blickte auf und warf mir einen neugierigen Blick zu.

»Bitte keinen Tee heute, Herr Jazukowicz«, sagte ich ohne Umschweife, »ich habe ihn getroffen. Es ist Luzifer«.

Er musterte mich und sagte nichts.

»Ich habe sogar von ihm geträumt. Es war furchtbar …«

Er sagte immer noch nichts.

»Ich habe Beweise, ich habe ihn fotografiert und das Gespräch mitgeschnitten.«

Ich nestelte aus meiner Handtasche die Kamera hervor, hielt ihm das Display hin und klickte auf Wiedergabe. Aber da war kein Bild von Dreichwerd, ein leerer Stuhl nur, hinter dem andere Bistro-Besucher sich tummelten. Nervös zog ich das Diktaphon aus der Tasche, spulte zurück, drückte auf *Play* – doch nur ein Rauschen war zu hören.

Rabbi Jazukowicz hatte einen flüchtigen Blick auf das Display geworfen, den Kopf anschließend geneigt, um der Hörprobe zu lauschen, und jetzt, als er nichts, aber auch gar nichts hörte, was einer Stimme ähnelte, schien er zufrieden und nickte, als sei alles in Ordnung.

»Nehmen Sie Platz«, sagte er und deutete auf einen wackligen Hocker, »Sie sprechen vernünftig, das hört sich glaubwürdig an. Natürlich lässt sich der Widersacher nicht fotografieren. Was genau ist passiert?«

Ich war verwirrt, murmelte, dass mir das unverständlich sei, die Geräte seien eigentlich in Ordnung und schilderte ihm die Begegnung mit Dreichwerd, doch als ich an die Stelle kam, wo die Realität zur Fratze wurde, stockte ich, stotterte, verhaspelte mich.

»Verstehe«, unterbrach er mich, »er hat Ihnen gezeigt, wie er die Welt wahrnimmt«.

»Aber … ist das die Wahrheit?«, fragte ich angstvoll.

Er nahm mich scharf in den Blick: »Es gibt drei Wahrheiten. Die einfache, die reine und die lautere Wahrheit. Haben Sie das nicht gewusst?«

Ich sah ihn verständnislos an, er aber begann zu kichern: »Macht nichts, macht nichts, bloße Sophisterei«, um dann zu brummen: »Die Wahrheit … die Wahrheit ist das, was wir daraus machen.«

»Aber ich habe alles gesehen.«

Er machte eine wegwerfende Handbewegung: »Glauben Sie nicht Ihren Augen, das sagte ich Ihnen doch schon. Wahr sind unsere Sehnsüchte, unsere Leidenschaften, unsere Liebe«.

»Er hat sich in mich verliebt, sagte er.«

»Ja, ja«, murmelte Rabbi Jazukowicz, »er versucht es auch bei Ihnen«.

»Was heißt das?«, stieß ich hervor. »Hat er es schon bei anderen probiert?«

Zvi Jazukowicz sah mich prüfend an, dann antwortete er langsam: »Bei Tovosch. Sie haben von Tomasz gehört?«

Ich deutete ein Nicken an und war nicht imstande, auch nur

ein Wort herauszubringen. Er drehte sich zum Beistelltisch und goss Tee in einen Becher, wies mit dem Kopf darauf und sah mich fragend an. Kraftlos stimmte ich zu. Ich kam mir wie eine Salzsäule vor, die langsam abbröckelt. Er reichte mir den gefüllten Becher, nahm vom anderen einen Schluck und sagte: »Machen Sie nicht so ein Gesicht. Das Nichts ist auf Dauer grauenhaft, aber wenn man anständig angezogen ist und sich verliebt, kann man es verschmerzen«.

Ich taperte zum Hocker, meine Knie fühlten sich so glibberig an, als wollten sie mich jeden Moment zum Einsturz bringen.

»Das Leben ist nicht alles im Leben«, brummte er, »aber man hat halt eine Schwäche dafür«.

Ich schaute ihn entsetzt an.

»Was soll ich erst sagen!«, erklärte er mit Nachdruck, »mir steht demnächst der Tod ins Haus. Was für ein Elend, nicht mehr lernen zu können! Und wer weiß, wie lange es bis zur Auferstehung dauert. Ich werde nicht mal in der Nähe des Ölbergs liegen«.

Ich ließ den Kopf sinken, und mir ging der Gedanke durch den Kopf, wie ich nur glauben konnte, dass er mir eine Hilfe sein würde. Schließlich fragte ich vorsichtig: »Rechnen Sie mit Ihrem Tod?«

Knurrig antwortete er: »Man muss jederzeit mit allem rechnen, in meinem Alter sogar damit. Ich kann den Boden der Suppenschüssel schon erkennen. Und durch das Tor des Todes müssen wir allein schreiten. Kennen Sie Scheol?«

Ich bejahte, er sprach unbeirrt weiter: »Das Wort hat im Hebräischen zwei Bedeutungen, Tod und Hölle. Beides meint nichts anderes als vollständige Einsamkeit. Sie erwartet uns unter dem Tor des Gesetzes. Davor haben wir die größte Angst. Aber Scheol kann bezwungen werden. Die Liebe ist mächtiger als Scheol. Dreichwerd weiß das.«

Er musterte mich, ob ich ihm folgte: »Immerhin, Sie haben

etwas dazugelernt. Also, er hat sich in Sie verliebt. Haben Sie sich auch in ihn verliebt?«

»Nein!«, rief ich, »natürlich nicht, wie können Sie mich so etwas fragen!«

Er machte ein paar Schritte im Zimmer, hielt inne und schaute mich nachdenklich an: »Er wird wiederkommen. Sie werden ihn wieder treffen. Er hat eine Neigung für Sie. Er will Ihnen die Liebe abjagen, wie er es schon bei Tovosch versuchte.«

»... wäre es nicht besser, wenn ich ganz aus Krakau verschwände? Abreise, zurückfliege.«

Er schickte mir einen nachsichtigen Blick, nippte an seinem Becher und bemerkte: »Blödsinnige Idee. Er würde es verhindern.«

»Aber was soll ich tun?«, fragte ich in flehendem Ton, »ich habe Angst, furchtbare Angst.«

Er nickte zustimmend, als sei alles in Ordnung und fragte: »Wissen Sie, was die größte Frömmigkeit ist? Was über allem Beten und Lernen steht?«

»Nein. Ich weiß es nicht! Ich habe Angst.«

Er sah mir in die Augen und sagte langsam: »Man muss sich seiner Angst stellen. Davonlaufen geht nicht. Sie müssen ihr Schicksal annehmen.«

»Sie haben gut reden!«, fuhr ich auf. »Soll ich mit dem Teufel ins Bett?«

Rabbi Jazukowicz lächelte mich an: »Wer wird denn gleich ans Ärgste denken. Nein, Sie müssen ihm mit offenem Visier begegnen. Hier, wo die Geschichte spielt«.

»Mit offenem Visier? Was soll das heißen? Glauben Sie, ich hätte bisher Blinde Kuh mit ihm gespielt?«

Der Rabbi sah mich amüsiert an: »Ich will Ihnen eine kleine Geschichte erzählen. – Mein Vater saß einst mit einer Frau in einem Restaurant. Sie tranken Wein miteinander, und ihre Herzen öffneten sich. Irgendwann fragte die Frau ›Sag, liebst du mich oder liebst du mich nicht‹. Mein Vater antwortete ›Ich liebe dich sehr‹. Sie aber erwiderte ›Du sagst, du liebst mich und weißt doch nicht, was mir fehlt. Liebtest du mich wirklich, du würdest es wissen‹. Darauf schwieg sie, und mein Vater senkte beschämt den Kopf.«

»Ihr Vater war das?«, fragte ich, »oder vielleicht Sie?«

»Kann auch sein, dass ich es war,« stimmte er bereitwillig zu.

»Ich werde über Ihre Geschichte nachdenken,« sagte ich ungeduldig, »aber was soll ich denn konkret tun, wenn ich ihn wieder treffe?«

Herr Jazukowicz sah mich grübelnd an: »Die Wahrheit hat keine verschlossene Tür, und doch öffnen die meisten sie nicht.«

»Die Wahrheit! Die Wahrheit!«, rief ich, »wir sind doch nicht in einem theologischen Seminar. Hier geht es um mein Leben!«

Jetzt schmunzelte er mich an: »Nu ja, ganz verkehrt ist das nicht. Der Umgang mit Luzifer kann mitunter recht unangenehm sein und birgt ein gewisses Risiko. Aber wenn ich Ihnen auch keine Gebrauchsanweisung für den Teufel geben kann und keinen Leitfaden für Scheol …« Er hielt inne, und ich fühlte mich wie ein Dampfkessel, der gleich laut zu pfeifen beginnt.

»… so kann ich Ihnen doch Folgendes sagen«. Er straffte sich: »Wenn Sie mit ihm zusammen sind, seien Sie neugierig, fragen Sie ihn ruhig aus, aber lassen Sie diesen ganzen Foto- und Tonbandkram weg. Reizen Sie ihn nicht und gehen Sie wenigstens zum Schein auf seine Wünsche ein. Doch für alle Fälle will ich Ihnen etwas geben.«

Er ging zu einem Bücherschrank im Hintergrund, zog ein Buch hervor, legte es auf den Schreibtisch und klappte es auf. Nun wurde deutlich, dass es eine Schatulle war. Er nahm einen Davidstern heraus, den er mir reichte. Das Amulett musste sehr alt sein, war schwer und von Grünspan überzogen. Mir fiel meine alte Freundin in Tübingen ein und ihr Abschiedswitz. War das etwa mein löchriger Regenschirm?

»Nehmen Sie! Und tragen Sie ihn immer bei sich«, sagte er, »der Widersacher will mehr von Ihnen, bald schon werden Sie ihn wiedersehen, nicht im Traum, in der Realität.«

»Aber was soll ich denn tun?«, rief ich ängstlich, während ich den Stern in die Handtasche steckte.

»Was Sie tun sollen? Wollen Sie einen Passierschein für die Hölle von mir?« Er griff sich an den Bart, um trocken festzustellen: »Sie werden schon merken, wann der Zeitpunkt zum richtigen Handeln kommt«. Dann schloss er mit einer heftigen Bewegung die Schatulle: »Ach, ich wünschte, ich könnte diese Erfahrung machen! Aber leider schenkt er mir keine Beachtung. Zu alt! Zu verdorrt! Zu sehr schon dem Jenseits verhaftet!« Er machte eine Pause, dann knurrte er in meine Richtung: »Dieser Bursche hat weder an meinem Körper Interesse noch an meiner Seele. Völlig unverständlich, oder?«

Ich sah trübsinnig und stumm zu ihm auf, doch jetzt lachte er mich verschmitzt an: »Gut reagiert, meine Liebe, Sie hätten an dieser Stelle auch widersprechen können.«

Als ich draußen durch die Gasse wanderte, wusste ich nicht, wohin ich sollte. Den Galgenhumor von Rabbi Jazukowicz hätte ich dringend nötig gehabt, aber ich spürte keinen Krümel davon. Er hatte mir aufgetragen, Tovosch zu grüßen, aber wo war sie? Ich irrte mutlos und grübelnd durch verschiedene Straßen, in denen reges Leben herrschte und konnte keine Ordnung in meine Gedanken bringen. Ich musste noch in Kazimierz sein, als hinter einer Biegung plötzlich Tovosch vor mir auftauchte. Ich nahm sie in die Arme und küsste sie. Dann erzählte ich ihr, dass ich Dreichwerd getroffen hatte, sparte aber die Stelle aus, wo er mich die Welt mit seinen Augen hatte sehen lassen.

»Hast du ihn gereizt?«, fragte sie, »und hast du auch seine Hörner gesehen?«

»Ja, ich glaube, ich hab ihn gereizt, und seine Hörner hab ich auch gesehen, aber nur für einen Moment.«

»Sind sie ihm einfach aus der Stirn gewachsen?«

»So ungefähr, es war furchtbar.«

»Haben die andern Leute nichts gemerkt?«

»Komischerweise nicht, er hat für mich eine Privatvorführung gegeben.«

»Ich glaube, er hat es auf dich abgesehen.«

»Das meint Rabbi Jazukowicz auch, er denkt sogar, dass Dreichwerd mich liebt.«

»Der Teufel liebt dich!«

Sie hatte den Satz so heftig und ungläubig ausgestoßen, dass ich entgegnete: »Glaubst du, ich bin zu alt für ihn? Oder zu unattraktiv?«

Sie schaute mich von oben bis unten an: »Eigentlich nicht – aber ein bisschen alt bist du schon«.

»Na hör mal, ich bin schließlich deine Tochter, und Töchter sind immer jünger. Außerdem kommt es bei der Liebe darauf gar nicht an.«

Wir gingen ein Stück, bis sie fragte: »Ist die Liebe wertvoller als das Leben?«

»Was stellst du für Fragen. – Wenn man in einer Blechhütte wohnt und sich von Abfällen ernährt, kommt man gar nicht dazu, an die Liebe zu denken.«

»Was genau ist eigentlich die Liebe?«

Ich überlegte, was ich ihr sagen könnte, als mir die Begegnung zwischen Kozlowski und Leibisch einfiel: »Erinnerst du dich, was Dr. Kozlowski erklärte, als Leibisch ihn besuchte, nachdem er Hetwa auf dem Baum nahe sein wollte? Jeder Mensch hat Sehnsucht nach Liebe. Ich glaube, das stimmt.«

»Aber Papusch fragte ihn auch, was besser sei, lieben oder geliebt werden.«

»Ja, ich weiß, er hält die eigene Liebe für wertvoller.« Und mir fiel ein, dass er sogar behauptet hatte, die eigene Liebe treibe zu unvorstellbaren Taten. Da dachte er sicher an seine Baumkraxelei.

»Ich glaube auch, dass die eigene Liebe wertvoller ist«, sagte Tovosch, »und weißt du auch warum?«

Ich sah sie fragend an.

»Weil man dann alles so sieht, wie es sein sollte.«

Aber das ist Verleugnung der Realität, ging es mir durch den Kopf, die Verliebte sieht meist ein Wunschbild des Geliebten, sie sieht etwas, was gar nicht ist. Entpuppt sich das, was man Liebe nennt, nicht häufig als vorübergehende Geistesschwäche? Ist es nicht meist ein armseliges Füllwort in Schlagern, das so schnell verfliegt, wie es gesungen wird? Wo ist sie dann hin, die Liebe? Ein Stückchen Melodie bloß, das eine Weile noch im Ohr summt. Ich überlegte, ob ich Tovosch vor ihrem Freund Tomasz warnen sollte, als sie auf ein unscheinbares Gebäude zeigte: »Hier ist übrigens das Rabbiner-Seminar, weißt du, hier hat Papusch studiert …«

Leibisch kam mit Zvi Jazukowicz in lebhaftem Gespräch den Gang hinab. Er eröffnete gerade seinem Freund, dass er für das Hiob-Rätsel eine Erklärung gefunden habe.

»Ist es nicht so, dass in allen Büchern Mose von Gott immer in ein und derselben Weise gesprochen wird …?«

»Ich weiß, was du meinst«, unterbrach ihn Zvi, »er wird immer als Herr dargestellt, der über seinen Geschöpfen thront«.

»Wenn man das psychologisch interpretiert, könnte man fast denken, dass er so etwas wie Liebe nicht kennt«, fuhr Leibisch fort. »Zum Beispiel die Stelle im zweiten Buch Mose, als die Juden in Ägypten stöhnten und um Hilfe schrieen. Da heißt es lediglich, Gott hörte ihr Ächzen und dachte an seinen Bund mit Abraham, Isaak und Jakob.«

Zvi blieb stehen: »Aber ein kleiner Hinweis auf sein Mitleid fehlt, das meinst du doch?«

»Ja, Gott scheint völlig leidenschaftslos zu sein. Die Israeliten sollen sich vor dem Herrn freuen, aber der Herr selbst freut sich nicht.«

»Stimmt, es wird nie davon gesprochen, dass er Freude empfindet oder irgendeine Regung zeigt. Und? Wie deutest du es?«

»Das ist es ja«, entgegnete Leibisch, »ich habe darüber nachgedacht und nachgedacht und gelesen, bis mir der Kopf rauchte, und letzte Nacht bin ich über den Büchern eingeschlafen. Ich hatte einen seltsamen Traum. Ich bin durch ein Labyrinth von Zimmern geirrt, jedes war vollkommen anders, manche so niedrig, dass ich kriechen musste, andere so hoch wie eine Kathedrale, einige im Dämmerlicht, wieder andere in Festbeleuchtung, und als ich den Ausgang fand, stand eine weißgekleidete schöne Frau davor. Sie sprach kein Wort, hat nur die Lippen gespitzt und mir ins Gesicht geblasen. Das war wie ein Sturm, der mich zurückschleuderte, und als ich am Boden lag und hochschaute, befand ich mich in einer Art Spiegelsaal und weit vorn sah ich die Rückseite eines hohen Stuhls. Und dann hörte ich es …«

»Was? Was hast du gehört?«, fragte Zvi ungeduldig.

»Ein Schluchzen.«

»Ein Schluchzen? – Weiter, was noch?«

»Ich bin aufgestanden und auf den Stuhl zugegangen. Ich war schon nah dran, als mich die Spiegel von allen Seiten mit hellem Licht blendeten… in dem Moment bin ich aufgewacht.«

Zvi Jazukowicz schaute durch seinen Freund hindurch, ohne ein Wort zu sagen. Er wirkte auf einmal geistesabwesend. Nach einer Weile drehte er sich zur Seite, atmete langsam durch und murmelte »Gott hat geweint«.

Leibisch entgegnete aufgeregt: »Er ist verzweifelt. Wir haben ihn bisher immer nur durch die Brille der Bibel-Autoren gesehen. Leidenschaft, Freude, Trauer sind menschliche Eigenschaften, überhaupt alle Emotionen …«

Zvi löste sich aus seiner Haltung und fiel ihm ins Wort:

»Gott wird immer erhaben und gebieterisch gezeigt. Er ist kraftvoll und mächtig und steht über uns, er befiehlt und gibt bestenfalls Ratschläge. Er wird nichtmenschlich dargestellt – aus einem ganz bestimmten Grund. Zeigte er Gefühle und Leidenschaft, wäre er ja so wie wir.«

»Das ist nur die halbe Wahrheit«, widersprach Leibisch, »im Buch Jesaja habe ich eine Stelle gefunden, wo er nicht herrisch und streng ist, sondern ganz anders. Er tröstet, er liebt und ist voller Erbarmen«.

»Du meinst die Stelle, wo er sich mit dem Bräutigam vergleicht, der sich an der Braut freut?«

Leibisch nickte.

»Vielleicht entdeckt er dort seine Liebe ...«, sinnierte Zvi, »vielleicht sollen wir merken, dass er ein gütiger, wenn auch geheimnisvoller Herrscher ist ... der selbst der Liebe bedarf. – Aber was hat das mit Hiob zu tun? Wird sein Leiden deshalb kleiner? Und ist seine Klage ungerecht?«

»Nein«, antwortete Leibisch und gab sich einen Ruck, »aber vielleicht sollen wir erkennen, dass ... dass Gott in Masken auftritt. Die Maske der Macht flößt Schrecken ein. Der Herrscher der Welt muss machtvoll sein, sonst wäre er nicht anerkannt worden.«

»Wir hätten auf ihn gepfiffen«, ergänzte Zvi ohne zu zögern und sah seinen Freund nachdenklich an: »Vielleicht ist das die eigentliche Prüfung für Hiob. Gott agiert wie ein Schauspieler, er hat sich die Maske des Teufels übergestreift und will wissen, ob Hiob sich täuschen lässt. Er will wissen, ob Hiob seiner Versuchung widersteht«.

»Und wie reagiert Hiob darauf? Er sagt, er sei zu gering, er sagt, ich lege meine Hand auf meinen Mund. Klingt das nicht nach purem Einverständnis?«

»Überhaupt nicht!«, erwiderte Zvi heftig, »das ist so gut wie keine Antwort, im Grunde verweigert er sich. Aber seine Frage nach Gottes Gerechtigkeit bleibt offen wie eine Wunde«.

Leibisch rieb sich mit der Hand am Kinn: »So könnte man es sehen. Gott hat Hiobs Gewissen herausgefordert, weil er nur von seiner Macht spricht. Davon lässt sich Hiob aber nicht beirren. Seine Frage steht im Raum und wirft einen langen Schatten. Das beeindruckt Gott. Und deshalb, glaube ich, gibt er ihm zuletzt all das zurück, was er ihm vorher genommen hat?«

»Hmm«, murmelte Zvi Jazukowicz, »was du sagst, ist nicht dumm. Gott hat Gefühle, er leidet mit … er sieht in Hiob hinein und gibt ihm insgeheim Recht.« Zvi war etwas zusammengesunken, jetzt aber richtete er sich auf: »Hiobs Widerspenstigkeit hat das bewirkt. Seine Halsstarrigkeit, seine Hartnäckigkeit. Dieser Hiob ist der erste Zweifler, der erste Kritiker! Er nimmt nicht einfach hin, er widerspricht. Nur so ist zu verstehen, dass Gott seine Freunde tadelt und in Zorn gegen sie entbrennt. Sie haben hingenommen, sie haben gerechtfertigt, sogar das Böse.«

Leibisch war stehen geblieben und schaute aus dem Fenster hinaus auf die Dächer von Kazimierz. Dann sagte er langsam: »Das hieße, dass Gott janusköpfig ist. Er führt in Versuchung, um unser Gewissen zu schärfen«.

Zvi nickte langsam und flüsterte: »Vielleicht spielt er sogar den Teufel, damit wir ihn erkennen«.

In dem Augenblick kam eilig ein Kommilitone zu ihnen gelaufen. Als er Leibisch erblickte, stieß er hervor: »Du musst sofort nach Hause kommen. Deine Frau hat angerufen. Es ist etwas passiert«.

Hetwa, Esther und Tovosch saßen wie erfroren in der Küche, als Leibisch daheim ankam. Aus toten Augen blickten sie ins Leere, kalkweiß sahen sie aus, alles Leben schien aus ihnen gewichen. Hetwa teilte ihm stockend mit, was passiert war. Sein Vater sei … tot. Von einem Spaziergang in der Abenddämmerung nicht zurückgekehrt. Man habe ihn an der Weichsel gefunden. Erstochen. Sie brach in Tränen aus. Die Augen … die Augen habe man ihm ausgestochen. Leibisch sackte in sich zusammen, und als er zu sich kam, wusste er, dass die Welt eine andere war. Er ballte die Faust und streckte sie stumm gegen den Himmel. Später als er allein war, wollte er eine bittere Anklage nach oben schicken, doch er fand keine Worte.

Das Haus Friedman wandelte sich zu einem Trauerort. Auch nach dem Begräbnis blieben wochenlang die Vorhänge zugezogen und niemand sprach ein Wort. Die Polizei hatte die Ermittlungen aufgenommen, man sprach von einem politischen Mord, und der Inspektor deutete einen Verdacht gegen nationalistische Kreise an. Doch je öfter er kam, desto deutlicher wurde, dass er keinen Täter finden würde. Dr. Kozlowski wandte sich an den Polizeipräsidenten und provozierte einen Skandal, als er die Polizei zuerst der Unfähigkeit, dann der Unwilligkeit bezichtigte, den Fall aufzuklären. Auch Salomon Bester schaltete sich ein. Doch mit all seinem vermeintlichen Einfluss bewirkte er nichts, ja es schien sogar, als würde man den Fall zum Anlass nehmen, die Bedeutungslosigkeit der jüdischen Fraktion im Stadtparlament aufzuzeigen. Natürlich fiel kein entsprechendes Wort, aber Salomon Bester hatte ein feines Gespür für die klimatischen Veränderungen. Es war kälter geworden in Krakau, und auch seine Frau spürte den Wandel, wenn sie zu den Tuchhallen ging. Die Wandschmierereien hatten zugenommen, und immer richteten sich die Drohungen gegen die Beduinen, wie es hieß, die dorthin zurück sollten, wo sie her kamen.

Die Familien Bester und Friedman rückten zusammen. Salomon und Sabina Bester besuchten nun wie selbstverständlich ihre Tochter, Leibisch und Esther in Kazimierz, und Salomon war Tovosch ein großzügiger und liebevoller Großvater. Umgekehrt stand ihr Haus jederzeit Esther Friedman und ihrem Sohn offen, und Salomon machte bei einem gemeinsamen Essen den Vorschlag, ob sie nicht ins Stockwerk darüber einziehen sollten, was auch geschah. Hinda hatte ihren Verlobten

David geheiratet, sie wohnten im Erdgeschoss des Hauses in der Wrzeszynska. Die Ehe war bisher kinderlos geblieben, und David gab den Zeitläuften die Schuld. Er propagierte nach wie vor den Zionismus als die Heilsbotschaft für sie alle und fragte laut, wie man den Mut haben könne, in dieser Zeit Kinder in die Welt zu setzen.

Tatsächlich waren die politischen Umstände von der Art, dass nur ein Wolkenschieber ihm Unrecht geben konnte. 1934 hatten Polen und Deutschland einen Nichtangriffspakt geschlossen, was aber deutsche Truppen nicht daran hinderte, am 1. September 1939 das Nachbarland zu überfallen. Der Polenfeldzug war kurz und schmerzhaft, und das Ziel war eindeutig, die Polen sollten versklavt, die Juden vernichtet werden. Krakau fiel in die Hände eines sadistischen Liebhabers der Stadt, der sich auf dem Wawel die Königskrone aufsetzen ließ und in Kazimierz und dem restlichen Krakau die Juden zusammentreiben ließ, um sie ihrer Endlösung zuzuführen.

25
Zum Beispiel Gott

Ich kam zu mir, als erwachte ich aus einer Erstarrung. Die letzten Ereignisse hatte ich wie im Zeitraffer an mir vorüberziehen sehen. Eine bittere Wehmut ergriff mich, mitten auf der Straße musste ich schluchzen. Dabei hatte ich Wolf Friedman nie persönlich kennen gelernt, all das geschah lange, bevor ich geboren wurde. Tovosch war verschwunden, und wie automatisch begann ich, einen Fuß vor den andern zu setzen. Es ging auf Mittag zu, die Hitze wuchs, was sollte ich tun? Trinken, ich musste trinken, vielleicht würde mir dann wohler.

Ich fand ein Gartenlokal, sank im Schatten von Bäumen auf einen Stuhl, stellte meine Handtasche unter den Tisch und bestellte Mineralwasser und einen kleinen Salat. Als beides kam, trank ich gierig das Wasser und stocherte im Salat herum. In meine Gedanken war keine Ordnung zu bringen, Fragen stürzten auf mich ein wie hungrige Vögel, weshalb war ich hier, warum wollte Dreichwerd meine Liebe, besaß Gott einen Januskopf, warum ließ er den Mord an Wolf Friedman zu, kann Scheol wirklich besiegt werden? Ich wollte noch ein Mineralwasser bestellen, als ein schwacher Geruch von Sandelholz mir in die Nase stieg.

»Viele Fragen gehen Ihnen durch den Kopf, so viele Fragen, Sabina-Esther.«

Ich hob den Kopf und sah Dreichwerd. Ich dachte, ein Wiedersehen würde mich aus dem Gleis werfen, aber komischerweise erschreckte mich sein Anblick überhaupt nicht. Er trug ein blaues Flanellsakko und ein weißes, offen stehendes Hemd, dazu weiße Jeans und ein paar modische schwarze Slipper. Er lächelte mich an und wirkte müde.

»Darf ich mich zu Ihnen setzen?«

Ich nickte, und er nahm Platz.

»Privilegien haben erhebliche Nachteile, das finden Sie gerade heraus.«

Wie Recht er hat, dachte ich, in die Vergangenheit zu schauen, kann grausam sein.

»Aber immerhin gehören Sie zu den Wenigen, denen so etwas widerfährt. Die meisten überblicken kaum ihr eigenes kleines Leben.«

Ich sah zu ihm, er sprach eindringlich, als wolle er mir klar machen, dass ich eine Auserwählte sei. Jetzt wurde seine Stimme spöttisch: »Ich frage mich nur, wie Sie das Ihrer Zeitung verkaufen wollen. Die große Masse verhöhnt doch nur, was sie nicht versteht.«

»Ich weiß, was Sie von mir wollen!«, erwiderte ich giftig. Im selben Moment bereute ich meinen Satz. Rabbi Jazukowicz hatte mir doch eingeschärft, auf ihn einzugehen und die Konfrontation zu meiden.

Er aber lächelte gewinnend: »Sind Sie da so sicher?« Im nächsten Moment wirkte er betrübt: »Ach, auch ich werde immer missverstanden«.

»Wie meinen Sie das?«, fragte ich.

Er winkte der Kellnerin, bestellte einen Eiskaffee und eine Kremoschka, um schließlich zu antworten: »Zum Beispiel Gott. Wir haben schon über ihn gesprochen. Ich bin kein Atheist, oh nein. Denn ich habe Gott schon oft gesehen.«

Er hielt inne, als erwartete er eine Frage von mir, doch ich sah ihn nur mit großen Augen an.

»Er ist mir erschienen auf der Insel Mauritius in einem der Gottheit Gamesh geweihten Tempel, in der Synagoge von Venedigs Ghetto, im Dom San Gennaro von Neapel, wenn das Blut der Schutzheiligen sich verflüssigt, in Sevilla vor der Macarena, im Kloster des sibirischen Nowodewitschi … oh ja, Gott kann überall sein, wenn man Augen hat, ihn zu sehen.«

Ich starrte ihn an, fand aber kein Wort der Entgegnung.

»Frühere Generationen haben den Mond oder die Sonne

angebetet«, sprach er weiter, »heutige verehren einen großen Stein, zu dem sie pilgern, andere küssen eine alte Mauer, manche sehen Gott überall, etliche nehmen das Kreuz für seine Existenz, nicht wenige erblicken ihn in einem Grashalm«.

»Was wollen Sie damit sagen?«, fragte ich.

»Der Glaube besänftigt, die Vernunft beunruhigt.«

Mir wurde klar, worauf er hinauswollte, mein Widerspruchsgeist erwachte: »Sie sagen es! Wer will schon beunruhigt durchs Leben gehen, der Glaube bietet mehr.«

»Ich könnte auch sagen«, fügte er sanft hinzu, »der Glaube lullt ein, jede Narretei ist ihm recht, wenn sie nur vom Leben ablenkt.«

»Nehmen wir mal an, Sie haben Recht. Wie ist es dann zu erklären, dass die Gläubigen nicht weniger werden?«

»Werden sie wirklich nicht weniger? Oder werden sie nur aggressiver?«, fragte er zurück.

»Man muss den Glauben verteidigen! Darum geht es. Zu viele nehmen ohne Widerwort alles hin.«

»Wie Recht Sie haben! Der Gläubige braucht einen starken Atheisten als Gegner, aber wo findet er den? Er findet nur Gleichgültige. Und er selbst ist zu einer Jammergestalt verkommen, die beim ersten Hieb zu Boden geht und dabei Halleluja singt. Sprüche aus Staub sind sein Katechismus, Rituale aus Mief seine Religiosität.«

»Nein«, stieß ich hervor, »das stimmt nicht…«

»Ja, es gibt auch den kraftvollen Gläubigen,« fuhr er gelassen fort, und ich hörte die Ironie in seiner Stimme, »er fordert im Namen seines Glaubens für Ungläubige den Tod und für Frauen die sexuelle Verstümmelung. Haben Sie den im Sinn?« Ohne meine Antwort abzuwarten, fuhr er fort: »Aber sind solche Leute gläubig oder bloß barbarisch? Benutzen sie vielleicht den Namen Gott als Schlupfloch für ihre Dummheit und Bigotterie?«

Verärgert erwiderte ich: »Sie kennen nur Kontrabass oder Harfe, nur Galle oder Schokolade, nur schwarz oder weiß!«

Er schenkte mir ein Lächeln, und als seine Bestellung kam, probierte er vom Kuchen, nahm einen Schluck vom Eiskaffee, um festzustellen: »Selbst wenn ich zum Übertreiben neige … mir scheint, dass die Sucht nach Glauben ihren Grund darin hat, dass die Menschen so programmiert sind«. Er sah mich aufmerksam an, als wollte er herausfinden, ob ich auch zu dieser Spezies gehöre. Dann fuhr er fort: »Aber ehrlich gesagt, ich verstehe das nicht ganz. Wo bleibt der freie Wille? Vielleicht können Sie mir weiterhelfen.«

Er sah mich mit einem gequälten Blick an. Auf seiner Stirn entdeckte ich eine Schweißperle. In dem Moment fühlte ich eine gewisse Sympathie für ihn in mir aufsteigen, die ich sofort verdrängte. Ich erwiderte: »Glauben heißt, das Gute sehen, wissen Sie das nicht? Der wahre Gläubige versucht, die Welt mit Gottes Augen zu sehen …«

Leise unterbrach er mich: »Mit Gottes Augen …? Wollen Sie die Gottesangst leugnen, die so viele beherrscht? Und gibt es eine elendere Gestalt als den Gott der hebräischen Bibel? Er ist rachsüchtig und bösartig, will aber von früh bis spät verehrt werden, seine vielen hundert Verbote schaffen nichts als Verzweiflung, er treibt einen Vater beinahe dazu, seinen Sohn zu schlachten, und einem guten Mann zerstört er brutal das Leben, er vernichtet eine Stadt, in der er nicht geachtet wird und überschwemmt die ganze Welt mit einer Sintflut, er zeigt sich als unberechenbarer Gewaltherrscher, der seine Gemeinheiten an Guten wie Bösen auslebt, er will als Alleingott angebetet werden, als der Größte, und ist doch nur größenwahnsinnig«.

Er hatte ohne jede Aufwallung gesprochen, als wollte er mir lediglich ein paar Informationen bieten. Ich war wie vor den Kopf geschlagen, wir saßen eine Weile stumm da, bis ich ebenso leise sagte: »Das ist ein sehr einseitiger Blick auf ihn, der Blick eines Verbitterten.«

Er ließ ein kleines Lachen hören: »Verbittert sollten eigentlich Sie sein.«

Ich ließ mich nicht beirren: »Nein, Ihr Blick auf ihn stimmt nicht. Sie könnten dann auch sagen ›Der Mensch hat einen Wert von sechzig Cent, da er überwiegend aus Wasser besteht‹. Das haben einige Forscher ausgerechnet – nichts weiter als eine armselige wissenschaftliche Erklärung.«

»Stimmt sie deshalb nicht?«, erwiderte er, »der Mensch – ein Glas Wasser, und ich würde hinzufügen: mit etwas Arsen darin«. Er sah mich nachdenklich an: »Wenn es den Größten nicht gäbe, wäre den Menschen viel Leid erspart worden. Keine Kreuzzüge und Hexenverfolgungen, keine viergeteilten Ketzer, die zum rechten Glauben zurückgerissen wurden, keine Ghettos und Konzentrationslager, keine Selbstmörder, die andere in den Tod sprengen, um selbst im Paradies aufzuwachen«.

Ich sagte laut: »Etwas Gutes wird nicht dadurch schlecht, dass es falsch benutzt wird«.

»Sie haben schon wieder so Recht!«, stimmte er übertrieben zu, um mit besorgter Stimme anzufügen: »Wenn nur die Tatsache nicht wäre, dass die Menschen zu gern alles falsch benutzen. Aber bitte! Seien Sie Gottes Anwältin, Sabina-Esther!«

Ich sah ihn offen an und sagte nur zwei Worte: »Die Liebe«.

Er senkte den Blick, doch nur für einen Moment, dann schaute er hoch und seine Augen bekamen einen wilden Ausdruck.

»Die Liebe, ja, natürlich, die Liebe. Gewähren Sie mir die Liebe?«

Ich spürte, wie mein Mund trocken wurde und Furcht mich beschlich. Wie sollte ich ihm erklären, dass man Liebe nicht gewähren kann wie man Kindern das Spiel auf der Schaukel erlaubt, wie konnte ich ihm mitteilen, was überhaupt Liebe ist. Wer sie nicht fühlt, wird sie nicht begreifen, wer sie erklärt, dem ist sie nur Theorie.

»Ich kann sie nicht gewähren«, antwortete ich und versuchte, meine Stimme fest klingen zu lassen.

»Oh doch«, erwiderte er und sein Ton wurde hart, »Sie sind mir versprochen«.

»Versprochen?«

Seine Augen begannen zu glühen und seine Stimme wurde suggestiv: »Versprochen von ihrer Mutter. Erinnern Sie sich an sie als Erwachsene! Wie starb sie?«

Kaum hatte er ausgesprochen, überzog mich eine tiefe Traurigkeit, als hätte er mit seinen Worten einen unsichtbaren Vorhang gehoben. Ich begann zu zittern, und mir kamen die Tränen.

»Sie erinnern sich«, hörte ich ihn.

Ich sah einen schwarzen Himmel, durch den weiße Wolken fliegen, ich stand am Abgrund einer Schlucht, in der dichter Nebel wabert – doch jetzt wird der Nebel wie ein Schleier fortgezogen. Und nun erkenne ich: da ist keine Schlucht, da ist keine gähnende Tiefe. Meine Mutter liegt in der Küche neben dem Esstisch und rührt sich nicht. Ich bin noch klein und bleibe bei ihr sitzen, stundenlang sitze ich neben ihr, streichle und küsse sie und bitte sie aufzustehen und mit mir zu spielen. Aber sie steht nicht auf. Bis mein Vater von der Arbeit heimkommt, mit einem Aufschrei neben ihr kniet, sie zur Seite rollt, ihr in den Mund atmet, ihr den Hals fühlt, bis auch er merkt, dass sie nicht mehr aufstehen wird. Das Entsetzen grub sich in sein Gesicht ein und ist nie mehr daraus gewichen.

»Meine Mutter hat Selbstmord begangen«, sagte ich und wischte mir mit dem Handrücken über die Augen.

Dreichwerd nickte und sah mich auffordernd an, als wüsste ich mehr. Wie automatisch sprach ich weiter: »Die Erinnerung hat sie eingeholt.«

Er schaute mich ernst an: »Ihre Schuld hat sie eingeholt. Denn sie überlebte. Ich habe sie gerettet. Und Esther und Leibisch, Sabina und Salomon und all die andern auch. Und ich liebte die schöne Hetwa …«

»Sie lügen!«, schrie ich auf.

»Es war ein streng gehütetes Geheimnis in der Familie, niemand sprach je darüber«, erwiderte er kühl und beugte sich zu mir vor: »Sie war wankelmütig, aber hat mir gewährt, was ich wollte. Ich habe sie geliebt. Ist das nicht entscheidend?«

»Nein!«, rief ich mit Abscheu, »nein! Hetwa hat Sie niemals geliebt. Niemals!«

»Sie glauben mir nicht?«, fragte er.

»Warum sollte ich? Denken Sie, ich habe vergessen, wer Sie sind?«

Er wirkte melancholisch: »Weshalb überlebten sie alle? Wie kommt es, dass Sie am Leben sind, Sabina-Esther? Ich finde Ihren Mangel an Glauben betrüblich.«

Als hätte mein Widerspruch den Schmerz und die Angst in mir weggewischt, herrschte ich ihn an: »Das ist mir egal! Sie schleichen sich in mein Leben. Sie erwarten sogar, dass ich Sie liebe, und Sie merken nicht, wie lächerlich das ist, furchtbar lächerlich. Ich will Sie nie wieder sehen!«

Ich stand so abrupt auf, dass der Stuhl nach hinten umfiel, warf einen letzten Blick zu ihm, er schaute zärtlich zu mir auf und sagte: »Ich liebe leidenschaftliche Menschen. Sie sind so wunderbar wie Ihre Mutter und Ihre Großmutter. Aber ich sehe, dass Sie einen kleinen Beweis meiner Macht benötigen.«

Er schloss für einen Moment die Augen und öffnete sie wieder. Sie funkelten entsetzlich, als würden sie Strahlen sprühen, die in mich eindrangen, und ich spürte, wie ich seinem Blick erlag und mir die Sinne schwanden …

Als Sabina-Esther zu sich kam, hörte sie ein eintöniges Geräusch, ein wiederkehrendes Poltern, das von unten kam. Sie schlug die Augen auf und erkannte, dass sie auf rauen Holzplanken lag. Neben ihr kauerten Unbekannte, die meisten aber standen dichtgedrängt. Sabina-Esther nahm durch ihr Liegen viel zu viel Platz ein. Sie erhob sich und stellte fest, dass sie sich in einem Waggon befand. Aus einer Ecke verbreitete sich ein betäubender Gestank aus Urin und Exkrementen. Die Fahrgäste wirkten niedergeschlagen. Niemand sprach, doch man hörte Kinderplärren. Alle Fahrgäste trugen ein Zeichen. Es war ein gelber Davidstern auf den Mänteln oder Jacken. »Ich träume«, murmelte sie, um dann laut zu rufen »Ich träume, das kann nicht sein!«

Ein Mann, wuchtig wie ein Schrank, drehte sich zu ihr: »Leider irren Sie sich. Sogar mein Beten hat mich nicht aus diesem Alptraum entlassen«.

Sabina-Esther erkannte ihn sofort. Es war Salomon Bester, natürlich, er war es, sie kannte ihn ja, er war ihr vertraut. Und doch fragte sie ungläubig: »Herr Bester?« Er nickte langsam, als müsse er sich mühsam an sich selbst erinnern. »Ist Ihre Frau auch da?«, fragte sie, aber da erkannte sie schon Sabina hinter ihm. Ihr Muttermal auf der Oberlippe war blass geworden. Und neben ihr stand Hinda mit ihrem David an der Seite.

»Wo ist Tovosch?«, fragte Sabina-Esther, aber bekam keine Antwort. Sie rief laut: »Tovosch? Wo bist du, Tovosch?«

Die Menge vor ihr bewegte sich, und eine Frau, die selbst in dieser Situation attraktiv wirkte, schob sich zwischen zwei Männern hindurch. Es war Hetwa. Sie hatte ein Mädchen an der Hand, und Sabina-Esther ging vor ihm auf die Knie: »Tovosch, da bist du, da bist du ja!«

Tovosch schaute sie verwundert an und blickte dann fragend zu ihrer Mutter auf.

»Kennen Sie meine Tochter?«, wollte Hetwa wissen.

»Ja, ja«, stammelte Sabina-Esther von unten und wollte erklären … aber was sollte sie sagen? Dass Tovosch ihre Mutter sei? Ihre Gedanken rollten wie Glasperlen davon, die nichts mit ihr zu tun haben wollten, als sie stockend weitersprach: »Ich kenne Ihre Tochter vom … Spielplatz … wir haben uns … unterhalten … oft.«

Hetwa musterte sie skeptisch. Dann deutete sie mit ihrem Kopf auf die Bluse Sabina-Esthers: »Kein Davidstern? Nichts Warmes zum Anziehen?«

Sabina-Esther fiel ein, dass sie einen Davidstern besaß, jenen mit Grünspan überzogenen, den ihr Rabbi Jazukowicz gegeben hatte. Aber der Stern steckte in ihrer Handtasche, wo war die? Immer noch kniend, drehte sie sich herum und begann mit den Händen im Dunkel zwischen den Beinen der anderen herumzutasten. Ein Passagier sank zu ihr nieder, nahm ihre Hand und zog sie nach oben. Sie schaute ihn an und stammelte: »Leibisch, Sie sind es«. Ihr Großvater Leibisch Friedman nickte. Mit seinem jungenhaften Gesicht stand er vor ihr, und seine Stimme klang beruhigend: »Dort unten hat niemand von uns etwas zu suchen«.

»Wohin fahren wir?«, fragte sie und wusste im selben Augenblick schon die Antwort.

Leibisch zuckte mit der Schulter: »Es heißt, wir werden ausgesiedelt«.

Nein! schrie alles in Sabina-Esther, wir werden nicht ausgesiedelt, das ist Lüge, grausame Lüge! Wir werden ermordet, wir fahren unserer Grabkammer entgegen, der gasverpesteten! Wisst ihr das denn nicht! Doch ihr Mund blieb stumm, kein einziges Wort entkam ihm, sie ließ ihren Kopf sinken und hörte Leibisch sagen: »Wir müssen an ein gutes Ende glauben. Wahre Gläubige können ihre Kraft verhundertfachen.« Sabina-Esthers Gedanken überschlugen sich. Sie musste ihre Tasche finden, darin war ihr Handy, telefonieren, natürlich, aber in eine andere Zeit? Selbst wenn, wie sollte jemand sie hier herausholen? Den Passagieren die Augen öffnen, die Wahrheit herausschreien? Vielleicht wäre ein Aufstand die Folge. Nein, nein, die Kinder, das durfte man ihnen nicht antun. Und Tovosch könnte sie niemals erschrecken. Tovosch! Sie war hier und hatte sie, ihre Tochter Sabina-Esther, doch erst viele Jahre später geboren. Tovosch musste entkommen sein. Aber wie? Denk nach, denk nach, hämmerte ihr eine innere Stimme ein, sie muss es wissen, sie weiß es! Sabina-Esther drängte sich zu der Kleinen, wollte sich gerade zu ihr beugen, als ein Unbekannter sie von hinten an der Schulter berührte und leise sagte: »Ich habe es Ihnen doch schon erklärt«. Sie drehte sich um und sah – Esra Dreichwerd. Er trug einen alten Mantel mit dem Stern an der Brust, und ein Filzhut bedeckte das dunkle Haar und die Geheimratsecken. Sein Kinn war stoppelig, er sah blaß und verhärmt aus, nur seine Augen glänzten seltsam vital. Sie nahm all das in Sekundenbruchteilen wahr, dann stürzte sie sich auf ihn, griff mit beiden Händen nach seiner Kehle, riss ihn nieder und würgte ihn mit aller Kraft. Er röchelte, machte jedoch keine Anstalten zur Gegenwehr, suchte nur ihre Augen mit einem Blick voller Sehnsucht. Sabina-Esther spürte einen harten Griff an der Schulter, dann wurde sie von Dreichwerd weggerissen und nach oben gezogen. Hinter ihr stand Salomon Bester und drehte sie mit beiden Händen herum. Er blitzte sie an: »Sie werden doch ihr Mütchen nicht an einem Glaubensgenossen kühlen!«

Er wandte sich seiner Frau zu und beachtete sie nicht mehr, als sei sie Luft für ihn. Dreichwerd stand auf, bedankte sich mit einem Kopfnicken bei Salomon und näherte sich der Frau, die ihn eben noch zu Tode würgen wollte. Im Flüsterton teilte er ihr mit: »Ich liebe Ihr Temperament, aber so etwas macht man nicht. Sie erwecken nur Mitleid für mich. Kommen Sie«.

Er schob sich in eine Ecke des Waggons, und Sabina-Esther folgte ihm, als lauere sie auf eine weitere Möglichkeit ihn umzubringen.

»Sie sagten, dass ich mich in Ihr Leben schleiche. Haben Sie nicht gemerkt, dass ich schon immer in Ihrem Leben war?«

Sie ignorierte seine Frage. »Wie komme ich hier weg?«, zischte sie ihm zu.

»Und das Schicksal der anderen interessiert Sie nicht?«

Sabina-Esther senkte den Kopf und blieb stumm.

»Natürlich interessiert es Sie, ich weiß es. Und ich weiß noch etwas. Ich interessiere Sie auch.«

Sie hob den Blick und sah ihn mit Widerwillen an. Dann ließ sie sich nieder, sie musste sich setzen, und Dreichwerd tat es ihr nach. Sie saßen, um wenig Platz wegzunehmen, mit angezogenen Knien nebeneinander, er drehte sich zu ihr und sagte leise: »Gewähren Sie mir Liebe, Ihre Familie muss gerettet werden, Tovosch und die anderen sollen leben.«

Sie war fassungslos vor Entsetzen. Sie schickte ihm einen hasserfüllten Blick. Eine innere Stimme warnte sie, tu es nicht, er wird dich betrügen, und Sabina-Esther hoffte auf die andere Stimme, die ihr zuraten sollte, doch nichts war zu hören. Da wusste sie, dass sie sich entschieden hatte. Sie würde ihm ihren Körper anbieten, sie würde ihm Sex geben, aber keinen Deut mehr. Ohne ein Wort zu verlieren, drehte sie sich zu Dreichwerd und küsste ihn, zögernd zuerst, dann immer heftiger. Sie kümmerte sich nicht um sein Erstaunen, und er verharrte nur einen Moment darin, dann erwiderte er ihre getriebenen Küsse, und sie sanken zu Boden. In Sabina-Esthers Ohren hallte das eintönige Poltern der Schienenstränge, in ihre Nase drang Uringestank. Ekel überkam sie für einen Moment, dann zog sie seinen Kopf zu sich, und während ihre Münder verschmolzen, knöpfte sie ihm hastig den Mantel auf. Ihre Hand glitt unters Sakko, riss zwei Knöpfe des Hemdes ab, bis sie über seine nackte Brust gleiten konnte. Nun merkte sie, wie ihr kühler Plan in Leidenschaft aufzulodern begann. Sie war im Begriff, den Gürtel seiner Hose zu öffnen, als sie in sein Gesicht schaute. Es war ein Antlitz voller Leid und Qual, das ihr ans Herz ging und die Kehle zuschnürte. Sie hielt inne, und ein ganz anderes Gefühl überwältigte sie auf einmal. Sie musste schluchzen, und wie ein Blitz leuchtete in ihr auf, was der Rabbi im letzten Gespräch gesagt und sie überhört hatte … liebtest du mich wirklich, du wüsstest, was mir fehlt. Sie nahm ihre Hand von Dreichwerds Gürtel, führte sie an sein Gesicht, strich ihm zärtlich über die Wange, übers Haar und küsste seine Stirn, seine Nase, seine Lippen, während ihr die Tränen übers Gesicht liefen …

Die umstehenden Passagiere hatten sich abgewandt und ihnen angewidert die Rücken zugekehrt, so dass sie nicht sehen konnten, dass die Waggonecke sich zu einer Nische der innigen Hingabe wandelte. Sie konnten auch nicht sehen, wie verblüfft Dreichwerd wirkte, wie bestürzt er war, wie seine Augen sich unter ihren sanften Liebkosungen vor Unglauben weiteten, als sei er verzaubert, bis er sie schließlich beseligt schloss und kurz darauf spurlos verschwand, sich gewissermaßen in Luft auflöste, so dass Sabina-Esther mit einem Mal nur noch einen alten Mantel neben sich spürte.

Die Passagiere des Waggons sahen lediglich, dass an der Rampe von Auschwitz ein schneidiger und glattrasierter SS-Offizier stand, der Esra Dreichwerd wie aus dem Gesicht geschnitten ähnelte. Er selektierte die Besters, Esther Friedman und Leibisch aus, sie mussten nicht zu dem großen Haufen, der vor einem Gebäude mit rauchendem Schornstein wartete. Hetwa jedoch, die Tovosch nicht aus der Hand ließ, winkte er zu sich, und als sie neben ihm stand, musterte er sie mit Wohlgefallen …

*

Am Morgen danach klingelte in Sabina-Esthers Hotelzimmer das Telefon. Es war schon fast zehn Uhr, und alles sah aus wie immer, ihre Schuhe lagen verstreut herum, der Laptop war geschlossen, Diktaphon und Kamera befanden sich auf dem kleinen Schreibtisch. Nur der Ventilator an der Decke stand still, und aus der umgekippten Handtasche ragte ein alter Davidstern. Von draußen durch die halbgeöffnete Balkontür strömte frische Luft, und auf der Brüstung saß eine Krähe. Sabina-Esther lag reglos im Bett. Als das Telefon zum dritten Mal klingelte, flatterte die Krähe auf und flog davon. Im selben Moment erwachte sie. Ihr Herz schlug, ihr Blut pulsierte, und die Luft von draußen belebte sie. Es läutete weitere drei Male, am anderen Ende wartete Kobi, der wissen wollte, wie ihr Interview mit dem Teufel ausgegangen war. Sabina-Esther fühlte sich zu schwach, um aufzustehen und abzuheben.

Als aber später der rothaarige Kellner an ihre Tür klopfte und besorgt fragte, ob er das Frühstück aufs Zimmer bringen solle, öffnete sie im Morgenmantel. Das sei nicht nötig, lächelte sie matt, sie werde gleich nach unten kommen. Ob alles in Ordnung sei, wollte der Kellner wissen. Krakau stecke voller Schrecken und Geheimnisse, erwiderte sie leise. Unbefangen und mit patriotischer Miene erklärte er: und doch könne man die Stadt lieben, man müsse nur die richtige Einstellung finden. Er warf einen neugierigen Blick ins Zimmer und meinte für einen Moment, ein kleines Mädchen zu sehen, das auf dem Bett saß und dessen Gestalt seltsam flimmerte. Aber schon im Aufzug nach unten kam ihm das wie pure Einbildung vor.

Inhalt

Ich danke der Robert-Bosch-Stiftung, die diesen Roman nicht nur durch ein Grenzgänger-Stipendium großzügig gefördert hat, sondern auch meine Recherchen in Krakau und Israel vertrauensvoll und mit guten Tipps begleitete.

Zu Dank verpflichtet bin ich auch meinem Krakauer Gewährsmann Pawel Szulecki, der mir die Stadt näher brachte und etliche historische Details in den Archiven ans Licht zog, sowie meiner polnischen Freundin Daria Jedrych, die sowohl in polnische wie deutsche Seelen Einblick hat, und mir in Krakau polnische Eigenarten bewusst machte. Dr. Markus Fischer schulde ich Dank für seine kritischen Einwände und konstruktiven Ideen. Vor allem aber danke ich meiner Kusine Tova Aran in Tel Aviv, die mir in vielen nächtlichen Gesprächen von ihrer Familie erzählte, während wir tagsüber jene alten Krakauer besuchten, die überlebt haben und sich nun bereit machten, den Tod zu umarmen.

ISBN 978-3-940086-43-3

Lektorat: Petra Wägenbaur, Tübingen.
Umschlaggestaltung: Christiane Hemmerich
Konzeption und Gestaltung, Tübingen.
Herstellung: Horst Schmid, Mössingen.
Satz: CompArt, Mössingen.
Druck und Einband: Pustet, Regensburg.

Mehr über das Verlagsprogramm von Klöpfer & Meyer
finden Sie unter: *www.kloepfer-meyer.de*